SUSANNE GRULICH

Klima Colonia

VERMISST Sein neuer Fall führt den Kölner Musiker und Privatdetektiv Magnus Meister in die grüne Start-up-Szene: Der Bruder einer alten Schulfreundin seiner Verlobten ist plötzlich nicht mehr auffindbar. Vor seinem Verschwinden hat der Solarforscher im Start-up »SolarBoost« gearbeitet. Die Teamkollegen sind oberflächlich nett und engagiert, mauern aber, wenn es um Interna geht. Freunde scheinen nicht zu existieren. Obwohl Meister mit den Vorbereitungen für seine Hochzeit schon genug zu tun hat, geht er der Sache nach. Gibt es wirklich keine Liebesbeziehung im Leben des Forschers? Welche Rolle spielt die charismatische Geschäftsführerin des Startups? Und woran hat der Vermisste gearbeitet? Meister findet eine Spur, die in die Vergangenheit führt. Als im Königsforst ein Toter gefunden wird, nimmt seine Ermittlung eine unvorhergesehene Wendung. Mit der Hilfe seiner Freunde entwirrt Meister mühsam den Knoten – und kommt zu einem überraschenden Ergebnis.

© Tanya Hofmann, 2018

Susanne Grulich, Jahrgang 1965, geboren und aufgewachsen in Köln, studierte Germanistik, Romanistik und Jura. Die musikalische Autorin spielte in diversen Bands, schrieb Songtexte und Kurzgeschichten, aus denen sich schließlich ihr Krimidebüt um den ermittelnden Musiker Magnus Meister entwickelte. Sie organisiert Wohnzimmerkonzerte und arbeitet als Dozentin für ein großes Kölner Einzelhandelsunternehmen. Sie wohnt mit Mann, Hund, Garten und Gitarren im Kölner Süden, wo sie in ihrer Freizeit gerne durch den Auenwald streift. »Klima Colonia« ist ihr dritter Krimi.

SUSANNE GRULICH

Klima Colonia

KRIMINALROMAN

GMEINER

Immer informiert

Spannung pur – mit unserem Newsletter informieren wir Sie regelmäßig über Wissenswertes aus unserer Bücherwelt.

Gefällt mir!

Facebook: @Gmeiner.Verlag
Instagram: @gmeinerverlag
Twitter: @GmeinerVerlag

MIX
Papier aus verantwortungsvollen Quellen
FSC® C083411
www.fsc.org

Besuchen Sie uns im Internet:
www.gmeiner-verlag.de

Im Ehnried 5, 88605 Meßkirch
Telefon 07575/2095-0
info@gmeiner-verlag.de

1. Auflage 2022

Herstellung: Mirjam Hecht
Umschlaggestaltung: U.O.R.G. Lutz Eberle, Stuttgart
unter Verwendung eines Fotos von: © poinz / stock.adobe.com
Druck: CPI books GmbH, Leck
Printed in Germany
ISBN 978-3-8392-0147-3

Personen und Handlung sind frei erfunden.
Ähnlichkeiten mit lebenden oder toten Personen
sind rein zufällig und nicht beabsichtigt.

DIENSTAG, 1. SEPTEMBER 2020

»Was willst du heute Abend essen?« Eliza verstaute den Wocheneinkauf in die Küchenschränke, schnupperte an einem Stück eingepacktem Käse und räumte Milch in den Kühlschrank. Eine große Packung Cantuccini, Magnus' Lieblingsgebäck mit Mandeln, ließ sie gleich neben der Kaffeemaschine liegen.

»Keine Ahnung.« Magnus las eine gerade eingehende Nachricht auf seinem Handy. Benno wollte später auf einen Kaffee vorbeischauen und etwas mit ihm besprechen, was genau, hatte er nicht verraten.

»Spaghetti? Ich habe auch noch die Hähnchenbrust von gestern, damit könnte ich uns etwas zaubern, mit Tomaten überbacken …«

»Das klingt doch alles gut«, sagte Magnus zerstreut. »Es ist nicht mal Mittag, ich weiß jetzt noch nicht, worauf ich heute Abend Appetit habe, ehrlich.«

»Immer überlässt du mir die Entscheidung, was ich kochen soll, das finde ich nicht richtig.« Sie warf die Schranktür zu. Magnus, trainiert auf Elizas Alarmsignale, zuckte zusammen. Für gewöhnlich zettelte sie keinen Streit wegen eines Abendessens an.

»Was ist los?« Er legte sein Handy auf den Tisch, trat hinter Eliza und hielt sanft ihre Schultern fest. »Es geht nicht ums Kochen, oder?«

»Doch«, sagte sie. Es klang wie sechs Jahre alt und keine Lust zur Schule zu gehen wegen Bauchschmerzen.

»Okay, ich rate, wenn du es mir nicht sagen willst.« Er löste seinen Griff, drehte sie zu sich und hielt sie mit ausgestreckten Armen vor sich. »Deine Mutter hat angerufen, wann endlich die Einladung kommt.«

In ihren Augen glitzerte es verdächtig. »Was sollen wir bloß machen? Erst haben wir wegen Corona alles abgesagt, und jetzt weiß ich einfach nicht, was ich ihr sagen soll.«

»Hey, das ist unsere Hochzeit, kein Weltuntergang«, sagte Magnus, zuversichtlicher, als er sich fühlte. »Was meint denn Antonia? Ihr habt doch bestimmt heute telefoniert.«

Elizas jüngere Schwester war nicht gerade die Stimme der Vernunft, aber wenn es Eliza schlecht ging, war ihr positiver Einfluss nicht zu unterschätzen.

»Sie sagt, ich soll mich entspannen und das Fest verschieben. Die Familie würde das verstehen. Die hat gut reden. Sie hat den ganzen Mist schon hinter sich. Entschuldige, natürlich ist unsere Hochzeit kein Mist.« Eliza küsste ihn auf die Nasenspitze und befreite sich aus seinem Griff.

»Und wenn wir das machen, was Antonia vorschlägt?« Magnus wandte sich dem Verschluss der Cantuccini-Verpackung zu.

»Und wann sollen wir feiern? In einem Jahr? In zwei Jahren? Wir wollten im Juli heiraten.«

Warum nicht im nächsten Jahr, dachte Magnus, aber er hütete sich, das laut auszusprechen. Eliza hielt ihn ohnehin für einen Heiratsmuffel. »Was hältst du davon:

Wir ziehen es durch, aber eine Runde kleiner. Mit den Trauzeugen und unseren Familien könnten wir nach dem Standesamt etwas essen gehen. Zur anschließenden Party laden wir weniger Gäste ein.«

»Weniger? Sie werden mich steinigen.« Eliza reichte ihm die Schere.

»Das ist Blödsinn, das weißt du genau.« Sicher war er sich da nicht. Mit Elizas italienischer Familie war nicht zu spaßen, wenn es um Hochzeiten, Todesfälle, Geburten und Taufen ging. Oder sonstige für ihn undurchschaubare familiäre Verpflichtungen. Wenn niemand aus ihrer weitläufigen Verwandtschaft zuhörte, hieß ihre Familie bei ihnen nur »der Clan«.

Eliza zupfte welke Blätter von einem Büschel Petersilie auf der Küchenfensterbank und schwieg. Magnus bereitete Cappuccino für sie beide vor, platzierte das Gebäck auf einen Teller und wartete. Er ahnte, dass noch etwas im Busch war.

»Eine Kundin hat eben den Auftrag für eine Familienfeier abgesagt.« Eliza hob resigniert die Schultern. »Ich könnte natürlich Stornokosten berechnen … aber das will ich nicht. 500 Euro weniger Einnahmen. Die drei Stunden Vorbereitungszeit bezahlt mir auch niemand.«

Neben der verschobenen Hochzeit waren Elizas Finanzen der zweite wunde Punkt in der momentanen Situation. Sie hatte vor dem Corona-Lockdown im März gut als Fotografin verdient. Von einem Tag auf den anderen blieben die Aufträge aus, weil alle Großveranstaltungen wie Messen, Konzerte und Theateraufführungen abgesagt worden waren, Elizas Haupteinnahmequelle. Zum Glück war ihre gemeinsame Miete günstig. Eliza hatte die staatliche Unterstützung erst spät beantragt und einige Wochen auf das Geld warten müssen, um festzustellen, dass die zugedachten Gelder nur für die Betriebskosten verwendet werden durften. Zum ersten Mal in ihrer Geschichte als Paar war Magnus derjenige, der regelmäßig und gut verdiente und sogar Rücklagen auf dem Konto hatte. Benno, sein bester Kumpel seit der Schulzeit und inzwischen sein Arbeitgeber, hatte ihn in den letzten zwei Jahren mit Aufträgen aus seiner florierenden Wirtschaftsdetektei versorgt. Daher lief es für ihn während des Lockdowns gut, denn wenn er auf seine Einnahmen aus dem Gitarrenunterricht, den Auftritten mit der Band oder der Arbeit als DJ angewiesen wäre, ginge es ihm jetzt wie Eliza – er wäre während der ersten Coronawelle gnadenlos in die Pleite gerutscht.

»Ich weiß, dass du das nicht hören willst«, sagte er, »aber wir kommen über die Runden. Im Oktober sieht die Auftragslage besser aus, das hast du gestern selbst gesagt.«

Sie nickte, aber die Besorgnis wich nicht aus ihrem Gesicht. Was Eliza nicht wusste: Er zahlte seit über einem Jahr heimlich auf ein Konto ein, das er extra für die Hochzeit eingerichtet hatte – auf Anraten von Benno. »Du ersparst dir die nächtlichen Alpträume bei den Gedanken an euer Hochzeitsbudget. Plan mal locker 10.000 Euro ein«, hatte Benno gesagt und ihm den nächsten großen Auftrag zugeschoben. Magnus hatte im letzten Jahr jeden Job angenommen, den Bennos Detektei für ihn abwarf. Er hatte zähneknirschend Arbeitnehmer überwacht, die angeblich Homeoffice machten, aber stattdessen am See lagen. Er hatte einen Fall von Industriespionage aufgeklärt, diverse Unterhaltsschuldner gesucht und gefunden, einen vermissten Jugendlichen aufgespürt und einen verschwundenen preisgekrönten Pudel seinen dankbaren Besitzern zurückgebracht.

»Benno kommt später auf einen Kaffee vorbei«, sagte Magnus, während er Tassen und Gebäck vorsichtig zur Terrassentür trug. »Bist du zu Hause?«

Eliza folgte ihm mit Milch und zwei Gläsern Wasser. »Der Sommer ist fast vorbei, oder?« Sie warf einen Blick in den Himmel, der sich nicht zwischen Hellgrau und Schwachblau entscheiden konnte. »Nur 22 Grad, sagt das Thermometer. Nein, ich wollte mich mit Maike auf einen Kaffee treffen. Das habe ich dir letzte Woche schon gesagt.« Magnus' ratloses Gesicht brachte sie zum Lachen. »Du hast mir nicht zugehört.«

»Wieso habe ich sie noch nie getroffen?« Er hatte keinen Schimmer, von wem die Rede war.

»Weil Maike kurz nach dem Abitur nach Australien gezogen ist und dort lebt«, grinste sie. »Erinnerst du dich jetzt? Wie behältst du bloß die ganzen Informationen deiner Klienten?«

»Ah – jetzt hab ich es!« Magnus' Gesicht hellte sich auf. »Verheiratet, zwei erwachsene Kinder, aus Rösrath oder so. Während der Schulzeit wart ihr unzertrennlich, aber dann ist sie ausgewandert. Du hast sie das letzte Mal vor fünf Jahren gesehen, aber an diesem Wochenende war ich nicht in Köln.«

»Sehr gut, setzen. Ihr seid mit der Band aufgetreten. Sonst würdest du Maike kennen.«

»Habe ich etwas verpasst?«

»Optisch? – Definitiv. Ich weiß nicht, ob ich sie dir überhaupt vorstellen soll.« Eliza drohte ihm mit dem

Zeigefinger. Magnus wusste, dass sie es nur halb spaßig meinte, ihre Eifersucht war legendär.

»Hey, wir sind verlobt! Du bist die Schönste für mich.«

Leider hatte er sie mit diesem Satz wieder an die geplante Hochzeit erinnert und ihr Gesicht verdüsterte sich. Er schwor sich, dass er das Thema noch in dieser Woche aus der Welt schaffen würde, egal wie. Diese Hängepartie tat ihnen beiden nicht gut.

Magnus bewegte sich den ganzen freien Nachmittag nur von der Terrasse weg, um sich einen weiteren Kaffee zu machen. Das Wetter blieb freundlich. Er testete auf der akustischen Gitarre Akkordvarianten für eine Ballade und versuchte sich an einem Text, der nicht zu kitschig klingen sollte. Das Stück wollte er auf ihrer Hochzeit als Überraschung für Eliza spielen. Nur dass die Hochzeit verschoben war. Er nahm es leichter als Eliza, aber er fühlte sich gegenüber seiner Verwandtschaft auch nicht so verpflichtet wie sie. Seine eigene Familie war überschaubar, seine Mutter, seine Tochter Clara, sein Bruder mit den zwei Mädchen … Junge Frauen, korrigierte er sich, sie waren auch schon Anfang 20, etwas jünger als Clara.

Wenn es nach ihm, Magnus, ginge, müssten sie nicht heiraten. Ihm war klar, dass Eliza und er zusammengehörten, und Ende. Aber für sie war es wichtig. Er neckte sie immer mit ihren italienischen Wurzeln, die eigentlich eine katholische Trauung in Weiß erforderten. Den Teil hatte Eliza zum Glück abwenden können, aber eine Hochzeit musste her. Wegen Corona war es ein Hindernisrennen, ein Fest auszurichten. »Wegen Corona« dürften die zwei Wörter des Jahres 2020 sein. Wegen

Corona durfte man keinen Besuch im Krankenhaus oder Altenheim bekommen, wegen Corona waren die Leute im Homeoffice, trugen Masken im Supermarkt und in Restaurants, arbeiteten in Kurzarbeit, bekamen Online-Unterricht, beschäftigten sich wöchentlich mit Infektionszahlen, planten Urlaubsreisen nur an überfüllte Ostseestrände oder verschoben sie aufs nächste Jahr. Wegen Corona legten keine Kreuzfahrtschiffe in Venedig an, lief die Wirtschaft in eine Rezession, fanden die Deutschen plötzlich einen Bayern als Kanzler akzeptabel, wurde der Bodensee zum Ballermann-Ersatz für Jugendliche und Heizpilze im Freien waren nicht mehr gefürchtete Klimakiller, sondern bewahrten Gastronomen vor der Pleite. Er selbst zählte sich zu den Corona-Glückspilzen, er hatte momentan Geld und Zeit, aber viele seiner Musikerfreunde krebsten gerade am Existenzminimum. Er hütete sich, laut auszusprechen, dass die Krise auch positive Seiten hatte. Vor ihm lagen jetzt zwei freie Wochen, in denen er sich endlich seinen neuen Stücken und den Gitarrenschülern widmen konnte. Soweit er wusste, hatte Benno gerade keine Aufträge für ihn und das war ihm recht. Magnus stand auf, streckte sich und fischte eine vorgedrehte Zigarette aus dem Päckchen Tabak, das immer außen auf der Küchenfensterbank lag. Als sein Blick auf die rot und gelb blühenden Rosensträucher fiel, beglückwünschte er sich zum x-ten Mal zu dem Häuschen, das er mit Eliza gefunden hatte. Es gehörte einer Wohnungsbaugenossenschaft und sie hatten vor Jahren Anteile erworben. Er kannte sonst niemanden in seinem Bekanntenkreis, der zum Schnäppchentarif ein Haus mit Garten in Köln bewohnte. Dass es nicht ihr Eigentum war, störte ihn nicht im Geringsten, der Berg Schulden, den sie dazu auf der Bank machen müssten, schreckte ihn ab. Als sein Freund Benno um vier Uhr klingelte, war Eliza gerade weg, auf dem Weg zu ihrer Freundin.

»Meister, wie siehst du denn aus? Total braun! Machst du Corona-Ferien?« Benno marschierte schnurstracks auf die Terrasse und ließ sich auf einen der Gartenstühle plumpsen, der mit einem Knarren protestierte.

»Und selbst? Machst du eine Bier-und-Eis-Diät?« Magnus goss ihm ungefragt ein großes Glas Wasser ein. »Letzte Woche warst du noch schlanker.«

Benno strich sich versonnen über den Bauch. Auf seiner Glatze glänzten winzige Schweißtropfen. »Ich schütze meinen wertvollen Sixpack durch eine Fettschicht. Dann passiert ihm auch nichts. Wo ist deine schöne Verlobte? Sie hat mir gestern am Telefon Zitronentorte versprochen.«

»Unterwegs.« Magnus ging in die Küche und warf einen Blick in den Kühlschrank. »Du hast Glück! Hier steht sie.«

»Her damit! Schöne Grüße von Miriam. Sie sagt, du sollst mich zum Abnehmen überreden. Ich soll mir ein Beispiel an dir nehmen, ausgerechnet. Bin mal gespannt, wie du mich motivieren willst.«

Magnus trug Kuchen, Teller und Besteck nach draußen. »Vergiss es. Du willst dick sein. Tut mir leid für deine Frau. Schöne Grüße zurück. Wie geht's der Kleinen?«

»Lenk nicht ab«, sagte Benno beleidigt. »Seit wann bist du so hart? Nur weil du regelmäßig boxt, trainierst, gesund isst, auf dich achtest und bald deine Traumfrau heiratest, meinst du jetzt, du hättest die Weisheit mit Löffeln gefressen? Ich kenne dich noch ganz anders, vergiss das nicht!«

Magnus grinste und zuckte mit den Achseln. »Die einen kriegen die Kurve, die anderen nicht.«

»Ohne mich lägst du in der Gosse!«

Beide prusteten gleichzeitig los. In Bennos Worten steckte viel Wahrheit, das wussten beide. Er hatte Magnus damals nach der Trennung von seiner Exfrau Carolin aus einem emotionalen und finanziellen Abgrund geholt und ihm neben der Musik ein zweites Standbein in seiner Wirtschaftsdetektei verschafft. Das würde Magnus ihm nie vergessen. Seitdem konnte er sich der Musik widmen, ohne jeden Monat Panikattacken zu bekommen, wie er die Miete oder Claras Unterhalt zahlen sollte.

»War es das, was du mit mir besprechen wolltest?« Magnus verteilte den Kuchen auf zwei Teller.

Benno wirkte mit einem Mal verlegen. »Nein, ernsthaft – Miriam meint, du könntest mir helfen. Ich muss mindestens 20 Kilo abnehmen – 30 wären auch okay.« Er beäugte skeptisch seinen Bauch. »Sie sagt, du könntest mich sportlich auf Trab bringen.« Benno sah ihn flehend an. »Was meinst du? Ich will zu deiner Hochzeit wieder in meinen Lieblingsanzug passen. Im Moment hast du doch ein bisschen Zeit, oder?«

»Willst du denn selbst?«, fragte Magnus verblüfft. »Es reicht nicht, wenn Miriam deine Figur gegen den Strich geht. Was ist mit dir?«

Benno gestand, dass sein Hausarzt in dasselbe Horn wie seine Frau tutete. Er hatte ihm letzte Woche beim jährlichen Check-up Bluthochdruck, zu hohe Cholesterin- sowie schlechte Leberwerte und mindestens 25 Kilo Übergewicht bescheinigt. »Ich will fit für die Kleine sein, weißt du. Ich bin mit Mitte 40 ohnehin nicht der jüngste Papa aller Zeiten. Tilda ist jetzt in dem Alter, wo ich ihr dauernd hinterhersprinten muss. Am Samstag hat sie mich abgehängt.«

Magnus konnte seine Heiterkeit nur schwer verbergen, er wollte Benno nicht gleich am Anfang demotivieren. Die Vorstellung, wie die Zweijährige ihrem japsenden Vater auf dem Spielplatz im Beethovenpark weglief, gefiel ihm.

»Ich bin dabei«, sagte er und hielt Benno die Hand hin. »30-Tage-Challenge.« Bildete er sich das nur ein oder war Benno tatsächlich etwas blass um die Nase geworden? »Morgen früh um halb acht am Eingang vom Klettenbergpark. Bring dein Fahrrad mit.«

»So früh? Da muss ich – na gut. Mein Hinterrad ist platt und der Beethovenpark ist für mich näher, können wir nicht …« Benno stoppte mitten im Satz. »Oh, okay. Ich habe gerade was begriffen.« Er schlug ein und lächelte etwas zaghaft »Wann ist euer Hochzeitstermin? Wie viel Zeit habe ich noch für die bella figura?«

Magnus schilderte ihm die Situation mit Elizas Familie, während Benno genüsslich an seinem zweiten Stück Zitronentorte kaute.

»Hm, Standesamt ist kein Problem im Moment«, meinte er. »Bis Mitte Oktober hättet ihr mit etwas Glück auch noch gutes Wetter für eine Party.«

»Aber nicht für 150 Leute«, sagte Magnus resigniert. »Ist zwar in Nordrhein-Westfalen nicht verboten, aber so viele Leute – uns ist das Risiko einfach zu groß. Hast du von der Hochzeit in Frechen gehört? Deswegen steigen im Rhein-Erft-Kreis gerade wieder die Infektionszahlen.«

Benno schüttelte den Kopf. Dann hellte sich sein Gesicht auf. »Ich habe eine Idee. Feier doch zweimal.«

Als Eliza wenig später nach Hause kam, begrüßte sie Benno herzlich, gab Magnus aber mit den Augen ein Zeichen, dass sie mit ihm sprechen wollte. Er folgte ihr kurz in die Küche.

»Was ist los?«

»Maike hat ein Problem. Können wir mal alleine reden?«

»Benno geht sowieso bald, aber ich muss um sieben zur Bandprobe. Was ist denn so geheim?«

»Später. Maike hat gesagt, dass ich nur mit dir reden soll.«

Nach dieser Eröffnung war Magnus neugierig. Er schickte Benno kurz darauf nach Hause und drohte ihm zum Abschied mit einem umfangreichen Trainingsplan für die nächsten Wochen. Eliza hatte sich unterdessen auf der Terrasse eine Weinschorle eingeschenkt und knabberte an ein paar Oliven. »Sorry, aber mir ist die Lust aufs Kochen vergangen«, sagte sie.

Magnus winkte ab, öffnete sich eine Flasche Bier und stibitzte ihr eine Olive. »Sag mir lieber, was los ist.«

»Maike vermisst ihren Bruder. Ben.«

»Und was habe ich damit zu tun?«

»Am besten wäre es, du rufst sie an. Sie kann es besser erklären.«

»Bin ich die Vermisstenstelle? Was hat sie dir denn erzählt?«

»Auf jeden Fall ist sie so beunruhigt, dass ich ihr Hilfe anbieten wollte.«

»Meine Hilfe?«

Eliza wurde zartrot. »Tut mir leid, aber du verstehst es besser, wenn du mit ihr gesprochen hast. Du sagst doch selbst immer, Informationen sind nur aus erster Hand sicher.«

»Ich mag es nicht, wenn du mich zitierst und das gegen mich verwendest«, brummte Magnus. »Seit wann vermisst sie ihren Bruder?«

Elizas Rot vertiefte sich um eine Nuance. »Seit vorgestern. Sonntag.«

»Wie bitte?« Magnus verschluckte sich an seinem Bier und begann zu husten. »Tickt ihr noch ganz richtig? Kann der arme Mann nicht mal in Ruhe bei seiner Freundin übernachten? Das glaube ich jetzt nicht.«

»Schatz, bitte reg dich nicht so auf. Ich hätte dich nicht damit behelligt, wenn ich nicht das Gefühl hätte, es stimmt etwas nicht.« Sie legte besänftigend die Hand auf seinen Arm, aber Magnus schüttelte sie ab.

»Gefühl, aha. Gib mir die Nummer.« Er stand auf.

»Du hast sie als WhatsApp auf deinem Handy.« Eliza war sichtlich verlegen. Magnus stapfte wütend die Treppe hinauf in sein Musik- und Arbeitszimmer. Manchmal brauchte er einfach Luft zwischen sich und seiner Zukünftigen. Jetzt pries sie vor anderen Leuten seine Qualitäten als Detektiv an. In einer winzigen Ecke seines Herzens freute ihn das zwar, aber der Gedanke an das bevorstehende Gespräch mit einer hysterischen Frau, auch wenn sie Elizas Freundin war, verdrängte das unausgesprochene Kompliment. Er checkte sein Handy. Tatsächlich, da standen Name, Nummer und

Adresse auf WhatsApp. Er atmete tief durch, schluckte seinen Zorn hinunter und wählte.

»Maike Bishop, hello?« Eine helle, angenehme Stimme. Magnus stellte sich kurz vor.

»Ich habe nicht damit gerechnet, dass Sie mich so schnell anrufen. Vielen Dank. Als Eliza mir erzählt hat, dass Sie für eine Detektei arbeiten, kam mir das wie ein Wink des Schicksals vor. Entschuldigen Sie bitte, mein Deutsch ist etwas eingerostet. Manchmal suche ich nach den richtigen Worten.«

»Wir können uns duzen«, schlug Magnus vor. »Und dann würde ich gerne erfahren, worum es geht.«

»Danke«, sie schien erleichtert zu sein. »Ich war jahrelang nicht mehr in Deutschland, weißt du? Vorgestern Abend war ich mit meinem Bruder verabredet und er ist nicht gekommen.«

Magnus wartete. Er hatte bei Bennos Klienten gelernt, die Pausen in einer Geschichte nicht zu schnell mit eigenem Text zu füllen.

»Wir haben uns fünf Jahre nicht mehr gesehen und uns sehr auf das Wiedersehen gefreut«, fuhr sie fort. »Ben ist einfach nicht der Typ, der eine Verabredung vergisst.«

»Hast du versucht ihn anzurufen?«

»Natürlich! Mindestens 20-mal«, sagte sie, wobei sich in ihre Stimme eine Spur Verzweiflung schlich. »Es springt immer die Mailbox an. Das ist merkwürdig.« Sie schwieg einen Moment lang. »Ich bin erst am Freitagabend angekommen. Mein Bruder ist der wichtigste Mensch hier, den ich wiedersehen wollte.«

»Was ist mit deinen Eltern, Freunden, Kollegen … Hast du mit ihnen gesprochen? Wissen die etwas?«

»Das ist nicht so einfach. Bei seiner Firma habe ich nur einen Anrufbeantworter erreicht. Zu unseren Eltern hat er wenig Kontakt und ich wollte meine Mutter nicht unnötig beunruhigen. Freunde, na ja. Ben ist eher ein – Eigenbrötler trifft es ganz gut. Ich weiß nicht viel über sein aktuelles Leben hier. Wir schreiben uns etwas unregelmäßig. E-Mails, meine ich. Aber wir mögen uns sehr.«

»Hast du eine Vermisstenanzeige aufgegeben?« Nicht, dass das viel ändern würde, dachte er. Die Polizei würde abwinken. Meistens tauchten die Leute einfach nach ein paar Tagen wieder auf.

»Das schien mir – übertrieben?« Maike tastete nach den richtigen Worten. »Aber mittlerweile bin ich besorgt. Denkst du, eine Anzeige wäre hilfreich?«

»Nein«, sagte Magnus wahrheitsgemäß und dachte an die Fälle, bei denen er für die Detektei versucht hatte, verschwundene Personen aufzuspüren. Nach seinen Erfahrungen mussten weitere Anhaltspunkte vorliegen, um nach einem erwachsenen Mann zu suchen, der wahrscheinlich wenig später freiwillig zurückkam.

»Wie alt ist dein Bruder?«

»Sechs Jahre jünger als ich, also 36.«

»Er ist nicht verheiratet, sagte mir Eliza. Hat er eine Partnerin?«

»Nicht, dass ich wüsste. Ich mache mich gerade lächerlich, oder? Aber es ist komisch, dass er nicht an sein Telefon geht.«

»Du wirst deine Gründe haben«, sagte Magnus und meinte: Er wird seine Gründe haben.

»Was meinst du, kannst du mir helfen?« Jetzt klang sie ehrlich verzweifelt.

»Wir könnten es zumindest versuchen«, sagte Magnus. »Wenn es dich beruhigt, treffen wir uns morgen Vormittag und du erzählst mir noch etwas über deinen Bruder. Setz dich hin, mach eine Liste, vielleicht fallen dir noch Leute ein, die er kennen könnte. Schau mal in eurer E-Mail-Korrespondenz nach. Wahrscheinlich meldet er sich in der Zwischenzeit. Hast du einen Schlüssel zu seiner Wohnung?«

»Ja, von der Nachbarin, eine ältere Dame, sie ist aber misstrauisch. Sie wollte meinen Ausweis sehen. Ich bin verheiratet und habe einen anderen Nachnamen als mein Bruder. Zum Glück hat sie mir geglaubt, vielleicht, weil wir uns sehr ähnlich sehen. Ich war eben mit ihr gemeinsam in der Wohnung, dort ist er nicht. Ich kam mir vor wie ein Einbrecher.«

Magnus warf einen Blick auf seinen Funkwecker. Fast sieben. Er würde zu spät zur Bandprobe kommen. »Maike, ich muss jetzt weg«, sagte er. »Mach dir nicht zu viele Gedanken, es gibt bestimmt eine harmlose Erklärung. Wir sehen uns morgen Vormittag. Zehn Uhr? Ich komme zu dir.«

»Danke«, sagte sie erleichtert. Magnus konnte hören, wie sie aufatmete. »Ich bezahle dich natürlich für deine Zeit«, setzte sie schnell hinzu.

Magnus schnappte sich die Gitarrentasche und sein Textbuch und fuhr mit dem Fahrrad in die Südstadt. Er trat kräftig in die Pedale, bei Verspätungen waren fünf Euro für die Bandkasse fällig. Erst als er das letzte Stück am Rhein entlangradelte und seine Gedanken etwas zur Ruhe kamen, verrauchte sein Ärger darüber, dass Eliza ihn in diese Geschichte verwickelt hatte. Auch wenn die

Statistik gegen Maikes Ängste sprach: Ein bisschen seltsam benahm sich der Bruder schon.

Es war die zweite Probe von »Til Dawn« nach der langen, erzwungenen Corona-Pause und den knallheißen Augustwochen. Die fünf Männer spielten zum großen Teil seit der Schul- oder Studienzeit zusammen. Die Bandproben waren für alle eine Art Heiligtum. Niemand rüttelte an den Terminen, obwohl alle entweder in stressigen Jobs oder familiären Verpflichtungen steckten.

»Schönes Solo, Nick. Und an welcher Stelle sollen wir deiner Meinung nach wieder einsteigen?« Sven, der Keyboarder, runzelte die Stirn und versuchte aus seinen Aufzeichnungen schlau zu werden, das neue Stück hatte er selbst mitgebracht. »Das waren 32 Takte Sologitarre für dich nach dem Refrain, das ist lang genug, finde ich.«

»Seit wann muss ich hier bei euch Takte zählen? Ich bin kein verdammtes Metronom. Gib uns einen anständigen Einsatz, dann passt das«, meinte Nick. Ihr Leadgitarrist war ohnehin eine Diva, aber seine miese Laune verdichtete die Luft im Proberaum.

»Du hast Sven und mich nicht mal angeguckt«, meinte Jasper, ihr Bassist. »Der beste Einsatz nützt nichts, wenn du immer weiterspielst.«

Der Rest der Band hüllte sich in Schweigen. Magnus tat so, als ob er seine E-Gitarre nachstimmen müsste. Er fand Svens Stück nicht schlecht, obwohl es für seinen Geschmack eine Spur zu seicht klang. Er würde sich hüten, das anzumerken. Neue Songs waren wie rohe Eier, kritisierte jemand am Anfang zu viel herum, gingen sie kaputt.

»Wenn ich nicht mal bei euch Gas geben kann, können wir es auch ganz lassen.« Nick pfefferte sein Songbook in die Ecke und brachte damit Magnus' Gitarrenständer ins Wanken, auf dem seine teuerste akustische Gitarre abgestellt war. Magnus fing sie mit einem geschickten Griff zur Seite auf und rückte sie wieder gerade.

»Hey, lass das«, knurrte er. »Oder hast du Geld übrig?«

»Sorry. Nicht mein Tag heute.« Nick streifte sich den Gurt über den Kopf, der sich prompt in seinen langen Haaren verfing, fluchte und trat vor Wut gegen seinen Gitarrenkoffer.

»Tranquilo«, sagte Hotte, ihr Drummer, und legte seine Sticks beiseite. Nick trat zum Fenster, wandte ihnen den Rücken zu und blieb so stehen, als ob er ausgiebig die Aussicht bewundern wollte. Die war für einen Probenraum allerdings spektakulär. Vom fünften Stock des alten Bürgerzentrums aus sah man jetzt, wo der Himmel aufgeklart war, die Domspitzen, die Kirchtürme der Altstadt, die Severinsbrücke und die Südstadt mit dem Rheinauhafen, sogar die dunkel schimmernden, bewaldeten Ausläufer des Bergischen Landes auf der anderen Rheinseite konnte man noch erkennen. Die anderen Bandmitglieder tauschten einen kurzen Blick, Sven hob die Schultern. Magnus ahnte, warum Nick üble Laune hatte, deswegen verkniff er sich einen Kommentar. Seit mehr als zwei Jahren spielte Nick regelmäßig als Studiogitarrist. Nach dem Corona-Lockdown im März bekam er kaum noch Aufträge, weil viele Liveauftritte und Aufträge wegfielen. Steffi, seine Frau, hatte gerade erst wieder Vollzeit zu arbeiten begonnen, als ihre Firma Kurzarbeit anmeldete. Ihren vierjährigen Sohn mussten sie, wie viele andere auch, bis zum Sommer zu Hause betreuen, weil ihre Jobs nicht als systemrelevant galten. Zum Glück hatte Nick seine Fahrradwerkstatt als zweites Standbein behalten, sonst wären sie gar nicht über die Runden gekommen. In dem traumhaft schönen Frühling 2020, in dem man außer seiner eigenen Familie und wenigen Freunden niemanden treffen durfte, waren die Deutschen aufs Fahrrad gestiegen und ließen ihre Räder bei Nick überholen. Trotzdem war es knapp für die junge Familie.

»Bier?«, fragte Hotte und holte, ohne die Antwort abzuwarten, fünf Flaschen aus einem Mini-Kühlschrank in der Ecke hinter der Tür.

»Ab auf die Treppe«, sagte Sven. Damit war die Feuertreppe an der Westseite des Gebäudes gemeint. Sie liefen ein Stück durch den Gang, öffneten die Glastür und verteilten sich auf den Stufen, die aufs Dach führten. Der Wind wehte hier oben überraschend kühl nach den vorangegangenen warmen Spätsommerwochen. Die untergehende Sonne tauchte die Dächer der Südstadt in ein sanftes Licht. Sie wandten ihre Gesichter den Sonnenstrahlen entgegen, tranken aus ihren Flaschen und schwiegen. »Wann hatten wir eigentlich unseren letzten Auftritt?«, fragte Jasper nach einer Weile. Nick wollte sich nicht zu seiner Laune erklären.

»Karnevalsfreitag«, sagte Hotte. Um seine Mundwinkel zuckte es verdächtig. Weitere Ausführungen waren nicht von ihm zu erwarten, er sprach selten mehr als ein Wort auf einmal.

»Klassisches Eigentor«, sagte Nick. Die anderen begannen zu grinsen.

Jasper sah von einem zum anderen und wurde rot. »Ihr

seid bescheuert. Ich war an dem Abend nicht der Einzige, der was getrunken hat.«

»Aber der Einzige, der ins falsche Auto gestiegen ist«, meinte Magnus.

»Mit einem Clown!« Sven hob den Zeigefinger und sah für einen Moment aus wie ein Dorfschullehrer aus den 50er-Jahren. »Nimm niemals einen Clown mit nach Hause. Alte Karnevalsregel.«

»Die Karre sah im Dunkeln genauso aus wie dein VW-Bus«, verteidigte sich Jasper schwach.

»Mein Bus war mit vier Mann, Instrumenten und Verstärkern beladen«, sagte Sven.

»Nur ohne Clown«, meinte Nick. Jetzt brachen alle in Gelächter aus.

»Ich habe dich nie gefragt, wie du nach Hause gekommen bist«, Magnus wischte sich eine Lachträne aus dem Augenwinkel.

»Ihr seid einfach ohne mich gefahren«, murrte Jasper.

»Wir haben vorher eine halbe Stunde auf dich gewartet!«

»Wir dachten, du hättest dich in den Clown verliebt.«

»Wie war sie denn?«

»Ich kann mich nicht erinnern«, meinte Jasper, was eine weitere Lachsalve zur Folge hatte. Jasper war der einzige Single in der Runde. »Das Frühstück war okay.«

»Apropos Auftritt – Meister, was ist mit deiner Hochzeit?« Sven prostete Magnus zu. »Oder ist Eliza in der Zwischenzeit vernünftig geworden und hat sich einen anständigen Mann gesucht?«

»Ruf mich nachts an, wenn sie es sich anders überlegt!«, stieg Jasper ein. »Sie ist viel zu schade für dich.«

»Du willst nur von deinem Clown ablenken«, frotzelte Magnus. Er erklärte das Problem mit Elizas Familie und der begrenzten Personenzahl. »Benno hatte eine Idee. Er sagt, ich soll zwei Feiern machen.«

»Klar, der kann ja Geld drucken«, sagte Nick.

»Elizas Vater beteiligt sich. Er wäre beleidigt, wenn wir das alles allein stemmen wollten«, sagte Magnus.

Svens Gesicht erhellte sich. »So langsam begreife ich. Die zweite Feier soll mit ihrer Familie in Italien sein?«

Magnus reckte den Daumen nach oben. »Die meisten wohnen in einem Dorf in der Nähe von Verona.« Ein Grinsen überzog sein ganzes Gesicht. »Und der Brautvater bezahlt die Musik.«

»Fantastisch!«

»Bandausflug!«

»Wir fliegen nach Verona!«

»Wann denn genau?«

»Super! Für Italien gibt es zurzeit keine Reisewarnung.«

Magnus hob beschwichtigend die Hände. »Ruhig, ruhig. Der Termin steht noch nicht. Aber es sieht nach Mitte Oktober aus. Was meint ihr?«

In dem allgemeinen Trubel fiel nur Magnus auf, dass Nick nicht mit in die Begeisterungsstürme einstimmte.

MITTWOCH, 2. SEPTEMBER

Am nächsten Morgen blinzelte Magnus um Viertel nach sieben kurz in die Sonne, entschied, dass es so schön bleiben würde, und zog sich ein verwaschenes T-Shirt mit dem Konterfei von Bob Dylan zu seiner Sporthose an. Eliza würde mindestens noch eine halbe Stunde schlafen und eine weitere halbe Stunde nicht ansprechbar sein. Er steckte Geld ein, um später Brötchen zu kaufen, und fuhr mit dem Fahrrad zum Park. Die Luft roch frisch, nach Erde und feuchtem Laub. In den drei Minuten Fahrzeit überschlug Magnus im Kopf die erste Trainingseinheit für Benno. Der erwartete ihn am Parkeingang in einem uralten blauen Trainingsanzug und nagelneuen neongelben Turnschuhen. Der Reißverschluss von Bennos Jacke spannte sich straff über dem Bauch. Auf seiner Stirn glänzte Schweiß. »Machst du das etwa jeden Morgen um diese Zeit? Ich werde prüfen, ob ich dich wirklich noch zu meinen Freunden zählen kann.«

»Ich sehe, du hast brav dein Rad geflickt«, überging Magnus sein Gejammer. »Los geht's. Als Warm-up fahren wir eine halbe Runde um den Decksteiner Weiher. Ruhiges Tempo.« Er ignorierte Bennos Stöhnen und fuhr in den Park hinein.

»Hey, nicht so schnell! Du hast gesagt ruhiges Tempo!«

Magnus wurde etwas langsamer und wandte sich grinsend um. »Regel Nummer eins. Wenn du genug Luft zum

Atmen hast, kannst du gerne mit mir diskutieren. Wenn nicht: Klappe halten.«

Die Ansage zeigte Wirkung. Benno schwieg während der ganzen Runde. An der Brücke über den Weiher auf der Gleueler Straße hielt er kurz an, zerrte ein kleines Handtuch vom Gepäckträger und wischte sich damit die Stirn ab. Kurze Zeit später stoppten sie an einer Bank auf einer Wiese neben dem Geißbockheim. Hier absolvierte der Nachwuchs des ersten FC Köln während der Saison ab und zu Trainingsspiele, sehr zur Freude der Fans. Magnus' Puls hatte sich bis dahin nicht mal beschleunigt. Während der Corona-Zeit im Frühling war er mit Eliza rund um Köln so viel Fahrrad gefahren wie noch nie in seinem Leben. Ganz im Gegensatz zu Benno, wie es schien.

»Verdammt, ich bin völlig aus der Übung«, keuchte er. »Das ist ja peinlich. Warum halten wir hier?«

»Krafttraining. Du willst doch abnehmen, oder?« Magnus schlug ihm aufmunternd auf die Schulter. »Einen Vorteil hast du als Untrainierter: Du wirst schnell Fortschritte machen, wenn du ein paar Wochen durchhältst.«

Bei Kniebeugen und Ausfallschritten schlug Benno sich nicht viel besser. »Eins habe ich dir gestern noch nicht gesagt«, schnaufte er nach ein paar Minuten und ließ sich auf die Bank fallen. »Ich werde ein Jahr pausieren und mich um Tilda kümmern.«

Magnus unterbrach sein Training nicht. »Und die Detektei? Wer macht deinen Job? Los, wieder aufstehen, jetzt noch zweimal 15 Liegestütze!«

»Du Schinder! Igitt, da macht man sich die Hände schmutzig.« Benno stützte sich angewidert auf der noch feuchten Wiese ab. »Miriam wird ab morgen wieder Vollzeit arbeiten. Nur Innendienst ist nicht ihre Welt. Sie vermisst die großen Fälle.«

Magnus konzentrierte sich auf seine Liegestütze. Er war schon beim dritten Durchgang und nicht allzu sehr außer Puste. »Du beantwortest meine Frage nicht. Was planst du mit der Detektei?«

»Willst du meinen Job ein Jahr lang machen?«

»Was, ich? Spinnst du? Das kann ich nicht.«

»Du willst nicht.« Benno ließ sich erschöpft auf den Bauch fallen und blieb liegen. »Ich habe fertig.«

»Jetzt schon? Das waren nicht mal zehn Stück. Na gut, Pause.« Magnus reichte ihm eine kleine Wasserflasche.

»Ich liebe dich! Dass du daran gedacht hast …« Benno rappelte sich mühsam auf, trank die Flasche auf einen Zug aus und rülpste herzhaft. Sein Trainingsanzug, ohnehin keine Schönheit, war übersät mit Laub und feuchten Grashalmen. Angewidert sah er an sich hinab. »Denk mal drüber nach«, sagte er. »Gute Mitarbeiter. Viel Geld, viel Ehre. Und das Wichtigste ist: Ich vertraue dir.«

»Danke, aber …« Magnus war immer noch perplex. »Da gibt es bessere Kandidaten bei deinen Leuten. Was sagt Miriam dazu?«

»Hauptsache, sie kann wieder richtig arbeiten. Sie ist unterfordert. Zum Glück wechselt einer ihrer Kollegen in ein anderes Dezernat, sie kann seine Planstelle übernehmen.«

Magnus lächelte bei dem Gedanken an Miriam. Diese kleine energische Person hatte es geschafft, aus Benno, dem Arbeitstier, einen verantwortungsvollen Familienvater zu machen. Es würde ihr guttun, wieder voll in den

Polizeidienst einzusteigen. Sie hatten in der Vergangenheit mehrfach gut zusammengearbeitet, wenn es Berührungspunkte bei ihren Ermittlungen gab. Zum Beispiel bei zwei Mordfällen, in die er in den vergangenen Jahren hineingezogen worden war. Wie die beiden auf die Idee kamen, dass ausgerechnet er, Magnus, Benno ein Jahr lang vertreten könnte, erschloss sich ihm nicht.

Als ob Benno seine Gedanken gelesen hätte, sagte er: »Sag einfach nicht gleich nein, Meister. Keiner will dich unter Druck setzen. Du bist zwar nicht der einzige Kandidat, der infrage kommt, aber mein Favorit.«

Magnus nickte, um ihn nicht sofort vor den Kopf zu stoßen. Nichts lag ihm ferner, als Bennos Stellvertretung zu übernehmen. »Schließ dein Rad ab«, sagte er. »Unser Programm für heute ist noch nicht beendet.« Er streckte sich, schnippte ein paar Grashalme vom T-Shirt und trabte los. Er wandte den Kopf und lachte in Bennos fassungsloses Gesicht. »Na los! Eine Runde Intervalltraining schaffst du locker.« Unbeeindruckt von Bennos Protest lief er gemächlich Richtung Wald, bis er Bennos Schritte hinter sich hörte. Dann zog er das Tempo an.

Um halb zehn, nach einer Dusche und einem hastigen Frühstück, radelte Magnus los. Maikes Ferienwohnung lag auf der anderen Rheinseite in Porz-Ensen, keine Gegend, in die er sich häufig verirrte. Die sogenannte »Schäl Sick« war für viele eingeborene Kölner nicht das »echte Köln«, weil Innenstadt und Dom auf der anderen, linken Rheinseite lagen. Obwohl Magnus gut in Form war, brauchte er mehr als eine halbe Stunde für die Strecke nach Porz. Er fuhr über die Südstadt am Rheinufer entlang, überquerte die Rodenkirchener Brücke, radelte weiter auf der rechten Rheinseite am Campingplatz und den ausgedehnten Grünflächen des ehemaligen militärischen Sperrgebiets vorbei. Auf der Höhe von Porz-Ensen bog er in einen kleinen Fußgängerweg ab und fand nach kurzem Suchen den monströsen 80er-Jahre-Bau, in dem Maike wohnte. Er erinnerte ihn wegen der großzügigen Verwendung von Beton spontan an einen bepflanzten Bunker mit Glaselementen. Er klingelte, fuhr mit dem Aufzug hoch in den fünften Stock und irrte durch schlecht beleuchtete Gänge.

»Ganz hinten!« Maike winkte ihm vom Ende eines Ganges aus zu. »Man verläuft sich hier. Innen ist es zum Glück schöner.« Sie lächelte, wirkte etwas verlegen. »Er hat sich immer noch nicht gemeldet.«

Magnus murmelte etwas Freundliches zur Begrüßung und folgte ihr in die überraschend helle und schlicht eingerichtete Wohnung. Maike lotste ihn zu einer kleinen Terrasse mit sagenhaftem Ausblick auf den Rhein und den Auenwald am anderen Ufer. »Ich bleibe sechs Wochen hier«, sagte sie, bevor er fragen konnte. »Die Wohnung gehört einem alten Freund, der beruflich ein Projekt in China betreut. Schön, nicht?« Sie wies mit ihrer Hand Richtung Rhein. »Was willst du trinken?«

Magnus orderte Kaffee und Wasser. Er nutzte die Gelegenheit, Maike durch die offene Tür hindurch unauffällig in Augenschein zu nehmen, während sie die Getränke nebenan in der offenen Küche zubereitete. Seine Klientin war mittelgroß und sehr schlank, fast zu dünn für seinen Geschmack. Ihre feinen hellbraunen Haare trug sie gerade geschnitten und ließ im Profil ein zartes Näschen mit ein paar Sommersprossen erkennen. Keine Schönheit, die sofort ins Auge fiel, aber spätestens der zweite Blick blieb an ihr hängen. Die schlichte weiße Bluse und eine helle Leinenhose wirkten leger, waren aber perfekt geschnitten und von guter Qualität. Eliza hatte ihm beigebracht, auf die Verarbeitung von Kleidungsstücken zu achten. Das half ihm oft, eine Person einzuschätzen, zumindest darin, was sie nach außen darstellen wollte. Das Auffälligste an der Kleidung seiner neuen Klientin war der Schmuck: eine doppelreihige, lange Kette mit türkisfarbenen, kleinen Steinen und dazu passende schmale Silberreifen am Arm. Als sie die Kaffeedose zurück ins Regal stellte, klimperten sie bei ihren Bewegungen leise mit. Maike strahlte eine Wärme aus, die ihm gut gefiel. Eliza hatte ihm beim Frühstück erzählt, dass sie in Australien als Kinderpsychologin arbeitete. Er konnte sich gut vorstellen, dass sie mit ihren sanften Zügen und dem offenen Lächeln mühelos das Vertrauen ihrer Patienten gewann. Während sie die Getränke auf dem kleinen Holztisch abstellte, an dem Magnus sich niedergelassen hatte, kramte er sein Notizbuch aus der Tasche. Seine erste Frage war bereits geklärt: Ihr Bruder hatte sich noch nicht gemeldet. Magnus ließ Maike erneut die Nummer wählen. Die Mailbox meldete wenig überraschend, dass der Teilnehmer zurzeit nicht erreichbar sei.

»Ich habe meine Eltern angerufen«, sagte sie. »Meine Mutter hat das letzte Mal vor drei Wochen mit ihm telefoniert. Sie weiß nicht, wo er sein könnte.«

»Und euer Vater?«

Die Frage hing einen Moment lang in der Luft. »Ben und mein Vater …«, sagte sie, nach den richtigen Worten suchend. »Sie haben sich entzweit. Seit Ben damals das Biologiestudium abgebrochen hat, haben sie keinen Kontakt mehr – seit damals herrscht zwischen ihnen Funkstille.«

»Aber er ist doch promovierter Physiker?«

»Der spätere Erfolg war meinem Vater egal. Seiner Meinung nach hat mein Bruder zu lange studiert.«

Magnus machte sich eine Notiz. Auf den ersten Blick war keine Hilfe durch den Vater zu erwarten. »Hat Ben eine Partnerin? Alte Freunde? Was ist mit den Kollegen?«, wollte er wissen. »Er arbeitet schließlich, oder nicht?« Niemand geisterte völlig einsam durch den Orbit.

»Ich fürchte, ich bin keine große Hilfe«, sagte sie bedrückt. »Ich war zu lange nicht hier. Gestern habe ich versucht, einen alten Schulfreund von ihm anzurufen, meine Mutter hatte die Adresse, aber der war nicht zu Hause. Ich bin mir nicht sicher, ob sie noch Kontakt haben. Von einer Partnerin weiß ich nichts. Ben ist wirklich ein Einzelgänger.«

Magnus notierte sich die Daten des Schulfreundes und der Eltern.

Ben arbeitete bei einem Start-up namens »SolarBoost GmbH«, das sich mit Solartechnik beschäftigte, so viel wusste Maike immerhin. »Da lief gestern den ganzen Nachmittag der Anrufbeantworter.« Sie grinste bei der Erinnerung etwas gequält. »Sie seien unterwegs, die Welt retten, lautete die Ansage. Ich habe es ein paarmal probiert, aber nicht um Rückruf gebeten. Wenn es eine harmlose Erklärung für sein Verschwinden gibt, will ich Ben nicht vor seinen Kollegen blamieren ... das schien mir nicht richtig.« Sie rührte so konzentriert in ihrem Kaffee, als ob sie damit einen Preis gewinnen könnte.

»Bei den Kollegen sollten wir beginnen, wenn du einverstanden bist«, schlug Magnus vor. »Wann genau wart ihr am Sonntag verabredet?«

»Um fünf. Er wollte noch etwas erledigen. Wir haben beide darüber gescherzt, dass das die englische Teezeit ist.«

»Hat Ben gesagt, wo er vorher hinwollte? Das wäre ein Anhaltspunkt.«

Sie schüttelte den Kopf. »Darüber haben wir nicht gesprochen und ich habe nicht danach gefragt.«

»Das heißt, wenn dein Bruder sich bis heute Nachmittag nicht meldet, ist er seit 48 Stunden weg«, stellte Magnus fest. Er trank einen Schluck Wasser und prüfte seine spärlichen Notizen. Maikes Bruder hinterließ verdammt wenig Spuren, denen man nachgehen konnte. Er hoffte inständig, dass die Kollegen vom Start-up-Team ihnen weiterhelfen konnten.

»Es wäre gut zu wissen, woran er arbeitet«, meinte er.

Maike hob die Schultern. »Ich verstehe nichts von seinen Forschungen«, gab sie zu. Ihre Augen füllten sich mit Tränen. »Ich fühle mich bei jeder deiner Fragen schlechter. Ich habe das Gefühl, ich kenne meinen Bruder nicht mehr.«

»Das ist normal«, tröstete Magnus sie. »Niemand ist rund um die Uhr aufmerksam. Woher solltest du wissen, dass das plötzlich wichtig ist? Außerdem habt ihr euch sehr lange nicht gesehen. Du hast doch am Telefon gesagt, ihr schreibt euch regelmäßig?«

»Stimmt. Warte.« Maike stand abrupt auf, wischte sich im Hinausgehen über die Augen und verschwand kurz hinter einer der Türen. Sie kehrte mit einem Tablet und einer Lesebrille zurück, öffnete die Korrespondenz mit ihrem Bruder und las eine Weile. Magnus beobachtete Maike, ohne sie direkt anzustarren. Die Brille vergrößerte ihre Augen, deren dunkles Braun an die Farbe des Kaffees erinnerte, an dem er gerade nippte. Die Wimperntusche auf den Unterlidern war verwischt.

»Da steht etwas«, sagte Maike plötzlich und beugte sich vor, um besser sehen zu können. »Ben hat mir Anfang 2019 geschrieben, kurz bevor er angefangen hat, bei der Firma zu arbeiten. Es geht um den Wirkungsgrad von Solarzellen. Ich habe keine Ahnung, was das bedeutet.« Sie lächelte schwach. »Ich wollte das immer mal nachlesen.«

»Wenn das für dich in Ordnung ist, leite mir die E-Mails weiter. Ein Außenstehender findet manchmal leichter Hinweise.«

Maike nickte. Sie setzte die Brille ab und wirkte plötzlich müde. »Eins solltest du noch wissen, ich hoffe, du hältst mich nicht für eine übergeschnappte Idiotin.« Sie sah einem Containerschiff nach, das stromabwärts den Rhein hinabfuhr. »Ben neigt durchaus dazu, gelegentlich abzutauchen. Er packt seine Sachen, geht wandern oder fotografieren oder vergräbt sich in seine Arbeit. Trotzdem.« Sie richtete ihren klaren Blick auf Magnus. »Er hat sich sehr auf unser Wiedersehen gefreut, das weiß ich. Er hätte mir gesagt, wenn ihm etwas dazwischengekommen wäre.«

Magnus dachte nach. Allmählich fügten sich die sparsamen Informationen über Maikes Bruder zu einem Bild zusammen. Ein introvertierter Typ, wenig Bindungen, wie es schien, nicht sehr zugänglich, ein Einzelgänger.

Mit der Arbeit verheiratet. Dazu eine Tendenz, gelegentlich abzutauchen. Eine harte Nuss für den, der ihn suchte.

»Ist dir in seiner Wohnung etwas aufgefallen?«

Sie schüttelte den Kopf. »Ich habe nur kurz nachgesehen, ob er da ist. Ich habe auf nichts Bestimmtes geachtet.« Sie zögerte. »Wir können zusammen nachschauen, wenn du magst. Wenn du Zeit hast, meine ich.«

Magnus fühlte sich nicht ganz wohl bei dem Vorschlag, stimmte aber nach kurzem Zögern zu. Verboten war es nicht, wenn Maike mitging. Vielleicht fanden sie in der Wohnung Hinweise, wo Ben sich aufhielt.

»Findest du, ich sollte eine Vermisstenanzeige aufgeben?«

»Nein, noch nicht«, sagte er schnell. Die Polizei sähe, Stand heute, keine Veranlassung, Bens Aufenthalt zu ermitteln. »Nur zur Sicherheit: Schreibt ihr euch SMS oder WhatsApp? Möglicherweise hast du eine Nachricht von ihm übersehen?«

»Ben ist nicht der Typ für Kurznachrichten. Er ruft an oder schreibt eine Mail.« Ihre Augen füllten sich erneut mit Tränen, die sie hastig wegwischte. Magnus erklärte ihr betont sachlich seine nächsten Ermittlungsschritte, um sie zu beruhigen. Er würde die Kollegen kontaktieren und versuchen, den alten Schulfreund zu erreichen.

»Hast du ein Foto von deinem Bruder?«

»In meiner Tasche.« Maike holte einen kleinen Lederrucksack von der Garderobe, fischte ein abgegriffenes Bild aus ihrem Portemonnaie und reichte es ihm. Im Hintergrund sah man die Hohenzollernbrücke und einen Teil des Kölner Doms. »Wir haben uns bei meinem letzten Besuch hier von einem Touristen fotografieren lassen«, sagte sie und lächelte, während sie das Bild betrachtete. »Es ist fünf Jahre alt, aber er hat sich kaum verändert. Ab und zu sehe ich ihn, wenn wir über Skype telefonieren, aber er hasst das. Er schreibt lieber.«

Magnus betrachtete aufmerksam das Bild. Zu seiner Überraschung kannte er das Gesicht darauf. Er war sich hundertprozentig sicher. Bruder und Schwester lächelten in die Kamera, Ben hatte den Arm um Maikes Schulter gelegt. Das Lächeln schien ihn etwas mehr Mühe zu kosten als seine Schwester. Er trug die hellbraunen Haare lang, zurückgebunden, genau wie seine Schwester auf dem Foto. Die gleichen, sehr dunklen Augen und fein gezeichneten Augenbrauen. Die Ähnlichkeit zwischen den Geschwistern war unverkennbar. Frauen würden ihn attraktiv finden, dachte er. »Ich kenne das Gesicht«, sagte er und gab ihr das Bild zurück. »Aber ich weiß nicht, woher.«

»Er wohnt bei euch in der Nähe«, sagte sie. »In der Petersbergstraße.«

Gut möglich, dass er Ben beim Bäcker oder in der Nachbarschaft getroffen hatte. Oder es gab einen weiteren Berührungspunkt, aber er zermarterte sich das Hirn umsonst. Sie vereinbarten, sich in einer Stunde an Bens Wohnung zu treffen. Magnus schwang sich aufs Rad und nahm den Rückweg in Angriff, froh, sein Gehirn vom Wind durchpusten lassen zu können. Während er die Brücke hinaufschnaufte und die Sonne im Gesicht genoss, stellte er fest, dass er trotz allem auf die Statistik vertraute: Ben Reifferscheidt würde bald wiederauftauchen.

Als er etwas außer Atem vom Gegenwind zu Hause ankam, gab sich Eliza erst gar keine Mühe, ihre Neugier zu verbergen. Noch während er seine Jacke an die Garderobe hängte, löcherte sie ihn mit Fragen.

»Und? Was meinst du? Kannst du Maike helfen?«

Er küsste sie auf die Nasenspitze und grinste. »Ich habe Hunger und muss gleich wieder weg. Außerdem habe ich eine Schweigepflichterklärung unterschrieben«, neckte er sie. »Haben wir noch Ciabatta-Brötchen?«

»Sei nicht albern«, winkte sie ab und folgte ihm in die Küche. »Ohne mich hättest du keinen Auftrag. Ich kenne deine Klientin besser als du.«

»Wusstest du, dass der Bruder hier um die Ecke wohnt?«

Eliza schüttelte den Kopf. »Erst seit gestern. Ich habe ihn noch nie gesehen, aber wahrscheinlich würde ich ihn auch nicht wiedererkennen. Er war 13, als Maike weggezogen ist.«

»Komisch ist die Geschichte schon«, gab Magnus zu. »In den meisten Fällen ist die gesuchte Person nach 72 Stunden wieder da. Das habe ich deiner Freundin nicht gesagt, damit sie nicht die ganze Zeit auf die Uhr guckt.«

Eliza schaute auf den Kalender in der Küche, in den sie beide ihre Termine eintrugen. »Dann kommt Ben nach deiner Statistik morgen zurück. Was machst du in der Zwischenzeit?«

»Du könntest mir helfen«, sagte Magnus. »Du kennst Maike besser als ich.« Er kramte Käse und Gurke aus dem Kühlschrank, belegte sich ein Ciabatta und biss im Stehen herzhaft hinein. Hinsetzen lohnte sich nicht mehr. Eliza stibitzte ein Stück Gurke von seinem Teller. »Wie gefällt sie dir? Sympathisch, oder?«

Magnus dachte kurz nach. »Freundlich. Warmherzig. Selbstbewusst. Sie wirkt, als ob sie mit sich und ihrem

Leben im Reinen ist, von dem verschwundenen Bruder mal abgesehen. Glücklich verheiratet, zwei Kinder, guter Job, wahrscheinlich Freunde, alles rund. Liege ich richtig?«

Eliza bestätigte das mit einem Nicken.

»Der Bruder scheint eher in die andere Richtung zu laufen«, fuhr Magnus mit halb vollem Mund fort, »Einzelgänger, introvertiert, sie weiß nicht mal, ob er gebunden ist, er hat wenig Kontakt zu den Eltern, keine engen Freunde außer einem alten Schulfreund, den er offenbar auch aus den Augen verloren hat. Aber Maike lebt auch schon lange nicht mehr hier. Es wird nicht einfach werden, Anknüpfungspunkte zu finden. Ihr wart doch in der Oberstufe gut befreundet, oder? Was hast du von der Familie mitbekommen?«

»Wir waren öfter bei uns zu Hause als bei Maike. Sie mochte den Trubel bei uns lieber, obwohl wir keinen Platz und weder eine Tischtennisplatte noch einen großen Garten hatten. Bei den Reifferscheidts war es ...«, Eliza suchte nach dem richtigen Wort, »... beklemmend. Man konnte nicht richtig atmen. Die Mutter lag oft mit Migräne auf der Couch im Wohnzimmer, mit einem feuchten Handtuch auf der Stirn. Wir sind auf Zehenspitzen durch das Haus geschlichen, wenn wir uns zum Lernen oder Quatschen bei Maike verabredet haben. Eine stille Frau, die sich gegen ihren Mann nicht durchsetzen konnte. Hausfrau. Legendärer Apfelkuchen.« Eliza lächelte bei der Erinnerung und schenkte sich ein Glas Leitungswasser ein. »Vor dem Vater hatte ich Angst, obwohl er nie unfreundlich zu mir war. Er war Abteilungsleiter bei Rheinbraun, so hießen die damals. Das ist doch heute die Rheinenergie AG, oder?«

Magnus nickte. »Haben sich Ben und Maike gut verstanden? Immerhin sind sie sechs Jahre auseinander.« Er schob sich mit einem kurzen Blick auf die Küchenuhr hastig die zweite Hälfte des Ciabattas in den Mund.

»Sie haben sehr aneinander gehangen, trotz des Altersunterschieds«, sagte Eliza nachdenklich. »Maike hat ihn beschützt, denke ich. Der Vater hat Ben dauernd runtergemacht. Ich war einmal zu Besuch, als Ben eine Vier minus in einer Klassenarbeit nach Hause gebracht hat, Erdkunde oder so was. Der Vater ist ausgerastet, dabei war Ben sonst gut in der Schule. Zur Strafe musste er ohne Mittagessen auf sein Zimmer. Damals fand ich auf jeden Fall, dass der Vater komplett durchgeknallt war. Maike und ich haben Ben ein Wurstbrot und Gummibärchen aufs Zimmer geschmuggelt. Die Mutter hat so getan, als ob sie nichts merkt.«

»Ohne Essen aufs Zimmer, das klingt nach 50er-Jahre-Erziehung. Der Arme«, sagte Magnus und küsste sie mit vollem Mund auf die Wange.

»Das muss hart für Ben gewesen sein, als Maike nach dem Abitur weggezogen ist«, sagte Eliza.

»Lass uns gleich weiterreden, ich muss noch mal weg«, sagte Magnus und ließ seine verdutzte Frau in der Küche stehen.

Er ging zu Fuß. Das Auf- und Abschließen des Fahrrads würde länger dauern als der kurze Spaziergang um die Ecke. Die Petersbergstraße war eine seiner Lieblingsstraßen in Klettenberg. Sie erstreckte sich über das ganze Viertel und lief genau auf den Park zu. Kleine Bäume, deren Blätter sich rötlich verfärbten, säumten den Straßenrand, wie sie hießen, wusste er nicht. Er überquerte den Klettenberggürtel, an dem jetzt, um die Mittagszeit, wenig Verkehr war. Unter den herausgeputzten Altbauten aus der Gründerzeit suchte er die Hausnummer, die Maike ihm genannt hatte. Hier wohnten Familien mit gesichertem Einkommen, Rentner mit solider Pension, auch Alleinstehende oder Studenten aus betuchten Familien, die sich die Mieten hier leisten konnten. Viele fanden offenbar Zeit oder hatten das Geld, die Vorgärten hinter den schmiedeeisernen Gittern zu pflegen. Magnus fand schnell den vierstöckigen Altbau, dessen hellgelbe Farbe ihn an Elizas Zitronentorte erinnerte. Vor einer niedrigen Steinmauer standen mehrere abgeschlossene Fahrräder, und Magnus überlegte, ob eines davon Ben gehörte. Besaß er eigentlich ein Auto? Das musste er in Erfahrung bringen. Maike war noch nicht eingetroffen. Vor der Erdgeschosswohnung, in der Ben wohnen sollte, blühte auf der rechten Seite ein weißer Hibiskus, der eines der hohen Fenster halb verdeckte. Die Scheiben reflektierten die Sonnenstrahlen, was Magnus den Blick ins Innere verwehrte. Er stieg ein paar Steinstufen hinauf und überprüfte die Namen der Bewohner auf den Klingelschildern. Reifferscheidt und Wischkowski im Erdgeschoss. Merzenich, Trautmann, Schmidt, Sadeeh, Fischer, Breuer, Wagner, Müller. Er grinste. In Köln führte immer die Hälfte der Nachnamen eines Hauses auf alte Handwerksberufe zurück.

»Gestern haben Sie mir einen Zettel in den Briefkasten geworfen, obwohl ich zu Hause war!« Die Frauenstimme klang nach einer Mischung aus Reibeisen und schlecht gelauntem Raubtier. Magnus trat einen Schritt zurück und spähte nach oben. Aus einem Fenster im ersten Stock beugte sich eine ältere Frau mit einem graublonden Pagenkopf und sah vorwurfsvoll auf ihn herab.

»Sie verwechseln mich«, sagte er. »Ich bin mit Frau Bishop verabredet.«

»Die wohnt hier nicht.«

»Die Schwester von Herrn Reifferscheidt. Ich warte hier auf sie.«

»Aha. Ich dachte, Sie wären vom Paketdienst.«

Magnus beäugte kritisch seine Kleidung. Sah er wie ein Paketbote aus? Das Fenster im ersten Stock schloss sich wieder. Wenn er die Anordnung der Klingeln richtig deutete, hatte eine Frau Merzenich seinem Selbstbewusstsein gerade einen Dämpfer verpasst. Sollte Eliza etwa recht haben mit ihrer Kritik an seiner alten Fahrradjacke? Sie war schwarz, 15 Jahre alt, winddicht und nicht zu warm – also extrem praktisch.

»Sorry, sorry, ich habe keinen Parkplatz gefunden!« Maike hastete auf das Haus zu. Sie trug einen hellen Trenchcoat, eine große Ledertasche und hatte sich die Haare zurückgebunden. »Ich bin das von zu Hause nicht gewohnt, dass man nirgendwo Platz hat. Morgen lasse ich das Auto stehen.« Sie begann, in der Tasche nach dem Schlüssel zu kramen. »Wir sollten uns bei der Nachbarin anmelden. Die passt auf wie ein Schießhund, dass kein Fremder das Haus betritt.«

»Wenn das die Frau Merzenich aus dem ersten Stock ist – die habe ich bereits kennengelernt.«

Maike drückte auf den Klingelknopf, worauf sich das Fenster über ihnen erneut öffnete. »Ich wollte nur Bescheid geben, wir gehen in die Wohnung!«, rief sie nach oben.

»Ah – Sie sind es, Frau Reifferscheidt. Den Herrn da kenne ich nicht.« Sie musterte Magnus.

»Das geht in Ordnung! Herr Meister hilft mir, nach meinem Bruder zu suchen.« Maike zwinkerte Magnus zu und flüsterte: »Meinen englischen Namen kann sie sich nicht merken.«

Magnus nahm sich vor, die Nachbarin auf jeden Fall zu befragen. Leute, die so gut aufpassten wie Frau Merzenich, gaben brauchbare Zeugen ab. Kurz darauf standen sie im Flur einer freundlichen weiß gestrichenen Wohnung, die durch hohe Decken und einen Parkettboden geräumig wirkte, obwohl sie bestimmt nicht mehr als 60 Quadratmeter groß war, schätzte Magnus. Er ließ Maike vorangehen, denn er wollte keinesfalls den Eindruck erwecken, herumzuschnüffeln – obwohl er dafür bezahlt wurde. Im winzigen Flur ohne Fenster, von dem vier Türen abgingen, stolperte Magnus fast über ein Paar Turnschuhe und klobige Wanderschuhe, für ein Regal war hier kein Platz. An drei einzeln angeschraubten Garderobenhaken hingen eine dunkle Regenjacke, eine Windjacke, eine dünne schwarze Wollmütze und ein Fahrradschloss. Ein Schlafzimmer mit ordentlich gemachtem Doppelbett und einem Kleiderschrank aus Massivholz, nirgendwo lag Kleidung herum. Durch das Fenster war von der Straße fast nichts zu erkennen, der blühende Hibiskus, den Magnus schon von draußen gesehen hatte, verbarg das Innere des Zimmers vor neugierigen Blicken von Passanten. Das geräumige Wohn- und Arbeitszimmer nebenan war mit Holzregalen, Schreibtisch, einem hellen Zweiersofa und zwei Sesseln schlicht eingerichtet und ebenso penibel aufgeräumt wie das Schlafzimmer. In der ganzen Wohnung lag keine einzige Staubflocke, wie Magnus sofort auffiel. Er strich mit den Fingern über die Oberkante eines Türrahmens – nichts. Auf dem Schreibtisch stand, gerahmt, das Foto der Geschwister, das Magnus schon kannte. Sonst gab es keine Fotos, auf denen jemand abgebildet war, keine Papiere, die herumlagen, keinen verstreuten Müll. Magnus trat näher an den Schreibtisch: Zwei große Monitore flankierten eine Docking-Station, aber ein Rechner oder Laptop fehlte. Maike stand neben Magnus und starrte auf die Lücke. »Mir ist gestern nicht aufgefallen, dass sein Rechner nicht da ist«, sagte sie. »Ich habe einfach nicht darauf geachtet.«

»Vielleicht hat er ihn mit auf die Arbeit genommen?«, schlug Magnus vor. »Das lässt sich herausfinden.«

»Ben war immer schon sehr ordentlich, aber ich finde, es sieht so aus, als ob jemand hier saubermacht, meinst du nicht?« Maike sah sich etwas ratlos um. »Nirgends liegt Staub. Sogar die Fenster sind geputzt.«

Magnus nickte geistesabwesend. »Wir fragen die Nachbarin.« Er prüfte den Inhalt der Bücherregale. Hier stapelten sich sauber geordnet mehrere Jahrgänge der »National Geographic«, Bücher mit Titeln wie »Erneuerbare Energien und Klimaschutz«, »Monokristallines Silizium« oder »Photovoltaic Engineering«. Ben war offenbar kein Freund der Unterhaltungsliteratur. Dafür liebte er Musik, stellte Magnus fest. Dem Schreibtisch gegenüber, neben der Tür, durch die sie den Raum betreten hatten, befand sich in der Sofaecke eine High-End-Hi-Fi-Anlage, an die Kopfhörer von exzellenter Qualität angeschlossen waren. Eingerahmt wurde das Ensemble von zwei hohen Regalen voller Klassik-CDs. Mozart, Bach, Grieg und einige Namen von Komponisten – oder Interpreten? –, die Magnus nichts sagten. Klassik war nicht sein Spezialgebiet. Einen Fernseher gab es nicht. »Er hat immer schon gerne Klassik gehört«, sagte Maike, die seinen Blicken gefolgt war. Sie zog eine CD aus dem Regal. »Bach, die Goldberg-Variationen. Ich glaube, er mag die Ordnung in der Musik. Bach komponierte streng nach der Logik seiner Zeit. Er hat es mir immer versucht zu erklären.« Sie lächelte bei der Erinnerung. »Ich bin eine hoffnungslose Klassik-Ignorantin.« Sie schob die CD an ihren Platz zurück und ging in die Küche. Magnus' Blick blieb an zwei professionell gerahmten Wandbildern über der Sofaecke hängen. Die quadratischen Leinwände, er schätzte sie auf 60 mal 60 Zentimeter, zeigten kunstvoll vergrößerte Details, wovon genau, konnte er nicht auf Anhieb erkennen. Magnus trat zwei Schritte zurück. Das war besser. Jetzt erkannte er einen überdimensionalen Wassertropfen, aufgefangen in der Mitte eines kelchförmigen Blattes. Die sternförmige Blattstruktur unterteilte das Bild, es sah aus wie von hinten beleuchtet.

»Das ist ein Papayablatt«, sagte Maike. »Schön, nicht? Detailfotografie hat er schon immer geliebt. Er hat mich oft raten lassen, was auf den Bildern zu erkennen ist.«

»Die hat er selbst gemacht?«, fragte Magnus beeindruckt. »Und das hier?«

Das zweite Bild gab ihm noch mehr Rätsel auf. Am unteren Bildrand etwas leuchtend Gelbes, wie getupft, violette Strahlen, die sich im Dreieck nach oben streckten, im Hintergrund zartes Rosé, am oberen Bildrand sattes, dunkles Grün. Maike trat neben ihn. »Eine Seerose«, sagte sie und lächelte. »Wie gesagt, ich übe das schon sehr lange.«

Magnus riss sich vom Anblick der Bilder los. Nach einem kurzen Blick in das blitzsaubere Badezimmer, in dem nichts zu fehlen schien, gingen sie in die Küche. Wenn es einen Ort gab, an dem Ben die strenge Ordnung nicht ganz einhielt, dann hier. Der Raum wirkte einladend und gerade groß genug, dass vier Personen sich an einen runden, alten Eichentisch quetschen konnten. Die Stühle hatten Flohmarkt-Charme, wirkten aber bequem. Die unteren Zweige einer alten Kastanie reichten bis an das Fenster. Der Baum hatte bereits begonnen, seine Blätter abzuwerfen und auf dem Hinterhof zu verteilen. Auf dem Tisch standen eine saubere Thermoskanne, eine Obstschale mit einem leicht verschrumpelten Apfel und ein Glas Honig. Neben dem Spülbecken trockneten auf dem Abtropfgitter zwei gespülte Kaffeebecher und zwei Teller. Das alte Gewürzregal über dem Gasherd war blitzsauber und fast so gut sortiert wie Elizas zu Hause, Ben schien gerne zu kochen. Der Kühlschrank dagegen gähnte sie an, bis auf ein Glas Dijon-Senf, eine angebrochene Flasche Weißwein und eine Tube Tomatenmark war er leer.

»Was denkst du?«, fragte Maike. »Sieht so aus, als ob er zurückkommen wollte, oder?«

Magnus hob die Schultern. »Vermutlich.« Es war viel zu früh, um irgendwelche Schlüsse zu ziehen. Der leere Kühlschrank, das gespülte Geschirr, der fehlende Rechner – das konnte alles bedeuten. Magnus' Blick wurde von einer Pinnwand mit Magneten, die an der Innenseite der Küchentür befestigt war, angezogen. Hier hingen Fotos, zwei handschriftlich notierte Telefonnummern und ein langer Einkaufszettel. Mehrere Bilder an der Pinnwand zeigten Pflanzenfotografien im Kleinformat, die denen im

Wohnzimmer ähnelten. Ein Schnappschuss zeigte Ben im Halbprofil, an einem Tisch sitzend, vor sich einen Monitor. Ben lächelte dem Fotografen halb über die Schulter zu, die Augenbrauen angehoben, als ob er überrascht wäre, aber nicht unangenehm.

»Hast du eine Idee, wo das Foto aufgenommen worden sein könnte?«, fragte Magnus. Maike trat so dicht neben ihn, dass Magnus unwillkürlich einen Schritt zur Seite ging. Verdammtes Corona, er war schon regelrecht aufs Abstandhalten dressiert.

»Entschuldige«, sagte sie hastig, wobei eine Spur Röte ihre Wangen färbte. Sie betrachtete das Bild und verneinte. »Vielleicht in seinem Büro auf der Arbeit?«

Magnus holte sein Handy heraus, fotografierte das Bild ab und machte noch einige Aufnahmen von der Wohnung, das würde ihm später beim Nachdenken helfen. »Was meinst du, statten wir der Nachbarin noch einen Besuch ab?«

Sie schlossen die Tür hinter sich und nahmen die Treppen zum ersten Stockwerk.

Hinter der Tür setzte ein Kläffen und Jaulen ein, als sie klingelten. »Frau Reifferscheidt! Das ist aber nett, dass Sie vorbeikommen«, sagte die Nachbarin, während sie die Tür einen Spaltbreit öffnete. »Moment mal. Ab auf deine Decke, Hasi!« Magnus sah ein winziges schwarzbraunes Fellknäuel mit eingezogenem Schwanz um die Ecke biegen. »Er mag keine Fremden. Käffchen für Sie? Ich hab gerade einen fertig.« Sie lehnten höflich ab, Magnus mit Blick auf die Uhr.

»Das ist aber schade. Ich bekomme nicht so oft Besuch hier. Ist ihr Bruder noch nicht wieder da? Das ist ja so ein freundlicher junger Mann! Selbstverständlich sage ich Ihnen Bescheid, wenn ich ihn sehe. Er ist eigentlich fast jeden Abend zu Hause.«

Die Nachbarin wandte sich ausschließlich an Maike. »Wollen Sie sich nicht doch kurz setzen?« Sie wies in die Richtung, in der Magnus ihr Wohnzimmer vermutete.

»Nein, aber vielen Dank. Frau Merzenich – das ist Herr Meister. Ich bin mit seiner Frau befreundet«, beeilte Maike sich, ihr zu erklären, was der fremde Mann hier wollte. »Er hilft mir beim Suchen. Er wohnt um die Ecke.«

Das misstrauische Gesicht hellte sich etwas auf. »Jetzt weiß ich, wo ich Sie schon gesehen habe. Sie holen samstags immer die Brötchen beim Bäcker ab. Vier helle Brötchen, eine Laugenstange.« Sie taxierte Magnus eine Spur freundlicher und weidete sich an seiner Überraschung. »Da staunen Sie, was? Ich bin jeden Morgen um neun mit Hasi zum Kaffeetrinken da. Ich kann mir Gesichter gut merken.«

»Sie haben ein gutes Gedächtnis«, sagte Magnus anerkennend. »Wissen Sie noch, wann Sie Herrn Reifferscheidt zum letzten Mal gesehen haben?«

»Aber sicher. Am Sonntag bin ich mit Hasi meine Mittagsrunde gegangen, da hat er gerade sein Fahrrad aufgeschlossen. Er wollte weg, sonst plaudern wir immer noch ein bisschen. Ich hab gedacht, der hat es aber eilig für Sonntagmittag. Man will sich ja nicht aufdrängen, wissen Sie.«

»Ich würde den Schlüssel gerne noch behalten«, sagte Maike und fügte hastig hinzu: »Wenn es Ihnen recht ist, natürlich.«

»Aber sicher. Komisch, dass sich der Herr Reifferscheidt so gar nicht bei Ihnen meldet. Der ist zuverlässig wie ein Uhrwerk.«

»Ist Ihnen noch etwas Ungewöhnliches aufgefallen?«, wollte Magnus wissen. »Hatte er Besuch in den letzten Tagen?«

Frau Merzenich dachte nach, dann schüttelte sie den Kopf. »In der letzten Woche nicht, aber ich bin nicht dauernd hier, wissen Sie. Donnerstags gehe ich immer zum Friedhof. Nein, lass das, Hasi!« Das Fellknäuel war todesmutig zurückgekehrt und knurrte die Besucher an. »Die Kleinsten sind doch immer die Frechsten. Jaja, wir gehen jetzt Gassi.«

Magnus tauschte einen kurzen Blick mit Maike, hier gab es nichts mehr zu erfahren. Er gab Frau Merzenich zum Abschied seine Visitenkarte mit der üblichen Bitte, ihn anzurufen, falls ihr noch etwas einfiele. Draußen vereinbarte er mit Maike, am Abend zu telefonieren. Sie gab ihm den Schlüssel für Bens Wohnung mit den Worten: »Falls dir noch etwas einfällt, wonach du suchen willst«, und verabschiedete sich in bedrückter Stimmung. Auf dem Rückweg fiel Magnus ein, dass Frau Merzenich wahrscheinlich wusste, ob Ben eine Putzhilfe beschäftigte.

Eliza war nicht zu Hause. Magnus stapfte die Treppe zum Arbeitszimmer hoch, schaute sehnsüchtig auf die Gitarre und fuhr seinen Rechner hoch. Maike hatte bei »SolarBoost« nur den Anrufbeantworter erreicht, aber es sollte doch möglich sein, eine Handynummer herauszufinden. Nur mit dem Namen des Start-ups und einer vagen Vorstellung, womit sie sich beschäftigten, befragte er das Internet. Er fand sofort eine Online-Plattform, auf der sich mehrere kleine Unternehmen mit grünen Ideen zusammengeschlossen hatten. Zwischen neuen Ansätzen zur Vermeidung von Plastikmüll in den Meeren bis hin zu Apps zu den Themen Energiesparen und Elektromobilität fand er eine kurze Unternehmensvorstellung von »SolarBoost« und gute Bewertungen für ihre innovativen Ideen. Das Start-up entwickelte und vertrieb seit 2019 Produkte, die mit Solarenergie betrieben wurden, unter anderem Mini-Solaranlagen für Privathaushalte. Magnus folgte einem Link zur Website des Unternehmens. Interessiert las er in der Beschreibung des Artikels, dass man die Anlagen einfach auf dem Balkon oder der Terrasse installieren und damit seinen Energieverbrauch entlasten könnte. Er fragte sich kurz, warum er von dieser scheinbar simplen Idee noch nichts gehört hatte, er kannte nur Solaranlagen auf Dächern. Wenn das jeder machen würde, hätten die großen Stromkonzerne drastische Einbußen. Oder konnte man mit privatem Stromverbrauch nichts verdienen? Auf der Vertriebsseite fand er den Preis für so ein Wundergerät: 699 Euro. Okay, das war nicht billig, aber die hielten doch bestimmt ein paar Jahre? Magnus war vom Thema so gefesselt, dass ihm erst einige Zeit später auffiel, dass er sich eher um die Kontaktdaten und Personen in dem Start-up kümmern sollte als um deren Produktpalette. Auf der Seite, auf der sich das Team vorstellte, fand er, was er brauchte. Auf einem Foto waren alle fünf Teammitglieder abgebildet. Magnus zoomte heran. Sie standen in einer Reihe und hielten sich gegenseitig im Arm wie Fußballer vor dem Anpfiff. Ben stand links außen, lächelnd, mit Schatten unter den Augen, etwas verdeckt von einem selbstbewusst wirkenden breitschultrigen Mann mit kurz geschorenen Haaren, hellblauem

Hemd und einem offenen Grinsen. Seine Arme lagen wie ein Joch auf Ben und einer bildhübschen Rothaarigen an seiner rechten Seite. Sie war das strahlende Zentrum der Reihe. Klare Gesichtszüge, heller Teint, dunkle Augen und ein umwerfendes Lächeln, Ende 20, höchstens Anfang 30, schätzte Magnus. Sie hieß Gemma Jones, kümmerte sich laut Infotext um das Marketing und war die Geschäftsführerin des Start-ups. Sie kam ihm vage bekannt vor, aber möglicherweise war bei ihm gerade der Wunsch Vater des Gedankens. Der selbstbewusst grinsende Typ zwischen ihr und Ben hieß Marko Boden, wirkte etwas jünger als Ben und war zuständig für Vertrieb und Key-Accounts. Jedenfalls ein wichtiger Mann. Aber bei einem Start-up waren bestimmt alle gleich wichtig. Junge Unternehmen dachten gewiss nicht in Hierarchien. Rechts neben Gemma Jones stand ein schlaksiger Teenager, dessen wirre braune Haare aussahen, als sei er eben aus dem Bett gekrochen. Er sah keinen Tag älter aus als 17 und ging bestimmt noch zur Schule. »Jonas Winkler, IT und Social Media«, las Magnus. Das konnte alles heißen. Neben Jonas stand eine schlanke Dunkelhaarige mit ernsten Augen, dunklem Teint und einem schmallippigen Lächeln. Sie zog auf dem Bild die Augenbrauen hoch bis über den Rand ihrer Brille und wirkte dadurch skeptischer als ihre Optimismus versprühenden Kollegen. »Shirin Nabavi, Assistenz«, las Magnus. Welche Nationalität mochte sich dahinter verbergen? Irak? Iran? Ein interessantes Team. Magnus schnappte sich sein Handy und wählte die Festnetznummer, die bei allen ohne weitere Durchwahl angegeben war.

»Schön, dass du uns anrufst«, antwortete ihm eine

fröhliche weibliche Stimme auf der Mailbox, »wir retten gerade die Welt, sonst hättest du uns schon erreicht. Wir rufen dich zurück, sobald wir das Band abhören!«

Magnus grinste. Die Leute von »SolarBoost« waren in einer Mission unterwegs. Sein zweiter Versuch wenig später war erfolgreicher, er hörte, wie der Ton des Freizeichens sich nach dreimal klingeln veränderte. Wahrscheinlich eine Rufumleitung aufs Handy.

»Shirin von ›SolarBoost‹ hier, was kann ich für dich tun?« Dieselbe fröhliche Stimme wie auf der Bandansage, nur klang sie etwas gehetzt. Magnus nannte brav seinen Namen und erläuterte, dass er auf der Suche nach Ben sei.

»Da kann ich dir nicht helfen, ich bin gestern erst aus dem Urlaub zurückgekommen, ich war eine Woche nicht hier. Marko ist da, der kann dir vielleicht mehr sagen. Worum geht es denn?«

Magnus entschloss sich zu einer Halbwahrheit. »Er ist am Sonntag zu einem vereinbarten Treffen nicht gekommen. Seine Schwester ist aus Australien zu Besuch, sie macht sich Sorgen.«

»Ich wusste gar nicht, dass er eine Schwester hat. Aber das überrascht mich nicht, er erzählt nicht gerade viel über sich.« Sie seufzte. »Warte, ich leite dich zu Marko weiter.«

Sie stellte ihn kurz in die Warteschleife, wo Magnus zu seiner Erheiterung »Here Comes the Sun« von den Beatles hörte. Wie passend für ein Unternehmen, das sich der Solarenergie verschrieben hatte.

»Marko hier. Du suchst Ben«, meldete sich eine kräftige männliche Stimme und fuhr fort, ohne eine Antwort abzuwarten: »Ich weiß ehrlich gesagt nicht, wo er steckt. Wir haben hier keine festen Arbeitszeiten im üblichen

Sinne. Jeder macht sein Ding, wie er will, verstehst du? Hier gibt es keine Anwesenheitspflicht.«

»Verstehe ich«, sagte Magnus, amüsiert über die Auskunft zum Teamwork bei »SolarBoost«. »Danke für eure Hilfe. Wir – also seine Schwester und ich – wissen nicht mehr, wo wir ihn suchen sollen. Wann habt ihr ihn denn zum letzten Mal gesehen?«

»Auf der Teamsitzung am Freitagmorgen, da waren alle hier. Das war –Sekunde, ich checke gerade meinen Kalender – der 28. August. Danach habe ich ihn nicht mehr gesehen, aber vielleicht jemand von den anderen, die müsstest du dann selbst fragen. Hör mal, nimm es mir nicht krumm, aber ich muss jetzt zu einem Kundengespräch.«

»Seltsam, dass keiner weiß, wo er sich aufhält«, sagte Magnus mehr zu sich selbst.

Marko lachte. »Seltsam ist genau das richtige Wort für Ben. Ich glaube, ihr macht euch umsonst Gedanken. Wenn er an einer neuen Idee dran ist, geht er oft auf Tauchstation. Sag das seiner Schwester.«

Magnus versprach es und bedankte sich höflich. Markos Charakterisierung passte zu dem, was er von Maike gehört hatte. Trotzdem würde er die anderen Kollegen noch befragen. Er brannte schon darauf, mit der Geschäftsführerin zu sprechen. Woher kam ihm das Gesicht bloß so bekannt vor? Aufmerksam betrachtete er erneut das Bild auf der Website. Er konnte sie sich gut als Modell vorstellen, wie sie die langen roten Haare über die Schulter warf und hauchte: »Ich bin es mir wert.« Was für einen Unsinn fantasierte er sich da eigentlich zusammen? Er rief sich zur Ordnung, wählte die Nummer erneut und erklärte Shirin, dass Marko ihm nicht hatte weiterhelfen können und er gerne mit Gemma Jones sprechen würde.

»Sie kommt heute Abend erst aus Berlin zurück, ist aber morgen wieder erreichbar. Willst du vielleicht mit Jonas sprechen? Den habe ich eben reinkommen sehen.«

»Warum nicht, jede Aussage hilft mir weiter.« Jonas war der junge ITler. Diesmal wurde er ohne Warteschleife durchgestellt.

»Ja?« Die Stimme des Jungen war erstaunlich tief.

»Magnus Meister. Ich bin auf der Suche nach Ben.«

»Warum?«

»Er ist am Sonntag nicht zu einem Treffen mit seiner Schwester erschienen. Sie macht sich Sorgen.«

»Warum ruft sie nicht selbst an?«

Der Junge war offenbar nicht blöd. »Ich helfe ihr«, erklärte Magnus. »Sie telefoniert noch andere Leute ab.«

»Bisschen übertrieben, oder? So, wie Ben drauf ist.«

Magnus begann sich allmählich zu ärgern, bemühte sich aber um einen freundlichen Ton. »Wann hast du ihn denn zuletzt gesehen?«

»Beim Teammeeting am Freitag. Da waren wir vollständig. Nein, warte, am Samstag danach noch. Er wollte etwas von mir wissen.«

Also am 29. August, rechnete Magnus schnell nach. »Ist dir irgendetwas aufgefallen? War er anders als sonst?«

Jonas zögerte mit der Antwort. »Nein, alles wie immer. Wie gesagt, nur ein paar Fragen zu unserem neuen Auftritt.«

»Was meinst du damit?«

»Wir stellen unser Projekt auf einer Plattform für grüne Start-ups vor. Die aktuelle Version habe ich gestern hochgeladen und Ben – wie gesagt – wollte noch etwas geändert haben. Ist das alles? Ich warte noch auf einen Call.«

Magnus schluckte seinen Ärger hinunter. »Um wie viel Uhr habt ihr euch am Samstag getroffen?« Reine Routinefrage, falls sein Auftrag sich zu einer handfesten Vermisstensache entwickeln würde.

»Keine Ahnung. Mittags irgendwann.«

»Okay, danke. Vielleicht melde ich mich noch mal, falls noch Fragen aufkommen.« Magnus wusste selbst nicht, warum er den Jungen provozierte.

»Bist du bei der Polizei? Ich weiß nicht, wo er ist, und fertig.« Jonas klang jetzt eindeutig gereizt.

»Sagt Bescheid, wenn er wiederauftaucht, okay? Ich sage das eurer Assistentin auch noch mal.«

»Meinetwegen.« Jonas legte auf.

Nachdenklich starrte Magnus aus dem Fenster, ohne etwas zu sehen. Er konnte es nicht richtig greifen, aber Jonas' abweisende Antworten gefielen ihm nicht. Oder handelte es sich nur um das übliche Kommunikationsproblem zwischen ITlern und dem Rest der Welt, das ihm schon oft bei seiner Arbeit für Bennos Detektei begegnet war? Wenn Ben wirklich so wenig Kontakte zu seinen Mitmenschen hatte, wie seine Schwester glaubte, waren die Start-up-Kollegen Magnus' bester Anknüpfungspunkt. Er würde hinfahren und sich anschauen, wo Ben arbeitete. Die meisten Hinweise ergaben sich nach seiner Erfahrung im direkten Gespräch. Magnus suchte nach einer Adresse und fand sie unten auf der Website. Schanzenstraße, ein Gewerbegebiet in Köln-Mülheim. Ein sogenannter Workspace, las Magnus, den sich die »SolarBoost GmbH« mit anderen Firmen teilte. Als er in der Küche nach seinen Autoschlüsseln suchte, klingelte es an der Haustür.

»Clara! Was treibt dich um die Uhrzeit zu uns?« Seine Tochter war immer ein erfreulicher Anblick, selbst wenn sie ungelegen kam.

»Warum bist du so schick? Eliza hat gesagt, du wärst zu Hause.« Sie musterte kritisch seinen Aufzug, fand nichts zu bemängeln. »Neuer Auftrag?«

»Der kann noch ein paar Minuten warten. Kaffee?« Er zog sein Jackett wieder aus.

»Lädst du mich zum Eis ein? Das Wetter ist super, wir können uns bestimmt raussetzen.« Clara folgte ihm ihn die Küche, wo Magnus sich aus der Krimskrams-Schublade einen neuen Mund-Nasen-Schutz fischte, und sah sich um. »Habt ihr gestrichen? Cool, das Türkis dahinten an der Wand.«

»Wenn Eliza nicht ausgelastet ist, wird das Heim verschönert. Du weißt ja, mit ihren Foto-Aufträgen ist im Moment nicht viel los.«

»Die Farbe sieht super aus. Hey, das bist ja du auf dem Foto! Ich habe dich nicht erkannt.«

Sie betrachtete eine Reihe Bilder an der frisch gestrichenen Wand, die Magnus und seine Band bei einem Auftritt im »Blue Shell« zeigten. In der Kölner Szene-Kneipe hatten sie vor dem Corona-Lockdown regelmäßig gespielt. Ihr Keyboarder Sven kannte den Besitzer und der wiederum mochte ihre Songs. Das schwarz-weiße Profilbild, vor dem Clara stehen geblieben war, zeigte Magnus nach dem Auftritt, wie er verschwitzt und glücklich am Tresen mit ausgestrecktem Arm eine Runde Bier orderte. Eliza hatte den Moment exzellent eingefangen. Das Bild hätte, wäre ihre Band berühmter gewesen, in einer Musikzeitschrift Furore machen können.

»Ich sehe gut aus, oder?« Magnus trat neben sie und legte den Arm um sie.

»Sei nicht so eingebildet, Papa.« Sie knuffte ihn in die Seite. »Was ist jetzt mit unserem Eis? Ich muss etwas mit dir besprechen.«

»Oha, dann wird es teuer für mich«, neckte er sie. »Ich habe nicht so viel Zeit, aber wir haben Eis hier. Komm, wir setzen uns auf die Terrasse.« Er durchstöberte das Tiefkühlfach und wurde fündig.

»Na gut. Vanille oder Nuss, bitte.« Clara ließ einen kleinen Rucksack neben den Gartentisch fallen und steuerte direkt auf Elizas Hochbeet zu. »Was ist das hier?«, rief sie in die Küche. Sie wies auf eine Pflanze mit großen, weichen Blättern und lila Blüten. »Paprika? Nein. Die sind ja süß!« Sie hob ein Blatt an und zeigte auf eine winzige Aubergine.

»Die sehe ich zum ersten Mal«, sagte Magnus wahrheitsgemäß, während er das Vanilleeis in zwei Schüsselchen verteilte. Er interessierte sich mehr für das zubereitete Ergebnis auf seinem Teller als für die Aufzucht des Gemüses. Er trug das Eis nach draußen. »Raus mit der Sprache«, sagte er und schob Clara eine ordentliche Portion mit Löffel über den Tisch. »Worum geht es?«

»Ich will studieren«, platzte Clara heraus. »Bevor du jetzt wieder meckerst, hör mich zu Ende an, okay?«

Magnus versprach es, auch wenn ihm das Herz in die Hose rutschte. Claras beruflicher Werdegang hatte ihm und seiner Exfrau Carolin in der Vergangenheit viel Kopfzerbrechen bereitet. Nach dem Abitur hatte Clara gejobbt, war für ein Jahr nach London gegangen und hatte nach diversen unbezahlten Praktika endlich ein Volontariat bei einem Fernsehsender gemacht, für den sie jetzt immer noch arbeitete, so sein letzter Stand. Von Studium war länger nicht mehr die Rede gewesen. Noch vor zwei Jahren hätte er nur mit Mühe den Unterhalt zahlen können. Er fürchtete die endlosen Verhandlungen mit Carolin, die ihm gerne die Fehler seiner Vergangenheit vorhielt, als er hauptsächlich durch Geldmangel und Abwesenheit geglänzt hatte.

»Ich finanziere das fast alleine«, begann Clara. »Der Sender will mich weiterbeschäftigen, ich könnte mir meine Zeit frei einteilen. Auf Dauer ist mir das beruflich zu wenig. Ich könnte in der Produktion arbeiten, aber das ist megastressig, und wenn du das Vollzeit machst, meckern alle nur an dir herum.«

»Was willst du denn studieren?«

Clara zupfte verlegen an ihren Haaren. »Journalismus, aber die Kölner und die Hamburger haben mich abgelehnt.«

»Du hast dich schon beworben?«

Sie nickte. »Mittlerweile habe ich mich mit vielen Leuten unterhalten, die meinten, man müsste nicht an einer Journalistenschule die Ausbildung machen. Ein anderes Studium geht auch, wenn man genügend Praxiserfahrung hat. Und die habe ich«, schloss sie selbstbewusst und kratzte das letzte Eis aus ihrem Schälchen. »Deswegen will ich Medien- und Kommunikationswissenschaften studieren.«

»Wenn du meinst«, sagte Magnus wenig überzeugt. »Aber es ist September, die Bewerbungsfristen sind inzwischen bestimmt schon abgelaufen, oder?«

Clara grinste bis über beide Ohren. »Ich habe gestern die Zusage bekommen. Ich kann im Oktober in Köln anfangen.«

Magnus wusste eine Sekunde lang nicht, ob er wütend oder stolz auf sie sein sollte, dann lächelte er. »Also bist du nur hier, um Bericht zu erstatten?«

»Du könntest mir helfen, eine größere Wohnung zu finden. Ich will mit Mareike zusammenziehen. Du kennst doch so viele Leute.«

Magnus war immer noch perplex, dass sie ihn vor vollendete Tatsachen gestellt hatte, aber er versprach, sich umzuhören.

»Was sagt Mama dazu?«

»Sie findet es gut. Sie sagt, mit dem abgeschlossenen Volontariat und dem Job beim Sender hätte ich eine gute Basis für Journalismus.«

Magnus hoffte das inständig. Er kannte sich nicht mit Journalismus aus, konnte sich aber vorstellen, dass es im digitalen Zeitalter nicht leicht war, damit seine Brötchen zu verdienen. Als ob sie seine Gedanken gelesen hätte, sagte Clara: »Ich versuche, einen Job in der Online-Redaktion des Senders zu bekommen. Im letzten Jahr habe ich bei mehreren Dokumentationen mitgewirkt und Interviews geführt. Erinnerst du dich an die Reihe über ›Helden des Alltags‹?«

Magnus schüttelte den Kopf und Clara wirkte etwas beleidigt. »Na ja, sie haben es auch zu unmöglichen Zeiten ausgestrahlt.« Sie zog ihr Handy aus der Tasche, tippte aufs Display und hielt es ihm vor die Nase. »Hier, schau mal. Das zum Beispiel, vom letzten September.«

Der Kurzfilm war bei sonnigem Wetter abgedreht worden. Seine Tochter flanierte zu fröhlicher Begleitmusik am Rheinufer, mit einem zotteligen Mikrofon in der Hand. Über der Schulter trug sie eine kleine, helle Umhängetasche aus Leinen. Magnus fand sie sehr hübsch mit ihrem knallgrünen Oberteil und einem kurzen Jeansrock. Die langen braunen Haare flatterten im Wind, nur trug Clara für seinen Geschmack zu viel Make-up. Aber das musste beim Fernsehen vielleicht so sein.

»Heute treffe ich meinen ersten Alltagshelden hier in der Kölner Altstadt«, sagte die Film-Clara. »Wir sehen uns gleich im Eiscafé. Kommt mit!« Sie winkte ihrem imaginären Publikum zu. Die Kamera schwenkte kurz über die Hohenzollernbrücke und einige Spaziergänger an den Schiffsanlegestellen des Rheinufers. Das Logo wurde eingespielt. »Helden des Alltags! Hättet ihr das vermutet?« Die nächste Einstellung – an einem Tisch des Eiscafés – zeigte seine Tochter im Gespräch mit einem jungen, völlig unscheinbar aussehenden Kerl, der stockend darüber berichtete, vor zwei Wochen ein Kleinkind aus dem Rhein gerettet zu haben. Clara stellte sensible Nachfragen und der Mann taute etwas auf. Zum Schluss strahlten beide in die Kamera. Clara erwähnte noch den Namen des Eiscafés und bedankte sich artig beim Besitzer.

»So viel zur Finanzierung des Drehs«, grinste Magnus. »Hat euch der Eigentümer dafür bezahlt?«

»Blödsinn. Das dient nur der lokalen Wirtschaftsförderung«, sagte sie. »Das war übrigens der erste Dreh. Ich habe insgesamt sieben Interviews geführt, hier guck mal …«, sie scrollte etwas herunter, »das ist mein Lieblingsinterview. Eine tolle Frau.«

Magnus linste heimlich zur Küchenuhr und hoffte, dass

er sich jetzt nicht alle sieben Filme ansehen musste, und überlegte sich gerade eine höfliche Ausrede, als sein Blick von einem schönen, vertrauten Gesicht gefesselt wurde. »Moment mal. Die hast du interviewt?«

Claras Augen leuchteten. »Das ist Gemma Jones, eine bekannte Umweltaktivistin, sogar international. Sie engagiert sich für tausend Naturschutzprojekte, unterstützt die Fridays-for-Future-Bewegung, hat schon auf dem Weltwirtschaftsgipfel in Davos gesprochen. Willst du mal sehen?«

Magnus war neugierig geworden. »So eine Art erwachsene Greta Thunberg?«

Clara nickte. »Sie hat übrigens morgen Geburtstag! Ich folge ihr auf Instagram. Hier, guck mal, der Film hatte im letzten Jahr total viele Klicks«, sagte sie stolz.

Sie reichte ihm ihr Handy. Magnus übersprang den Vorspann und sah Gemma Jones und Clara auf einer Bank im Stadtwald sitzen. Am Rand des Bildschirms waren ein paar neugierige Enten zu sehen, die sich der Bank näherten.

»Was ist für Sie das wichtigste Ziel der nächsten Jahre?«, fragte Clara die Umweltaktivistin.

»Wir müssen uns miteinander vernetzen«, sagte Gemma Jones. »Es gibt viele engagierte Menschen in fantastischen Projekten, die unsere Unterstützung brauchen. Aber das vorrangige Ziel wird sein, die Erderwärmung zu verlangsamen, damit die Pariser Klimaziele erreicht werden. Falls das überhaupt noch möglich ist.«

»Was tun Sie selbst konkret dafür? Im Kleinen, meine ich.« Magnus gefiel, dass seine Tochter sich nicht einschüchtern ließ.

»Sag doch bitte ›Du‹ zu mir, das ›Sie‹ klingt so förmlich. Wenn ich aus den Staaten zurückkomme, fühlt sich Deutschland immer etwas steif an.« Gemma Jones lachte herzlich in die Kamera. »Was tue ich – eine ganze Menge, denke ich. Es fängt damit an, dass ich kein Fleisch esse. Wenn ich nicht wegen meiner Projekte fliegen muss, fahre ich Fahrrad oder Bahn. Ich kaufe nicht dauernd neue Kleidung und vermeide Plastik. Ich kaufe Bio-Produkte, unterstütze Naturschutzprojekte mit einem Viertel meines Einkommens – noch mehr?« Sie lächelte Clara an.

Clara wirkte verlegen. »Das weiß ich natürlich alles. Aber«, jetzt sah sie direkt in die Kamera, »unsere Zuschauer wollen sicher wissen, was sie selbst tun können, um unseren Planeten zu erhalten. Da hört ihr es: Mit den kleinen Dingen fängt es an!«

Magnus stoppte den Film. »Du machst das großartig.«

»Findest du?« Sie zupfte verlegen an ihrem T-Shirt herum. »Im Nachhinein fand ich die Frage affig. Ich meine, die Frau widmet ihr ganzes Leben dem Umweltschutz und ich frage sie, was sie fürs Klima tut. War daneben.«

»Wie findest du Gemma Jones sonst so, ich meine, war sie dir sympathisch?«

»Absolut. Warum, stehst du auf sie?«, frotzelte Clara. Jetzt war es an Magnus, verlegen zu werden. »Keine Angst, ich petze nicht bei Eliza. Hast du Panik vor der Hochzeit?«

»Wie kommst du denn darauf?« Magnus fühlte sich ertappt. Vor Clara war ihm das Thema unangenehm.

»Ich habe mal gehört, dass Männer kurz vor der Hochzeit durchdrehen.«

»Schwachsinn«, wehrte er ab, stand auf und begann

die leeren Eisschüsseln abzuräumen. »Wir haben ja nicht mal einen Termin beim Standesamt. Warum ich so interessiert bin: Eine neue Klientin vermisst ihren Bruder, der für ein Unternehmen arbeitet, wo deine Mrs Jones Geschäftsführerin ist.«

»Meinst du ›SolarBoost‹? Das ist eines ihrer neueren Projekte, davon hat sie mir erzählt. Sie leiht denen ihren Namen, wenn du so willst.«

»Ich glaube, du würdest eine gute Journalistin abgeben«, rief er aus der Küche. »Jedenfalls werde ich der Firma gleich einen Besuch abstatten.«

»Falls du mit Gemma selbst sprechen willst: Sie ist gerade in Berlin. Sie koordiniert die FFF-Gruppen bundesweit für die große Demo Ende September.«

»Woher weißt du das schon wieder?«

»Twitter«, sagte sie, stand abrupt auf, griff nach ihrem Rucksack und drückte ihm einen Kuss auf die Wange. »Mareike wartet auf mich. Danke für das Eis, grüß Eliza und vergiss nicht, dich wegen der Wohnung umzuhören!«

Als die Haustür mit einem Knall ins Schloss gefallen war, goss er sich den letzten Kaffee aus der Thermoskanne ein, zündete sich eine selbst gedrehte Zigarette an – die erste des Tages, wie er verwundert feststellte – und drehte zum Nachdenken eine Runde durch den Garten. Mit Mrs Jones konnte er momentan nicht persönlich sprechen, schade. Trotzdem, ein Besuch bei den Jungunternehmern in der Schanzenstraße konnte nicht schaden. Auf ihrer Küchenuhr war es Viertel vor vier, aber er hatte es schließlich nicht mit Beamten zu tun, die pünktlich den Stift fallen ließen.

Zehn Minuten später bereute er seine Entscheidung, das Auto für die Strecke nach Mülheim genommen zu haben. Kaum war er auf der Autobahn, stand er im Stau. Es schienen doch nicht alle im Homeoffice zu arbeiten. Die Fahrzeuge bewegten sich im Schritttempo auf die Rodenkirchener Brücke zu und Magnus hatte Gelegenheit, die unzähligen Container am Güterbahnhof Eifeltor von oben zu betrachten. Genervt kramte er im Handschuhfach nach einer CD, die seine Stimmung etwas anheben würde. Einen USB-Anschluss besaß der alte Volvo ebenso wenig wie ein Navigationsgerät. Magnus vertraute auf seinen guten Orientierungssinn und einen alten, zerfetzten Stadtplan, wenn er unbekannte Straßen finden musste. Er fischte einen Sampler heraus, auf dem er im Winter Stücke für ihre Hochzeit aufgenommen hatte. Eliza mochte Soul und Funk, je älter, desto besser, und so lauschte er Carole Kings Piano-Version von »I Feel the Earth Move«, während der Verkehr sich hinter dem Heumarer Dreieck wieder beschleunigte. An der Ausfahrt Mülheim verließ er die Autobahn und fand das Gewerbegebiet an der Schanzenstraße ohne Mühe. Zwei bekannte Locations für Konzerte lagen in dem alten Industriekomplex: das E-Werk und das Palladium. Im Palladium war er mit seiner Band schon aufgetreten, das war mindestens 15 Jahre her, rechnete er nach. Die mühsame Suche nach der richtigen Hausnummer in dem Industriekomplex, dessen älteste Gebäude aus dem 19. Jahrhundert stammten, lenkte ihn von seinen nostalgischen Gefühlen ab. Auf dem ausgedehnten Gelände hatten sich mittlerweile zahlreiche neue und alte Unternehmen angesiedelt: Es gab ein Verlagshaus, einen Großhändler für Textilien, ein bekanntes Einzelhandelsunternehmen, eine Filmproduktionsfirma, ein Unternehmen für Bike-Zubehör, Restaurants, Anbieter für Teamevents, eine Kletterhalle, einen Reiseveranstalter und etliche Firmen, deren Namen keinen Rückschluss auf ihre Arbeit zuließen. Magnus hatte bei seiner Recherche gelesen, dass Lukas Podolski seit dem Frühjahr eine Halle für Indoor-Fußball bauen ließ. Auch Kulturschaffende waren hier vertreten: Das Kölner Schauspielhaus spielte schon die x-te Saison auf dem Gelände in der alten Schlosserei. Er parkte vor einem denkmalgeschützten langen Backsteingebäude mit imposanten Bogenfenstern und mehreren Eingängen. Nach einigem Suchen fand er das Firmenschild von »Solar-Boost«. Von innen war das Gebäude überraschend luftig und hell, Oberlichter, alte Holzbalken an der Decke, weiß gestrichene, unverputzte Wände, viele Glastüren. Spätestens der gläserne Aufzug am Ende des Gangs hieß ihn im 21. Jahrhundert willkommen. Magnus folgte der Beschilderung an das rechte Ende des Gebäudeflügels bis zu einer Doppelglastür. Eine Klingel gab es nicht, Magnus trat einfach ein und blieb überrascht in einer Art Wartebereich stehen. Wer immer hier die Miete zahlte, es traf keinen Armen. Im Raum verteilten sich drei kleine Sitzgruppen mit Glastischen und hellgrünen Designersesseln. Eliza schwärmte für diese Möbel, daher wusste Magnus, dass keiner unter 1.500 Euro zu haben war. Die Wände waren mit großformatigen Digitaldrucken dekoriert. Bei genauerem Hinsehen erkannte er sie als stark vergrößerte Details von Pflanzen und Wassertropfen, die gleiche Machart wie in Bens Wohnung. Linker Hand bildete der S-förmige Empfang eine Art Barriere vor den Eingangstüren zu weiteren Büros. Hinter dem Tresen aus hell schimmerndem Holz packte eine schlanke Dunkelhaarige mit Brille ihre Sachen zusammen. Magnus erkannte Shirin Nabavi wieder, das skeptische Gesicht, das er auf der Website gesehen hatte. Sie blickte überrascht auf, als Magnus sich ihr näherte.

»Was kann ich für Sie tun?«

»Wir haben telefoniert«, sagte Magnus mit seinem gewinnendsten Lächeln. »Ich bin der, der Ben sucht. Magnus Meister.«

»Ah«, sagte sie, wobei ihr Blick über Magnus' Jackett und seine etwas abgetragene Lieblingsjeans glitt. Shirin band ihre dunklen, offenen Haare im Nacken zusammen, nahm die Brille ab und verstaute sie sorgfältig in einem Fach unter dem Tresen. »Ich wollte gerade zum Sport – Ben ist nicht hier aufgetaucht. Ich fürchte, ich kann dir nicht weiterhelfen. Sonst ist keiner mehr im Haus.« Sie tauchte kurz ab, griff nach ihrer Sporttasche und warf sie sich mit einem energischen Ruck über die Schulter. »Tut mir leid.«

»Ich wüsste gerne, woran Ben im Moment arbeitet«, erwiderte Magnus. »Da er wenige Kontakte zu haben scheint, sind seine Kollegen für mich wichtige Ansprechpartner.«

Sie seufzte. »Ehrlich, ich weiß es nicht. Ich verstehe diesen Aufstand nicht, den seine Schwester macht. Ich muss jetzt weg.« Sie steuerte auf den Ausgang zu.

»Gib doch einfach zu, dass du keine Lust hast«, knarzte eine Stimme in Magnus' Rücken. »Aber vielleicht kann ich ihm weiterhelfen.«

Magnus drehte sich um. Hinter ihm stand eine Frau mit wirren grau-braunen Locken. Sie trug einen weiten, langen, mit Blumen bedruckten Rock, eine rote Wolljacke über einer türkisfarbenen, flatterigen Bluse und eine lange Kette aus Glasperlen mit einem Buddha-Anhänger. Ihr Aufzug passte in den durchgestylten Empfangsbereich wie ein Kinderclown auf einen Sektempfang. Sie hob den Ellenbogen ein Stück in seine Richtung, das Pendant zu einem Handschlag in Coronazeiten. »Philomena Winkler. Die Öko-Oma vom Dienst.«

Magnus erwiderte die Geste lächelnd und nannte seinen Namen.

»Gut, Philo, dann erklär du Herrn Meister doch, was wir hier machen.« Shirins Stimme schwankte zwischen genervt und erleichtert. »Vergiss nicht abzuschließen. Heute kommt keiner mehr rein.« Sie verschwand durch die Glastür ohne einen Blick zurück.

»Ich hasse es, wenn sie mich Philo nennt«, murmelte die selbst ernannte Öko-Oma und schüttelte sich. Magnus war sie sofort sympathisch.

»Ich hoffe, Sie müssen meinetwegen nicht länger bleiben«, sagte er.

»Unsinn. Ich habe Zeit«, winkte sie ab und strahlte ihn an. »Endlich mal ein gut aussehender Mann hier. Sag einfach Philomena zu mir, sonst fühle ich mich noch älter, als ich aussehe. Komm mit, ich muss mal durchatmen.« Sie lief mit schnellen, leichten Schritten voraus bis zu einer schmalen Brandschutztür, die nach draußen führte. An der Rückseite des Gebäudes standen ein paar Fahrräder und, hinter einer Abtrennung aus Holz, die Müllcontainer der Stadt Köln, deren süßlicher Vergärungsgeruch Magnus in die Nase stach. Jemand hatte sich die Mühe gemacht, mit ein paar übereinandergetürmten Ziegelsteinen eine Nische abzuteilen und Blumentöpfe aufzustellen.

»Das hier ist mein Reich.« Sie wies auf ein wackeliges Tischchen mit drei alten Korbstühlen, auf denen abgewetzte Kissen lagen. Ein Stück daneben, unter einem der schönen alten Bogenfenster, stand ein selbst gezimmertes Hochbeet, auf dem ein leuchtend orangefarbener Kürbis und ein paar Tomaten die Sonnenstrahlen des späten Nachmittags einfingen. Als Magnus den Hals reckte, konnte er durch das Fenster den Empfangsbereich von »SolarBoost« sehen.

»Besser, oder? Zu viel Design schadet dem Charakter. Setz dich.« Philomena ließ sich auf einem der Korbsessel nieder, reckte ihr Gesicht der Sonne entgegen und zauberte ein Päckchen Tabak aus den Tiefen ihrer Kleidung. Sie begann sich genüsslich eine Zigarette zu drehen. Bevor Magnus mit einer Frage ansetzen konnte, sagte sie: »Ich bin Jonas' Oma und mache mich hier bei Bedarf nützlich. Telefon, Recherche und so etwas. Auf die Kunden lassen sie mich aber nicht los. Hast du meinen Enkel schon kennengelernt?«

»Ich habe mit ihm telefoniert«, sagte Magnus und erinnerte sich an Jonas' gereizten Tonfall.

»Das kann er nicht so gut«, grinste sie und wischte ein paar Tabakkrümel vom Tisch. »Ist ein lieber Kerl, aber er kommt zu wenig mit Menschen zusammen. Warum suchst du Ben? Ich habe den Anfang der Geschichte verpasst.«

»Ich helfe seiner Schwester. Er war vorgestern mit ihr verabredet und ist nicht aufgetaucht.«

»Die aus Australien?«

»Du kennst sie?«, fragte Magnus überrascht.

»Ben hat von ihr erzählt. Ich rede ab und an mit ihm, mehr als die anderen, denke ich. Er erinnert mich ein bisschen an Jonas.«

»Wie meinst du das?«

»Er ist ruhig. Konzentriert auf das, was er macht. Sehr intelligent und freundlich zu anderen.« Sie zündete sich die Zigarette an. Jonas war nicht freundlich gewesen, aber Magnus hütete sich, das vor seiner Oma zu erwähnen. Kurz bedauerte er, seinen Tabak im Auto gelassen zu haben.

»Wann hast du Ben das letzte Mal gesehen?«

»Welcher Tag ist heute? Mittwoch? Moment. Freitag war die Teamsitzung … danach habe ich kurz mit ihm gesprochen.« Sie dachte nach. »Jonas hat ihn am Wochenende gesehen. Samstag, jetzt weiß ich es wieder. Es gab auf der Sitzung Ärger.«

Magnus horchte auf. »Das höre ich zum ersten Mal. Warum denn?«

Philomena zuckte die Achseln. »Ich gehöre nicht offiziell zum Team. Shirin hat das gesagt, ich habe aber nur mit einem Ohr zugehört.«

»Was genau hat sie gesagt?«

»Bist du Detektiv? Du fragst mir ja Löcher in den Bauch.«

Magnus ergänzte knapp die Vorgeschichte des Auftrags und erwähnte, dass seine Frau mit der Schwester befreundet sei. Philomena sah ihn nachdenklich an. »Ein schlechtes Bauchgefühl sollte man ernst nehmen. Obwohl Ben gerne mal abtaucht.«

»Ich persönlich glaube, er meldet sich bald«, gestand Magnus. »Hast du eine Idee, wo ich noch suchen kann?«

Sie dachte nach. »Er braucht für seine Forschung spezielle Ausrüstung, oder wie soll ich das nennen? Wir sind keine Physiker hier. Er hat gute Kontakte zur Technischen Hochschule in Deutz. Aber ich weiß nicht genau, mit wem und wo. Marko müsste das wissen, mit dem hast du schon telefoniert, sagst du?«

»Woran genau arbeitet Ben? Ich habe keine Vorstellung von seinem Job.«

»Er forscht am Wirkungsgrad von Solarzellen. Er ist ein Genie! Für seine Arbeit hat er, bevor er zu uns kam, den GreenTec Award gewonnen.«

Magnus bemühte sich um einen intelligenten Gesichtsausdruck. Die Auszeichnung hatte Maike nicht erwähnt. Philomena begann zu lachen. »Das ging uns allen am Anfang so. Ich bin auch nicht vom Fach, aber es hat etwas damit zu tun, dass Solarzellen besser die Sonne aufnehmen und in Energie umwandeln können. Normalerweise würde ich sagen, frag ihn selbst, aber –« Sie stockte. »Marko ist übrigens Ingenieur. Der kann dir das besser erklären.«

»Ich werde ihn fragen, danke«, sagte Magnus. »Ihr seid ein Start-up, also steckt eine neue Idee dahinter. Wofür genau steht ihr?«

Philomena drückte energisch ihre Zigarette aus. »Dir ist bestimmt schon aufgefallen, dass wir kein typisches Start-up sind, in dem eine Handvoll junge Leute ohne Geld eine kleine Idee umsetzen. Das hier«, sie deutete mit dem ausgestreckten Zeigefinger auf das Fenster, hinter dem sich der Empfangsbereich befand, »ist Gemmas Handschrift. Die Idee ist, Solarenergie für den Hausgebrauch zu erzeugen und für jedermann erschwinglich zu machen. Guerillataktik, verstehst du? So zwingen wir die großen Energieversorger in die Knie. Alles, was CO_2-Emissionen verringert, hat für uns Vorrang.« Magnus registrierte beiläufig das »uns«. »Es geht um ein neues Bewusstsein«, dozierte Philomena weiter. »Woran denkst du spontan, wenn du Solarenergie hörst?«

»Äh – Hausdächer. Felder mit Sonnenkollektoren. Klimawandel. Windräder. Sonnenblumen.«

Philomena brach in Gelächter aus, das in Husten überging. »Sonnenblumen? Ehrlich?« Sie wischte sich eine Lachträne aus dem Augenwinkel. »Da hast du es. Wir haben noch einen weiten Weg vor uns.« Ihr Gesicht wurde wieder ernst. »Mini-Solaranlagen für Balkone ist nur eine von vielen tollen Ideen! Jeder Haushalt könnte so einen Teil seines Strombedarfs ersetzen. Es gibt unzählige Geräte oder Fahrzeuge, die mit Solarenergie betrieben werden könnten. Fährst du Fahrrad?«

Magnus bejahte.

»Ein E-Bike zum Beispiel kann man mit Solarenergie versorgen. Es gibt funktionelle Kleidung, die Solarenergie umwandeln kann. Denk an Ladegeräte für Handys. Denk an deinen alten Taschenrechner aus der Schule.«

»Das gibt es alles schon, aber keiner benutzt es?«

»Kluger Mann. Nur knapp 8 Prozent unseres Strombedarfs werden aus dieser wunderbaren, kostenlosen Energiequelle genutzt. Da ginge viel mehr und genau da liegt der Hund begraben. Das haben Gemma und andere erkannt. Sie beginnen sich zu vernetzen und sich gegenseitig zu unterstützen. Gemma will, dass ›SolarBoost‹ ein wichtiger Teil eines großartigen Netzwerks wird. Deswegen gibt es uns.«

Wow. Eine Überzeugungstäterin. Magnus bedankte sich, vergaß nicht, Philomena seine Visitenkarte zu überreichen, für den Fall, dass ihr noch etwas einfiele, und schrieb die wichtigsten Gesprächsinhalte in sein Notizbuch, bevor er zurückfuhr. Das war alles interessant, aber mit der Suche nach Ben war er nicht weitergekommen. Von den Kollegen war nach seinem bisherigen Kenntnisstand Jonas der Letzte, der Ben gesehen hatte. Er würde mit ihm persönlich reden müssen. Vielleicht war er zugänglicher, wenn seine Oma ein gutes Wort für Magnus einlegte. An der nächsten roten Ampel rief er seine Klientin an. »Er hat sich immer noch nicht gemeldet«, sagte Maike bedrückt. »Auch nicht bei meinen Eltern. Ich bin bei euch zu Hause, falls du gerade auf dem Heimweg bist, könnten wir uns hier unterhalten.« Er hörte Eliza im Hintergrund rufen: »Sag ihm, er soll Eier mitbringen!«

»Ich habe es gehört«, sagte Magnus grinsend. »Bis gleich.«

Die Uhr am Armaturenbrett des Volvo zeigte wie durch ein Wunder die richtige Zeit an: halb sechs. Er kramte eine Einwegmaske aus dem Handschuhfach und steuerte den nächsten Supermarkt an. Sein Magenknurren übertönte fast das Motorengeräusch des Volvo.

Die Stimmung beim Essen war gedrückt, daran konnten auch Elizas mit Spinat und Käse gefüllten Omeletts nichts ändern. Magnus berichtete von seinem Gespräch mit Philomena und seinen Telefonaten mit Jonas und Marko vom Start-up.

»Ich wusste nicht einmal, dass Ben auch an der Technischen Hochschule arbeitet«, sagte Maike. Sie wirkte müde. »Er hat das nie erwähnt.«

Eliza legte eine Hand auf ihren Unterarm. »Du kannst nur wissen, was er dir auch mitteilen wollte.«

»Zumindest hätte ich ihn fragen können, meinst du nicht? Ich bin so egoistisch. Ich habe immer nur von mir und meinen Problemen geschrieben.«

»Das ist Unsinn. Ben war noch nie besonders mitteilsam«, sagte Eliza bestimmt. »Isst du nichts mehr?« Sie deutete auf Maikes Teller, der fast unberührt vor ihr stand. Sie reagierte nicht. Eliza schenkte ihr ein Glas Schorle nach. »Was ist mit dem alten Schulfreund? Gregor, oder?«

»Ich habe ihn nicht erreicht, er trennt sich gerade von seiner Frau. Sie ist nicht gerade auskunftsfreudig«, sagte Maike. »Sie wollte mir seine Handynummer nicht geben.« Sie sah aus, als ob sie gleich in Tränen ausbrechen würde.

»Das übernehme ich gerne«, sagte Magnus, um einen sachlichen Ton bemüht. »Außerdem möchte ich morgen mit euren Eltern sprechen. Vielleicht erreiche ich heute noch einen der Kollegen am Handy. Wir müssen außerdem herausfinden, wer seine Kontakte an der TH sind.« Oder wo sich Ben sonst noch gerne aufhielt, dachte er. Er wollte Maike nicht mehr bedrängen, sie fühlte sich ohnehin schon schuldig, weil sie keine genauen Angaben zu Bens aktuellem Leben machen konnte. Dieses Verhalten hatte er schon öfter bei Familienmitgliedern oder Freunden beobachtet, wenn Personen verschwanden. Verblüfft stellten sie fest, dass sie die einfachsten Fragen zum Vermissten nicht beantworten konnten, fühlten sich unzulänglich und begannen mit Mutmaßungen, was wenig weiterhalf.

»Wenn wir bis morgen Abend immer noch nichts wissen, gebe ich eine Vermisstenanzeige auf«, sagte Maike bedrückt.

Magnus säbelte sich ein Stück vom Omelett ab. »Wir finden bestimmt einen Hinweis, wo er sich aufhält«, sagte er. »Wenn er sich bis morgen nicht meldet …«

»… wäre das schon der dritte Tag.« Maike schob ihren Teller von sich und vergrub ihr Gesicht in den Händen. Magnus und Eliza tauschten einen besorgten Blick.

»Gib ruhig eine Anzeige auf, schaden kann es nicht«, sagte Magnus, um Maike aufzumuntern. Ihm war klar, dass es nicht die Aufgabe der Polizei war, den Aufenthalt eines erwachsenen Mannes zu ermitteln, wenn keine Gefahr für Leib oder Leben bestand. Und danach sah es bisher nicht aus. Er würde Miriam morgen Abend fragen. Vielleicht konnte sie einen Kollegen bitten nachzuforschen, aber er bezweifelte, dass dafür jemand Zeit hatte. Nicht umsonst landeten viele Vermisstenfälle bei Detekteien oder Suchdiensten. »Hat dein Bruder eigentlich ein Auto?«, fragte Magnus.

Maike hob den Kopf. »Ich denke nicht. Er ist passionierter Radfahrer«, sagte sie und lächelte zaghaft. »Er sagt, mit dem Fahrrad ist man in Köln schneller. Und parken könne man auch nicht. Das stimmt allerdings. Ich weiß, ich darf das nicht mit Australien vergleichen, aber …« Magnus überließ den Frauen das Feld für die leidige Diskussion über fehlenden Parkraum in Köln kontra alternative Verkehrskonzepte und ging eine Zigarette draußen rauchen. Der Garten war in weiches orangefarbenes Licht getaucht. Nach einem Auto müsste er zumindest nicht suchen. Aber schränkte das Bens Bewegungsradius nicht erheblich ein?

»Weißt du, wie sein Fahrrad aussieht?«, fragte er Maike, als er wieder zurückkam, um den Tisch abzuräumen.

Maike errötete. »Ich glaube, es ist ein Rennrad, ziemlich teuer, ich bin mir nicht sicher mit Marke oder Farbe. Aber ich kann in seinen Mails nachschauen.«

»Sehr gerne. Hör zu, Maike, mach dir nicht ständig Vorwürfe«, meinte Magnus. »Was du gerade durchmachst, ist normal. Niemand ist darauf vorbereitet, dass er über Details zu einer Person Auskunft geben muss. Du musst dich nicht dafür schämen, nicht alles zu wissen. Die meisten Menschen können nicht mal die Augenfarbe ihres Partners beschreiben.« Er fing einen Blick von Eliza auf, um deren Mundwinkel es zuckte. »Ich zum Beispiel«, setzte er nach, »konnte mir Elizas Augenfarbe am Anfang nicht merken.«

»Stimmt«, bestätigte Eliza. »Das ist doch wirklich leicht, oder? Ich bin halbe Italienerin.«

»Du hast ein wunderschönes, tiefes Braun«, bestätigte Maike und lächelte. Magnus zwinkerte Eliza zu. Ihre Ablenkungsstrategie hatte funktioniert, Maike entspannte sich wieder etwas. Magnus verabschiedete sich von den beiden, um in seinem Arbeitszimmer in Ruhe nachzudenken und im Internet zu recherchieren. Nach zwei Stunden wusste er einiges mehr über die Verwendungsmöglichkeiten von Solarenergie und kannte alle Mailboxsprüche der Kollegen von »SolarBoost«. Was Bens möglichen Aufenthaltsort anging, war er so klug wie vorher. Als Eliza ihn fragte, wann er gedenke, ins Bett zu gehen, schrieb er rasch eine To-do-Liste für den nächsten Tag und folgte seiner Frau ins Schlafzimmer, in der Hoffnung auf abendliche Streicheleinheiten. Er wurde nicht enttäuscht.

DONNERSTAG, 3. SEPTEMBER

»Im Regen macht es noch weniger Spaß«, maulte Benno, als sie langsam um den Decksteiner Weiher trabten. Das Krafttraining erließ Magnus ihm für heute, die Wiesen waren zu nass. Der Geruch nach feuchter Erde ließ Magnus an den bevorstehenden Herbst denken.

»Zumindest schwitzt du dann nicht so«, erwiderte er gut gelaunt. Von allen Aufgaben, die heute vor ihm lagen, dürfte die Runde durch den Wald die leichteste sein. Benno antwortete nicht und wich einer Pfütze aus. Die Enten am Ufer des Weihers schliefen noch, den Kopf unter die Flügel geschmiegt. Der bleigraue Himmel schien alle Farben aufzusaugen, selbst das satte Grün des Stadtwaldes wirkte stumpf im Nieselregen.

»Meister, was treibst du im Moment eigentlich? Hast du über mein Angebot nachgedacht?«

»Du hast gestern gesagt, ich kann mir Zeit lassen.«

»Miriam hat heute ihren ersten vollen Arbeitstag. Diese Woche springt ihre Mutter ein. Aber nächste Woche …«

»Setzt du mir gerade die Pistole auf die Brust? Lass das.«

»Ich dachte, wenn du nichts zu tun hast, könntest du mal reinschnuppern, wie sich meine Stellvertretung anfühlt.«

»Mir wird schon nicht langweilig. Ich bearbeite gerade eine Vermisstensache.«

»Wieso weiß ich nichts davon?«

»Weil es nicht über die Detektei läuft. Es geht um eine Freundin von Eliza. Ihr Bruder ist abgetaucht. Harmlos, denke ich, es gibt genügend Hinweise, dass er das öfter macht.«

»Meinst du die Australierin, mit der Eliza vorgestern verabredet war?«

»Maike Bishop, geborene Reifferscheidt.« Magnus vergaß gerne, dass Benno ein ausgezeichnetes Gedächtnis für Details hatte. In Sekundenschnelle knüpfte er ein Netz aus Tatsachen und Vermutungen, die sich oft als zutreffend erwiesen.

»Warte.« Benno blieb schnaufend stehen. »Ich kann nicht mehr.« Er ging langsam weiter. Magnus tänzelte neben ihm her. »Den Nachnamen habe ich mir gemerkt, der ist nicht so häufig. Ist sie mit Eliza zur Schule gegangen? Dann kennt Miriam sie bestimmt auch, sie war eine Stufe unter ihr.«

»Du weißt, dass ich an die Schweigepflicht gebunden bin«, neckte Magnus ihn.

»Blabla, jede Wette du hast deine Klientin nichts unterschreiben lassen? Und heute Abend beim Essen kauen wir zusammen mit Eliza alles durch, was du herausgefunden hast, ich kenne dich doch.«

»Wieso essen?« Magnus war beleidigt. Er nahm die Vereinbarungen mit seinen Klienten ernst, egal was Benno dachte.

»Mimose. In dem Fall ist die Vereinbarung sowieso sinnlos, weil die Frauen befreundet sind, meinst du nicht?«

»Wieso essen?«, wiederholte Magnus störrisch.

»Redest du überhaupt mit deiner Frau? Um den bundesdeutschen Durchschnitt zu erreichen, solltet ihr sieben Minuten am Tag miteinander sprechen. Miriam hat gestern mit Eliza telefoniert, ihr kommt heute Abend zu uns. Dann brauchen wir keinen Babysitter zu engagieren.«

Magnus freute sich auf das gemeinsame Essen. Er hatte Miriam länger nicht gesehen und war gespannt, an welchen Fällen sie im Moment arbeitete. Benno nahm den Faden wieder auf. »Meister, in diesem Fall könntest du deine Klientin bitten, dich von deiner Schweigepflicht zu entbinden. Sie redet ohnehin mit Eliza und es schadet nichts, wenn Miriam und ich Bescheid wissen.«

Magnus gab zu, dass Benno recht hatte, schließlich erhoffte er sich selbst Hilfe von Miriam. »Ich frage sie«, brummte er. »Was ist jetzt, machen wir Sport oder gehen wir spazieren? Komm, kurze Bergstrecke.« Er wies auf einen lehmigen Pfad, der durch den Wald auf einen Hügel führte. Bennos entsetztes Gesicht erfüllte ihn mit leiser Genugtuung. »Im Wald spürst du den Regen nicht«, frotzelte er. Er bog auf den Pfad ab und blendete das Gejammer in seinem Rücken aus.

Nach dem Frühstück fuhr Magnus mit dem Auto zum Elternhaus von Maike und Ben. Es stand im Stadtteil Rath-Heumar, am Rande des Königsforstes, einem über 2.500 Hektar großen Waldgebiet am östlichen Stadtrand von Köln, das bis ins Bergische Land reichte. Magnus war hier sonntags früher oft mit seinen Eltern spazieren gegangen. Es gab Bäche, Wildtiere, kleine Weiher, Lehrpfade und eine Menge ausgeschilderte Wanderwege. Die Donarstraße, eine sanft gekrümmte Birkenallee, war nicht weit entfernt von der Endhaltestelle der Linie neun. Vor den gepflegten Einfamilienhäusern gab es Parkplätze im Überfluss. Der Regen machte eine kurze Pause, Vogelgezwitscher und Stille umfingen Magnus. An einem schöneren Tag mit mehr Zeit hätte Magnus gerne eine Runde durch den Königsforst gedreht, der am Ende der Straße begann, aber das ging heute nicht. Er hatte Maike am Telefon gebeten, ihn bei ihren Eltern anzumelden, damit sie ihm nicht gleich die Tür vor der Nase zuschlugen. »Meine Mutter wird dir gerne helfen«, sagte sie. »Von meinem Vater ist keine Unterstützung zu erwarten.«

»Marianne und Werner Reifferscheidt«, las er auf dem Klingelschild des großen, von außen unscheinbaren Einfamilienhauses. Auf Magnus' Läuten hin reagierte niemand. So hatte er Zeit, den akkurat getrimmten Rasen im weitläufigen Vorgarten zu begutachten, der einem Golfplatz zur Ehre gereicht hätte. Den Rand der niedrigen Hecke um das Grundstück herum hätte man mit dem Lineal nachziehen können. Die Fenster im Erdgeschoss waren vergittert, woraus Magnus schloss, dass in dieser Gegend häufiger eingebrochen wurde. Ratlos trat er ein paar Schritte zurück und spähte um die Hausecken, konnte jedoch niemanden sehen. Am Ende der Straße näherte sich eine Frau in grüner Regenjacke, die Kapuze über den Kopf gezogen. Sie führte einen zotteligen hellbraunen, nassen Hund an der Leine, besser gesagt, der Hund führte die Frau.

»Bobby, zieh nicht so. Hilfe, wie siehst du aus. Ich muss dich erst abduschen, was soll dein Frauchen denken. Aus, sage ich!«

Der Hund blieb vor Magnus stehen, beschnüffelte interessiert seine Jeans und wedelte mit seinem Schwanz.

Magnus verstand das richtig als Freundschaftsangebot und blieb unbesorgt stehen.

»Entschuldigung, das macht er sonst nicht bei Fremden. Nein, Bobby, nein!« Bobby schüttelte sich energisch die Regentropfen aus dem Fell. Magnus machte einen Satz zurück, aber es war zu spät, seine Hose war auf der rechten Seite mit Regenwasser und Hundesabber bespritzt.

»Herrje, das tut mir leid! Ich führe den Hund für die Nachbarin aus, sie hat sich den Knöchel verstaucht, aber er hört nicht richtig auf mich. Ich bezahle Ihnen selbstverständlich die Reinigung.«

Magnus winkte ab. Er mochte Hunde, und dieser hier war ihm trotz der feuchten Begrüßung sympathisch.

»Wollten Sie zu mir? Weil Sie hier vor der Tür stehen, meine ich? Oh nein, Sie sind Herr Meister, oder? Maike hat mich angerufen. Sie sind etwas früh, ich wollte mit Bobby die Regenpause nutzen, aber es hat nichts genützt. Kommen Sie mit, ich gebe Ihnen einen Lappen für Ihre Hose.« Der Hund zerrte an der Leine. Bevor Magnus seine Identität bestätigen oder verneinen konnte, schloss sie die Tür auf, scheuchte den Hund in ein kleines Badezimmer auf der rechten Seite und drückte Magnus einen sauberen Putzlappen in die Hand. Er verbiss sich das Grinsen. Er war noch nicht zu Wort gekommen. Er hätte auch ein Trickbetrüger sein können.

»Setzen Sie sich bitte so lange ins Wohnzimmer«, sie deutete an das Ende des Flurs, »ich mache uns gleich Tee, es gibt doch nichts Besseres als einen heißen Tee bei Regenwetter, ich muss zuerst Bobby abduschen, setzen Sie sich doch bitte.«

Magnus bedankte sich, betrat zögernd das pieksaubere

Wohnzimmer und begann, seine Hose zu säubern. Er lauschte dem steten Redefluss von Maikes Mutter. »Halt still! So ist es gut. Guter Junge. Ja, ich weiß, das magst du nicht so. Siehst du, schon fertig. Nein, das andere Handtuch, wo ist es denn, ach hier. Stillhalten. Komm mit, jetzt bekommst du deine Leckerli.« Magnus hörte den Hund durch den Flur tapsen und kurz darauf einen Wasserkocher. Als seine Hose halbwegs akzeptabel aussah, legte er den Lappen auf einem niedrigen Couchtisch aus Eichenholz ab und nutzte die Zeit, um sich umzusehen. Das Wohnzimmer war geräumig, wirkte aber, trotz eines Panoramafensters zum Garten hin, düster. Eine Schrankwand an der Längsseite dominierte den Raum, Eiche rustikal aus den 80er-Jahren, schätzte er, gut gepflegt und unzerstörbar. Wenn gewünscht, konnten die Besitzer sie mit ins Grab nehmen. Die dunkelbraune Ledercouch mit grünen bestickten Kissen und zwei klobigen Sesseln verbesserte den Gesamteindruck ebenso wenig wie die beigefarbene Textiltapete. Der modernste Gegenstand im Raum war ein Flachbildfernseher mittlerer Größe. Auf einem Vorsprung der Schrankwand reihten sich Fotos in Rahmen aneinander. Mehrere Schnappschüsse von Maike am Strand, vermutlich in Australien, ein Bild von Maike mit ihrem Mann und den halb erwachsenen Kindern, das ziemlich aktuell zu sein schien. Kein Foto von Ben. Magnus' Blick blieb an einem Hochzeitsfoto hängen, schwarz-weiß, den Frisuren nach zu urteilen aus den 70er-Jahren. Die Frau sah aus wie eine jüngere Version von Maike.

»Da waren wir noch jung und schön«, sagte Maikes Mutter, die ein Teetablett balancierte und auf dem Couchtisch abstellte. »Setzen Sie sich doch. Bobby, ab.« Der Hund trottete brav zu einer Decke, die vor dem Heizkörper unter der Fensterbank lag, und ließ sich fallen. Mit dem zotteligen Kopf auf den Pfoten beobachtete er die beiden.

»Ihre Tochter sieht Ihnen sehr ähnlich«, sagte Magnus. Er setzte sich in einen der klobigen Sessel und hatte zum ersten Mal Gelegenheit, Maikes Mutter ohne Kapuze zu betrachten. Sie musste Anfang 60 sein, rechnete er nach, immer noch hübsch mit großen dunkelbraunen Augen, rosiger Haut und nur wenigen Falten um die Augen. Ein paar silbrige Strähnen durchzogen die feinen braunen Haare, die sie etwa kinnlang trug. Das helle Rosé ihres dünnen Strickpullis wirkte ein bisschen altbacken und bildete einen seltsamen Kontrast zu der braunen Cordhose, die von dem Regenspaziergang am Saum nass und mit Lehm bespritzt war, was die Trägerin nicht weiter zu kümmern schien.

»Ja, nicht wahr? Wir haben 1975 geheiratet. Das ist vor dem Kölner Rathaus aufgenommen, haben Sie gesehen? Ben kommt auch nach mir.« Sie schenkte schwarzen Tee in feine Porzellantassen aus. »Milch und Zucker? Jetzt habe ich Sie nicht gefragt, ob Sie lieber Kaffee möchten.«

Magnus schüttelte den Kopf. »Tee ist prima. Was können Sie mir über Ben erzählen? Oder besser«, präzisierte er, »wann haben Sie ihn zuletzt gesehen?« Wenn er diese Frau nicht mit Fragen steuerte, würde er hier zwei Stunden sitzen und viel hören, aber nichts erfahren.

»Maike sorgt sich umsonst. So war Ben schon als Kind, immer wenn ihn etwas beschäftigt hat, ist er verschwunden. Entweder auf sein Zimmer oder im Wald, später hat er sich die Schlüssel zur Angelhütte geholt und ist alleine in die Pilze gegangen oder fotografieren … Wissen Sie, dass er vor zwei Jahren im Herbst alleine den Jakobsweg gegangen ist? Von Südfrankreich bis Santiago. So ist Ben.«

»Nein, das wusste ich nicht«, sagte Magnus. »Wann haben Sie ihn zuletzt gesehen?«, wiederholte er seine Frage. Er nippte vorsichtig an seinem Tee.

»Vor drei Wochen, als es so heiß war, haben wir in der Altstadt zusammen Eis gegessen. Das war am Donnerstag. Brauchen Sie das Datum? Wir treffen uns nicht oft, aber wenn dann gerne am Donnerstag, weil mein Mann dann lange arbeitet und ich will nicht – also, es muss nicht sein, dass mein Mann das mitbekommt. Er weiß nicht, dass wir Kontakt haben. Jetzt denken Sie sicher, ich bin feige, oder? Natürlich haben Sie recht. Aber mein Mann und Ben – das ist schwierig. Die beiden sind sich ähnlicher, als sie denken. Aber das wollen Sie bestimmt alles gar nicht wissen.«

Magnus beeilte sich zu versichern, dass er für ihre Situation Verständnis hatte. »Finden Sie es nicht merkwürdig, dass er sich bei Maike nicht meldet? Immerhin war sie lange Zeit nicht in Deutschland.«

Sie hob die schmalen Schultern und umklammerte die zierliche Teetasse so fest, dass die Knöchel ihrer Hand weiß wurden. »Ein bisschen schon. Wird bestimmt nichts Schlimmes sein. Wissen Sie, Ben war sogar ungewöhnlich gut gelaunt, als wir uns das letzte Mal getroffen haben. Aber ich habe nicht nach dem Grund gefragt, das bedaure ich jetzt. Haben Sie schon mit Gregor Henke gesprochen? Er wohnt mit seiner Familie hier um die Ecke. Die Jungs waren bis zum Studium unzertrennlich. Oder mit den Kollegen? Vielleicht haben die ihn gesehen?«

Magnus versicherte, dass er sich um alles kümmern werde. »Ich möchte gerne mit Ihrem Mann sprechen. Wie erreiche ich ihn am besten?«

Ein Schatten flog über ihr Gesicht. »Meinen Sie, das ist wirklich nötig? Werner wird so schnell ärgerlich, wenn die Sprache auf Ben kommt.«

»Nur der Vollständigkeit halber. Ich denke, es reicht, wenn wir telefonieren.«

»Ich richte ihm aus, dass er Sie anrufen soll«, sagte sie resigniert und stellte die Teetasse mit einem leisen Klirren auf dem Unterteller ab. »Geben Sie mir Ihre Visitenkarte, Herr Meister. Sie haben doch eine?« Magnus, über den plötzlichen Umschwung von netter Plauderstunde zum Gesprächsende irritiert, reichte ihr eine aus seiner Brusttasche.

»Danke für Ihre Mühe«, sagte sie und erhob sich. »Ich will nicht unhöflich sein, aber ich muss den Hund zur Nachbarin zurückbringen.«

Eine Minute später saß Magnus im Auto und fasste das Gespräch in Stichworten zusammen. Er sah den Regentropfen zu, die an der Windschutzscheibe hinunterliefen, und fragte sich, was die Mitglieder dieser Familie eigentlich für ein Problem miteinander hatten. Seine Uhr im Auto verriet ihm, dass er noch Zeit für einen spontanen Abstecher zu Bens altem Schulfreund hatte, bevor er in die Schanzenstraße fuhr, um den Kollegen von »Solar-Boost« erneut auf den Zahn zu fühlen. Er überprüfte die Adresse in seinen Notizen und ließ den Wagen stehen, die Wodanstraße lag höchstens zwei Fußminuten entfernt. Magnus ärgerte sich ein wenig über seine feuchte und verschmutzte Hose, die Begegnung mit Bobby hatte seinem seriösen Auftritt Schlagseite verpasst. Der kurze Fußmarsch durch den stärker werdenden Regen zum Haus der Familie Henke gab ihm den Rest.

Ein buntes Salzteig-Schild an der Haustür ließ die Besucher wissen, dass hier Gregor, Sabrina, Nele und Theo wohnten. Im Vergleich zu den anderen Häusern in der Siedlung wirkte dieses ungepflegt. Der graue Rauputz sah aus, als ob er seit den 60er-Jahren keinen Anstrich mehr gesehen hätte. Die staubigen Fenster und ein ins Kraut geschossener Vorgarten bestätigten den Eindruck. Vor der leeren offenen Garage türmte sich ein Berg Sperrmüll: Kinderspielzeug in durchweichten Kartons, alte Bettdecken in grauen Mülltüten, eine Matratze, die vom Regen schon feucht war, ein Lattenrost, lose Bretter. Es sah aus, als ob die Familie ausziehen wollte, aber ihre Pläne auf unbestimmte Zeit verschoben hatte. Magnus klingelte, nichts rührte sich. Er wartete unschlüssig einen Moment lang, klingelte wieder und wollte gerade gehen, als die Tür aufging und ein Mädchen, vielleicht neun oder zehn Jahre alt, das Gesicht hinausschob. »Es ist nicht Papa!«, rief es in den Flur zurück. »Da steht ein fremder Mann im Regen.«

»Geh rein, Nele. Du sollst nicht immer sofort zur Tür rennen, habe ich gesagt.« Ein unsichtbarer Arm zog das Mädchen zurück. »Ja, bitte.« Eine große, kräftige blonde Frau baute sich vor Magnus im Türrahmen auf, die Arme vor der Brust verschränkt, bereit, in die Schlacht zu ziehen. Ihr Gesicht wirkte erschöpft, was an den schwarz umrandeten Augen liegen mochte. Oder der steilen Stirnfalte, die sich vertiefte, während sie Magnus musterte. Die

Haare trug Sabrina Henke zu einer Art Dutt hochgebunden, überall lösten sich Strähnen aus ihrer Frisur. Die Ärmel ihres zerschlissenen, alten Flanellhemdes waren hochgekrempelt, ihre Jeans um einige Grade verschmutzter als Magnus' Hose und dazu noch mit grünen Farbklecksen besprenkelt. Sie trug Gummihandschuhe.

»Ich störe Sie beim Saubermachen«, sagte er und lächelte. »Ist Ihr Mann zu Hause? Ich würde ihn gerne kurz sprechen.«

Sie erwiderte sein Lächeln nicht. »Das würde ich auch gerne. Auch länger. Wenn Sie ihn treffen, können Sie ihm das ausrichten. Worum geht es?«

»Mein Name ist Magnus Meister. Seit gestern suche ich nach Ben Reifferscheidt, im Auftrag seiner Schwester. Ich komme gerade von seiner Mutter. Sie meint, vielleicht wüsste Ihr Mann, wo er ist.«

Sie seufzte. »Marianne hat immer schon in einer Fantasiewelt gelebt. Gregor und Ben haben ewig keinen Kontakt mehr. Jedenfalls war Ben schon lange nicht mehr hier. Aber wer weiß, was mein Mann mir noch alles nicht erzählt hat.«

»Mama, es regnet doch!«, rief die Kleine aus dem Flur. »Darf der Mann nicht reinkommen? Der sieht nett aus.«

Magnus bedankte sich innerlich bei Nele für die Fürsprache, ihm tropfte mittlerweile das Wasser aus den Haaren und lief in seinen Nacken. Die Windjacke hielt nichts mehr ab, wenn sie einmal durchnässt war. Sabrina Henke kämpfte kurz mit sich und bat ihn dann herein. »Wenn Sie keinen Wert auf Ordnung legen, bitte schön. Ich miste gerade aus. Wie war noch Ihr Name? Sind Sie ein Freund der Familie Reifferscheidt?«

Magnus erläuterte seinen Auftrag und registrierte beiläufig das Chaos im Flur, während er der Hausherrin in die Küche folgte. Gepackte und leere Kartons stapelten sich an der Längsseite, Bretter eines auseinandergebauten Schranks lehnten daneben. In der Luft hing der Geruch nach Lackfarbe und stach Magnus in die Nase. Im ersten Stock dudelte das Radio einen 90er-Hit. Bei der Erwähnung von Maike Reifferscheidt hellte sich das Gesicht auf. »Maike konnte ich immer gut leiden. Leider habe ich wenig Gelegenheit gehabt, mit ihr zu sprechen, wie gesagt, die Männer haben schon seit Längerem nichts mehr miteinander zu tun. Lebt sie noch in Australien?«

»Mama, darf ich einen Kakao trinken? Ich habe immer noch Bauchschmerzen.«

Sabrina Henke strich ihrer Tochter über das Haar. »Ich bringe dir gleich einen, Schatz. Geh so lange hoch in dein Zimmer. Wir haben etwas zu besprechen.«

»Aber da ist es total durcheinander.«

»Jetzt sofort, Nele.« Der Ton der Mutter duldete keinen Widerspruch. »Wir holen gleich zusammen Theo von der Schule ab, okay?«, fügte sie etwas sanfter hinzu. Die Kleine verzog das Gesicht, ging aber die Treppe hinauf, wobei sie auf jeder Stufe zweimal auf einem Bein hüpfte.

»Sie ist aber nicht ernstlich krank?«, fragte Magnus.

»Sie verkraftet die Trennung nicht.« Sie wies auf die Umzugskisten. »Mein Mann ist vor zwei Monaten ausgezogen.«

»Das tut mir leid«, sagte Magnus.

»Es ist besser so. Morgen kommt der Sperrmüll. Alles, was er bis heute Abend nicht abholt, fliegt raus. Ich habe ihm mehrfach auf die Mailbox gesprochen, keine Reaktion. Mistkerl. Entschuldigung.« Sie holte Kakaopulver, Zucker und einen Schneebesen aus den Schränken, schüttete Milch in einen Topf und begann den Kakao für ihre Tochter zu rühren. »Für mich kam das nicht ganz überraschend, Treue ist nicht Gregors Stärke. Für die Kinder ist es die Hölle. Das interessiert Sie alles gar nicht, habe ich recht?«

»Auch wenn wir uns nicht kennen«, sagte Magnus vorsichtig, »es ist nie schön, wenn eine Familie auseinanderbricht.«

»Knall auf Fall, wegen so einer Tussi. Nach zwölf Jahren Ehe. Wie kann er das den Kindern antun? Mit dem Unterhalt ist er auch im Rückstand. Und das bei dem Gehalt. Ich kann zusehen, wie ich uns drei über die Runden bringe. Das fehlende Geld ist nicht mal das Schlimmste.«

Dazu gab es nichts zu sagen, also schwieg Magnus. Er stand an die Spüle gelehnt, sie hatte ihn nicht aufgefordert sich hinzusetzen. Ihn fröstelte in seinen nassen Sachen. Sabrina Henke starrte durch das Küchenfenster in den Vorgarten. Von den Sträuchern tropfte es auf ein wild wucherndes Blumenbeet, durch das lehmige Rinnsale auf einen schmalen Gartenweg liefen. »Um den Garten hat Gregor sich immer gekümmert, wenn er hier war«, sagte sie. Dann begann sie zu weinen. Magnus suchte vergeblich ein Taschentuch in seiner Jacke, sah eine Rolle Küchenkrepp über der Spüle, riss schnell ein Blatt ab und reichte es ihr. Sie schnäuzte sich geräuschvoll die Nase. »Sie haben bestimmt einen tollen Eindruck von mir.«

»Sie machen gerade schwere Zeiten durch«, sagte Magnus. Der Kakao auf dem Herd schäumte fast über. Magnus zog ihn mit einem Griff rasch von der Herdplatte.

»Danke. Meine Tochter hat recht. Sie sind wirklich nett.« Sie goss den Kakao für Nele in eine rosa Blechtasse und setzte dann einen Filterkaffee auf. Magnus lehnte sich an die Spüle und wartete. Eine Weile sahen sie beide zu, wie das Wasser röchelnd durch den Filter lief. »Wenn Sie etwas Zeit haben, könnten Sie mir helfen«, sagte sie. »Ich muss noch den Schreibtisch aus Gregors Arbeitszimmer zur Garage schaffen. Er lässt sich nicht gut auseinanderschrauben. Danach bekommen Sie einen Kaffee.« Sie lächelte ihn zum ersten Mal an. Es war, als ob die Küche heller würde. Sie stiegen mit Neles Kakao die Treppe zum ersten Stock hinauf. Dieses Stockwerk ließ ahnen, dass das Haus vor der Trennung ein gemütliches Heim gewesen war. Im hell gestrichenen Flur hingen selbst gemalte Kinderbilder und Fotos, am Treppengeländer war ein Heliumballon in Drachenform befestigt. Nele winkte ihnen aus einem der zwei Kinderzimmer zu. Sie lag auf dem Bett auf einer bunten Patchwork-Decke und lauschte einem Hörspiel, die Bauchschmerzen waren schon vergessen. Sabrina Henke stellte ihr den Kakao auf ein winziges Tischchen und küsste sie auf den Scheitel. »Seien Sie vorsichtig am Türrahmen, der ist frisch gestrichen«, sagte sie zu Magnus. »Nele wollte ihn grün haben.« Magnus winkte ab. »Nichts passiert.«

Gregor Henkes Arbeitszimmer lag zur Straße hin. Der Schreibtisch, vor hundert Jahren für die Ewigkeit gezimmert, war abgenutzt, komplett abgeräumt und mit den Schubladen bestimmt Tonnen schwer, dachte Magnus.

»Er gehörte seinem Vater. Ich habe keine Verwendung dafür«, sagte sie ungefragt. An der linken Wand stand ein niedriges, gegen den Tisch billig wirkendes Sideboard mit offenen Türen, ebenso gähnend leer wie ein grauer Aktenschrank, der bis auf zwei Ordner mit den Aufschriften »Alte Rechnungen Haus« und »Kredit Haus« ausgeräumt war. Magnus fielen zwei Bilder an der Wand ins Auge, deren Farbigkeit die Tristesse des verlassenen Zimmers durchbrach. Es handelte sich um die gleiche Art Fotos, die in Bens Wohnung hingen. Er konnte nicht enträtseln, was darauf abgebildet war. Fächerförmige Strahlen in Blau und Rotbraun, am unteren rechten Bildrand ein schwarzer Halbkreis und eine Spur weißer Tupfen. »Bens Schmetterlingsflügel. Die hat Gregor hängen lassen«, sagte Sabrina. »Schön, nicht?« Magnus nickte.

Sie bugsierten den Schreibtisch mühsam über die Treppe, die Schubladen ließen sich nicht herausnehmen. Nele lugte von oben durch das Treppengeländer, um das spannende Geschehen zu verfolgen, rief altkluge Kommentare wie »Ihr müsst an der Ecke aufpassen« und »Ihr macht Kratzer an die Wand«, bis sie schnaufend unten anlangten. Sie schafften das Möbelstück vor die Garage, zum Glück machte der Regen gerade eine Pause.

»Danke«, sagte Sabrina und wischte sich einen Schweißtropfen von der Stirn. »Jetzt kann ich einen Kaffee vertragen.«

Magnus trank eine Tasse mit, obwohl er kein Fan von Filterkaffee war, und suchte nach einem Gesprächsthema, das sie nicht zum Weinen brachte. »Warum haben die beiden eigentlich keinen Kontakt mehr?«

Sie reichte ihm die Milchtüte. »Ich habe ihn nie danach gefragt, glaube aber, sie haben sich einfach auseinandergelebt«, sagte sie nachdenklich. »Die Kinder waren kleiner, und Theo hat immer so schlecht geschlafen … das passiert oft, wenn einer Familie hat und der andere nicht, oder? Jedenfalls hat sich unser Freundeskreis verändert mit den Kindern. Manche Freundinnen von früher treffe ich überhaupt nicht mehr. Schade, ich mag Ben. Ein feiner Kerl.«

Eine mögliche Erklärung, dachte Magnus. Auch Eliza klagte häufiger, dass sie Freundinnen, die Kinder bekommen hatten, nicht mehr sah. Wie auch immer, er war hier fertig. Ben war nicht aufgetaucht. Er bat der Vollständigkeit halber um Gregor Henkes Handynummer.

»Richten Sie ihm Grüße aus, falls Sie ihn erreichen«, sagte Sabrina mit einem bitteren Unterton, als sie die Nummer auf einen Zettel kritzelte. »Er soll sich mal bei seiner Familie melden. Vielleicht haben Sie mehr Glück als ich.«

Halbwegs aufgewärmt und trocken fuhr Magnus in die Schanzenstraße. »Danke, dass du dir Zeit nimmst«, sagte er zu Marko Boden und hievte sich auf einen Hocker vor dem blankpolierten Holztisch. Er traf den Vertriebschef des Start-ups am Rande des Gewerbegebiets, in einem Bistro mit silbernen, hoch aufgehängten Designerlampen und Fenstern bis zum Boden. »Ich esse um diese Zeit sowieso eine Kleinigkeit«, hatte der am Telefon gestern gesagt, als Magnus um ein Treffen bat. »Du kannst mir gerne Gesellschaft leisten.«

»Beeindruckend, wie du dich engagierst«, sagte Marko jetzt und löffelte achtlos seine Kürbissuppe, die hier liebevoll mit Kresse garniert und zum astronomischen Preis von 15 Euro serviert wurde. »Wirst du gut bezahlt? Oh, Pardon, das war unhöflich. Willst du nichts essen?«

»Wie gesagt, meine Frau ist mit Bens Schwester befreundet«, überging Magnus die Bemerkung. Er wagte es kaum, seinen Cappuccino aus fair gehandeltem äthiopischem Bio-Kaffee umzurühren, um das kunstvoll gestaltete fedrige Ornament auf der schaumigen Oberfläche nicht zu zerstören. Sein eigenes Outfit entsprach schon im sauberen Zustand nicht dem Dresscode der Bistro-Besucher, die überwiegend, wie Marko, in gut sitzenden Anzügen und teuren Hemden die Tische bevölkerten. Der Lärmpegel durch die Gespräche und die blitzende Kaffeemaschine hinter der Bar war erstaunlich, obwohl keine Musik lief.

»Ich wüsste allmählich selbst gerne, wo unser Einstein abgeblieben ist«, sagte Marko. »Wir haben morgen einen wichtigen Termin zusammen. Hast du es schon an der TH versucht? Ist unwahrscheinlich, aber trotzdem.«

»Wo genau könnte ich ihn treffen? Philomena konnte mir das nicht beantworten und mir war bis gestern nicht klar, dass Ben mehrere Arbeitsplätze hat.«

»Ich schicke dir die Adresse und einen Ansprechpartner. Ben forscht, wie du wahrscheinlich schon weißt, am Wirkungsgrad von Solarzellen, dafür brauchst du bestimmte Voraussetzungen, das funktioniert nicht im heimischen Keller.« Er lachte, als er Magnus' verdutztes Gesicht sah. »Ich habe einen Master in Energietechnik und bin der Einzige bei uns im Team, der halbwegs versteht, was Ben so treibt. In einfachen Worten: Man verändert die Oberflächenstruktur der Zellen so, dass Licht besser aufgenommen wird. Ben ist ein Genie.«

Das hörte Magnus schon zum zweiten Mal. »Warum hältst du es für unwahrscheinlich, dass er an der TH ist?«

»Weil Ben auf der vorletzten Teamsitzung berichtet hat,

dass die aktuelle Forschungsreihe beendet ist. Die Auswertung und Zusammenfassung der Ergebnisse könnte er theoretisch auch bei uns im Büro oder zu Hause am Rechner vornehmen. Wusstest du, dass er 2018 den GreenTec Award gewonnen hat mit seinem vorherigen Team?«

Magnus nickte. »Das hat Philomena mir erzählt. Was war das für ein Team?«

»Ein kleines Forscherteam vom Karlsruher Institut für Technologie, kurz KIT. Die haben es sogar geschafft, eine Förderung durch das Landesministerium zu bekommen. Das ist selten.«

»Wie ist Ben überhaupt zu euch gekommen? Ein Start-up ist doch eine Nummer kleiner, oder?«

»Gemma hat ihn ins Team geholt, das fragst du sie am besten selbst. Ich bin nur der Vertriebs-Heini in unserem Luxus-Start-up.«

Magnus lachte. »Ahnung von Technik hast du jedenfalls. Das schadet bestimmt nicht. Wer sind eure Kunden?«

»Hauptsächlich Endverbraucher mit Bewusstsein für nachhaltiges und ressourcenschonendes Verhalten. So steht es in unserem Flyer. Längerfristig haben wir auch mittelständische Unternehmen im Visier. Wir glauben, dass gerade ein Umdenken einsetzt. Ich persönlich denke, wir müssen den Nutzen noch besser herausstellen. Die Leute sollen das Gefühl bekommen, dass sie etwas Sinnvolles tun und gleichzeitig sparen können, verstehst du?« Er rieb sich die Hände, als ob er sich auf die zukünftigen Einnahmen freuen würde.

Magnus nickte. »Mir ist aufgefallen, dass ihr mehr Geld zu haben scheint als für ein Start-up üblich. Wie kommt das?«

Marko klopfte sich auf die Schulter und grinste. »Wir können nicht nur die Produkte entwickeln, sondern wissen auch, wie man sie an den Markt bringt. Gemma hat das Netzwerk, ich kann Vertrieb und bringe uns neue Kunden ran. Vor drei Jahren hat noch kein Hahn nach Mini-Solaranlagen gekräht. Dank Greta Thunberg entdecken jetzt mehrere Generationen gleichzeitig ihr grünes Gewissen in Sachen CO2. Die Baby-Boomer haben das Geld, die Schüler und Studenten die richtige Überzeugungskraft – und die Wissenschaftler hinter sich. Es ist schließlich ihr Planet, der gerade vor die Hunde geht. Zum Glück für uns merken es jetzt langsam alle. Welcher Depp leugnet noch ernsthaft den Klimawandel?«

Magnus fielen auf Anhieb ein paar ein, aber er war nicht in Stimmung für die Diskussion. »Also für dich ist es kein Herzensanliegen«, stellte er fest.

Marko tupfte sich den Mund mit der Serviette ab und schob sie unter seinen Tellerrand. »Ich bin kein Öko, sondern ein Ingenieur mit Vertriebstalent. Ich habe in der Schule Pausensnacks portioniert und in einem Bauchladen aus alten Getränkekartons weiterverkauft. Upcycling würde man das heute nennen.« Er grinste über das ganze Gesicht bei der Erinnerung. »Im Ernst, was ich verkaufe, ist mir egal. Im grünen Sektor liegt gerade das Geld auf der Straße, man muss es nur aufheben. Das wundert dich jetzt, oder?«

»Ich dachte, ihr macht das aus Überzeugung«, gab Magnus zu.

»Du hast zu lange mit Philomena gesprochen«, meinte Marko. »Wir sind so erfolgreich, weil jeder das macht, was er am besten kann. Wir haben sogar schon Übernahmeangebote von anderen Firmen bekommen. Ich gehe offen damit um, dass ich nicht die Welt retten, sondern Geld verdienen will. Ich bin kein Heuchler und Gemma weiß das zu schätzen. Wo bleibt sie eigentlich? Ich habe ihr gesagt, dass wir hier sind, das war doch in deinem Sinne?«

Magnus fühlte sich überrumpelt. Kritisch beäugte er seine verdreckte Hose. Sie war in der Zwischenzeit nicht schöner geworden. Er hätte sich gerne vor dem Treffen mit Gemma umgezogen, aus Gründen, die er sich selbst nur ungern eingestand. Markos Handy auf dem Tisch summte. »Gemma. – Wo steckst du? – Schade. Du verpasst unseren Privatdetektiv. – Er sucht Ben. – Aha. Nein, das mache ich nicht. Ruf ihn bitte selbst an, die Nummer hast du von Shirin bekommen, oder? – In Coronazeiten gebe ich mein Handy nicht aus der Hand. Ciao. Bis später.«

Magnus' Handy begann sofort zu summen. Während er das Gespräch annahm, winkte Marko der Bedienung, um zu bezahlen.

»Magnus Meister? Hier ist Gemma Jones. Shirin hat mir gesagt, du wolltest mich persönlich sprechen.« Die Stimme klang warm, aber etwas gehetzt.

»Danke für den Anruf.« Zumindest am Telefon gelang ihm der professionelle Auftritt. »Bens Schwester vermisst ihn, er ist am Sonntag nicht zum vereinbarten Treffen gekommen.«

»Ich fürchte, ich kann dir nicht weiterhelfen, ich habe Ben bei der Teamsitzung am Freitag zuletzt gesehen.«

»Seit drei Tagen hat ihn niemand mehr gesehen. Ich versuche mir ein Bild zu machen, wo er sich regelmäßig aufgehalten und woran er gearbeitet hat. Seine Schwester will heute eine Vermisstenanzeige aufgeben, wenn wir ihn nicht finden.«

Sie zögerte, dann lenkte sie ein. »Na gut. Um 14.00 Uhr beginnt meine Projektsitzung im Rathaus, vorher habe ich etwas Zeit. Können wir uns um eins in der Altstadt treffen?«

Das war knapp, aber Magnus sagte zu und schlug das Café Extrablatt am Alter Markt vor.

»Das kenne ich«, sagte sie. »Bis gleich.«

»Tja, so ist unsere Gemma, immer in Eile. Reicht es noch für einen Umweg über den Kleiderschrank zu Hause?«, frotzelte Marko.

Magnus war zu erleichtert, um sich zu ärgern, und nickte. »Ein Hund hat eben meine Jeans erledigt«, sagte er.

»Auch das Jackett?«, fragte Marko und deutete mit dem Finger darauf.

»Wieso –« Magnus sah an sich herunter und bemerkte erst jetzt die grünen Farbspritzer auf dem Revers. »Verdammt.« Die musste er sich bei Familie Henke zugezogen haben.

Marko schnappte sich grinsend Handy und Portemonnaie. »So, die Arbeit wartet. Dein Kaffee ist bezahlt, Detektiv. Den Kontakt zur Technischen Hochschule habe ich dir aufs Handy geschickt. Viel Erfolg noch!« Innerhalb von drei Sekunden war er verschwunden. Magnus sah ihn über die Straße hasten und nippte an seinem mittlerweile lauwarmen Cappuccino. Er war sich nicht sicher, ob er den rührigen Vertriebschef des Start-ups mochte. Außerdem hätte er gerne noch ein paar Fragen gestellt. Zum Beispiel die, warum es auf der letzten Teambesprechung Streit gegeben hatte. Er warf einen Blick auf die Uhr über der Bar: kurz vor zwölf. Gerade noch rechtzeitig, um bei der Stadt Köln im Standesamt jemanden zu erreichen. Er durfte den wichtigsten Termin von allen nicht aus den Augen verlieren.

Als er den Wagen vor der Haustür in Klettenberg parkte, summte sein Handy. »Hallo, Maike hier. Ich war eben bei der Polizei und wollte eine Vermisstenanzeige aufgeben. Mittlerweile ist Bens Mailbox aus, ich höre nur das Freizeichen, wenn ich ihn anrufe.«

»Wie hat die Polizei reagiert?«, fragte Magnus, obwohl er die Antwort ahnte.

»Sie waren sehr freundlich, aber sagen, dass Ben als erwachsener Mann seinen Aufenthaltsort frei bestimmen kann. Es könnte gut sein, dass er sich nicht melden will. Das kann ich nicht ausschließen, oder? Ich habe es dann doch nicht gemacht. Die Anzeige, meine ich.«

Magnus suchte nach einer behutsamen Formulierung. »Du hast selbst gesagt, dass er dazu neigt, abzutauchen.«

»Der Polizist hat gesagt, dass ich konkrete Anhaltspunkte brauche, damit sie der Sache überhaupt nachgehen. Selbsttötungsabsicht, Gefahr für Leib oder Leben oder der Hinweis auf eine Straftat. Wusstest du das?«

»Aus diesem Grund gibt es Detekteien.«

Maike schwieg. »Wir haben keine Hinweise auf eine Straftat, oder?«

»Nein. Aber dafür eine Menge Leute, die sagen, wir sollen uns keine Sorgen machen. Deine Mutter meinte sogar, Ben sei bei ihrem Treffen vor drei Wochen gut gelaunt gewesen.«

Sie lachte gequält. »Meine Mutter hast du schon kennengelernt, stimmt. Ich wusste nicht, dass sie sich überhaupt treffen.«

»Sie will unbedingt vermeiden, dass ich mit eurem Vater spreche. Sie wollte mir seine Handynummer nicht geben. Kannst du mir weiterhelfen, nur für den Fall, dass er mich nicht anruft?«

»Warte damit lieber. Sonst ist er auch noch wütend auf mich, und das hilft niemandem.«

Komplizierte Familienverhältnisse erlebte Magnus bei seinen Nachforschungen nicht zum ersten Mal. Letztlich entschied Maike, wie tief er tauchen durfte. Er setzte sie kurz darüber ins Bild, was er bei den Kollegen vom Start-up erfahren hatte, und beeilte sich, ins Haus zu kommen. In zehn Minuten musste er wieder losfahren, wenn er pünktlich und passabel gekleidet in der Kölner Altstadt erscheinen wollte.

Er rannte nach oben ins Schlafzimmer und vertröstete Eliza, die sich nach seinen Fortschritten erkundigen wollte, auf später. Vergeblich durchwühlte er seinen Kleiderschrank nach einem gebügelten Hemd und einem Jackett, das zu seiner neuen schwarzen Jeans passte. Eliza lehnte entspannt am Türrahmen und schaute ihm belustigt zu.

»Capsule Wardrobe.«

»Was?« Er tauchte mit rotem Gesicht hinter der Schranktür auf.

»So nennt man ein System für Kleiderordnung. Du stellst dir deine Business-Outfits so zusammen, dass du nur in den Schrank greifen musst, um dich anzuziehen. Alles passt zu allem.«

»Faszinierend«, knurrte Magnus. »Das höre ich mir gerne später an.«

»Für wen machst du dich so schick?«

»Ich treffe einen der Start-up-Kollegen in der Altstadt«, sagte Magnus, in eine Halbwahrheit flüchtend. »Mein altes Jackett hat heute Farbspritzer abbekommen.«

»Wen denn?« Eliza ließ sich nicht ablenken, es war zum Fürchten.

»Gemma Jones, die Geschäftsführerin.«

»Das ist kein Kollege, sondern eine Kollegin«, stellte sie fest. Magnus wusste, dass seine nächsten Worte darüber entscheiden würden, ob die Eifersuchts-Hölle losbrach oder ob er davonkommen würde.

»Clara kennt sie«, sagte er so sachlich wie möglich. »Sie hat im letzten Jahr einen Kurzfilm mit ihr gedreht. Umweltaktivistin und prominentes Gesicht des Start-ups.«

»Den habe ich gesehen!«, sagte Eliza zu seiner Überraschung. »Das war ein gutes Interview. Eine beeindruckende Frau und – eine öffentliche Person mit großer Fangemeinde. Da würde ich an deiner Stelle gut aufpassen, was ich trage. Nimm das Hemd hier, das steht dir und passt farblich zur Jeans.« Sie reichte ihm von einem Haken an der Wand ein frisch gebügeltes Hemd, das er übersehen hatte.

»Danke«, sagte Magnus erstaunt und konnte sein Glück nicht fassen. Er warf einen prüfenden Blick in den Spiegel und zerzauste sein Haar in eine Form, von der er hoffte, dass sie verwegen, aber nicht ungepflegt aussah.

»Like«, grinste Eliza zu seinen Bemühungen und hob den Daumen. »Denk daran, dass wir um sieben bei

Benno und Miriam zum Abendessen eingeladen sind.« Sie drückte ihm zum Abschied einen Kuss auf die Wange. »Warum du eine Kollegin als Kollegen bezeichnest, darüber reden wir später«, hauchte sie ihm ins Ohr.

Zähneknirschend zahlte Magnus die 2,50 Euro pro angefangene Stunde im Parkhaus an der Philharmonie und hastete über Kopfsteinpflaster zum Café Extrablatt, vorbei an Straßenbaustellen, Souvenirshops, Restaurants mit Tagesmenüs für Touristen und Pubs, die er nicht einmal betrunken aufsuchen würde. Kölner gingen nicht in die Altstadt, die schien in ihrer Wahrnehmung nur für Junggesellenabschiede, Weihnachtsmärkte und die Sessions-Eröffnung des Kölner Karnevals am 11.11. jeden Jahres zu existieren. In diesem Jahr nicht, fiel ihm ein. Karneval war abgesagt. Er glaubte nicht daran, dass die Infektionszahlen im November so niedrig sein würden, dass solche Veranstaltungen möglich waren. Momentan stieg die Kurve langsam, aber stetig an, das ließ nichts Gutes für den Herbst hoffen. Er fischte eine neue Einwegmaske aus seiner Umhängetasche und betrat das Café durch die geöffnete Glastür. Es war geräumig, mit kleinen Marmor- und Holztischen eingerichtet und erstreckte sich über zwei Stockwerke. Hier, im Erdgeschoss, zog sich an der rechten Seite ein langer Tresen vom Fenster bis in die hintere Hälfte des Raumes, drei Servicekräfte standen dahinter und waren mit der Zubereitung von Getränken beschäftigt. Große Topfpflanzen dekorierten die breiten Fensterbänke und den Treppenabsatz zur Galerie im ersten Stock. Obwohl die Hälfte der Tische – wegen Corona natürlich – nicht belegt war, dröhnte ihm der Lärm der

Gespräche, der von den unverkleideten Wänden zurückschallte, in den Ohren. Die Musik setzte noch eins obenauf, eine weich klingende Frauenstimme sang davon, dass ihr Herz in Havanna geblieben sei. Es passte erstaunlich gut in die betriebsame Atmosphäre des Cafés. Der köstliche Geruch nach frisch gebratenen Eiern und Speck zog Magnus in die Nase und augenblicklich reagierte sein Magen mit einem lauten Knurren. Gemma Jones fand er schließlich oben auf der Galerie, links außen, an einem Tischchen für zwei, das Gesicht zum Fenster gewandt. Sie war so in ein Telefongespräch vertieft, dass sie seine Ankunft nicht bemerkte. Ihr Laptop stand aufgeklappt vor ihr, ein abgegriffenes Notizbuch lag daneben. Gemma hielt einen Stift in Regenbogenfarben in den Händen und unterstrich mit weit ausladenden Gesten, was sie meinte. Es sah aus, als ob sie ein Cafékonzert dirigieren wollte. Er klopfte kurz auf den Tisch, um sich bemerkbar zu machen. Sie lächelte ihm zu, deutete mit dem Stift auf ihr Handy, hob kurz die Schultern und sprach weiter in einer Sprache mit vielen Nasalen, die Magnus bekannt vorkam, er aber nicht verstand. In den nächsten Minuten nutzte Magnus die Gelegenheit, die bekannte Umweltaktivistin ins Visier zu nehmen. Er schämte sich für seine oberflächlichen Gedanken, aber sie sah atemberaubend aus. Sie trug ein schlichtes grünes Kleid und bis auf ein wenig Mascara kein Make-up, jedenfalls soweit er das beurteilen konnte. Lange Korkenzieherlocken, deren zwischen Rot und Braun changierende Farbe ihn an Herbstlaub erinnerte, umrahmten ihr herzförmiges, mit Sommersprossen übertupftes Gesicht. Sie zwirbelte ihre Haare während des Gesprächs mehrfach mit einer Hand hinter dem Nacken zusammen und löste sie wieder. Er hätte ihr stundenlang zuschauen und zuhören können. Sie verabschiedete sich mit einem internationalen Ciao von ihrem Gesprächspartner und wandte sich Magnus mit einem Lächeln zu, das sein Herz ins Stolpern brachte.

»Schottisch«, sagte sie.

»Bitte was?«

»Du starrst die ganze Zeit meine Haare an. Mein Großvater war Schotte, daher die rote Farbe. Mein Vater ist Amerikaner, meine Mutter Deutsche. Und du? Nordische Vorfahren? Magnus ist kein typischer Name hier.«

»Rheinländer in der dritten Generation«, sagte er verwirrt. »Meine Eltern haben nur oft in Schweden Urlaub gemacht.« Was wollte er sie noch gleich fragen? Sein Gehirn meldete eine Nulllinie. Er riss sich am Riemen. »Tut mir leid«, sagte er lahm.

Sie lachte. »Mach dir nichts draus. Ich bin es gewohnt. Es kann nützlich sein, sein Gegenüber aus dem Konzept zu bringen.«

»Herzlichen Glückwunsch zum Geburtstag – nachträglich«, sagte Magnus im vergeblichen Bemühen, die Kontrolle über das Gespräch zurückzuerlangen.

»Oh, danke!«, sagte sie erfreut. »Woher wusstest du das? Ich gehe nicht damit hausieren.«

»Facebook. Also ich – meine Tochter meine ich. Clara Meister. Sie hat dich letztes Jahr interviewt. Sie ist einer deiner Fans und hat es mir gesagt.« Das musste sofort aufhören, er brachte keinen vernünftigen Satz zustande. Die Bedienung erlöste ihn. Sie brachte Gemma einen Chai Latte, »mit freundlichen Grüßen vom Chef«. Magnus bestellte sich ein Rührei mit Schinken und einen Orangensaft und bemühte sich, seine Gedanken in den Griff zu bekommen.

»War das ein Interview für ›Helden des Alltags‹?«, fragte Gemma. »Daran erinnere ich mich. Ich mag deine Tochter. Fröhlich und frech.«

»Sie will Journalistin werden«, sagte Magnus. Mehr fiel ihm nicht ein.

»Eine gute Idee. Du bist bestimmt stolz auf sie. Du willst wissen, wo Ben stecken könnte«, wechselte sie unvermittelt das Thema. »Ehrlich, ich weiß es nicht. Wie alle anderen habe ich ihn zuletzt am Freitag bei der Teamsitzung gesehen.«

»Es gab Streit, habe ich gehört. Worum ging es dabei?«

Sie zögerte. »Das sind Interna. Ich bin mir nicht sicher, ob Marko … ach was soll es, du bist ja nicht von der Konkurrenz. Wir haben ein Übernahmeangebot bekommen. Das ist schmeichelhaft – wir sind so erfolgreich, dass andere uns kaufen wollen. Aber das will ich nicht. Wir machen großartige Arbeit und das soll so bleiben.«

»Stehst du mit dieser Meinung alleine da?«

»Keineswegs. Aber Marko, nun ja, er ist ein fantastischer Vertriebsmann und ein einfallsreicher Ingenieur, ohne ihn wären wir nicht das, was wir sind – er wollte das Angebot zumindest prüfen. Das ist im Team nicht auf Gegenliebe gestoßen.«

»Ich nehme an, es geht um viel Geld für euch?«

Sie nickte. »Ich habe nicht das Recht, anderen vorzuhalten, dass sie Profit machen wollen. Wir alle müssen leben.« Auf Magnus' verwunderten Blick reagierte sie mit einem Schulterzucken. »Ich bin reich. Nicht mein Verdienst, sondern das meiner Eltern und Großeltern. Ein

Teil meines Vermögens steckt in der Firma. Doch selbst wenn ›SolarBoost‹ Insolvenz anmelden müsste – ich würde weich fallen.«

Das erklärte die Designermöbel und die gute Ausstattung des Start-ups. Während Magnus überlegte, ob das Einfluss auf seinen Suchauftrag hatte, vibrierte Gemmas Smartphone. Sie nahm das Gespräch an und sprach leise in der Sprache weiter, die er eben schon nicht zuordnen konnte. Als sie das kurze Gespräch beendete, sagte sie, als ob sie seine Gedanken gelesen hätte: »Das war Brasilien. Ich bin die Kontaktfrau für unsere Beteiligung am Amazonas-Projekt. Das ist ein Verbrechen an der Menschheit, was da gerade geschieht. Jeden Tag lässt dieser Faschist zu, dass der Regenwald abgefackelt wird. Und weitaus Schlimmeres«, fügte sie leise hinzu. Sie sprach von Bolsonaro, dem brasilianischen Präsidenten. Er erinnerte sich mit Unbehagen daran, dass der Mann Folter befürwortete. »Ein Freund von uns ist verschwunden. In Brasilien ist es lebensgefährlich, Umweltaktivist zu sein. Daran erinnere ich mich immer, wenn mir hier mal die Arbeit über den Kopf wächst.«

»Dein Tag hat 48 Stunden, oder?«

»Das ist nicht der Rede wert«, winkte sie ab. »Wir sind vom Thema abgekommen. Was willst du noch zu Ben wissen? In einer halben Stunde tagt meine Projektgruppe für den Klimarat.« Die überraschende Härte in ihrer Stimme erinnerte Magnus an die Geschäftsführerin eines DAX-Unternehmens, das zu Bennos Kunden gehörte. Magnus fand den roten Faden für sein Gespräch wieder. »Wie hat Ben auf das Übernahmeangebot reagiert?«

»Eindeutig«, sagte sie und trank den Rest ihres Chai Latte aus. »Er ist aufgestanden und hat die Sitzung verlassen. Hast du schon im Labor an der TH nachgefragt? Dort ist er auch manchmal.«

Magnus nickte. »Diesmal nicht. Warum hast du Ben ins Team geholt? Marko erwähnte das.«

»Er ist der Beste«, erwiderte sie schlicht. »Und er war frei.« Sie stand auf, räumte Laptop und Notizen vom Tisch und packte sie in eine große Tasche, die ihm nicht aufgefallen war. »Ich bin dann mal weg. Unsere Oberbürgermeisterin will bis 2030 die CO2-Emissionen halbieren.« Sie zwinkerte Magnus zu, dann wurden ihre Augen ernst. »Du kannst mich jederzeit anrufen. Finde ihn. Ben ist einer der freundlichsten Menschen, der mir je begegnet ist.«

Bevor Magnus einen Abschiedsgruß auf den Lippen hatte, war sie schon auf der halben Treppe nach unten. Er sah ihr mit offenem Mund nach und schrak zusammen, als die Bedienung ihn ansprach.

»Ihr Rührei.« Sie grinste ihn an. »Oder haben Sie keinen Appetit mehr?«

Magnus warf beim Essen einen Blick auf sein Smartphone, Maike hatte ihm das Foto eines gut gelaunten Ben mit Helm auf seinem Fahrrad geschickt. Es sah aus wie ein Urlaubsbild, ein zweiter Radler hob im Hintergrund den Daumen in die Kamera. Eine alte Eisenbahntrasse irgendwo in Deutschland, schönes Wetter, blühende Sträucher, ein kleiner Fluss. Das Fahrrad war gut zu erkennen, ein stabiles schwarzes Herrenrad, unauffällig, Magnus zoomte heran und glaubte, das Logo der Fahrradmanufaktur am Rahmen zu erkennen. Er wusste, dass diese Räder nicht billig waren. Ganz sicher hatte ein solches Rad nicht vor Bens Haustür gestanden. Ben selbst blieb verschwunden. Magnus trug seine Notizen zu Gemma nach und versuchte, aus den mageren Anhaltspunkten ein stimmiges Bild zusammenzusetzen. Ein Mann verschwand. Er kam nicht zum geplanten Treffen mit seiner Schwester, die er mochte, der er aber nicht alles mitteilte. Introvertiert, Naturwissenschaftler, nicht unbeliebt bei seinen Kollegen. Ordentliche Wohnung, Rechner mitgenommen, kein Handy auffindbar. Beruflich war Ben erfolgreich, zwei Personen hatten ihn sogar als Genie bezeichnet. Die Firma schien ihm am Herzen zu liegen, sonst hätte er nicht die Besprechung abrupt verlassen, als es um eine mögliche Übernahme ging, folgerte Magnus. Trotz seiner freundlichen Art, über die sich alle einig waren, blieb Ben lieber allein. Wenige oder keine engen Freundschaften. Mit einem alten Schulfreund hatte er sich auseinandergelebt. Das Verhältnis zur Mutter war nicht eng, aber bestand. Zum Vater gab es keinen Kontakt. Frauen schienen in Bens Kosmos nicht zu existieren, das war sehr unwahrscheinlich, wenn auch nicht unmöglich, sinnierte Magnus. Hinweise auf Homosexualität gab es keine. Niemand äußerte sich über Bens Liebesleben, allerdings hatte er auch nicht danach gefragt, ein Versäumnis, wie er sich eingestand. Magnus nippte am lauwarmen Rest seines Orangensafts. Wer konnte ihm jetzt weiterhelfen? Beim Thema Liebe und Beziehungen erwiesen sich die Frauen nach seiner Erfahrung als die besseren Beobachter. Er würde gezielter nachbohren müssen. Bens Hobbys gaben ebenfalls nichts her. Nur stille Leidenschaften. Klassische Musik. Naturfotografie. Teilte Ben seine Interessen mit jemandem? Und wenn ja, auf welchem Weg? Er war körperlich fit, ging den Jakobsweg alleine, wie seine Mutter gesagt hatte, fuhr jede Strecke mit dem Fahrrad. Magnus konnte sich Ben nicht in einem Verein vorstellen. Der Typ für den Chat im Internet war er laut seiner Schwester auch nicht. Es gab keine Hinweise auf eine Straftat oder Suizidgefährdung. Daraus folgerte Magnus, dass Ben sich freiwillig abgemeldet hatte. Er würde heute Abend mit Maike sprechen müssen, ob er seinen Auftrag fortführen sollte. Er hatte keinen Hinweis auf einen möglichen Aufenthaltsort. Bis dahin würde er versuchen – jetzt war es fast drei Uhr – seine blinden Flecken in Bezug auf Ben auszuleuchten. Magnus suchte den Kontakt zur Technischen Hochschule, den Marko ihm geschickt hatte, in seinen Nachrichten. Professor Doktor Jochen Sandmann war tätig am Institut für erneuerbare Energien, ergab Magnus' Rückübersetzung aus dem Englischen. Er rief an, stellte sich vor und erläuterte, warum er auf der Suche nach Ben Reifferscheidt war.

»Interessant«, sagte der Professor. »Wir haben uns gestern Nachmittag ein wenig gewundert, dass er nicht zur Abschlussbesprechung gekommen ist. Die Ergebnisse der Reihe stimmen uns optimistisch, da sollte man doch meinen, dass er sich meldet. Nun ja, Ben ist immer für eine Überraschung gut. Ein echter Querdenker eben. Schade, dass das Wort jetzt so negativ belegt ist. Tut mir leid, da kann ich Ihnen nicht weiterhelfen.«

»Dürfte ich bei Ihnen vorbeikommen und mir erläutern lassen, woran er gearbeitet hat?«

»Wenn Sie unbedingt wollen … Morgen früh könnte ich etwas Zeit während der Sprechstunde erübrigen. Man will ja behilflich sein. Ich wäre an Ihrer Stelle nicht allzu besorgt.«

Noch jemand, der es normal fand, dass Ben nicht auffindbar war. Das bestärkte Magnus in der Entscheidung, Maike von einer weiteren Suche abzuraten. Und jetzt? Er checkte die Uhrzeit, gerade mal drei. Noch mal zurück in die Schanzenstraße? Bens Büro dort hatte er noch nicht in Augenschein genommen, auch wenn er bezweifelte, dass er dort einen Hinweis auf einen versteckten Aufenthaltsort finden würde. Damit würde er beginnen. Er winkte der Bedienung zu, dass er zahlen wolle.

»Du schon wieder!« Shirin lächelte sparsam, als Magnus sich bei ihr am Empfang in der Schanzenstraße anmeldete. »Du hast ihn nicht gefunden«, stellte sie fest. »In fünf Minuten habe ich Zeit, warte so lange.« Sie wies mit der Hand auf die Sitzgruppe mit den Designersesseln. »Von den anderen ist niemand da. Marko hat einen Kundentermin, Jonas arbeitet von zu Hause aus und Philo hat sich heute freigenommen.«

»Ich würde mir gerne Bens Büro anschauen, wenn das für euch okay ist.«

»Warum nicht, du willst ja nichts stehlen«, murmelte Shirin, schon wieder in ihre Arbeit vertieft. Sie hackte schnell und konzentriert auf ihre Tastatur ein. Magnus trat ein paar Schritte vom Empfang zurück und wartete. Sein Blick verfing sich an einem der Wandbilder, ein vergrößerter Wassertropfen, glaubte er zumindest, blauvioletter Hintergrund, Bens Arbeit, wie er jetzt wusste. Er trat näher und fotografierte es aus einem Impuls heraus mit der Handykamera ab. Es würde Eliza gefallen, da war er sich sicher.

»Das ist Lavendel. Man kann es nur sehen, wenn man es weiß.« Shirin hatte ihre Arbeit beendet und stand hinter ihm. Magnus hatte sie nicht kommen hören. »Er hat es in Südfrankreich aufgenommen, bei seiner Wanderung vor zwei Jahren. Mein Lieblingsbild. Einfach nur schön, oder?«

Magnus nickte. »Seine Mutter hat mir erzählt, er sei den Jakobsweg gegangen.«

»Zwei Monate war er unterwegs.« Sie nahm ihre Brille ab und trat näher, um das Bild besser betrachten zu können. »Ich beneide ihn darum. Obwohl, so alleine die ganze Zeit – ich würde meine Schwestern mitnehmen.« Sie blinzelte Magnus von der Seite an, versuchte ein Lächeln und setzte die Brille wieder auf, was er bedauerte. Ihre klaren hellbraunen Augen waren von den längsten Wimpern umrahmt, die Magnus je bei einer Frau gesehen hatte. Mit Brille war Shirin nur hübsch, aber ohne die Brille konnte man den Blick schwer von ihren Augen lösen, fast, als ob sie einen einsaugen wollten. Ihr Alter war schwer zu schätzen, um die 30, vielleicht auch etwas jünger. Alles an ihr wirkte zierlich, von der Nase über die schmalen Handgelenke, bis hin zu ihren niedlichen Füßen, die in braunen Schnürstiefelchen steckten. Das Wort »zerbrechlich« kam ihm in den Sinn. Das bildete einen seltsamen Kontrast zu ihrem bestimmten Auftreten, Magnus war sicher, dass sie immer bekam, was sie wollte. Sie trug einen schmalen, dunklen Rock zu einem hellen Oberteil, das ihre sanften Kurven nicht verbarg. Die Frage rutschte ihm heraus, bevor er nachdenken konnte. »Du magst Ben sehr, oder?«

»Wer mag ihn nicht?«, wich sie aus und wandte sich ab. »Du wolltest sein Büro sehen. Komm mit.« Sie durchquerte den Raum mit schnellen Schritten, bis sie vor den drei Glastüren standen, die hinter dem Empfangstresen abgingen, und öffnete die mittlere mit einem Transponder. Magnus stand vor dem Bild, sah ihr hinterher und rührte sich nicht. Lügen lagen in der Luft. Er ging ihr nach, neugierig geworden, weniger auf Bens Büro als auf die Geschichte hinter der Geschichte. Wie er erwartet hatte, gab das Büro nichts her. Der Raum war groß, hell, sauber, ein Schreibtisch, die Docking-Station für ein Laptop, zwei große Monitore, links ein Wandregal mit ein paar Fachjournalen zum Thema erneuerbare Energien, ein Papierkorb. Kein Rechner, kein Handy, keine hilfreichen Notizen, keine Fotos, keine Bilder an der Wand. Der Blick aus dem alten Sprossenfenster ging auf einen großen Holunderbusch, den jemand vor langer Zeit gepflanzt haben musste, um die nüchterne Industriefläche zu verschönern. Durch ein gekipptes Fenster zog frische, feuchte Luft von draußen herein.

»Er ist nur unregelmäßig hier«, sagte Shirin und blieb an der Tür stehen. »Er arbeitet genauso oft von zu Hause aus oder an der TH, je nachdem, was er gerade auswertet oder untersucht. Ich kenne mich damit nicht aus.« Sie strich sich eine Haarsträhne aus dem Gesicht. »Hier ist ihm zu viel Trubel. Telefon, Kundenkontakte … Das bringt ihn aus der Konzentration. Ich stelle nur selten Telefonate zu ihm durch.«

»Der direkte Kontakt mit den Kunden ist ohnehin Markos Aufgabe, oder?«

Sie wirkte verlegen. »Das ist nicht eindeutig geregelt zwischen den Partnern. Das fragst du besser Marko.«

Magnus beschäftigte eher, warum Shirin sich so

bemühte, Ben vor Störungen zu schützen, obwohl sie das nicht tun musste.

»Wann hast du ihn zuletzt gesehen?«, fragte er. »Auch am Freitag bei der Sitzung? Nein, du warst noch im Urlaub«, korrigierte er sich selbst. »Wo warst du denn, wenn ich fragen darf?«

»Wir sind zu Hause geblieben«, antwortete sie, von seiner Neugier unangenehm berührt. »Möchtest du einen Plan, was wir jeden Tag gemacht haben?« Sie errötete. »Entschuldige. Ich wüsste selbst gerne, wo er ist. Bist du hier fertig?« Sie wandte sich zum Gehen.

»Mir reicht als Information völlig, wenn du mir sagst, wann du ihn zuletzt gesehen hast«, sagte Magnus kühl und folgte ihr zurück zum Empfangstresen.

»Ich schaue mal nach.« Sie blätterte in einem Kalender. »Hier, mein letzter Arbeitstag vor dem Urlaub war der 21. August. Da gab es eine Teamsitzung, da müsste ich ihn gesehen haben.«

»Sicher?« Sie log, er wusste es, sie wusste es.

»Ob da eine Sitzung war?«

»Du weißt, was ich meine.«

»Auf den ersten Blick wirkst du netter.«

»Du auch«, konterte er. »Ich werde nicht gerne belogen.« Das war ins Blaue vermutet und unhöflich, aber die Frau ging ihm auf die Nerven.

»Mach doch, was du willst«, sagte sie. Das Telefon klingelte und Shirin drehte ihm den Rücken zu, als sie das Gespräch entgegennahm. Ihre freundliche Professionalität klang etwas brüchig. Gut so, dachte Magnus grimmig und wandte sich ab, um zu gehen. Seine Visitenkarte ließ er auf dem Tresen liegen, sicher, dass Shirin keinen Gebrauch davon machen würde. Lügen weckten seinen Ehrgeiz. Er würde auf anderen Wegen herausbekommen, was dieses Zierpüppchen mit Stahlkern zu verbergen hatte. Er war noch nicht an der Tür zum Gang, als Shirin den Hörer auf die Gabel warf und ihm hinterherrief: »Frag Gemma, wenn du wissen willst, mit wem Ben seine Zeit verbringt. Sie ist da besser informiert.«

Ein Grinsen breitete sich über Magnus' Gesicht aus. Na also. Es gab doch Risse in der Fassade.

Aus dem grauen Himmel nieselte es leicht, als er durch den zähfließenden Verkehr über die Severinsbrücke zurückfuhr. Am westlichen Horizont kam ein zarter Streifen Blau in Sicht, der für den morgigen Tag besseres Wetter versprach. Magnus gähnte, sein Gehirn brauchte dringend eine Pause. Er schaltete das Radio auf der Suche nach guter Musik ein, aber es gab nur seichten Pop mit schlechten Texten und auf WDR 5 ein Magazin, das über neue politische Entscheidungen informierte, wonach ihm gerade nicht der Sinn stand. Die Pflegekräfte sollten laut Bundesgesundheitsminister eine Prämie bekommen für die besondere Arbeitsbelastung durch die Covid-Patienten. Warum bezahlte man sie nicht gleich vernünftig? Magnus wollte das Radio gerade wieder abschalten und Musik einlegen, als die Moderatorin den nächsten Beitrag ankündigte: ein Interview zur Kölner Klimapolitik mit Ausblick auf die Kommunalwahlen in Köln. Magnus, sensibilisiert durch seine Recherchen über erneuerbare Energien, drehte lauter.

»Ich habe heute einen besonderen Gast im Studio. Er ist für die Stadtwerke Köln GmbH im Klimarat der Stadt

Köln als Berater tätig. Guten Tag, Herr Reifferscheidt. Können Sie unseren Hörern kurz schildern, womit sich der Klimarat der Stadt aktuell beschäftigt?«

Magnus fuhr fast dem Vordermann auf die Stoßstange, als er den Namen hörte. Zum Glück tauchte die erste Ausfahrt nach der Brücke vor ihm auf. Er setzte den Blinker rechts, wechselte die Spur und bog kurz entschlossen ab Richtung Südstadt. Hinter ihm hupte es.

»Guten Tag, Frau Dammmüller. Ihre Hörer wissen bestimmt, dass unsere Oberbürgermeisterin Köln zur klimaneutralen Stadt machen will. Im letzten Sommer hat der Rat der Stadt Köln den Klimanotstand ausgerufen. Frau Reker hat ehrgeizige Ziele: Die gesamtstädtischen Emissionen sollen bis 2030 gegenüber 1990 halbiert werden. Da liegt ein gutes Stück Arbeit vor uns.«

Magnus zwängte sich in eine Parklücke unter der Brücke und kurbelte das Fenster herunter, um sich Luft zu verschaffen. Die Stimme aus dem Radio klang dunkel und bestimmt, wie jemand, der gewohnt war, dass man seinen Weisungen folgte. Definitiv älter als Mitte 30. Das konnte nicht Ben sein, es sei denn, er arbeitete neuerdings bei den Stadtwerken. Er fischte nach seinem Handy und suchte im Netz nach »Klimarat Köln«. Unterdessen lief das Interview weiter, er hörte mit halbem Ohr zu.

»Wie können wir uns diese Arbeit konkret vorstellen, Herr Reifferscheidt?«

»Nun gut, das Gremium existiert erst seit Mai dieses Jahres, aber wir kommen gut voran. In unserer letzten Sitzung vor zwei Wochen haben wir konkrete Einsparziele für Treibhausgas-Emissionen festgelegt. Zum Beispiel wollen wir auf dem Energiesektor bis 2030 62 Prozent Treibhausgase einsparen. Das ist ein ambitioniertes Ziel.«

»Wie werden die Umweltschützer am Klimarat beteiligt? Auf der Mitgliederliste stehen einige Beigeordnete der Stadt, das Umweltdezernat hat den Vorsitz, der Gewerkschaftsbund … aber woher kommt die fachliche Expertise?«

Mittlerweile hatte Magnus den Klimarat der Stadt Köln im Netz gefunden. Unübersehbar stand Werner Reifferscheidt, Bens Vater, als Geschäftsführer der Stadtwerke Köln auf der Mitgliederliste.

»Wir wollen an den großen Hebeln etwas bewegen, daher sitzen nicht nur Experten, sondern auch Entscheidungsträger im Klimarat. Was nützt Ihnen ein Haufen Umweltschützer, ihre Motive in allen Ehren, wenn sie die Einsparziele nicht durchsetzen können? Nehmen Sie gerne das Beispiel Energie. Per Selbstverpflichtung zur E-Mobilität können wir als Stadtwerke Köln 25 Prozent unserer Emissionen verringern. Dafür muss niemand auf die Straße gehen, wir machen das einfach.«

»Dann halten Sie die Proteste der Fridays-for-Future-Bewegung für unerheblich?«

»Frau Dammmüller, wir sind alle dankbar für diese Bewegung. So ist der notwendige Druck auf dem Kessel entstanden, die Pariser Klimaziele zu erreichen. Aber die Expertise sollte man doch Leuten überlassen, die mehr davon verstehen.«

»Den Profis, sozusagen«, konterte die Moderatorin, der Spott in ihrer Stimme war nicht zu überhören.

»Ja, genau«, erwiderte Reifferscheidt, die Ironie ignorierend. »Der Klimarat beauftragt Projektgruppen, da sind auch NGOs vertreten …«

»Für unsere Hörer – Nicht regierungsnahe Organisationen, die gesellschaftliche Interessen vertreten«, erläuterte die Moderatorin.

»Diese arbeiten dem Klimarat zu, entwickeln Maßnahmen und berichten an das Managementteam als Schnittstelle.«

»Das klingt nach viel Arbeit. Bekommen Sie Geld dafür?«

»Leider nicht.« Werner Reifferscheidt lachte. »Das ist ein Ehrenamt.«

Magnus schaltete das Interview ab, er hatte genug gehört. Jetzt verstand er, womit Gemma Jones beschäftigt war. Er rief seine Klientin an.

»Wusstest du, dass dein Vater im Klimarat der Stadt Köln ist? Im Radio läuft gerade ein Interview mit ihm. WDR 5.«

»Ich wusste nicht mal, dass es in Köln einen Klimarat gibt. Das Engagement überrascht mich, mein Vater ist stockkonservativ. Ich glaube, er hat nie etwas anderes als CDU gewählt. Oder war es FDP?«

»Was genau macht dein Vater beruflich?«

Sie zögerte. »Er war viele Jahre Abteilungsleiter bei der Rheinenergie AG. Seit zwei oder drei Jahren ist er Geschäftsführer der Stadtwerke. Woran er genau arbeitet, habe ich ihn schon lange nicht mehr gefragt, ehrlich gesagt.«

Die Rheinenergie AG versorgte die Kölner und das Umland mit Strom und Wasser und war, soweit Magnus wusste, eine Tochtergesellschaft der Stadtwerke

Köln GmbH. »Die sind nicht gerade als Klimaschützer bekannt«, dachte Magnus laut nach. »Was macht die Stadtwerke Köln GmbH im Klimarat?«

»Das ist doch einfach, oder?«, meinte Maike. »Wenn jemand den CO2-Ausstoß senken kann, dann ein Energieversorger!«

»Auch wieder wahr«, brummte Magnus. »Dein Vater und Ben arbeiten für die gleichen Ziele?«

»Das würden beide bestreiten«, stellte Maike fest. »Hast du noch andere Neuigkeiten?«

Magnus berichtete von seinen Treffen mit Gemma und Shirin. Er konnte förmlich hören, wie Maikes Gedanken arbeiteten. »Du meinst, es gibt eine Frau in seinem Leben«, fasste sie seine Überlegungen zusammen.

»Er ist freundlich, attraktiv, die Frauen mögen ihn, er ist nicht schwul – ich mag nicht glauben, dass da nichts ist.«

Sie schwieg eine Weile. »Ich habe immer die Perspektive der großen Schwester. Es wäre schon möglich, dass er mir nichts über sein Liebesleben schreiben wollte.«

»Wenn du willst, suche ich danach.«

»Du hältst nichts davon, stimmt's?«

»Meine Meinung zählt nicht. Ich denke nur, die Zeichen sind deutlich, dass dein Bruder nicht gefunden werden will, warum auch immer.«

»Aber warum sagt er mir nicht wenigstens das? Er weiß, dass ich mich sorge.«

Das konnte Magnus nicht beantworten. Maike klang resigniert, als sie weitersprach. »Gut. Einen Tag noch. Danach gebe ich auf. Überzeugt bin ich nicht.« Sie beendete das Gespräch.

Es war halb sechs, als Magnus erschöpft die Tür aufschloss. Im Flur roch es köstlich nach angebratenem Fleisch und Knoblauch. Eliza sang laut in der Küche ein Lied aus dem Radio mit, das er nicht erkannte. Trotz seiner Müdigkeit stahl sich ein Lächeln auf sein Gesicht. Er öffnete die Küchentür so weit, dass er den Kopf durchstecken konnte. Seine Frau tanzte mit einer Rührschüssel in der einen Hand und dem Schneebesen in der anderen um den Esstisch herum. Sie strahlte, als sie ihn sah. »Endlich wieder Gäste! Meinst du, ich habe übertrieben?« Sie deutete mit dem Schneebesen auf den dekorierten Tisch. Ihr bestes Geschirr blitzte neben blankpoliertem Besteck, sorgfältig gefaltete Servietten rahmten die Teller ein, zwischen kleinen Schüsseln mit Brot, Aioli und Oliven leuchtete ein Strauß aus Astern und Ringelblumen.

»Kein bisschen«, lächelte er, trat ein und klaubte eine Olive vom Tisch. »Ich freue mich auch. Sag mir bitte, dass ich nichts mehr schnippeln muss. Ich bin todmüde.«

Sie winkte ab. »Ich komme klar. Sei um sieben unten. Du kannst mir noch die Weinflaschen öffnen.«

»Wieso kochst du eigentlich?«, fiel ihm ein. »Wollten wir nicht zu Benno und Miriam gehen?«

»Ich habe Miriam selbst gemachte Ravioli als ersten Gang und danach Zitronenschnitzel in Aussicht gestellt«, sagte sie grinsend. »Innerhalb von fünf Minuten hatte sie ihre Mutter als Babysitter für Tilda engagiert.«

Magnus ging nach oben ins Schlafzimmer, zog Schuhe und Jackett aus und ließ sich auf das Bett fallen. Kurz bevor er wegdämmerte, stellte er sich den Wecker am Handy auf Viertel vor sieben.

»Meister? Meister, hey!« Etwas rüttelte an Magnus' Schulter. Er zuckte zusammen und blinzelte. Bennos Gesicht flimmerte übergroß vor seinen Augen. »Deine Frau sagt, ich soll dir einen Eimer Wasser über den Kopf gießen. Habt ihr keinen Wecker?«

»Nicht geklingelt. Gib mir zwei Minuten.«

»Zeig her, was hast du eingestellt?« Benno griff sich Magnus' Handy und tippte. »Alles klar. Du wirst morgen um 18.45 Uhr geweckt«, spottete er und polterte die Treppe hinunter, nicht ohne ein überflüssiges »Beeil dich!« über die Schulter zu rufen. Magnus schüttete sich im Badezimmer kaltes Wasser ins Gesicht und zog ein frisches T-Shirt über. In der Küche empfing ihn lautes Geschnatter, alle drei schienen gleichzeitig zu sprechen, im Hintergrund lief Radio Paradise, Elizas Lieblingssender. Am Tisch saß noch niemand. Miriam verfolgte, wie Eliza letzte Hand an die Zabaione legte. »Welchen Likör nimmst du?«

»Marsala. Und dann muss das Ganze noch mindestens eine Stunde in den Kühlschrank.«

»Das Wettbewerbsverbot ist das Problem. Sag ihm das. Das ist im Gesellschaftsvertrag so vereinbart. Das kann er nicht umgehen.« Benno saß etwas abseits auf einem Sessel und telefonierte mit einem seiner Mitarbeiter, schloss Magnus aus dem Gesprächsfetzen. Froh, dass für ihn nichts zu tun war, schlenderte er zum Kühlschrank und schenkte ihnen Weißwein aus. Immer noch benommen vom Schlaf setzte er sich an den Tisch und betrachtete seine Lieblingsmenschen. Fehlte nur Clara. Benno kam zum Tisch und klopfte ihm auf die Schulter. »So viel Zeit hätte ich gerne, mich tagsüber hinzulegen. Prost!« Er griff nach seinem Glas. »Wie läuft deine Vermisstensache?«

»Lass mich erst mal was essen. Hey, Miriam, du siehst toll aus! Ist das die Mutterschaft, die dir so gut bekommt, oder warum strahlst du so?«

»Nein, die Arbeit«, antworteten Benno und sie zeitgleich und begannen zu lachen. Miriam war eine zierliche, hübsche Blonde mit feinen Haaren und eisernem Willen. Sie reichte Benno gerade bis zur Schulter, konnte aber locker eine Hundertschaft Bereitschaftspolizisten befehligen. Ihr berufliches Herz gehörte der Mordkommission.

»Ich schlage drei Kreuze, dass der Innendienst vorbei ist.«

»Ravioli sind fertig!« Eliza schwenkte die Schaumkelle. »Bringt mir mal eure Teller. Schatz, ich habe den Parmesan vergessen. Im Kühlschrank unten links.«

Eine Weile genossen sie schweigend, fast ehrfürchtig, die frische Pasta.

»Das will ich auch können«, seufzte Miriam und fuhr sich mit der Zunge über die Lippen. »Warum hast du kein Restaurant? Oder einen Catering-Service?«

»Dann wäre ich jetzt pleite«, sagte Eliza nüchtern. »Es ist so schon knapp. Zum Glück kamen gestern zwei neue Aufträge für Hochzeiten. Keine großen Veranstaltungen, aber immerhin. Wer weiß, wie das im Herbst weitergeht. Die Fallzahlen steigen langsam wieder an.«

»Wir werden es überleben«, brummte Magnus. »Ich bin auch noch da.«

»Nur die Polizeiarbeit ist gleich geblieben«, seufzte Miriam, aber es klang nicht traurig. »Ich habe vier Sachen auf den Tisch bekommen. Eine Messerstecherei mit Schwerverletzten, ein Fall von häuslicher Gewalt, ein Wanderunfall im Wald, ein vermisster Jugendlicher. Der wurde zum Glück von der holländischen Polizei aufgegriffen, als er auf einem Campingplatz einen Wohnwagen aufbrechen wollte. Er wusste nicht, wo er schlafen sollte, hat er ausgesagt. Die Eltern waren außer sich, die hatte ich eben noch am Telefon.«

»Wanderunfall?«, wunderte sich Eliza über etwas anderes. »Wir sind doch nicht in den Bergen.«

»Man kann sich auch im Flachland den Kopf anschlagen«, sagte Miriam gleichmütig. »Er hatte keine Papiere dabei, deswegen ist der überhaupt bei uns gelandet. Wir können aber gerne über was anderes reden, so spannend ist mein Job nicht. Vielleicht kommt mir das nur so vor, weil ich wieder Vollzeit arbeite. Hurra!«

»Wo habt ihr Tilda untergebracht?«, wollte Eliza wissen und tupfte sich den Mund mit einer Serviette ab. Sie stand auf, räumte die Teller ab und warf einen prüfenden Blick in den Backofen. »Noch fünf Minuten. Ich hab die Schnitzel warm gehalten, damit ich nicht die ganze Zeit am Herd stehen muss.«

»Da gehörst du doch hin«, neckte Magnus sie.

»Wir haben einen Platz bei einer sehr netten Tagesmutter«, meinte Miriam, »aber erst ab Anfang November. Bis jetzt springen meine Eltern noch ein. Benno schafft es nicht, sich von seiner Firma loszueisen.«

»Das ist nicht fair! Ich bemühe mich seit Wochen um eine Vertretung. Wenn Meister ja sagen würde …«

»Ja wozu?«, fragte Eliza, die die Gewürze zurück in den Schrank räumte.

»Das habe ich dir noch nicht erzählt«, sagte Magnus. »Benno hat mir angeboten, für ein Jahr seine Stellvertretung zu übernehmen, damit er sich solange um Tilda kümmern kann. Aber«, er warf Benno einen finsteren Blick zu, »angeblich darf ich darüber zwei Wochen nachdenken.«

»Das ist doch toll!«, meinte Eliza. »Es wäre schön, mal zur Abwechslung ein sicheres Einkommen zu haben.«

»Und wovon leben wir im Moment? Von Luft und Liebe?«, knurrte Magnus.

»Du weißt, was ich meine.«

»Nein.«

»Hallo – ihr habt Besuch! Könntet ihr eure Verlobungsstreitigkeiten bitte unter euch ausmachen?«, grätschte Benno dazwischen.

»Gerne«, sagte Magnus trocken, »anderes Thema.«

Zum Glück lenkten sie die fertig gewordenen Zitronenschnitzel ab. Unter vielen Begeisterungsrufen bedienten sie sich an dem zarten Fleisch und den auf den Punkt gebackenen Kartoffeln, die Eliza dazu reichte.

»Meister«, wandte Benno sich an Magnus, »jetzt, beim zweiten Gang, darf ich aber nach deinem Suchauftrag fragen, oder?«

»Ich platze vor Neugier«, sagte Miriam und wandte sich an Eliza: »Ist das die Maike Reifferscheidt, mit der du vor dem Abi immer um die Häuser gezogen bist? Ihr wart zwei Stufen über mir, ich kannte sie vom Sehen.«

»Genau die. Wir haben über die Jahre Kontakt gehalten. Sie hat in Australien geheiratet und heißt jetzt Bishop. Sie sucht ihren Bruder. Die beiden waren letzten Sonntag verabredet, nach fünf Jahren zum ersten Mal. Er ist nicht gekommen, nicht erreichbar und meldet sich nicht.«

»Das ist merkwürdig«, sagte Miriam nachdenklich. »Wie geht es ihr damit?«

»Schlecht. Sie sagt, er sei zuverlässig. Sie kann sich keinen Grund vorstellen, warum er nicht gekommen sein könnte.«

»Dein Stichwort, Meister«, meinte Benno und legte sich unter Miriams kritischem Blick zwei weitere Schnitzel nach. »Was hast du herausgefunden?«

Magnus berichtete in Kurzform von seinen letzten beiden Tagen. »Netter Typ, introvertiert, scheinbar keine Feinde, keine Freunde, keine Frau, gut im Job«, fasste er zusammen. »Fotografiert gerne, fährt Fahrrad und trägt sein Herz nicht auf der Zunge. Ich habe niemanden gefunden, der etwas Schlechtes über ihn gesagt hat.«

»Das kann nicht sein«, meinten Benno und Miriam unisono. Sie lachten und klatschten sich ab.

»Was kann nicht sein?«

»Wie lange ist er jetzt weg, vier Tage?«, meinte Benno. »Irgendjemand weiß was. Reich mir mal die Aioli, Meister.«

»Ich wüsste nicht, wer. Die Nachbarin ist ihm am Sonntagmittag begegnet, als er wegfahren wollte. Ich habe alle Kollegen befragt, von denen hat ihn keiner nach der letzten Teamsitzung am Freitag gesehen, doch, halt, einer noch am Samstag.« Jonas, dachte Magnus. Der Einzige, den er noch nicht persönlich kennengelernt hatte. »Ich habe mit Maike zusammen in seiner Wohnung nachgeschaut.« Magnus warf Miriam einen Blick zu. »Mit Schlüssel natürlich. Nichts. Bens Mutter weiß nichts, mit dem Vater hat er keinen Kontakt gehabt, soweit ich weiß. Ich habe sogar die Exfrau eines alten Schulfreundes belästigt und musste beim Ausmisten helfen, sie sind frisch getrennt.«

»Typisch Meister«, feixte Benno. »Du greifst sofort die freigewordenen Frauen ab. Zum Glück bist du verlobt.« Er zwinkerte Eliza zu.

»Hat Maike eine Vermisstenanzeige aufgegeben?«, fragte Miriam.

Magnus schüttelte den Kopf. »Deine Kollegen haben ihr abgeraten. Keine Gefahr für Leib oder Leben, kein Hinweis auf eine Straftat.«

»Cherchez la femme«, empfahl Benno. »Wenn es sie gibt, findest du sie. Wie immer, Meister: Basisarbeit, Basisarbeit. Frag ihnen Löcher in den Bauch. Falls es die geheimnisvolle Unbekannte gibt: Wo hat er sie kennengelernt? Der Mann ist kein Partyvogel, so wie du ihn beschreibst. Also eine Kollegin. Diese Shirin vielleicht, oder die Geschäftsführerin. Die wissen was. Mach den Sack zu.«

»Oder er hat sie privat kennengelernt«, dachte Eliza laut nach. »Hast du nicht gesagt, er fotografiert gerne?«

»Aber warum erzählt er seiner Schwester nichts von einer Frau?«, rätselte Magnus.

Miriam winkte ab. »Es gibt hundert Gründe, das nicht zu tun. Die Liebschaft ist vielleicht schon vorbei oder hat noch nicht richtig angefangen, die Frau ist verheiratet, viel älter oder viel jünger als er, sie haben sich gerade gestritten, er schämt sich für sie oder sie sich für ihn, eine On-Off-Beziehung – willst du noch mehr hören?«

»Verstehe.«

»Du hast gesagt, er hat keine Feinde«, sinnierte Benno. »Aber mit seinem Vater ist er über Kreuz, richtig? Den solltest du nach seinem Sohn fragen. Interessante Info, dass der im Klimarat der Stadt ist.«

»Wozu? Der Vater wird nicht wissen, wo er ist.«

»Benno hat recht«, meinte Miriam nachdenklich, während sie sich Wein nachschenkte. »Das Bild, das du von Ben bisher zeichnest, ist eindimensional. Sprich mit jemandem, der nicht zu seinem Fanclub gehört.«

»Mach es genau wie bei den Klienten unserer Detektei, Meister – denk an die ehemaligen Kollegen. Die sind immer Gold wert, weil die nichts zu befürchten haben. Die können von Herzen über ihn lästern. Oder die Typen von der TH, da bist du morgen früh, wer weiß, wem er da auf die Füße getreten ist.«

»Hat Ben sein Handy dabei?«, hakte Miriam ein.

»Jedenfalls liegt es weder in seinem Büro noch bei ihm zu Hause. Für mich sieht es danach aus, als ob er abtauchen wollte.«

»In der Tat«, sagte Miriam und schob sich das letzte Stück Zitronenschnitzel in den Mund. »Will Maike überhaupt, dass du in die nächste Runde gehst?«

Das bedeutete, tiefer zu graben, die Personen ein zweites Mal zu befragen, was zwangsläufig Ärger nach sich zog. Magnus zögerte. »Zumindest morgen soll ich noch weitersuchen, sagt sie.« Er war unsicher. Ging das nicht alles viel zu weit? Andererseits: In dem Job machte man sich sowieso keine Freunde. Er war übervorsichtig, weil das Mandat aus seinem privaten Umkreis kam. Ihm fiel ein, dass er Eliza das Lavendelbild, das er bei »Solar-Boost« abfotografiert hatte, zeigen wollte. Magnus stand auf und holte sein Handy von der Ladestation. »Schau mal.« Er zeigte Eliza das Foto. Sie vergrößerte den Ausschnitt und runzelte die Stirn. »Sehr gut gemacht. Perfekter Weißabgleich. Ich habe so etwas Ähnliches schon ausgestellt gesehen. Aber wo?«

»Zeig her«, sagte Benno. Magnus' Handy machte die Runde.

»Sehr hübsch. Wo hat er das gemacht?«, wollte Miriam wissen.

»Seine Kollegin sagt, in Südfrankreich. Er ist vor zwei Jahren den Jakobsweg gegangen.«

»Warum eigentlich?«, meinte Benno.

»Warum nicht?«, erwiderte Magnus. »Nur weil du dir nicht vorstellen kannst, freiwillig 800 Kilometer zu wandern, muss das nicht für alle gelten.«

»Haha. Ich meine etwas anderes. Wenn er beruflich so erfolgreich ist, wie du sagst, klinkt er sich doch nicht einfach zwei Monate aus und geht spazieren. Oder wie lange braucht man für die Strecke?«

»Sechs bis acht Wochen, wenn man in Südfrankreich startet«, meinte Eliza. »Zwei meiner Freundinnen sind den Camino im letzten Jahr gegangen.«

»Da siehst du«, triumphierte Benno. »Du hast noch einen Haufen Arbeit vor dir, Meister.«

»Schluss jetzt mit Arbeit!«, rief Miriam. »Was ist mit eurer Hochzeit? Kann ich da bitte den letzten Stand erfahren? Oder ist das ein kritisches Thema zwischen euch? Dann ziehe ich die Frage zurück.«

»Keineswegs«, grinste Magnus, legte Eliza den Arm um die Schultern und küsste sie herzhaft auf die Wange. »Wenn meine Verlobte am 2. Oktober um zwölf Uhr nichts vorhat, könnten wir das Rathaus von innen besichtigen. Was meinst du? Und im Anschluss eine kleine Feier?«

Eliza starrte ihn mit großen Augen an. Dann begann sie zu strahlen und gab ihm einen langen Kuss, bis Benno und Miriam sie unter Gelächter auszählten. Das Gespräch wandte sich angenehmeren Themen zu, mäanderte zwischen der Planung der Hochzeit, Trauzeugenpflichten, der Erziehung der kleinen Tilda, Claras Studienwunsch und ihrer Wohnungssuche hin und her. Magnus versprach Eliza optimistisch, sich schnellstmöglich um einen schönen Ort zum Feiern zu kümmern, bei dem die Gäste Abstand halten konnten. Zwischen Zabaione und Espresso schaffte er es endlich, sich zu entspannen und seine Gedanken von dem Vermisstenfall zu lösen. Er beschloss, als er ein paar Minuten allein bei einer selbst gedrehten Zigarette auf der Terrasse stand, am nächsten Morgen ausgeruht den zahlreichen Hinweisen und Spuren nachzugehen und zu berücksichtigen, was er an Tipps heute bekommen hatte. Bei der Verabschiedung unter viel Lärm und Gelächter, nahm er Benno das Versprechen ab, morgen pünktlich um halb acht zum Training zu erscheinen. »Bis dahin habe ich bestimmt herausgefunden, woher ich den verdammten Namen kenne«, meinte Benno. Magnus war nicht mehr ganz nüchtern und verstand nicht gleich. »Reifferscheidt. Ich meine Reifferscheidt. Wenn ich es wieder weiß, erlässt du mir eine halbe Runde um den Weiher?«

FREITAG, 4. SEPTEMBER

Magnus schlief wie ein Stein, bis der Wecker um halb sieben klingelte. Eliza neben ihm rührte sich nicht. Er zog seine Sportsachen an, wusch sich flüchtig, ignorierte sein Gesicht im Spiegel, das gut eine Rasur vertragen hätte, und holte sich von unten aus der Küche einen Kaffee. Am Schreibtisch im Arbeitszimmer ging er seine Notizen von gestern durch. Bahnbrechende Erkenntnisse wollten sich nicht einstellen, trotzdem schrieb er akribisch alle Fragen auf, die er bisher nicht gestellt hatte, weil sie gestern noch keinen Sinn ergeben hatten. Was verbarg Shirin? Warum hatte sie Gemma ins Spiel gebracht? Warum war Bens Vater mit seinem Sohn zerstritten? Warum war Ben am Samstag bei Jonas gewesen? Hatte Jonas deshalb am Telefon gereizt reagiert? Magnus hoffte, dass die Suche nach einer Frau in Bens Leben sich nicht als Jagd nach einem Phantom entpuppen würde. Heute brauchte er Glück, nicht nur bei der Ermittlung. Er musste sich dringend um einen schönen Ort für die Hochzeitsfeier kümmern. Eliza verließ sich auf ihn. Was würde ihr gefallen? Er zermarterte sich das Hirn, dann kam ihm eine Erleuchtung. Er grinste, griff nach dem Handy und begann zu telefonieren. Um kurz vor acht streckte er sich und polterte die Treppe hinunter. Eliza saß verschlafen in einem seiner uralten Pyjamas am Esstisch und starrte in ihren Kaffee, als ob sie die Bläschen im Milchschaum zählen wollte. Sie reagierte auf seinen Kuss, indem sie den Kopf an seine Hüfte legte. »Geh noch nicht weg«, murmelte sie, »du bist so schön warm.« Er strich ihr sanft durch die vom Schlaf zerzausten Haare und beglückwünschte sich, wie so oft, zu seiner Wahl. Die Frau an seiner Seite war das Beste, was ihm bisher passiert war. »Ich weiß jetzt, wo ich das Bild gesehen habe«, sagte sie und riss ihn aus seiner Anbetung.

»Welches Bild?«

»Das Foto, das du mir gezeigt hast. Dieses oder ein Ähnliches habe ich ausgestellt gesehen, zusammen mit Werken von anderen Künstlern. Ist mir eben beim Aufwachen eingefallen. In einer Galerie in der Innenstadt, ich weiß leider nicht mehr, wo. Das ist bestimmt schon zwei Jahre her.«

Magnus hatte Eliza direkt nach dem Aufstehen selten so viel am Stück sprechen hören. »Wenn ich gleich mit den Brötchen zurück bin, reden wir weiter«, sagte er.

Sie nickte und versank wieder in die Betrachtung ihres Kaffees.

»Immerhin regnet es nicht«, keuchte Benno neben ihm, als sie an der Kastanienallee anlangten. Magnus erwiderte nichts, er hing seinen Gedanken nach. Die Kastanien begannen früh, die ersten Blätter abzuwerfen, vereinzelt lagen bereits die kleinen grünen Stachelbälle herum, aus denen in wenigen Wochen Kinder die glänzend braunen Früchte befreien würden, um daraus kleine Männchen zu basteln. Oder waren die nicht mehr angesagt heute? Die umhüllten Früchte erinnerten ihn an die Abbildungen von Coronaviren. Das war krank, dass sein

Gehirn solche Assoziationen ausspuckte. Er wandte den Blick auf den Weiher, der hier zum Kanal wurde, kurz bevor er die Brücke zur Gleueler Straße passierte. Die Wasseroberfläche schimmerte in einem hellen Grau und gab damit die Farbe des Himmels wieder. Sie überquerten die Brücke.

»Tut mir leid wegen gestern«, meinte Benno. »Ich sollte dich nicht unter Druck setzen wegen meiner Stellvertretung. Wir kommen schon klar.«

»Ich will nicht«, sagte Magnus. Kaum waren die Worte aus seinem Mund, wusste er, dass es stimmte. »Frag Nadja. Oder Murat. Oder Henning. Was weiß ich. Du hast wirklich gute Leute, die das besser können.«

»Darf ich fragen, warum? Ich verspreche, ich versuche nicht, dich vom Gegenteil zu überzeugen.« Benno blieb stehen, um Luft zu holen. »Sekunde, Meister. Ich spüre heute jeden Muskel.«

Magnus lief erst weiter, drosselte das Tempo, kehrte dann zu seinem Freund zurück und tänzelte auf der Stelle. »Mir würde die Musik zu sehr fehlen«, sagte er. »Ich will Zeit dafür haben. Wenn ich dich vertrete, auch nur für ein Jahr, müsste ich Vollgas geben. Das ist sehr weit entfernt von einer 40-Stunden-Woche. Die Detektei ist dein Baby, nicht meins.«

»Du bist ein guter Ermittler«, sagte Benno.

»Findest du?«

»Aus reiner Freundschaft arbeitest du schon lange nicht mehr für mich. Du bist hartnäckig, triffst den richtigen Ton, wickelst die Mandanten um den kleinen Finger und gibst nicht auf. Du holst dir Hilfe, wenn du es nicht alleine schaffst, und recherchieren kannst du auch.

Du bist nicht empfindlich, wenn man dir mal die Meinung sagt. Zur Not bist du sogar ein Teamplayer«, grinste Benno, »und – nicht zu unterschätzen – du hast einen guten Instinkt.«

»Wow«, sagte Magnus. »Das höre ich zum ersten Mal aus deinem Mund. Jetzt finde ich mich selbst ganz toll.«

»Idiot«, sagte Benno und setzte sich wieder in Trab. »Wie lange laufen wir noch?«

»Wenn du währenddessen noch mehr Nettigkeiten über mich verbreitest – eine Stunde?«

»Bin schon still.«

»Schade. Dann nur bis zum Geißbockheim. Wir holen das ausgefallene Krafttraining von gestern nach.«

»Das war wirklich schlimm für mich«, ätzte Benno.

»Wenn wir die großen Muskelgruppen trainieren, verbrennst du besonders viele Kalorien. Denk daran: Am 2. Oktober musst du in deinen Anzug passen.«

»Du klingst wie Miriam. Sie droht mir für heute und morgen mit Gemüsesuppe, weil ich gestern bei euch so viel gegessen habe.«

»Wann will sie kochen? Ich denke, sie arbeitet?«

»Du kennst sie doch. Ist alles schon vorbereitet«, sagte Benno grimmig. Es begann zu summen. »Mist, wer ruft mich denn jetzt schon an?« Er blieb stehen und kramte sein Handy aus der Tasche der Trainingshose. »Oha, die Regierung. Schatz! Was verschafft mir die Ehre? – Ja, wir sind auf dem Rückweg. – Ich sage ihm Bescheid.«

»Miriam?« Magnus blieb stehen.

»Du sollst sie anrufen, wenn du wieder zu Hause bist. Scheint wichtig zu sein. Sie wollte mir nicht sagen, worum es geht.«

»Das ist jetzt kein Trick, damit wir schneller zurück sind, oder?«

Benno schüttelte den Kopf. »Sie ruft mich nie an, wenn sie arbeitet. Komm, wir ziehen das Krafttraining noch durch.«

Magnus pfiff anerkennend. »Und das aus deinem Mund! Es geschehen noch Zeichen und Wunder.«

Magnus gönnte sich eine heiße Dusche nach dem Training, warf einen prüfenden Blick auf seine hungrige Frau und beschloss, erst für das Frühstück zu sorgen, bevor er Miriam zurückrief. Beim Bäcker an der Luxemburger Straße stand die Schlange bis um die Ecke. Er seufzte, aber es half nichts. Mehr als zwei Kunden gleichzeitig durften wegen der Infektionsgefahr nicht in den Innenraum. Magnus ließ den Verkehrslärm über sich ergehen, ertrug den Gestank der stark befahrenen Ausfallstraße und vertrieb sich die Zeit damit zu beobachten, ob in der Linie 18, die an der Haltestelle stand, alle Fahrgäste brav eine Maske trugen. Sehr beliebt war die Variante, sie über den Mund, aber nicht über die Nase zu ziehen. Dann konnte man es auch sein lassen. Beim Bäcker bestellte er die üblichen zwei hellen Brötchen und zwei Laugenstangen, zahlte und wollte gerade gehen, als sich eine rote Hundeleine um seine Füße wickelte. Ein Fellknäuel knurrte ihn an, entschied sich aber dann dafür, an seinen Turnschuhen zu lecken. »Hasi, lass den Unsinn! Das mag der Herr nicht.« Die Besitzerin zog an der Leine, was Magnus kurz aus dem Gleichgewicht brachte. Nachdem er seine Füße aus dem Wirrwarr befreit hatte, erkannte er in der alten Dame mit dem roten Filzhut und der beigefarbenen Windjacke die Nachbarin von Ben wieder.

»Wusste ich doch, dass ich Ihr Gesicht vom Bäcker kenne«, knarzte sie. »Hasi und ich sind jeden Morgen hier. Die Damen tun netterweise immer so, als ob sie Hasi nicht sehen, ist eigentlich nicht erlaubt, Hunde hier drin. Haben Sie den Herrn Reifferscheidt gefunden? Die Schwester ist so eine freundliche Person. Gestern habe ich ihr noch gesagt, sie soll sich keine Sorgen machen. Trinken Sie einen Kaffee mit mir?«

Magnus wollte zuerst ablehnen, überlegte es sich aber sofort anders, weil Frau Merzenich ohnehin auf seiner To-do-Liste für heute stand. Er bestand darauf, den Kaffee und das Puddingteilchen für sie zu bezahlen, löste kurz Unmut in der Warteschlange aus und ließ sich dann mit dem vollen Tablett an einem Ecktischchen nieder, Frau Merzenichs Stammplatz, wie sie ihm mitteilte. Hasi lag brav unter dem Tisch und behielt die Brötchentüte im Auge, die Magnus neben sich auf die Sitzbank gelegt hatte.

»Hier lese ich jeden Morgen den Express«, sagte sie. »Man muss sich ja informieren, was in der Welt los ist, sage ich immer. Und der Kaffee ist gut. Was ist denn jetzt mit dem Herrn Reifferscheidt?«

»Nicht viel. Sie wissen bestimmt, dass ich Ihnen keine Einzelheiten erzählen darf«, zwinkerte Magnus ihr zu, »aber so viel kann ich verraten, von den Kollegen hat ihn keiner mehr gesehen nach Samstag.«

»Aber dann bin ich ja die Letzte, die ihn gesehen hat!«, rief Frau Merzenich. Ihre Augen glänzten vor Freude über diese wichtige Rolle.

»Gut möglich«, sagte Magnus. »Sie sagten, er hätte es eilig gehabt?«

»Das sah so aus. Ich dachte, der fährt bestimmt zu seiner Freundin, weil der so gar keine Augen für mich hatte. Frisch verliebt eben, was willst du machen.«

Magnus versuchte, sich seine Überraschung nicht anmerken zu lassen. Saß vor ihm die Zeugin, die die Frau an Bens Seite kannte? »Die Freundin suchen wir«, sagte er. »Kennen Sie ihren Namen?«

»Sie hat sich mir nicht vorgestellt. Aber sie ist sehr höflich, die junge Frau, grüßt immer im Treppenhaus. Hasi kann sie auch gut leiden, der knurrt sonst immer bei Fremden, wissen Sie ja. Ich konnte sie schlecht nach dem vollen Namen fragen, sonst denkt sie, ich sei neugierig, Gott bewahre.«

»Wie sieht sie denn aus?«

»Ein hübsches Mädchen. Dunkle Haare, sehr schlank. Sie passen gut zusammen. Die sind aber gar nicht so oft hier, wissen Sie. Die jungen Frauen heutzutage haben alle eine eigene Wohnung und sind sehr selbstständig. Wenn ich da an mich und meinen Rudolf denke – jeder eine eigene Wohnung? Das wäre früher undenkbar gewesen! Wir haben direkt geheiratet und sind zusammengezogen, da wurde nicht erst diskutiert.«

»Das stimmt«, bestätigte Magnus. »Bei meinen Eltern war das auch so. Wissen Sie, wie lange die beiden schon zusammen sind? Sie sind eine so gute Beobachterin, das haben Sie sich vielleicht gemerkt.«

»Das sagt meine Tochter auch immer«, sagte Frau Merzenich erfreut. »Ich überlege gerade, wann die das erste Mal bei uns im Haus waren. Ach ja, Silvester war das, aber schon vor zwei Jahren. Da bin ich mit Hasi zu Hause geblieben, weil der immer solche Angst hat. Die ganze Knallerei, wissen Sie, das ist schlimm für die Tiere. Um zwölf Uhr habe ich mit mir selbst angestoßen. Die beiden standen unten vor der Tür und haben sich das Feuerwerk angeguckt. Aber die hatten mehr Augen füreinander als für die Raketen«, kicherte sie. »Ich habe noch gedacht, schön, dass der Herr Reifferscheidt jemand Nettes kennengelernt hat. Und dann habe ich ihnen von oben zugeprostet. Das war denen peinlich. Als ob sie sich schämen würden, also wirklich.«

Magnus rechnete nach. Falls Frau Merzenichs Angaben stimmten, hatte Ben mindestens seit dem Jahreswechsel auf 2019 eine Freundin, ohne dass jemand davon erfahren hatte. Ob die Frau wusste, wo er sich aufhielt? Waren sie gemeinsam spontan verreist? Nein, das war unwahrscheinlich. Warum hätte Ben seiner Schwester nichts von seiner Abwesenheit sagen sollen? Wen konnte er noch nach dieser ominösen Freundin fragen? Und selbst wenn er sie fand, würde sie mit ihm reden? Magnus fischte im Trüben, ohne Fakten ließ sich kein Ablauf rekonstruieren. Es war zum Verzweifeln. Immer wenn es einen Strohhalm gab, erwies der sich als zu brüchig, um sich daran festzuhalten.

»Eine Frage hätte ich noch …«, setzte er an.

»Ach, wie der Inspektor Columbo«, freute sich Frau Merzenich. »Den habe ich immer gerne gesehen, früher.«

Magnus grinste. »Ich auch. Hat Herr Reifferscheidt jemanden, der bei ihm saubermacht?«

Sie nickte eifrig. »Alle zwei Wochen freitags kommt die Anya. Aus der Ukraine, wissen Sie. Der Ben hat mich gefragt, ob sie auch für mich putzen soll, da kennt der mich aber schlecht. Ich mache alles noch selbst, meinen ganzen Haushalt, mir kommt keiner ins Haus. Kochen, Putzen, Einkaufen, Gassigehen. Aber so ein viel beschäftigter Mann wie der Herr Reifferscheidt schafft das nicht alleine …«

»Haben Sie eine Telefonnummer für mich?«, unterbrach Magnus den Redefluss.

»Nein. Aber die kommt heute um zwölf zu uns ins Haus, sie putzt im zweiten Stock bei Trautmanns, fragen Sie sie doch direkt! Sie können gerne bei mir klingeln, jetzt weiß ich ja, wer Sie sind.«

Magnus versprach es, bedankte sich und spurtete los, um nach Hause zu kommen. Eine hungrige Eliza war gefährlich wie ein Raubtier.

»Das hat lange gedauert.« Eliza zerteilte frische Äpfel in Viertel und stellte sie auf den gedeckten Frühstückstisch. »Willst du ein Ei?«

»Sorry, nein, keine Zeit, ich muss gleich wieder weg. Ben hat eine Freundin, stell dir vor. Ich habe gerade seine Nachbarin beim Bäcker getroffen, die hat sie gesehen. Jetzt müssen wir sie nur noch finden. Schlank, hübsch, dunkelhaarig. Bist du das vielleicht?« Er knuffte sie spielerisch in die Seite.

»Das gibt es gar nicht! Wieso weiß Maike das nicht? Hast du ihr davon erzählt?«

»Ich rufe sie gleich an.«

»Wie willst du die Frau finden, wenn du nicht mal ihren Namen kennst?« Eliza setzte sich an den Tisch und griff nach der Brötchentüte. »Das stelle ich mir schwierig vor.«

»Beinarbeit und Internet«, meinte Magnus überzeugter, als er sich fühlte. »Ich habe noch niemanden nach ihr gefragt, weil ich nicht wusste, dass sie existiert.« Er schob sich seine Brötchenhälften im Stehen so schnell in den Mund, dass er sich fast verschluckte. »Jede Wette, bis morgen habe ich sie.«

»Optimist. Und was dann? Selbst wenn du sie findest – wenn sie nicht weiß, wo er ist, bist du keinen Schritt weiter.«

»Das überlege ich mir, wenn es so weit ist.« Magnus goss sich ein Glas Orangensaft ein und stürzte es auf einen Zug hinunter.

»Ich weiß nicht, ob es dir hilft«, sagte Eliza, während sie ihre Brötchenhälfte genüsslich mit Rübenkraut bestrich, »aber mir ist wieder eingefallen, in welcher Galerie ich die Bilder gesehen habe, die so aussahen wie Bens Fotos. Das war im Belgischen Viertel, fast am Brüsseler Platz, da, wo der Kiosk ist, weißt du? Den Namen der Galerie habe ich leider vergessen.«

»Super, danke«, sagte er zerstreut mit dem Blick auf der Küchenuhr. »Ich bin spät dran, um zehn will ich an der Technischen Hochschule sein.« Er gab ihr einen Kuss. »Du hast Rübenkraut an der Nase.«

»Willst du so gehen?« Eliza wies auf seine uralte Jeans und die Turnschuhe und begann zu lachen. Magnus sah an sich herab. »Oh Gott, nein!« Er spurtete die Treppe hinauf, fand kein sauberes Hemd mehr im Kleiderschrank, entschied sich für ein T-Shirt unter dem Jackett und eine neutrale schwarze Jeans. Das musste reichen, ein Besuch an der Technischen Hochschule erforderte keinen Nadelstreifenanzug. Unten klingelte das Telefon. Eliza rief die

Treppe hinauf: »Hotte ist dran! Gehst du heute Abend zum Boxtraining?«

»Unbedingt! Sag ihm, ich komme auf jeden Fall!«

Das Wetter war trocken, weder warm noch kalt, optimal zum Radfahren, aber Magnus fühlte sich nach dem Training etwas schlapp und entschied sich für den Volvo, um Professor Sandmann an der Technischen Hochschule aufzusuchen. Wenn er um zwölf Bens ukrainische Putzfrau antreffen wollte, hatte er außerdem keine Zeit zu verlieren. 20 Minuten später stand er vor dem gelb-blauen Betonklotz, den er schon oft von Weitem, aber noch nie aus der Nähe betrachtet hatte, und versuchte sich zurechtzufinden. Zum Glück war die Schranke am Besucherparkplatz geöffnet. Er fragte sich durch, irrte lange Gänge entlang und atmete den Geruch von Papier und Desinfektionsmittel ein. Momentan schienen alle öffentlichen Gebäude wie Krankenhäuser zu riechen. Er passierte zahlreiche graue Türen, bis er vor der Tür mit der Beschilderung »ZW-12-07, Professor Dr. rer. nat. Jochen Sandmann«, anlangte. Als er klopfen wollte, öffnete sich die Tür von innen und ein blasser junger Kerl mit Brille und Rucksack auf der Schulter, dem Alter nach ein Student, starrte ihn an. Bevor Magnus zu einer Erklärung ansetzen konnte, tönte eine Stimme von drinnen: »Herr Meister? Kommen Sie rein! Wir sind fertig. Thorsten wollte gerade gehen. Wir sind doch fertig, oder?«

Der Student nickte, ließ den Blick auf Magnus gerichtet und trat einen halben Schritt zur Seite. Was war bloß mit dem Mann los? So schlimm konnte er, Magnus, doch gar nicht aussehen.

»Thorsten, wir sehen uns später in der Vorlesung.« Der Student murmelte etwas Unverständliches zum Abschied. Magnus quetschte sich an ihm vorbei in den Raum, der mit dem Schreibtisch des Professors, zwei Stühlen, ein paar überfüllten Wandregalen und einer kümmerlichen Zimmerpflanze beengt wirkte, und schloss die Tür hinter sich.

»Es liegt nicht an Ihnen«, sagte Dr. Sandmann, dem das Verhalten seines Studenten aufgefallen war. »Thorsten hat soeben schlechte Nachrichten erhalten. Ich bin mit dem Thema seiner Bachelorarbeit nicht einverstanden. Setzen Sie sich doch bitte.«

»Er sah aus, als hätte er einen Geist gesehen.« Magnus ließ sich auf einem bequemen Stuhl mit Armlehnen nieder und musterte sein Gegenüber. Der Professor war höchstens 40, hatte braune, kurze Haare, einen gepflegten Bart und wachsame helle Augen. Jetzt lachte er, was ihn jünger aussehen ließ. »Das trifft es gut. Ich kann es nicht ausstehen, wenn die Studenten nicht ihr eigenes Gehirn benutzen, sondern mit Ideen von anderen punkten wollen. Vielleicht war ich nicht freundlich genug zu ihm. Wie kann ich Ihnen helfen? Ben habe ich länger nicht gesehen, aber das hatte ich Ihnen ja schon gesagt.«

»Wissen Sie noch, wann genau Sie ihn zuletzt gesehen haben?«

Dr. Sandmann überlegte, zog einen Querkalender auf seinem Tisch zu Rate, blätterte zwei Seiten zurück und tippte mit dem Finger auf eine Zeile im August. »Am 25. August, Dienstag. Er kommt oft dienstags und donnerstags, wenn unsere Studenten im Photovoltaik-Labor arbeiten. Für sie ist er ein Vorbild. Sein Start-up zu Solartechnik ist sehr erfolgreich. Sie wissen, dass er mit seiner Arbeit schon einen renommierten Preis gewonnen hat?«

Magnus nickte. »Ja, 2018, mit einem Forscherteam aus Karlsruhe. Ich weiß nicht wirklich, worum es dabei geht.«

»Wir haben uns in diesem Institut der TH zusammengeschlossen, um an den erneuerbaren Energien zu forschen. Unser Labor für Photovoltaik bietet für jemanden wie Ben zwar nicht die optimalen Bedingungen, die er für seine Forschungen braucht, aber immerhin kann er mit uns und den Studenten einen Austausch pflegen. Es ist ein Schwerpunkt unserer Arbeit hier, die Ergebnisse der Solarforschung für die Wirtschaft nutzbar zu machen. Nur als Beispiel: Wir testen und entwickeln Möglichkeiten, die Solaranlagen auf Dächern direkt in die Dachziegel zu integrieren. Sie müssten dann nicht zusätzlich aufmontiert werden, sondern Dachziegel und Solarzelle sind eins. Dafür bekommen wir sogar Fördergelder, damit steht und fällt der Erfolg eines Produktes.«

»Klingt spannend. Und woran genau forscht Herr Reifferscheidt?«

»Den GreenTec Award für Bionik hat er mit seinem Team für die Arbeit am Schmetterlingsflügeleffekt gewonnen.« Ein Blick in Magnus' ratloses Gesicht genügte dem Professor, um fortzufahren. »Ein Teil der Solarforschung beschäftigt sich damit, das Licht aus der Sonne bestmöglich zu absorbieren. Wie so oft hat die Natur hier die besten Ideen. Eine bestimmte Schmetterlingsart mit schwarzen Flügeln kann Wärme besonders gut aufnehmen. Das Karlsruher Team hat –sehr verkürzt dargestellt – herausgefunden, dass der Schmetterlingsflügel unter dem Mikroskop wie eine Kraterlandschaft aussieht, ja regelrechte schwarze Löcher enthält. Das wiederum ermöglicht es dem Insekt, das Licht verschiedener Spektren zu absorbieren und die Wärme optimal zu nutzen. Das sind sehr spannende Erkenntnisse, die sich auf die Bauweise von Solarzellen auswirken könnten.«

»Vorausgesetzt, man bekommt Fördergelder?«

Professor Sandmann lachte. »Ich sehe, Sie haben das Problem verstanden. Es gibt viele Forschungsergebnisse, die nicht nutzbar gemacht werden. Gerade in der Solarforschung herrscht derzeit eine unglaubliche Dynamik. Aber Sie müssen günstig produzieren können, um am Markt erfolgreich zu sein. Das bedeutet ausgereifte Forschung, die Verwendung leicht beschaffbarer und günstiger Materialien, Absatzmärkte müssen erschlossen werden und so weiter. Die Chinesen sind uns momentan weit voraus, was die Produktion angeht. Bei Forschung und Entwicklung schlagen wir uns recht passabel.« Er seufzte. »Hilfreich wären bessere politische Rahmenbedingungen, aber ich will Sie jetzt nicht mit Klimapolitik langweilen.«

»Keineswegs«, protestierte Magnus. »Wussten Sie, dass der Vater von Herrn Reifferscheidt im Klimarat der Stadt Köln ist?«

Professor Sandmann zog die Augenbrauen hoch. »Nein, das wusste ich nicht. Aus meiner Sicht ist das aber ein Gremium, das nicht viel bewirken wird. Na, immerhin eine Absichtserklärung der Stadt, vielleicht bin ich zu pessimistisch. Kleinvieh macht auch Mist.«

Es klopfte an der Tür. »Zwei Minuten!«, rief der Professor und blickte auf seine Armbanduhr. »Das hilft Ihnen nicht, Herrn Reifferscheidt zu finden, oder?«

»Nein«, gab Magnus zu. »Aber es hilft mir, ihn besser zu verstehen.«

»Glauben Sie ernsthaft, dass ihm etwas zugestoßen ist?«

»Das kann ich nicht beantworten.« Magnus hob die Schultern. »Momentan suche ich nach Gründen, warum er nicht auftaucht. Können Sie sich vorstellen, dass ihm jemand schaden will?«

Der Professor verneinte entschieden. »Er ist freundlich, umgänglich, offen und meine Studenten beten ihn an. Das Einzige, was mir Rätsel aufgibt, ist, warum er für ein Start-up arbeitet.«

»Was ist daran so ungewöhnlich?«

»Nichts gegen das Start-up, verstehen Sie mich nicht falsch, die leisten einen unschätzbaren Beitrag dafür, das Thema Solartechnik und erneuerbare Energien voranzubringen. Die Geschäftsführerin ist eine tolle Frau. Aber jemand mit Bens Qualifikationen sollte mehr tun, als an kleinen Solarprodukten herumzufeilen und Zeit mit unseren Studenten zu verbringen. Er gehört aus meiner Sicht in ein renommiertes Forscherteam. Nach Jülich meinetwegen, oder ans DLR. Die würden ihn mit Handkuss nehmen.«

Es klopfte erneut an der Tür. »Eine Sekunde!«, rief Dr. Sandmann. Er erhob sich und nickte Magnus zu. »Meine Studenten warten. Auf den üblichen Handschlag verzichten wir momentan besser.« Er drehte sich auf dem Absatz um und öffnete das Fenster.

»Sie haben mir sehr geholfen.« Magnus hinterließ seine Visitenkarte, begab sich zurück in das Beton-Labyrinth der TH und fand nach einigem Suchen den Ausgang wieder.

Auf dem Parkplatz checkte er sein Handy. Zwei Anrufe von Miriam, er hatte vergessen, sie zurückzurufen, sie würde sauer sein. Trotzdem rief er zuerst seine Klientin an und berichtete über seine Recherchen vom Vormittag.

»Er hat eine Freundin und erzählt es nicht? So lange schon? Wer mag das sein?« Maike klang gekränkt. »Meine Mutter wusste jedenfalls nichts davon.«

Magnus dachte, dass er sich eher die Zunge abgebissen hätte, als seiner eigenen Mutter etwas über seine Liebesbeziehungen anzuvertrauen.«

»Er wird seine Gründe haben«, sagte er. »Soll ich seine Freundin suchen, was meinst du?«

»Unbedingt. Wenn jemand etwas über seinen Aufenthaltsort weiß, dann sie, meinst du nicht?«

Magnus war sich keinesfalls sicher, ob diese Spur weiterführen würde. Ihn beschäftigte noch etwas anderes. »Möglich. Weißt du, warum Ben vor zwei Jahren das Forschungsteam in Karlsruhe verlassen hat? Immerhin war er dort sehr erfolgreich.«

Maike schwieg. Das Schweigen dauerte so lange an, wie ein alter Peugeot neben Magnus brauchte, um umständlich auszuparken. »Ich versuche mich zu erinnern, was er mir damals geschrieben oder gesagt hat«, meinte sie schließlich. »Vor zwei Jahren ist er den Jakobsweg gegangen, ungefähr sechs oder acht Wochen im Spätsommer. In dieser Zeit hat Ben mir dauernd Fotos geschickt. Im Herbst hat er sich eine Wohnung in Köln gesucht, ich dachte, er fühlt sich hier einfach wohler. Dann kam das Angebot, in das Start-up einzusteigen, aber vielleicht war das auch der Anlass für den Wechsel nach Köln gewesen?

Jetzt wo du fragst, weiß ich nicht, was der Auslöser war, nein. Ist das wichtig?«

»Professor Sandmann meint, dass Ben sich beim Start-up unter Wert verkauft.«

»Andererseits: Das passt zu Ben, das Engagement für die Umwelt. Ich denke, er wollte sicherstellen, dass seine Forschungen einem guten Zweck dienen. Du merkst – ich rate herum. Ich kenne meinen Bruder offenbar nicht so gut, dass er mir vertraut.«

Magnus versprach, sich später wieder zu melden. Dann rief er Miriam an.

»Ich habe Benno schon beschuldigt, dir meine Bitte nicht ausgerichtet zu haben«, sagte sie kühl.

»Tut mir leid«, entschuldigte sich Magnus. »Es gibt neue Erkenntnisse in meinem Vermisstenfall. Heute Morgen habe ich seine Nachbarin beim Bäcker getroffen. Sie behauptet, dass Ben eine Freundin hat. Ich weiß noch nicht, wo ich sie finden soll, aber es gibt sie.«

»Sag mir Bescheid, wenn du sie findest.«

»Warum?«

»Erinnerst du dich an den Wanderunfall im Königsforst, von dem ich euch beim Essen erzählt habe? Es ist komplizierter, als es auf den ersten Blick aussieht. Wir konnten die Identität der Person noch nicht klären, sie hatte keine Papiere und kein Handy bei sich.« Magnus spürte augenblicklich, wie sein Magen versteinerte und ihm die Luft wegblieb. »Mein Kollege geht gerade die Vermisstenmeldungen durch«, fuhr Miriam fort, »aber Bens Schwester hat keine Anzeige erstattet, oder?«

»Nein, noch nicht«, sagte Magnus, als sein Atem wieder einsetzte.

»Könntest du sie unauffällig überreden, Anzeige zu erstatten? Dann habe ich bessere Möglichkeiten, seine Identität zu klären. Foto, Daten, et cetera.«

»Du hast also Hinweise, dass Ben der Tote ist?«

»Kein Wort zu niemandem, vor allem nicht zu seiner Schwester hörst du? Ich habe gestern Abend, als du uns die Lavendelbilder gezeigt hast, bei deinen Handyfotos eine Aufnahme gesehen, auf der er mit seiner Schwester an der Altstadtmauer sitzt. Eine vage Ähnlichkeit ist alles im Moment. Das bleibt auf jeden Fall unter uns, bis die Identität geklärt ist, okay?«

Magnus war zu geschockt, um sauer auf Miriam zu sein, weil sie sich ohne Erlaubnis seine Bilder auf dem Handy ansah. »Woran ist er gestorben?«

»Wir gingen zunächst von einem Unfall aus. Leider passt das nicht zum Gesamtszenario.«

»Wie meinst du das?« Magnus' Magen rebellierte erneut, kalter Schweiß breitete sich auf seiner Stirn aus.

»Nach dem ersten Augenschein gibt es eine Vorverletzung. Der Tote wird erst morgen obduziert, die Kollegen sind überlastet. Vom Fundort gibt es wenig brauchbare Hinweise, falls du danach fragen wolltest.«

»Wo genau ist das?«

»Du weißt, dass ich dir das nicht sagen darf. Ich überschreite ohnehin meine Befugnisse, weil ich mit dir rede.«

»Geben und Nehmen, Miriam.«

»Exakt. Ich gebe gerade. Du sagst mir im Gegenzug, ob du Bens Freundin findest. Dafür halte ich dich mit der Identifizierung auf dem Laufenden. Mach dich nicht verrückt, bis das geklärt ist. Deal?«

»Deal«, gab Magnus nach. Bei Miriams Verhandlungstaktik zog er stets den Kürzeren, er war daran gewöhnt.

»Meldest du dich bitte, wenn Maike die Anzeige aufgegeben hat? Dann gibt mir der Kollege sofort Bescheid.«

Magnus versprach auch das. Als das Gespräch beendet war, wirbelten seine Gedanken im Kreis. Er startete den Wagen, fuhr Richtung Deutzer Brücke und parkte am Messegelände. Zeit für einen kurzen Spaziergang am Rhein, um seine Gehirnzellen auf Kurs zu bringen, bevor er die nächsten Schritte unternahm.

Von der schönen Aussicht auf den Kölner Dom und die Altstadt sah Magnus nichts, als er durch den Rheinpark am Uferweg entlanglief, so sehr war er in Gedanken bei Miriams Bericht. Erst als er entgegenkommende Spaziergänger beinahe über den Haufen gerannt hätte, nahm er sich zusammen. Wenn der Tote wirklich Ben war, woran war er gestorben? An einem Sturz? Aber warum die Obduktion? Es mussten verdächtige Umstände vorliegen. Er vermutete, dass Miriam weitere Hinweise auf die Identität des Toten hatte, die sie nicht preisgeben durfte. Er konnte nur hoffen, dass sie ihn auf dem Laufenden hielt, verpflichtet war sie dazu keineswegs. Sie versprach sich seine Unterstützung, sonst hätte sie niemals so viel verraten, das war ihm klar. Momentan zogen sie am gleichen Strang. Maike durfte er auf keinen Fall mit halb garen Erkenntnissen beunruhigen, bevor er mehr wusste, aber wie sollte er sie unauffällig überreden, eine Vermisstenanzeige aufzugeben, wenn er sich vorher dagegen ausgesprochen hatte? Magnus schwang die Beine über die niedrige Ufermauer und setzte sich in den Schneidersitz, um sich eine Zigarette zu drehen. In Gedanken versunken rauchte er ein paar Züge und starrte auf den Rhein. Als er fertig war, traf er eine Entscheidung, kramte sein Handy aus der Hosentasche und rief Eliza an.

»Du musst mir einen Gefallen tun.« Er erzählte von Miriams Bitte, der unklaren Identität des Toten und seinem eigenen Dilemma mit der Vermisstenanzeige. »Kannst du Maike überreden, eine Anzeige aufzugeben? Von Freundin zu Freundin?«

»Oh. Das muss ich erst mal verdauen.« Eliza reagierte genauso geschockt wie er selbst. Es war eine Weile still in der Leitung. »Du hast Glück«, fuhr sie fort, »sie kommt gleich auf einen Kaffee vorbei. Ich werde es ansprechen. Dir ist klar, dass du mich in eine unmögliche Lage bringst? Wie soll ich das, was ich jetzt schon weiß, vor ihr verheimlichen?«

»Es tut mir leid. Streng genommen weiß ich selbst nichts davon. Wenn sie ablehnend reagiert, rede ich später selbst mit ihr. Ich will nur vermeiden, dass sie misstrauisch wird.«

»Danke, dass du mir den Ball zuschiebst, meine Freundin zu manipulieren«, sagte Eliza und beendete das Gespräch. Magnus atmete auf. Er spannte Eliza sonst nie ein. Das hier musste die absolute Ausnahme bleiben. Heute Abend würde er Abbitte leisten. Er lächelte bei dem Gedanken an Elizas strahlendes Gesicht, wenn sie die Tür öffnen würde und er mit Blumen vor ihr stünde. Seine Träumerei wurde unsanft vom Gekicher zweier Teenies unterbrochen, die an der Ufermauer Selfies mit Dom im Hintergrund posteten. Er kletterte von der Mauer und entfernte sich ein wenig von den Mädchen, um in Ruhe ein weiteres Telefonat zu führen. Auf Nadja, Bennos jüngste und talentierteste Mitarbeiterin in der Detektei, konnte er sich stets verlassen, wenn er in das Fahrwasser komplizierter Ermittlungen geriet. Sie hatte sich von der muffeligen Studentin am Empfang zu einer der Topmitarbeiterinnen der Kanzlei hochgearbeitet und nebenbei ihren Masterstudiengang in Betriebswirtschaft mit Bestnoten abgeschlossen. In der Vergangenheit hatten sie mehrfach sehr gut zusammengearbeitet. Während er auf die Verbindung wartete, fiel ihm auf, dass er über ihre aktuellen Projekte nicht mehr auf dem Laufenden war. »Magnus? Ich habe keine Zeit.« Der Klang ihrer Stimme hätte Eisschollen auf den Rhein heraufbeschwören können.

»Was ist los?«

»Nichts.«

Magnus kannte dieses »Nichts« von Eliza. Es war die Einleitung zu einem längeren Streitgespräch, wenn es ihm nicht schleunigst gelang, die Ursache herauszufinden.

»Du bist sauer auf mich.«

»Quatsch.«

»Hat es etwas damit zu tun, dass Benno mir die Stellvertretung angeboten hat?«

Schweigen am anderen Ende. Treffer. Aber er war nicht der richtige Adressat für ihren Ärger. »Du spielst dich ganz schön in den Vordergrund«, nahm sie den Faden auf. »Ich bin nicht die Einzige, die sich übergangen fühlt.«

»Ist dir schon mal der Gedanke gekommen, dass ich den Job nicht haben will? Die Stellvertretung ist Bennos Idee. Du weißt selbst, dass er nicht nur gute Ideen hat.«

»Du willst nicht?«

»So ist es.«

»Bist du verrückt? Guter Verdienst, mehr Verantwortung, ein erster Schritt zur Partnerschaft …«

»Ich habe andere Prioritäten. Ich dachte, du und Murat, ihr wüsstet das.«

»Woher denn? Wir haben uns ewig nicht mehr getroffen.«

»Hast du jetzt Zeit oder nicht?«

»Welche Prioritäten?«

»Hör zu, wir sehen uns nicht so oft, aber du weißt, dass ich Musiker bin, oder? Und genau so soll es bleiben. Ich bin Benno sehr dankbar für den Job bei euch, er sichert meine Existenz. Aber mir liegt nichts an einer Partnerschaft in der Detektei.« Magnus lauschte dem Klang seiner Worte nach. Kaum ausgesprochen, wusste er, dass das seine persönliche Wahrheit war. Nadja schwieg, aber die Ruhe am anderen Ende fühlte sich wärmer an.

»Benno spinnt«, sagte sie schließlich. »Tut mir leid, dass ich dir das angekreidet habe. Ich hätte mir denken können, dass du nicht Hurra schreist. Versteh mich richtig, Murat und ich halten der Detektei seit Jahren die Treue. Wir haben es verdient, Partner zu werden. Du warst immer – der Mann für alle Fälle.«

»Der Springer, schon klar. Bist du deswegen so lange bei Benno geblieben, weil du dir Hoffnung auf eine Partnerschaft machst?«

»Na klar! Ich habe etliche lukrative Jobs ausgeschlagen.« Magnus wusste, dass das stimmte. Nadja war hochintelligent, top ausgebildet und konnte sich durchsetzen. Sie wäre ein Gewinn für jedes Unternehmen. »Das werde ich sofort ändern.«

»Langsam, langsam. Sprich mal mit Benno. Der hat momentan ein Brett vor dem Kopf, anders kann ich mir das nicht erklären.«

»Mal sehen«, sagte sie gedehnt. »Weswegen rufst du eigentlich an?«

»Weil ich nicht an zwei Orten gleichzeitig sein kann. Störe ich wirklich nicht?«

»Bei einer stinklangweiligen Online-Fortbildung zu Patentrecht? Ich habe auf ›Pause‹ gedrückt.«

Magnus schilderte ihr sein Anliegen. Sie hörte konzentriert zu, schrieb mit, wie Magnus am Klackern der Tastatur hören konnte. Als er endete, stieß sie einen Pfiff aus. »Hey, das ist nicht ganz das Übliche! Du hast ein ausgesprochenes Talent, über Todesfälle zu stolpern. Versprich mir, dass du dich nicht in Schwierigkeiten bringst.«

»Aye, Captain.«

»Ich checke den Hintergrund von Bens ehemaligem Forschungsteam, während du die Frau suchst. Vor heute Nachmittag schaffe ich das nicht, gleich kommt noch ein Mandant zur Erstberatung. Reifferscheidt, sagst du? Warum kommt mir der Name bekannt vor?«

»Das hat Benno auch schon gesagt. Der Vater ist ein hohes Tier bei den Stadtwerken Köln.«

»Ach ja? Ich melde mich gegen fünf Uhr«, versprach sie.

Magnus fühlte sich erleichtert, als er zum Auto zurückging. Die Last war jetzt auf mehreren Schultern verteilt. Seit Miriams Anruf hatte er im wahrsten Sinne des Wortes ein schlechtes Bauchgefühl. Ein Blick auf die Uhr am Handy verriet ihm, dass er keine Zeit mehr für einen

Kaffee hatte, bevor er die ukrainische Putzfrau befragen konnte.

Kurz darauf klingelte er wie vereinbart bei Frau Merzenich in der Petersbergstraße. Sie zeigte sich kurz am Fenster, ließ ihn herein, und winkte ihn kurz heran, als er an ihrer Haustür im ersten Stock vorbeikam. Mit dem Zeigefinger deutete sie nach oben. »Anya ist vor zehn Minuten gekommen, Herr Meister!« Sie flüsterte, vor Aufregung waren ihre Wangen ganz rot. »Die kann Ihnen bestimmt etwas zu Herrn Reifferscheidt sagen. Sie müssen aber ganz langsam reden, sie spricht nicht so gut Deutsch, wissen Sie. Die Trautmanns sind arbeiten.« Magnus bedankte sich höflich für ihre Hilfe und stapfte eine Etage höher, bis er das Brummen eines Staubsaugers hörte. Er drückte auf den Klingelknopf. Das Geräusch verstummte, eine Kette wurde vorgelegt und die Tür öffnete sich einen Spalt.

»Ja?« Ein paar graue Augen unter einem dunkelblonden Pony sahen ihn erschrocken an. »Keiner da. Erst Abend.«

»Anya? Ich will zu Ihnen«, sagte Magnus. »Wegen Herrn Reifferscheidt.«

»Polizei?« Die Augen wurden größer.

Magnus schüttelte den Kopf. »Nein. Ich bin ein Freund seiner Schwester. Wir suchen ihn. Ich habe nur ein paar Fragen.« Er schob ihr eine Visitenkarte durch den Türspalt. »Ich bin Magnus Meister, ein Detektiv. Herr Reifferscheidt wird vermisst. Keine Polizei.«

Sie nahm die Karte und schloss die Tür. Magnus hörte sie telefonieren, sie sprach schnell, es klang so ähnlich wie Russisch. Nach einer gefühlten Ewigkeit schob sie die Kette zurück, trat mit dem Wohnungsschlüssel in der Hand auf den Flur und zog die Tür hinter sich zu. Ihr folgte eine Geruchswolke auf den Hausflur, aus der Magnus' Nase am deutlichsten Essigreiniger und Schweiß filterte. Anya war jung, höchstens Mitte 20, trug eine verwaschene Jeans, aus deren Gesäßtasche ein Handy ragte, ausgetretene Turnschuhe und ein Headset auf dem Kopf. »Ben weggefahren?«, fragte sie. »Gestern ich putze, aber kein Geld auf Tisch. Sonst immer er zahlt sofort. Entschuldigung, ich sprechen schlecht Deutsch.«

»Ich verstehe Sie gut«, versicherte Magnus. »Um wie viel Uhr machen Sie normalerweise bei Herrn Reifferscheidt sauber?«

In Anyas Gesicht arbeitete es, als sie nach den richtigen Worten suchte. »Immer Donnerstag«, sagte sie. »Zehn Uhr immer.«

»Und wann haben Sie ihn zuletzt gesehen?«

»Nicht gesehen. Gestern. Gestern ich putzen.«

»Und davor? Letzte Woche Donnerstag?«

»Nicht sehen Herr Reifferscheidt Donnerstag. Aber Geld auf Tisch. Immer bezahlt. Bezahlt gut.« Sie strich sich eine Ponysträhne aus der Stirn und sah nervös an Magnus vorbei, als ob sie erwartete, jemanden auf der Treppe zu sehen.

»Hat Herr Reifferscheidt in letzter Zeit Besuch gehabt? Jemand anders, der bei ihm in der Wohnung war?«

Anya sah ihn misstrauisch an. »Besuch? Ich nicht verstehen.«

»Haben Sie andere Leute in der Wohnung gesehen? Freunde, Frau, Familie?«

»Andere Leute.« Sie begann an der Unterlippe zu nagen. Ihr Gesicht erhellte sich. »Freundin gesehen. Und andere Mann.«

»Letzten Donnerstag?«

»Andere Mann vor der Tür, aber sie nicht reinlassen. Freundin war da.«

Magnus war verwirrt. Also, Ben war nicht da gewesen, aber seine Freundin? Und jemand anders vor der Tür?

»Also die Freundin war da, als Sie saubergemacht haben?«

Anya nickte. »Hat Schlüssel. Mir Geld gegeben.«

»Und der andere Mann? Haben Sie gesehen, wie er aussah?«

»Ich nicht an Tür, Freundin aufgemacht. Nur kurz aus dem Fenster gesehen. Haare wie Herr Reifferscheidt.«

»Lange Haare?«

Sie nickte erneut und trat von einem Bein auf das andere. »Ja, wie ich.« Sie griff zur Bestätigung mit einer Hand an ihren Pferdeschwanz und zog daran. »Muss weitermachen jetzt.«

Magnus entschuldigte sich für die Störung und bedankte sich. Er bat sie, ihn anzurufen, falls ihr noch etwas einfiele, machte sich aber wenig Hoffnung auf weitere Hinweise. Immerhin wusste er jetzt sicher, dass es sich bei der Freundin nicht um ein Hirngespinst einer neugierigen Nachbarin handelte. Wie er herausfinden sollte, wer der ominöse Mann an der Tür war, wusste er nicht. Noch bevor er den ersten Stock erreichte, hörte er hinter sich wieder den Staubsauger brummen.

Magnus rechnete auf dem Weg zum Auto nach. Bisher blieb Frau Merzenich die Letzte, die Ben gesehen hatte.

Und Jonas, der ITler des Start-ups? Warum hatte Ben ihn eigentlich aufgesucht? Mit Jonas hatte er bisher nur am Telefon gesprochen. Es war an der Zeit, die offenen Fäden aufzunehmen und den Fall zu klären. Magnus' To-do-Liste verlängerte sich, statt kürzer zu werden, aber das kannte er von früheren Ermittlungen. Da half nur Ruhe bewahren. Zum Glück unterstützte ihn Nadja. Zurück im Auto entschied er, seinem Verlangen nach einem Cappuccino zuerst nachzugeben. Es war ja nur um die Ecke, tröstete er sich. Kaum Zeitverlust, aber ein großer Gewinn für seine Laune. Vor seiner Haustür stand eine entnervte Eliza, auf der Suche nach ihrem Schlüssel.

»Perfektes Timing«, sagte sie. »Ich habe mich gerade ausgesperrt.«

»Kaffeepause«, sagte Magnus, küsste sie auf die Wange und schob sie sanft zur Seite, um aufzuschließen. »Ich habe Nadja auf die Hintergrundrecherche zu Ben angesetzt. Alleine schaffe ich das nicht.«

»Maike kommt um drei Uhr zum Kaffee, dann frage ich nach der Vermisstenanzeige.«

»Gut«, sagte er zerstreut, in Gedanken bei einer zeitlichen Abfolge davon, wer Ben wann zuletzt gesehen hatte. Freitag Teamsitzung mit allen Kollegen, Samstag Jonas, Sonntag Frau Merzenich – und wann kam die Freundin ins Spiel? Sie hatte einen Schlüssel, also immer Zugang zur Wohnung. Er konnte sich einfach keinen Reim machen auf die Story. Es musste einen Grund geben, warum Ben sich nicht meldete. Allmählich biss Magnus sich an dem Rätsel fest.

»Wen laden wir zur Hochzeit ein?«, fragte Eliza auf dem Weg in die Küche. »Wenn wir am 2. Oktober heiraten, ist es höchste Zeit, Einladungen zu schreiben.«

»Das machen wir morgen früh zusammen, okay? Du schreibst mir deine Lieblingsgäste auf einen Zettel. Die Einladungskarten sind gedruckt. Wir können nach der Trauung mit 25 Leuten essen gehen.«

»Wo denn bitte? So kurzfristig? Wir haben keine Location.«

Magnus setzte sein breitestes Grinsen auf. »Und ob. Wir chartern ein Schiff, wenn du einverstanden bist. Ich habe eine Reservierung für drei Stunden. Zwölf Uhr Trauung, ab ein Uhr auf dem Schiff. Das reicht locker für ein Essen und ein paar Stunden auf dem Wasser. Was sagst du nun?«

Sie strahlte ihn an. »Tolle Idee. Wie hast du das geschafft? Die sind doch immer ewig im Voraus ausgebucht.«

Magnus zuckte mit den Schultern. »Kinderspiel.« In Wahrheit hatte ihn das zwei Stunden am Telefon und einiges an Nerven gekostet, bis einer seiner Musikerfreunde, der jemanden kannte, der jemanden kannte, der schon auf dem Schiff gespielt hatte, den entscheidenden Tipp gab, wo eine Veranstaltung ausgefallen war.

»Alles andere verschieben wir auf eine Phase ohne Corona, oder, Süße? Es ist zwar in NRW theoretisch mit 150 Leuten erlaubt zu feiern –«

»Vergiss es. Das will ich nicht!«, wehrte Eliza ab. »Stell dir vor, es steckt sich jemand an, ich würde mich ewig schuldig fühlen. Gut, also morgen die Einladungen. Was ist mit deinem Cappuccino? Willst du ihn kalt werden lassen?«

»Her damit!« Magnus riss ihr die Tasse fast aus der Hand. »Übrigens lagen wir richtig mit der Freundin. Bens Putzfrau hat bestätigt, dass es jemanden gibt. Sie hat sogar einen Schlüssel zu seiner Wohnung.«

»Wer jetzt?«

»Beide. Die Putzfrau und die Freundin. Drei Leute haben einen Schlüssel zur Wohnung. Die Nachbarin, die Putzfrau, die Freundin.«

»Du musst die Frau unbedingt finden. Ich verstehe immer noch nicht, dass Ben sie gegenüber Maike mit keinem Wort erwähnt hat. Was steht als Nächstes an?«

»Telefonieren. Die Assistentin des Start-ups hat mich auf eine Idee gebracht. Und dann versuche ich die Galerie zu finden, in der du die Fotos gesehen hast.«

Eliza hob ratlos die Schultern. »Tut mir leid, dass ich den Namen nicht mehr weiß.«

»Macht nichts.« Magnus stürzte den Rest seines Cappuccinos hastig hinunter, verschluckte sich, spülte mit Wasser nach, stopfte unter Elizas amüsierten Blicken zwei Kekse hinterher und verließ mit seiner Umhängetasche eilig das Haus. Er ließ das Auto stehen, schwang sich aufs Fahrrad und fuhr zu Bens Wohnung. Wozu hatte er einen Schlüssel?

Zwei Straßen weiter lehnte er sein Rad an den Zaun und schaute nach oben, zum Fenster im ersten Stock. Frau Merzenich war nicht zu sehen. Er sperrte die Haustür auf, zögerte einen Moment vor der Wohnungstür, eigentlich hätte er Maike informieren müssen, ach egal. Er schloss auf und sofort umgab ihn Stille. Auf den ersten Blick bemerkte er keine Veränderung, bis auf einen schwachen Geruch nach Essigreiniger, Anya war gestern hier gewesen. Magnus trat unwillkürlich leise auf, ging in das Wohn- und Arbeitszimmer, näherte sich dann den Wandbildern in der Sofaecke. Er hob das untere Bild, die Fotografie der Seerose, vorsichtig von der Wand und drehte es auf die Rückseite. Er wurde nicht enttäuscht. Ein Aufkleber verriet ihm, dass das Bild in der »Artgalerie Schwarzlicht, 50674 Köln« entweder ausgestellt oder verkauft worden war. Na also, eine Telefonnummer war auch dabei. Zufrieden notierte er die Ziffern, hängte das Bild wieder an seinen Platz, setzte sich aufs Sofa und rief Eliza an. Sie bestätigte, dass er der richtigen Galerie auf der Spur war. Magnus tippte die Nummer der Galerie in sein Handy ein, aber niemand nahm ab. Als er sich gerade im Internet vergewisserte, dass sie geöffnet hatte, glaubte er ein Geräusch aus der Küche zu hören und erstarrte. Bevor er auch nur den Kopf drehen konnte, hörte er ein Zischen in der Luft. Dann durchzuckte ihn ein scharfer Schmerz und vor seinen Augen breitete sich Schwärze aus.

Er wachte auf. Ein Fiepen in seinem rechten Ohr drang in sein Bewusstsein. Magnus versuchte die Augen zu öffnen, aber etwas blockierte die Lider. Sein Schädel fühlte sich schlimmer an als nach dem letzten Absturz mit seiner Band, bei dem sie alles durcheinander getrunken hatten. Wie lange war das her? Er bemerkte, dass er weich lag, ein Kissen unter dem Kopf. Das Fiepen kam wieder, diesmal am linken Ohr. Etwas Warmes, Nasses glitt über sein Gesicht. Magnus drehte instinktiv den Kopf weg, aber das war die falsche Bewegung. Er zuckte vor Schmerz zusammen und drehte vorsichtig seinen Kopf in die ursprüngliche Position zurück.

»Hasi, lass das. Das darfst du nur bei Frauchen«, knurrte eine Frauenstimme. »Guck mal, Hasi, du hast ihn aufgeweckt. Guter Junge. Gut gemacht. Komm vom Sofa runter, komm zu mir.«

Magnus blinzelte. Ein nasser, kalter Lappen lag auf seinen Augen, er wischte ihn unwillig beiseite. Das faltige, besorgte Gesicht von Frau Merzenich tauchte in seinem Blickfeld auf. »Sie machen ja Sachen, Herr Meister. Warum haben Sie nicht gesagt, dass Sie kommen? Ich rufe jetzt einen Krankenwagen.« Sie richtete sich auf und griff nach ihrem Seniorenhandy. »Das hat meine Tochter mir geschenkt. Damit ich Bescheid geben kann, wenn etwas passiert. Sie meinte aber mich, nicht fremde Leute.«

»Nein! Keinen Krankenwagen. Es ist nicht so schlimm.« Magnus setzte sich mühsam auf. Hinter seinen Augen begann es zu pochen. Das Zimmer, Frau Merzenich und ein kleines braunes Fellknäuel drehten sich im Kreis. »Liege ich schon lange hier?«, brachte er heraus. Der Schwindel verlangsamte sich.

»Woher soll ich das wissen? Ich habe ein Päckchen für Herrn Reifferscheidt angenommen. Die Anya ist heute im Haus, ich habe mir den Schlüssel gerade bei ihr geliehen, sie kennt mich. Sie haben ja meinen Schlüssel zur Wohnung von Herrn Reifferscheidt, Herr Meister. Ich wollte ihm nur das Päckchen auf den Schreibtisch legen, was soll ich damit in meiner Wohnung? Als ich aufgeschlossen habe, lief Hasi direkt zum Sofa und hat gebellt. Er ist schlau! Sie haben mich ganz schön erschreckt, so wie Sie halb über der Lehne hingen. Es sah nicht so aus, als ob Sie nur schlafen würden. Und das würden Sie nicht machen, das gehört sich nicht, sich in einer fremden Wohnung schlafen zu legen. Ich habe nur Ihre Beine hochgelegt und Ihnen ein Kissen gegeben. Blut habe ich keins gesehen. Dann habe ich meine Tochter angerufen, die mir gesagt hat, dass ich einen Krankenwagen rufen und Sie in die stabile Seitenlage legen soll. Ich weiß aber nicht, wie das geht. Zum Glück hat Hasi Ihnen über das Gesicht geleckt und Sie sind aufgewacht.«

»Wie spät ist es jetzt?«

Frau Merzenich sah auf ihre Armbanduhr. »Ein Uhr. Was ist denn passiert?«

Magnus rechnete nach. Er war insgesamt nicht länger als zehn Minuten in der Wohnung gewesen. »Gut, dass Sie so schnell hier waren«, sagte er, immer noch benommen. »Jemand hat mir eins über den Schädel gezogen, als ich etwas überprüft habe. Haben Sie jemanden gesehen? Vielleicht im Treppenhaus?«

Sie schüttelte den Kopf. »Da war keiner. Ob das ein Einbrecher war? Müssen wir die Polizei rufen?«

»Das erledige ich«, sagte Magnus schnell. »Ich kenne jemanden bei der Polizei.« Einen Einbrecher konnte er ausschließen. Die Tür war ordnungsgemäß verschlossen gewesen, als er hereingekommen war. Frau Merzenich wirkte erleichtert, dass sie kein weiteres Problem lösen musste. »Ich muss jetzt mit Hasi raus und der Anya den Schlüssel zurückbringen. Für einen Tag war das genug Aufregung für uns beide. Nicht wahr, mein Schatz? Wir gehen jetzt Gassi.« Der Hund begann augenblicklich zu bellen und drehte sich aufgeregt im Kreis. Die Nachbarin drohte Magnus mit dem Finger. »Sie gehen aber zum Arzt, Herr Meister! Sie haben bestimmt eine Gehirnerschütterung. Und geben Sie mir Bescheid, was die Polizei gesagt hat. Komm jetzt, Hasi. Du bekommst gleich ein feines Leckerchen.«

Als sie weg war, rief Magnus Eliza an. »Ich brauche eine Chauffeurin in die Innenstadt. Bist du frei?«

Er wartete vor der Haustür auf Eliza, als ein Rettungswagen anhielt. »Haben Sie angerufen? Notfall in der Petersbergstraße, bei Reifferscheidt?« Magnus verneinte. Er wollte auf gar keinen Fall offiziell machen, dass er sich unbefugt in der Wohnung aufgehalten hatte. Ob Frau Merzenich doch den Notruf betätigt hatte, obwohl er sie gebeten hatte, es nicht zu tun? Das konnte er jetzt nicht klären, sie war eben mit dem Hund um die Ecke verschwunden. Der Fahrer des Krankenwagens murmelte etwas und klingelte an Bens Tür, wartete einen Moment und beriet sich mit seinem Kollegen, als niemand öffnete. Magnus hörte ihn »Polizei« und »Missbrauch des Notrufs«, in ein Funkgerät sprechen. Magnus stieg erleichtert in den Volvo, als Eliza endlich vorfuhr. Das würde noch fehlen, dass die Polizei ihn vor Bens Tür aufgriff. Das konnte ihn seine Lizenz kosten. Sie fuhren in die Innenstadt, eine schweigsame Eliza am Steuer. Aus der Stille zwischen ihnen konnte Magnus heraushören, dass sie mit der Aktion nicht einverstanden war.

»Es war kein Einbruch«, sagte er schließlich, als sie an der ersten roten Ampel auf der Luxemburger Straße stoppten.

»Du musst zum Arzt«, entgegnete sie. »Wenn dir schwindelig ist … Es könnte eine Gehirnerschütterung sein.«

»Es geht mir gut«, winkte er ab. »Da muss jemand in der Wohnung gewesen sein, als ich hereingekommen bin. Jemand mit einem Schlüssel.«

»Warum schlägt der dich nieder?« Eliza überholte vorsichtig zwei Radfahrer.

Magnus tastete nach der länglichen Beule, die auf seinem Hinterkopf wuchs. »Streng genommen habe ich in der Wohnung nichts verloren. Wenn es Ben selbst war, hat er sich vielleicht einfach erschreckt, als ich hereingekommen bin. Er kann nicht wissen, dass ich harmlos bin.«

»Hast du Miriam angerufen? Sie sollte das wissen, oder?«

»Sie war gerade essen mit den Kollegen. Was soll sie mir sagen? Das ist nicht ihre Zuständigkeit. Wie sieht das aus, wenn ich bei unserer Polizeiwache einen Einbruch melde, der keiner ist, zumal wenn ich mich selbst aus zweifelhaften Gründen in der Wohnung aufgehalten habe?«

»Und was sagt Maike dazu? Du hast sie doch angerufen?«

»Ich will sie nicht noch mehr beunruhigen«, flunkerte Magnus. »Ich suche jetzt die Frau in Bens Leben, und wenn ich sie bis heute Abend nicht gefunden habe, sei es drum. Ich habe keine Lust, wegen dieser halb garen Vermisstensuche meine Gesundheit zu riskieren.« Er löste den Gurt, drehte sich halb nach hinten und angelte mit dem Arm nach einer Flasche Wasser, die auf der Rückbank lag.

»Idiot!« Eliza stieg auf die Bremse, als ein SUV kurz vor ihr einscherte. Magnus schleuderte in der verdrehten Position mit einem Ruck nach vorne. Ein scharfer Schmerz durchzuckte seinen Hals und seine rechte Schulter. »Verdammt, tut mir leid. Alles in Ordnung?«

»Alles gut«, presste er hervor. War es aber nicht. Sein Kopf fühlte sich an, als ob er nicht richtig auf dem Hals sitzen würde. Wie Messerstiche wühlte der Schmerz jetzt zwischen Schulter und Schädeldecke und trieb ihm kalten Schweiß auf die Stirn. In seinem Kopf begann es zu hämmern. Eliza hielt kurz rechts an und musterte ihn besorgt von der Seite. »Du bist kreidebleich.«

Sie setzte den Blinker links und bog auf die Zülpicher Straße ab.

»Hey, wo willst du hin? Wir müssen geradeaus weiter.«

»Ich bringe dich in die Notaufnahme der Uni-Klinik. Du gefällst mir nicht. Das muss untersucht werden. Versuch gar nicht erst, mich davon abzubringen. Ich weiß, wo die Galerie ist, und frage für dich nach, ob Ben dort Bilder ausgestellt hat. Darum geht es doch, oder?«

Magnus nickte. Sogar diese Bewegung tat ihm weh. Seine Frau hatte recht, so konnte er nicht durch die Gegend fahren und Leute befragen. Eliza fand mit viel Glück einen Parkplatz vor der Uni-Klinik. »Nimm eine Maske mit«, wies sie ihn an. Von der folgenden halben Stunde bekam Magnus nicht viel mit. Sie irrten durch die Notaufnahme, die wegen der Pandemie an einem anderen Eingang als gewohnt war, füllten Formulare aus, warteten. Eliza diskutierte freundlich, aber unnachgiebig mit einer übergewichtigen Schwester hinter der Anmeldung aus, warum sie nicht erst zum Hausarzt gefahren waren, warum sie keinen Krankenwagen gerufen hatten, wenn es so schlimm war. Magnus dämmerte auf seinem Sitz weg. Eliza stupste ihn an. »Du kannst jetzt zur Untersuchung.«

»Was?« Er rieb sich die Augen.

»Ich habe gesagt, dass wir auf dem Weg zur Polizei waren, um den Überfall anzuzeigen, als wir auf Höhe der Uni-Klinik eine Vollbremsung machen mussten. Also fast richtig.«

»Herr Meister?« Eine gestresst wirkende Schwester baute sich vor ihnen auf. Der Mund-Nasen-Schutz ließ sie bedrohlich wirken. »Kommen Sie. Haben Sie die Datenschutzerklärung unterschrieben?«

Eliza reichte ihr das Klemmbrett mit den 20 Formularen und stand auf. »Ich hole dich in einer Stunde wieder hier ab, okay?« Sie zog kurz ihre Maske herab und küsste ihn auf die Wange. »Geh danach zum Kiosk unten im Bettenhaus, da kannst du auf mich warten.« Sie nickte der Schwester zu und war weg. Magnus stand benommen auf und bemühte sich, mit der Schwester Schritt zu halten. Sie führte ihn den Gang entlang, eine Treppe hinunter und durch eine Glastür mit der Aufschrift »Neurologie«. »Warten Sie bitte hier, die Kollegin holt sie gleich.« Er warf in der Zwischenzeit zum ersten Mal einen Blick auf sein Handy. Seine Telefonliste zeigte Anrufe von Miriam, Maike und einer unbekannten Nummer an. Er war müde, rief aber Miriam zurück.

»Was ist bei euch los?«, fragte sie. »Eliza sagt, du wärest niedergeschlagen worden und im Krankenhaus.«

Magnus berichtete kurz, was ihm passiert war, und fasste zusammen, was die Putzfrau berichtet hatte. »Meinst du, du könntest Bens Handy orten lassen?«

»Rede keinen Unsinn, dazu habe ich keinerlei Berechtigung ohne richterlichen Beschluss, und das weißt du auch. Ich schiebe die Frage mal auf deine Gehirnerschütterung. Hör zu, lass dich von Eliza nach Hause bringen und mach mal Pause.« Sie klang ehrlich besorgt. »Deine Gesundheit hat Vorrang.«

»Ja, ja. Weißt du schon etwas über den toten Wanderer?«

»Die Obduktion läuft noch. Wir konnten ihn noch nicht identifizieren.« Magnus spürte ihr Zögern.

»Warum hast du mich überhaupt angerufen?«

»Ist unwichtig. Falls du die Freundin findest, kannst du mir immer noch Bescheid sagen. Aber ich glaube, das hat sich im Grunde erledigt.«

Für Miriams Sprachgebrauch war das sehr viel Glaube und Vermutung.

»Herr Meister? Dr. Cengiz hat jetzt Zeit. Zweite Tür links.« Die Schwester war so schnell weg, wie sie in seinem Blickfeld aufgetaucht war.

»Ciao, Miriam. Ich muss zur Untersuchung.« Hastig stand er auf, bereute es sofort, weil ihm schwindelig wurde. Er stützte sich kurz an der Wand ab und setzte langsam einen Fuß vor den anderen, bis er vor der richtigen Tür stand. Dr. Cengiz entpuppte sich als hübsche Türkin mit riesigen Augen in einem schmalen Gesicht und straff zusammengebundenen Haaren, höchstens 30, schätzte er. Das Schild an ihrem weißen Kittel wies sie als Fachärztin für Neurologie aus. Sie betrachtete konzentriert den Monitor, als er Platz nahm. Neben ihr stand eine Tasse mit abgestanden aussehendem Tee.

»Einen Moment noch«, sagte sie und übertrug seine Daten auf ein Formular im PC. »Ich mache ein paar Untersuchungen zur Sicherheit. Ist Ihnen noch schwindelig?«

»Ein bisschen«, untertrieb Magnus.

»Setzen Sie sich kurz auf die Liege und machen Sie den Oberkörper frei.«

Magnus gehorchte. Dr. Cengiz leuchtete mit einer kleinen Lampe in seine Augen. »Unauffällig«, murmelte sie. »Bettruhe und Reizabschirmung ist bei einer leichten Gehirnerschütterung das Beste. Wie ist das passiert?«

»Jemand hat mir einen Schlag auf den Hinterkopf versetzt und auf dem Weg zur Polizei hat meine Frau eine Vollbremsung machen müssen«, sagte Magnus. Dr. Cengiz betastete vorsichtig den Rand seiner Beule. »Leichte Schwellung, kein Blut, das war ein flacher Gegenstand«, murmelte sie. »Glück gehabt. Das müssen Sie unbedingt anzeigen.« Sie begann, mit einem kleinen Hämmerchen seine Wirbelsäule abzuklopfen. »Tut das irgendwo weh?«

Magnus schüttelte den Kopf. »Nur ein bisschen, weiter oben, aua, genau da.«

»Leichtes Trauma im Halswirbelbereich.« Dr. Cengiz nahm seinen Kopf in die Hände und bewegte ihn vorsichtig nach rechts und links. »Keine Einschränkungen der Beweglichkeit links, leichte Einschränkung Rotation nach rechts, C3«, murmelte sie.

»Muss ich eine Halskrause tragen?«

Sie lächelte. »Eine Orthese am Hals vermeiden wir nach Möglichkeit. Strahlt der Schmerz in die Arme aus?«

»Äh –«

»Wenn Sie überlegen müssen, wahrscheinlich nicht. Kribbeln oder Taubheitsgefühl?«

Magnus verneinte.

»Zur Sicherheit lasse ich Sie röntgen, wir müssen abklären, dass keine ernsthafte Verletzung der Halswirbel vorliegt. Melden Sie sich morgen spätestens bei Ihrem Hausarzt. Ach nein, morgen ist Samstag. Dann am Montag. Haben Sie Schmerzmittel im Haus?«

Magnus nickte. »Habe ich eine Gehirnerschütterung?«

»Ja, eine leichte. Schonen Sie sich, mit einer Kombination aus Schleudertrauma und Gehirnerschütterung ist nicht zu spaßen.«

»Ich will nicht zum Röntgen«, sagte Magnus hastig. Die Vorstellung, noch eine weitere Stunde im Krankenhaus bleiben zu müssen, war für ihn unerträglich.

Die Ärztin hob überrascht die Augenbrauen. »Das ist leichtsinnig, aber Ihre Entscheidung. Wenn Ihnen übel oder schwindelig wird oder die Schmerzen stark zunehmen, gehen Sie sofort zum Arzt, versprochen? Hier, nehmen Sie die, wenn Sie zu Hause sind.« Sie reichte ihm eine gefährlich winzige Tablette. »Und dann gleich ins Bett.«

Magnus versprach es.

»Bis zur Hochzeit sollten Sie wieder fit sein, das ist das Wichtigste. Viel Glück!« Dr. Cengiz setzte sich zurück an den Monitor und begann zu tippen. Magnus grinste. Eliza hatte an der Anmeldung offenbar alle Register gezogen, wenn ihre Hochzeitspläne es bis in die Neurologie geschafft hatten. Als er vor dem Kiosk im Eingangsbereich stand und auf Eliza wartete, meldete sich sein Magen mit einem lauten Knurren zurück.

Auf der Rückfahrt löcherte er Eliza nach Informationen, aber er biss sich die Zähne aus. »Wenn die Ärztin Bettruhe verordnet hat, ist das so. Ich bringe dich nach Hause, koche dir eine Suppe und dann können wir reden.«

»Warum nicht jetzt gleich? Meine Telefonliste wird immer länger.« Magnus verfluchte sich dafür, dass er Eliza von den Empfehlungen der Ärztin erzählt hatte. Das Röntgen erwähnte er lieber gar nicht erst. Er platzte vor Neugier, was sie in der Galerie herausgefunden hatte.

»Das ist mir zu albern«, schimpfte Eliza. »Die Welt dreht sich nicht nur um deine Ermittlung. Niemandem ist geholfen, wenn du deine Symptome ignorierst. Wenn ich nicht wäre, würdest du heute Abend auch noch zum Boxtraining gehen, richtig?«

Magnus antwortete nicht. Das hatte er allerdings vorgehabt, wenn auch mehr, um Hotte zu treffen. Er ließ sich tiefer in den Sitz sinken und schloss die Augen. Widerstand war zwecklos. Gegen seinen Willen begann er zu lächeln. Es war schön, wenn sich Eliza um ihn sorgte. Er wandte den Kopf vorsichtig zur Seite und sah ihr dabei zu, wie sie konzentriert das Auto durch den Verkehr manövrierte. Sie fuhr höchstens 30, hinter ihnen im Rückspiegel eine Schlange Verzweifelter, die sie nicht überholen konnten. »Du kannst sagen, was du willst, ich werde nicht schneller fahren. Das hier ist ein Krankentransport.«

»Habe ich dir heute schon gesagt, dass ich dich liebe?«

»Ich kann mich an nichts erinnern.«

»Hey, das ist mein Text, mit dem Schlag auf den Hinterkopf. Ich liebe dich.«

»Schlaf weiter«, sagte sie. Ihre Mundwinkel zuckten. »Wir sind gleich zu Hause.«

Magnus lag unten auf dem Sofa im Wohnzimmer im Dämmerschlaf. Ab und zu wachte er auf, hörte Eliza mit jemandem telefonieren oder in der Küche hantieren. Als er zum dritten Mal aufwachte, war er allein und es roch nach Zwiebeln und vage gesund. Mühsam richtete er sich auf, schob die Decke weg, die Eliza über ihn ausgebreitet hatte, und scannte vorsichtig seine Körperfunktionen. Füße und Beine okay, Rücken in Ordnung. Die Kopfschmerzen waren etwas besser. Er streckte sich vorsichtig, die Muskeln zwischen Schulter und Hals antworteten auf der linken Seite mit einem scharfen Schmerz. Er tapste durch die Küche, fand die angekündigte Gemüsesuppe auf dem Herd, aß einen Teller, fühlte sich besser. Es war schon sechs Uhr, der Ermittlungstag war gelaufen. Er nahm eine Schmerztablette, trank ein Glas Wasser, zog sich einen bequemen Kapuzenpulli über, steckte sein Handy ein und verließ das Haus. Der Schwindel war fast weg. Von der Helligkeit des Spätsommerabends irritiert, ging er zum Klettenbergpark. Er fühlte sich wie früher als Kind, wenn er mit seinen Eltern am frühen Abend aus dem Kino kam und der Tag schon fast vorbei war. Durch den Aufenthalt in der Notaufnahme und den langen Schlaf fehlte ihm ein Stück Wirklichkeit. Obwohl es nicht kalt war, fröstelte er ein wenig. Im Park herrschte um die Tageszeit reges Treiben. Mindestens zehn Jogger überholten ihn auf dem Weg zu dem kleinen Teich, was ihn daran erinnerte, dass er für morgen das Training mit Benno absagen musste. Er fand eine freie Bank etwas abseits und beobachtete eine Mutter, wie sie ihrer dreijährigen Tochter Enten zeigte, die mit den Schnäbeln unter Wasser nach Nahrung suchten. Das Kind rannte fröhlich kreischend auf die Vögel zu, die unwillig, aber nicht beunruhigt ein Stück weiterschwammen. Die Mutter lachte. Der Duft der frisch gemähten Rasenfläche in Magnus' Rücken zog an seiner Nase vorbei. Es war warm und leicht bewölkt, er atmete ein paarmal tief ein und aus und begann sich besser zu fühlen. Sein Handy klingelte.

»Wo bist du?« Eliza klang besorgt.

»Nur ein bisschen im Park. Enten gucken.«

»Ich dachte, du wolltest wissen, was mit der Galerie ist, sobald du die Augen aufhast.«

»Du warst nicht da.«

»Ich war oben im Arbeitszimmer, Schaf. Willst du nicht Namen und Adresse der Galeristin wissen? Sie ist in Quarantäne.«

»Wer ist in Quarantäne? Hast du mich gerade Schaf genannt?« Magnus' Gehirn hatte die Arbeit noch nicht wieder voll aufgenommen.

»Bist du sicher, dass du schon wieder fit bist? Die Frau, die Bens Bilder ausgestellt hat. Die Galeristin aus der Galerie ›Schwarzlicht‹. Ihre Mitarbeiterin hat für mich im Katalog nachgeschaut. Die Ausstellung lief von Ende Oktober 2018 bis Ende Januar 2019. Es war eine Sammelausstellung, mehrere Fotografen haben in dem Zeitraum ausgestellt. Den Katalog durfte ich mitnehmen. Tolle Bilder. Ich dachte, du wolltest lieber selbst mit ihr sprechen. Ihre Mitarbeiterin wollte mir zuerst die Handynummer nicht geben, aber ich habe sie bekniet, bei der Frau zu Hause anzurufen. Sie heißt Nora Schwarz. Sie ist einverstanden, dass du sie kontaktierst.«

Magnus speicherte Namen, eine Adresse in Köln-Zollstock und die Rufnummer in sein Handy. »Du bist die Beste. Vielen Dank.«

»Nicht dafür. Kommst du zurück?«

»Ich fühle mich ganz wohl hier. Ich mache nichts Anstrengendes, versprochen.«

»Untersteh dich«, drohte sie scherzhaft.

Magnus hatte am Nachmittag sechs Anrufe verpasst. Er begann einfach mit der Nummer, die auf der Liste ganz oben stand.

»Hi, Maike, ich bin es.«

»Eliza hat mich schon angerufen. Es tut mir wahnsinnig leid, dass du wegen dieser sinnlosen Geschichte auch noch verletzt wurdest. Wie geht es dir?«

»Halb so wild. Ich wüsste nur sehr gerne, wer bei Ben in der Wohnung war.«

»Ich auch. Aber weißt du was? Mach dir keinen Stress. Ich fahre jetzt zur Polizei und gebe eine Vermisstenanzeige auf. Eliza meint auch, das sei das Richtige.« Augenblicklich zog sich Magnus' Magen zusammen. Über seinem Dämmerschlaf hatte er den ungeklärten Todesfall fast vergessen. Miriam war am Telefon so komisch gewesen. Er betete für Maike, dass es nicht ihr Bruder war, der gerade gut gekühlt auf seine Obduktion wartete. »Mehr kann ich nicht tun«, fuhr Maike fort. »Ich will nicht, dass noch mehr passiert. Langsam glaube ich, ihr habt alle recht, mein Bruder will nicht gefunden werden. Immerhin erzählt er mir auch nicht, dass er eine Freundin hat.« Sie war offensichtlich immer noch gekränkt deswegen.

»Ich werde morgen früh noch etwas recherchieren, wenn das für dich okay ist.«

»Hast du neue Anhaltspunkte?«

Eliza hatte ihr offenbar nichts von der Galeristin erzählt. »Vielleicht. Ich melde mich morgen Mittag wieder.«

»Ich will dich nur vorwarnen, mein Vater ist stinksauer auf dich. Er hat mich heute angerufen. Er ruft sonst nie an.«

Magnus war verblüfft. »Wieso sauer?«

»Weil du unsere Mutter befragt hast. Seine Wortwahl war ›belästigt‹. Und weil er auf mich nicht sauer sein kann oder will. Also nimmt er dich.«

»Findet er es nicht merkwürdig, wenn sein Sohn von einem auf den anderen Tag verschwindet? Es müsste in seinem Interesse liegen, dass jemand nach ihm sucht.«

Maike lachte, aber es klang bitter. »Du kennst ihn nicht. Wundere dich also nicht, wenn er versucht dich zu erreichen. Schieb einfach alles auf mich.«

Nach dem Gespräch kehrte Magnus zu seiner Anrufliste zurück. Zweimal eine unbekannte Nummer, zweimal Nadja, einmal sein Bandkumpel Hotte. Die unbekannte Nummer war bestimmt Herr Reifferscheidt senior. Der konnte warten. Er rief Hotte an.

»Kein Training«, sagte der zur Begrüßung.

»Tut mir leid. Hat dich Eliza schon angerufen?«

»Klar. Überfall, mit deinen Reflexen? Du bist Boxer!«, zog Hotte ihn auf. Das war einer der längsten zusammenhängenden Sätze, die Hotte in diesem Jahr zu ihm gesagt hatte.

Magnus verteidigte sich lahm. »Der kam von hinten, keine Chance. Von Überfall kann keine Rede sein, Eliza übertreibt.« Allerdings hatte Magnus sich selbst schon gefragt, warum er von dem Angreifer so überrascht worden war. Hotte schwieg. »Ich bin schon wieder fit im Kopf«, versicherte Magnus. »Apropos im Kopf, ich wollte wegen Nick mit dir reden. Die Probe gestern läuft mir nach. Weißt du, was da los ist?«

»Blank«, sagte Hotte. »Total.«

»Er ist pleite?«

»Corona.«

»Ja, aber die Werkstatt bringt ihm doch auch Geld ein? Und Steffi arbeitet mit …«

»Schulden. Umbau.«

»Das hatte ich vergessen«, sagte Magnus zerknirscht. Nick hatte die Werkstatt im letzten Jahr renoviert und vergrößert. »Wie können wir ihn unterstützen? Er ist zu stolz, um Hilfe anzunehmen, du kennst ihn doch«, sagte Magnus.

»Überrede ihn.«

»Ich soll mit ihm reden?«

»Nein, ihm Geld leihen.«

Jetzt schwieg Magnus. Das Geld, das er gespart hatte, war für die Hochzeit vorgesehen. »Ich weiß nicht, ob das der richtige Weg ist«, sagte er schließlich. »So viel habe ich nicht übrig, wenn die Hochzeit vorbei ist. Wir müssen außerdem einen Weg finden, ihm indirekt zu helfen. Es sollte nicht so offensichtlich sein, verstehst du?«

»Inoffizielle Mission.«

»Sag den anderen Bescheid. Wir können uns morgen Abend draußen auf ein Bier treffen, was meinst du, um sechs? Ohne Nick natürlich.«

»Eingang Biergarten, wie immer.«

»Wie immer«, sagte Magnus. Wie immer, na ja. Seit Corona war nicht nur die Probe meistens ausgefallen, sondern auch der berühmte Absacker danach, in ihrer Lieblingskneipe. Sie trafen sich gelegentlich draußen im Volksgarten, wenn das Wetter es zuließ. Jetzt, im September, war das noch möglich, aber er befürchtete, dass es im Herbst mit ansteigenden Infektionszahlen wieder einen Lockdown geben würde. Und dann war das geliebte Bier im Park Geschichte.

Magnus wählte die Handynummer der Galeristin. Sie meldete sich umgehend mit vollem Namen. Angenehme Stimmlage, etwas außer Atem.

»Sie stören nicht, im Gegenteil, mir ist langweilig. Aus Verzweiflung mache ich gerade Sport auf der Matte.«

»Sie sind in Quarantäne, sagte Ihre Mitarbeiterin?«

»Leider. Eine Freundin von mir arbeitet in der Kita, wir haben uns letzte Woche auf einen Kaffee getroffen und zwei Stunden gequatscht. Sie ist jetzt positiv getestet worden. Ich habe entschieden, freiwillig für eine Woche in Quarantäne zu gehen. Morgen ist der letzte Tag. Was wollen Sie von Ben?«

Magnus erklärte ihr in knappen Worten, warum seine Schwester ihn vermisste. »Davon hat er mir nichts erzählt«, murmelte sie, »dass er seine Schwester treffen wollte, meine ich.«

»Also sehen Sie ihn regelmäßig?«

»Wollen Sie nicht vorbeikommen?«, sagte sie mit einem flehenden Unterton in der Stimme. »Ich habe seit drei Tagen niemanden gesehen, außer einer Nachbarin, die für mich einkauft.«

»Ich dachte, das sei der Sinn von Quarantäne«, witzelte Magnus.

Sie seufzte. »Zu Ihrer Beruhigung: Ich wohne im Erdgeschoss, wir können uns am Fenster unterhalten. Aber wenn Sie Angst haben sich anzustecken, lassen wir es.«

»Ich bin in einer Viertelstunde da.« Magnus beeilte sich, weil Eliza ihm Vorhaltungen machen würde, wenn er, statt sich auszuruhen, durch die Gegend fuhr und Leute befragte. Vergeblich suchte er vor der Haustür nach seinem Fahrrad, bis ihm einfiel, dass es abgeschlossen vor Bens Wohnung stand. Das waren zum Glück nur fünf Minuten zu Fuß. Auf dem Weg dorthin stellte er erleichtert fest, dass die Schmerzen in der Schulter fast weg waren, was aber auch am Schmerzmittel liegen konnte. Nur die Beule am Hinterkopf pochte zunehmend und erinnerte ihn daran, dass ihn jemand niedergeschlagen hatte und er keine Ahnung hatte, wer und warum. Er fand sein Rad und fuhr mit Rücksicht auf sein wackeliges Wohlbefinden gemächlich zu der Adresse, die in der Nähe des Südfriedhofs lag. Zehn Minuten später stand er an der Endhaltestelle der Linie zwölf gegenüber dem Haupteingang des Friedhofs und orientierte sich kurz. Die Stotzheimer Straße war eine der kleinen Seitenstraßen, die gegenüber der Friedhofsmauer abzweigten. Hier standen fast malerisch zu nennende Einfamilienhäuser, zum Teil Vorkriegsbauten, eine Seltenheit in Köln. Gut saniert, mit gepflegten Gärten und stadtnaher Lage waren sie heute vermutlich unbezahlbar oder standen gar nicht erst zum Verkauf. Nummer zwölf war ein blau gestrichenes Haus mit einer Holzbank und einem kleinen Tisch auf einem gepflasterten Stück im Vorgarten. Das Erdgeschossfenster stand weit offen, von der Fensterbank reichten Geranien und andere bunte Hängepflanzen fast bis zu seiner Kopfhöhe. Magnus klingelte kurz und trat ein paar Schritte zurück. Eine attraktive Frau mit langen dunklen, zurückgebundenen Haaren erschien in der Fensteröffnung. Selbst auf die Entfernung sah sie durchtrainiert aus, obwohl er nur ihren schmalen Oberkörper in einem sportlichen schwarzen Top sehen konnte. Um den Nacken lag ein Handtuch, das sie jetzt benutzte, um sich den Schweiß von der Stirn zu wischen. Ihr Alter war auf die Entfernung schwer zu schätzen, vielleicht Mitte oder Ende 30.

»Jetzt verstehe ich, was Sie meinen«, begrüßte Magnus sie. »Hier kann man den Abend mit Ihnen verbringen und trotzdem Sicherheitsabstand einhalten.« Der Satz klang in seinen Ohren falsch, aber sie schien es ihm nicht übel zu nehmen.

»Noch zwei Tage«, sagte sie und lachte. »Ich werde es überleben. Das war eine reine Vorsichtsmaßnahme. Ich will niemanden anstecken, falls mein Ergebnis positiv sein sollte. Moment, ich hole mir eine Jacke von drinnen, ich habe geschwitzt. Wir können uns übrigens gerne duzen.« Sie verschwand im hinteren Teil des Zimmers und kam mit einer Jacke und einer Flasche Bier zurück. »Ich bin Nora.«

»Magnus. Bens Schwester macht sich Sorgen. Ihr scheint euch besser zu kennen. Weißt du, wo er stecken könnte?«

»Willst du das Bier? Es ist meine Bank, du kannst dich gerne hinsetzen.«

»Warum nicht?« Er blieb stehen. Sie reichte ihm die geöffnete Flasche durch das Fenster, verschwand wieder kurz und kam mit einem Getränk zurück, das auf die Entfernung wie Apfelschorle aussah. »Wie seid ihr darauf gekommen, dass ich Ben kenne? Davon wissen nicht viele Leute.«

»Weibliche Intuition und Fischen im Trüben«, grinste Magnus und prostete ihr zu. »Meine Frau hat seine Fotos schon mal in eurer Ausstellung gesehen. Und ich habe nach Verbindungen außerhalb seines Jobs gesucht.«

»Beeindruckend«, sagte sie und nippte an ihrem Wein.

»Manchmal hat man Glück.« Magnus zuckte mit den Achseln. Seine Frage, wo Ben stecken könnte, hatte sie nicht beantwortet, registrierte er. Also andere Taktik. »Woher kennt ihr euch?« Zu thematisieren, ob sie ein Paar waren, schien ihm zur Eröffnung zu indiskret. Aber diese Frage war es anscheinend auch, jedenfalls antwortete sie nicht direkt.

»Bist du wirklich ein Detektiv? Du wirkst – anders.«

»Willst du meine Lizenz sehen?«

»Nein, ich glaube dir. Aber – wir hatten über die Galerie schon mit Detekteien zu tun, das sind andere Typen. Du wirkst eher wie einer unserer Maler oder Fotografen. Frag mich nicht, warum.«

»Es ist ein Brotjob«, sagte Magnus. »Du liegst nicht so falsch, ich bin Musiker.«

»Interessante Kombination«, sagte sie und schwieg. Magnus setzte sich auf die Kante der Bank. Sie wich ihm aus, auch auf die Kennenlern-Frage erhielt er keine Antwort. Er musste den Kopf ein wenig in den Nacken legen, um sie gut sehen zu können. »Meine Rock'n'Roll-Karriere ist schon länger vorbei. Wir waren Ende der 90er-Jahre recht bekannt in Köln. Ich spiele in einer Band, gebe Gitarrenunterricht und arbeite regelmäßig als DJ, jedenfalls vor Corona war das so.«

»Ich bin mit Ben zur Schule gegangen«, sagte sie unvermittelt. »In der Oberstufe hatten wir zusammen den Kunstleistungskurs. Ben war der Einzige, der Physik und Kunst in der Fächerkombination hatte. Wir mochten uns auf Anhieb, aber nach der Schule habe ich ihn aus den Augen verloren. Wir hatten jahrelang keinen Kontakt, bis er vor zwei Jahren nach Köln zurückkam. Plötzlich stand er in der Galerie vor mir und sah sich die laufende Ausstellung an. Er wusste nicht, dass es meine Galerie ist, Schwarz ist nicht mein Mädchenname, ich war mal kurz verheiratet. Wir kamen ins Gespräch. Er zeigte mir seine Fotos vom Jakobsweg. Ich war schlicht begeistert. Unsere

Galerie plante zu der Zeit eine Ausstellung mit Fotografen, die auf Detailfotografie spezialisiert sind. Seine Bilder passten perfekt, er hat ein gutes Gefühl für Komposition und originelle Ideen. Ich fürchte, ich habe ihn ein bisschen bedrängt, Ben hatte nie vor, die Bilder zu veröffentlichen. Aber es hat sich gelohnt. Er hat acht Bilder ausgestellt und vier auf Anhieb verkauft.«

»In seiner Wohnung hängen zwei. So bin ich auf die Adresse deiner Galerie gestoßen. Habt ihr euch danach öfter gesehen?«

»Du warst in der Wohnung? Woher … ach so. Die Nachbarin hat dir den Schlüssel gegeben«, folgerte sie richtig. »Falls du wissen willst, ob wir ein Paar sind – ja.«

»Weißt du, wo er ist?«, stellte Magnus seine Frage zum zweiten Mal. Statt einer Antwort verschwand sie in der Wohnung. Magnus war verwirrt. So abwegig war die Frage nicht, wenn man einen Vermissten suchte. Er stand auf, da seine Schulter gegen die angespannte Sitzhaltung protestierte und sich mit einem dumpfen Reißen zurückmeldete. Er streckte sich vorsichtig und trank sein Bier mit einem Zug aus. Nora erschien wieder am Fenster. »Sag seiner Schwester, sie muss ihn nicht suchen. Ich kann gerne selbst mit ihr sprechen, wenn es sie beruhigt. Hier, schau.« Sie reichte ihm ein Handy aus dem Fenster. »Die Nachricht ganz unten. Ich wollte sie zuerst löschen, weil sie von einer unbekannten Nummer kam. Aber der Text ist eindeutig Ben.«

Magnus nahm das Smartphone entgegen, scrollte etwas herunter und starrte auf das Display. »Ich bin dann mal weg.« Die Nachricht war vom letzten Sonntag, 19.25 Uhr. Der Tag, an dem Ben seine Schwester treffen wollte.

Er gab Nora das Handy zurück. »Was soll das bedeuten?«

»Wir sind beide den Jakobsweg gegangen, wenn auch nicht zusammen. Das ist der Buchtitel von Hape Kerkeling, den kennst du bestimmt? Es gab auch einen Film darüber.«

Magnus nickte. »Trotzdem, was heißt das? Ist er weggefahren?«

»Das ist einer unserer Insider für: Lass mich in Ruhe, ich muss nachdenken, ich will allein sein. Wir haben nicht so eine Klammerbeziehung, weißt du. Eher ein bisschen locker.«

Magnus war nicht überzeugt. Ben schien ihm nach allem, was er über ihn gehört hatte, nicht der richtige Typ für eine »lockere Beziehung« zu sein. »Aber warum ist er nicht einfach zu Hause? Und warum meldet er sich nicht bei seiner Schwester? Tut mir leid, ich finde das seltsam.«

»Mag sein, aber so ist er eben. Sag seiner Schwester, sie kann mich gerne anrufen. Maike, meine ich. Du kannst ihr meine Handynummer geben. Ich hätte sie lieber unter angenehmeren Umständen kennengelernt.«

»Das mache ich.« Magnus zögerte, unschlüssig, ob sie ihm eine weitere Frage beantworten würde.

»Frag einfach«, sagte Nora.

»Eine Kollegin von Ben hat angedeutet, er hätte etwas mit Gemma Jones laufen.«

Sie lachte, aber es klang kein bisschen erheitert. »Das war Shirin, nicht wahr? Die ist in ihn verschossen.« Damit bestätigte sie Magnus' Eindruck aus seinem Gespräch mit Shirin. »Vielleicht solltest du sie fragen, wo er sich versteckt. Sie lässt ihn kaum aus den Augen.« Sie strich sich eine Haarsträhne aus dem Gesicht und wirkte plötzlich müde. »Das mit Gemma war eine kurze Affäre, als sie ihn ins Team geholt hat, Ende 2018. Zu der Zeit waren wir noch nicht zusammen. Ich persönlich habe kein Problem damit.«

»Eine letzte Frage noch«, wagte Magnus sich vor. »Warum macht ihr ein Geheimnis aus eurer Beziehung?«

Jetzt wirkte sie aufrichtig überrascht. »Aber das tun wir nicht! Ich kann nur mit seinen Kollegen nicht viel anfangen. Und er ist ohnehin ein Eigenbrötler. Deswegen bleiben wir für uns. Wir treffen uns nicht regelmäßig mit anderen Pärchen, verstehst du? Daher kommt vielleicht der Eindruck, wir hätten ein Geheimnis. Sind wir jetzt fertig? Ich erwarte noch einen Anruf.«

Die Eile nahm Magnus ihr nicht ab, aber für heute hatte er genug erfahren. »Danke für das Bier«, sagte er, winkte, drehte sich um und ging zu seinem Fahrrad. Er fühlte sich seltsam entspannt, vielleicht lag das an der Kombination von Schmerztabletten und Alkohol. Wahrscheinlicher aber daran, dass sein Vermisstenfall beendet war, egal wie viele offene Fäden noch in der Luft hingen. Zum Beispiel die Nachricht auf Noras Handy, die er beim heimlichen Scrollen in einem anderen Chat gelesen hatte. Die Nachricht, die sie vor Bens Ich-bin-dann-mal-weg-Antwort an ihn geschickt hatte: »Wo bist du? Bist du noch sauer? Das hatte nichts zu bedeuten.«

Wieder zurück zu Hause spürte Magnus die Erschöpfung bis in die Knochen. Er beichtete Eliza den Ausflug, die zu besorgt war, um wütend auf ihn zu sein. Er lehnte einen weiteren Teller Gemüsesuppe ab, nahm noch eine Schmerztablette und rief vom Arbeitszimmer aus seine Klientin an. Maike wirkte nach seinem Bericht in erster Linie erleichtert. »Oje, und ich habe soeben die Vermisstenanzeige aufgegeben. Also verkriecht er sich nur? Warum hat er mir bloß nichts von seiner Freundin erzählt? Wie heißt sie denn? Ist sie verheiratet oder warum das Theater?«

Magnus verneinte das Letzte. »Ihr Name ist Nora Schwarz. Du kannst sie anrufen, hat sie gesagt.« Er gab Maike die Nummer. »Frag sie mal von Frau zu Frau, ob sie sich gestritten haben. Du erfährst vielleicht mehr als ich. Es gab Hinweise darauf.«

»Nora? Sicher? Ich kenne nur eine Nora, aber das ist ewig her, ich glaube, sie war eine Schulfreundin.«

»Sie kennen sich auch schon seit der Schulzeit«, sagte Magnus.

»Nora. Merkwürdig.« Maike wirkte irritiert.

Magnus fragte nicht nach, er war einfach zu müde. »Ich wollte nicht weiter insistieren, ich glaube, sie fand mich aufdringlich«, fasste er seinen Eindruck zusammen.

»Es tut mir leid, ich habe dich in eine unmögliche Lage gebracht. Wir schnüffeln in Bens Privatleben herum, oh Gott, er bringt mich um, wenn er das erfährt. Hätte er mir bloß Bescheid gesagt, dann hätte ich nicht so eine Welle gemacht und du hättest kein Schleudertrauma …«

Hätte, hätte, hätte. Magnus beendete das Gespräch. Er versuchte es positiv zu sehen. Er hatte etwas Geld verdient, ein paar neue Leute kennengelernt und war viel an der frischen Luft gewesen. Morgen würde er mit Eliza die Hochzeitseinladungen vorbereiten, weiß Gott spät genug, und mit den Jungs im Park ein Bier trinken. Klar, theoretisch könnte Bens Nachricht von jemand anderem verschickt worden sein, um seine Freundin in die Irre zu führen. Wie wahrscheinlich war das? Hätte, hätte, hätte. Wer weiß, wer der Tote war, dessen Identität Miriam klären musste. Dass es sich um Ben handelte, war unwahrscheinlich, und das war das Wichtigste. Er ging nach nebenan ins Schlafzimmer, ließ sich voll bekleidet auf das Bett fallen und schlief auf der Stelle ein, obwohl draußen gerade erst die Sonne unterging. Es war noch nicht einmal neun Uhr. Magnus hörte weder sein Handy, auf dem zwei neue Nachrichten eingingen, noch bekam er mit, dass Eliza ihm wenig später behutsam die Schuhe auszog und eine Decke über ihn ausbreitete.

SAMSTAG, 5. SEPTEMBER

»Also ist der Fall erledigt?« Eliza räumte das Geschirr ab, nachdem Magnus sie beim Frühstück wunschgemäß bis ins kleinste Detail informiert hatte.

»Wahrscheinlich. Hey, lass meine Kaffeetasse stehen, ich bin noch nicht fertig!«

»Es muss dir besser gehen, du kannst wieder meckern. Hast du noch Kopfschmerzen?«

»Wie weggeblasen. Die Schulter spüre ich auch fast nicht mehr.« Das Letzte war gelogen. »Habe ich wirklich zwölf Stunden geschlafen?«

»Zwölfeinhalb, genau genommen. Du sollst Miriam zurückrufen. Und Nadja. Ich habe gestern Abend und heute früh deine Sekretärin gespielt. Damit ist für heute Schluss.«

Magnus hatte wenig Lust, den Tag mit Telefonaten zu beginnen, aber es half nichts. Er hatte alle aufgescheucht, jetzt musste er die Sache professionell abschließen und eingestehen, dass sich ein ungutes Gefühl auch in Luft auflösen konnte. Er schnappte sich das schnurlose Telefon, ging auf die Terrasse, befand das Wetter für freundlich genug, zog die Tür hinter sich zu und drehte sich eine Zigarette. Dann rief er Miriam zurück.

»Endlich!« Sie klang erleichtert. »Geht es dir besser?«

»Aber so was von. Mein Vermisster ist wieder aufgetaucht.« Er berichtete Miriam knapp von dem Gespräch mit Nora Schwarz.

»Aber das heißt streng genommen nicht, dass er nicht mehr vermisst wird, oder? Gesehen oder gesprochen hast du ihn nicht. Du hast nur ihre Aussage. Und eine Handy-Nachricht.«

»Warum so skeptisch? Was ist denn los?«

»Die Obduktion hat spannende Ergebnisse zutage gebracht.«

»Ich bin ganz Ohr.«

»Kannst du vorbeikommen? Ich würde dir gerne etwas zeigen.« Magnus beobachtete Eliza dabei, wie sie die vorgedruckten Hochzeitseinladungen auf dem abgeräumten Esstisch ausbreitete. »Eher nicht, Miriam. Wir wollen gerade die Einladungen schreiben.« Eliza drohte ihm von drinnen mit dem Zeigefinger.

»Verstehe. Damit kannst du Eliza nicht allein lassen.«

»Das überlebe ich nicht.« Magnus grinste seine Frau durch das Fenster an und reckte den Daumen hoch.

»Gut, ich bin heute bis vier im Präsidium, komm, sobald du kannst«, sagte Miriam.

»Gib mir wenigstens einen Hinweis«, forderte Magnus.

»Es scheint Verbindungen zu dem Start-up zu geben, für das Ben Reifferscheidt arbeitet. Vielleicht kannst du mir helfen.«

»Jetzt hast du mich am Haken.«

»Bis später«, lachte Miriam. »Grüß Eliza. Benno hat auch noch eine Frage an dich, er meldet sich gleich.«

Das Telefon läutete in seiner Hand, sobald er aufgelegt hatte. Antonia, Elizas Schwester, war am Apparat und erkundigte sich besorgt nach seinem Wohlbefinden. Gab es irgendjemanden, mit dem Eliza gestern nicht gesprochen hatte? Er beruhigte sie und reichte das Telefon an Eliza weiter. Das verschaffte ihm mindestens eine halbe Stunde Luft, seine offenen Rückrufe von gestern zu klären. Er schnappte sich sein Handy und begann mit Benno. »Meister!« Im Hintergrund vernahm Magnus mehrstimmiges Kindergeschrei. »Auf dem Spielplatz ist gerade die Hölle losgebrochen, Tilda will die Rutsche nicht freigeben. Ich muss eingreifen, sonst steinigen mich die Mütter. Kein schöner Tod. Unser Training fällt erst einmal aus, sagt Eliza?«

»Höre ich da Erleichterung?«, frotzelte Magnus.

»Falsch! Ich habe schon zwei Kilo abgenommen! Ich bin ganz wild auf … Tilda, komm bitte da runter! Komm, rutsch in meine Arme. Die anderen Kinder wollen auch mal.« Das Geschrei wurde lauter. »Verdammt. Teilen gehört noch nicht zu ihren Kernkompetenzen. Meister, weswegen ich anrufe, mir ist eingefallen, woher ich den Namen kenne. Benjamin Reifferscheidt hat sich vor zwei Jahren in unserer Detektei beraten lassen. Nur einmal, soweit ich sehen konnte.«

»Mein Fall hat sich erledigt.«

»Tilda! Nicht die anderen hauen! Was sagst du?«

»Es sieht so aus, als ob er nur abgetaucht ist. Ich habe gestern mit seiner Freundin gesprochen.«

»Oha! Na dann ist ja gut. Wenn du nachfassen willst: Nadja weiß Bescheid, sie hat mich erst drauf gebracht. Sie kann dir den Rest erzählen, bei mir ist es gerade ungünstig. Aua! Jetzt hat mir diese Mistkröte Sand ins Auge geworfen. – Nein, ich habe nicht Ihre Tochter gemeint! – Tilda, komm zurück! Ich muss Schluss machen, Meister, du hörst es. Treffen wir uns morgen zum Training?«

»Morgen ist Sonntag.«

»Eben! Wie wäre es mit zehn Uhr?«

Magnus grinste, als er auflegte. Benno hatte Feuer gefangen für den Sport. Das musste er unbedingt unterstützen. Wie auf Kommando meldete sich seine Schulter zurück, als er den Arm anhob, um die Terrassentür zu öffnen. Aus den fröhlichen Wortfetzen, die aus Elizas Arbeitszimmer klangen, entnahm er, dass er noch Zeit genug hatte, Nadja zurückzurufen. Nicht, dass er mit ihren Rechercheergebnissen noch viel anfangen konnte, aber sie hatte sich gestern für ihn eine Menge Arbeit gemacht. Er goss sich ein Glas Wasser ein und checkte zuerst ihre WhatsApp-Nachrichten von gestern, bevor er zurückrief. Die Sonne brach durch die Wolken und schien ihm angenehm auf den Rücken.

»Du schuldest mir ein Essen«, sagte sie zur Begrüßung. »Thailändisch, wenn's geht. Kennst du Rim Khong, auf der Elsaßstraße? Dahin lädt Benno unsere Klienten ab und zu ein. Ich war lange nicht mehr dort. Wie wäre es mit heute Abend?«

»Ich bin sowieso um sechs mit der Band auf ein Bier im Volksgarten verabredet, das ist um die Ecke. Wenn Eliza nichts geplant hat – gerne.«

»Bring sie mit! Dann reserviere ich für halb acht. Also, halt dich fest. Dein Vermisster hat eine spannende Vita. Ich hab's dir zugemailt, aber Eliza meinte, du hattest noch keine Zeit reinzuschauen.«

»Mein Vermisster ist nicht mehr vermisst.«

Schweigen in der Leitung. »Heißt das, ich habe mir die Arbeit umsonst gemacht? Dann ist der Thailänder nicht teuer genug.«

»Es hat ihn noch niemand gesehen, aber er hat seiner Freundin geschrieben, sie solle ihn nicht suchen.«

»Du hast die Frau also gefunden«, stellte Nadja fest. »Ist sie vertrauenswürdig?«

»Schwer zu sagen. Sie weiß angeblich nicht, wo er ist. Ich habe heimlich eine WhatsApp-Nachricht gelesen, aus der hervorgeht, dass sie sich mit Ben gestritten hat.«

»Wann war das?«

»Der Chat ist vom Sonntag, also dem Tag, an dem Ben nicht zu dem Treffen aufgetaucht ist.«

»Klingt wirklich nach untergetaucht. Nun ja.« Nadja klang enttäuscht. »Willst du trotzdem hören, was ich herausgefunden habe?«

»Klar. Ich stelle es meiner Klientin in Rechnung«, sagte Magnus, was nicht der Wahrheit entsprach.

»Die Schulzeit überspringe ich mal. Nach dem Abitur hat er Biologie studiert, den Bachelor gemacht, Abschluss Master of Science in Physik, promoviert. Das Dissertationsthema habe ich nicht verstanden.« Sie lachte.

»Ein Doktor in Physik? Ich bin in der neunten Klasse bei Elektrizität ausgestiegen«, brummte Magnus.

»Er ist in die Forschung gegangen«, fuhr Nadja fort, seinen Einwurf ignorierend, »erneuerbare Energien, das wirst du schon wissen. Drei Jahre am Karlsruher Institut für Technologie, und ab hier wird es interessant. Das Team dort war international besetzt und ausgezeichnet vernetzt, hat Fördergelder vom Bundesministerium für die Forschung am Wirkungsgrad von Solarzellen bekommen und nebenbei Anfang September 2018 den GreenTec Award gewonnen. Dr. Ben Reifferscheidt hat bis dahin regelmäßig in Fachzeitschriften zum Thema veröffentlicht. Hast du dir die Fotos, die ich dir gemailt habe, angesehen?«

»Nur kurz, ich war gestern nicht in Form«, sagte Magnus.

»Schau dir mal das Bild von der Preisverleihung an. Am besten auf deinem Rechner.«

Magnus gehorchte und holte sein Laptop aus dem Arbeitszimmer. Während der Rechner hochfuhr, belauschte er mit einem Ohr Elizas Gespräch mit ihrer Schwester. Es ging um das Hochzeitskleid. Beruhigt setzte er sich wieder nach draußen und suchte in Nadjas Mail nach den Fotos. Er fand drei Bilder vom Karlsruher Forschungsteam. Das Team im Labor, das Team bei einer Besprechung, das Team bei der Preisverleihung. Die Wissenschaftler standen auf einer Bühne, stolz lächelnd, jemand überreichte eine Art Zertifikat an einen älteren Herrn, laut Bildunterschrift der Leiter des Instituts.

»Und?«, drängte Nadja.

»Benjamin Reifferscheidt ist nicht auf dem Bild.«

»Gratuliere, Sherlock. Er hat sich am Tag der Preisverleihung krankgemeldet. Der Preis wohlgemerkt, der seine Arbeit würdigt. Und eine Woche später hat er einen Aufhebungsvertrag unterschrieben. Knall und weg. Was sagst du nun?«

»Wie hast du das herausgefunden?«

»Du kennst mich. Ich habe ein bisschen mit der Verwaltungsassistentin des Instituts geplaudert und die Nummer eines ehemaligen Teamkollegen bekommen, mit haarsträubenden Lügen erkauft, versteht sich.«

»Ich will nicht wissen, welche«, grinste Magnus.

»Ich bin Dr. Reifferscheidts zukünftige Arbeitgeberin und habe Referenzen angefordert. Die Frau hat fast geweint, als ich mich nach ihm erkundigt habe. Ich glaube, die war in ihn verknallt.«

»Der Typ entpuppt sich so langsam als Womanizer.«

»Im Gegenteil! Ich zitiere: So feiner Mann, freundlich zu allen, großer Verlust, aber was soll man machen, ein Jobangebot aus Jülich, das konnte er nicht ablehnen …«

»Welches Jobangebot?«

»Eben. Im September 2018 gab es kein Jobangebot aus Jülich, das habe ich recherchiert. Das Gerücht hat er wahrscheinlich verbreitet, um sich vor Nachfragen zu schützen. Es steckt etwas anderes dahinter. Und ich ahne auch, was.«

»Liebe?«

»So klingt zumindest das, was der ehemalige Teamkollege angedeutet hat. Eine unglückliche Liebesgeschichte mit einer Kollegin.«

»Das hat er dir einfach so erzählt?«

»Ich habe mich als Headhunterin ausgegeben und nach den Gründen gefragt, warum Reifferscheidt das Team verlassen hat. Ich habe ein Skype-Gespräch vorgeschlagen, hier aus Bennos Büro, das wirkt als Hintergrund sehr seriös. Eine Freundin von mir habe ich als Referenz genannt, sie macht den Job tatsächlich und war eingeweiht. Er hat zuerst sie angerufen, bevor er mit mir über Reifferscheidt gesprochen hat.«

»Beeindruckend. Du kommst in die Hölle.«

Nadja lachte. »Das ist schon länger entschieden.«

»Die Geschichte ist komisch«, dachte Magnus laut

nach. »Wegen einer Liebesgeschichte verlässt er das Team, verlässt seine Arbeit, an der er jahrelang geforscht hat? So hätte ich ihn nicht eingeschätzt.«

»Das war noch nicht alles, halt dich fest. Hast du schon mit Benno gesprochen?«

»In einer Spielplatzsituation.«

»Verstehe«, kicherte sie, »Tilda hat ihn nicht zu Wort kommen lassen. Folgendes: Sowohl Benno als auch ich haben uns an den Namen Reifferscheidt erinnert. Deswegen kam mir die glänzende Idee, in unseren Klienten-Dateien zu forschen. Und siehe da: Ein Dr. Benjamin Reifferscheidt hat bei uns im September 2018 eine Erstberatung in Anspruch genommen.«

»Das gibt's nicht. Was war der Anlass?«

»Ab jetzt wird es leider peinlich für unsere Detektei. Kannst du dich noch an Robert, den Hochstapler, erinnern?«

»Der unfähige und unverschämte Mitarbeiter, den Benno in der Probezeit gefeuert hat? Der mit dem gefälschten Lebenslauf?«

»Leider war er derjenige, der die Erstberatung durchgeführt hat. Sie ist nicht vollständig in unseren Unterlagen dokumentiert, wie es normalerweise hier verpflichtend ist. Ich habe nur das Thema gefunden, aber nicht den Gesprächsinhalt. Es ging um eine Patentsache. Mehr ist nicht zu finden. Ein Wunder, dass wir uns überhaupt an den Namen erinnert haben. Ben Reifferscheidt war nur einmal bei uns, danach nicht mehr. Wer weiß, was dieser Idiot Robert ihm geraten hat.«

»Wenn es dringend wäre, würde ich sagen, bleib dran und horche in seinem alten Team nach, aber so …«

»Verstehe. Nice to know, aber nicht mehr relevant. Schade! Du hast mich neugierig gemacht.«

»Wir sehen uns heute Abend, okay? Ich kehre noch die Reste weg, und dann beginnt mein Wochenende.«

Wochenende, schön wäre es. Magnus warf einen zweifelnden Blick auf die Hochzeitseinladungen auf dem Esstisch. Er fühlte sich zwar ausgeruht nach dem langen Schlaf, aber sein Kopf war noch mit dem Fall beschäftigt. Kurz entschlossen packte er sich einen Stapel der Einladungen, griff nach Zettel und Stift, stellte eine Liste seiner Gäste zusammen und begann damit, deren Adressen sorgfältig auf die Kuverts aus edlem cremefarbenem Papier zu übertragen. Als er beim fünften Umschlag angelangt war, kam Eliza von oben herunter und beäugte seine Arbeit.

»Die Postleitzahl stimmt nicht«, sagte sie. »Dein Bruder hat 88662, nicht 99662. Ich bin mir sicher. Oh – und hier stimmt die Hausnummer nicht. Es ist die zwölf, nicht die 21.«

»Wenn du mir weiter über die Schulter guckst, wird es schlimmer«, brummte Magnus.

»Weißt du was? Ruh dich lieber ein bisschen aus. Geh in den Park oder Gitarre spielen oder mach sonst etwas. Du bist noch nicht wieder fit.«

»Ernsthaft? Du willst das allein machen?«

»Nein. Aber lieber als zweimal«, seufzte Eliza. »Solange dein Gehirn noch mit Ben Reifferscheidt beschäftigt ist, kannst du dich auf nichts anderes konzentrieren. Es lässt dir ohnehin keine Ruhe. Entspann dich mal und schließ die Sache ab.«

»Jetzt weiß ich wieder, warum ich dich heiraten will«, sagte Magnus und tätschelte zerstreut ihren Rücken. »Kommst du heute Abend mit zum Thailänder? Ich will Nadja einladen, weil sie mir geholfen hat. Deine Anwesenheit ist ausdrücklich erwünscht.«

»Fantastisch! Bin ich auch eingeladen?«

»Klar. Bald zahlen wir sowieso alles aus einem Topf«, neckte er sie.

Entspannen. Na gut. Das ging bei ihm am besten in Bewegung. Das Wetter war warm und freundlich genug für eine große Runde draußen, also streifte er sich seinen Kapuzenpulli über, schaltete sein Handy auf stumm, schwang sich aufs Rad und fuhr Richtung Grüngürtel. Mit jedem Meter im Fahrtwind spürte er, wie die Last der Ermittlung von ihm abfiel. Ben Reifferscheidt war abgetaucht, wusste der Himmel, welche Laus ihm über die Leber gelaufen war, aber das war nicht mehr sein Problem. Als ob der Himmel ihn gehört hätte, brach in diesem Moment die Sonne durch die Wolken und ließ die Wasseroberfläche des Decksteiner Weihers blau glitzern. Das Leben war schön. Seine Kopfschmerzen waren fast weg. Seine Schulter machte sich kaum noch bemerkbar. Kopfschmerzen. Ihn würde schon interessieren, wer ihm eins über den Schädel gegeben hatte. Die Putzfrau konnte er sicher ausschließen. Putzfrau. Was war das für ein Mann, den sie gesehen hatte, den die Freundin, Nora, nicht in Bens Wohnung lassen wollte? Wann war das gewesen? Donnerstag vor einer Woche. Es spielte keine Rolle mehr. Entspann dich, ermahnte er sich. Und was Miriam wohl herausgefunden hatte? Bei ihrem ungeklärten Todesfall gab es eine Verbindung zum Start-up. Was sollte das sein? Ben war wegen einer Patentsache in Bennos Detektei gewesen, hatte Nadja herausgefunden. Patente. War es nicht wahrscheinlich, dass es bei einem Naturwissenschaftler um eine Entdeckung ging? In dem Fall möglicherweise um die Verbesserung von Solarzellen? Entspann dich. Lass den Fall los. Wie unglücklich, dass darüber nichts in den Dateien zu finden gewesen war. Wer konnte noch davon wissen? Aber was spielte das noch für eine Rolle? Erst als Magnus am Streichelzoo im Lindenthaler Stadtwald angelangt war, ohne die schöne Umgebung wahrzunehmen, gab er auf. Es hatte keinen Zweck, er war noch nicht fertig mit Ben Reifferscheidt. Er holte sich einen Kaffee und ein Teilchen beim Bäcker an der Dürener Straße, plauderte kurz mit der Verkäuferin über die Wespenplage, besonders jetzt, zur Pflaumenzeit, fielen sie in Scharen über die Theke her, klagte sie, während sie für Magnus eine Apfeltasche einpackte und dabei bestimmt zehn Wespen mit der behandschuhten Hand wegwedelte. Magnus balancierte Kaffee, Teilchen und Fahrrad zu einer freien Bank in der Nähe des kleinen Kahn-Weihers am Stadtwald-Hotel, das einen neuen Betreiber hatte, wie er feststellte. Die Zimmer des hässlichen 70er-Jahre-Klotzes hatten zumindest eine schöne Aussicht auf dieser Seite. Magnus aß sein Teilchen in der Sonne, aufmerksam beobachtet von einer Schar Nilgänse, die sich im Stadtwald häuslich eingerichtet hatten. Als sein Handy in der Gesäßtasche vibrierte, war er gerade damit beschäftigt, sich zwei Wespen vom Hals zu halten, die auch Apfeltaschen mochten. Es war Maike. Er schob das Teilchen unwillig zurück in die Tüte und nahm das Gespräch an.

»Ich bin fast bei euch zu Hause und würde dich gerne treffen«, sagte sie. »Ich hatte eben ein sehr interessantes Gespräch mit Nora Schwarz. Willst du davon hören? Ich könnte dir auch das Geld bringen. Immerhin bist du schon drei Tage für mich aktiv.«

Der letzte Punkt gab für Magnus den Ausschlag. »Bist du mit dem Auto unterwegs? Dann komm in den Stadtwald nach Lindenthal.« Er beschrieb ihr, wo er saß. Mit dem Auto wäre sie in zehn Minuten da, sagte sie.

Magnus nutzte die Wartezeit für ein Telefonat, das er gestern vor sich hergeschoben hatte, wie er sich eingestand. Er musste Bens Vater zurückrufen, der eine verärgerte Nachricht auf seiner Mailbox hinterlassen hatte und um Rückruf bat, oder besser: Rückruf befahl. Die herrische Stimme kannte Magnus aus dem Radiointerview. Er forschte vor dem Anruf im Internet nach einem Bild von Reifferscheidt senior. Er fand es auf der Homepage der Stadtwerke Köln: Der Geschäftsführer trug weißes Haar mit Seitenscheitel, der Blick unter der Hornbrille nagelte den Betrachter fest und sein verkniffener Mund ließ keine Ausbrüche rheinischen Humors erwarten. Magnus verzichtete daher bei seiner Meldung am Telefon auf jegliche Freundlichkeit. Dieser Typ war nach seiner Erfahrung nicht mit Charme zu gewinnen.

»Was soll das? Warum belästigen Sie meine Frau?«, blaffte Reifferscheidt zur Begrüßung.

»Ihre Tochter macht sich Sorgen. Die Suche mag Ihnen übertrieben vorkommen, aber Ihr Sohn gilt als zuverlässig und er ist nicht zu einem vereinbarten Treffen gekommen.«

»Sie wirft einem dahergelaufenen Schnüffler Geld in den Rachen, wozu? Mein Sohn war noch nie in der Lage, sich einem Problem zu stellen. Typisch für ihn, dass er abhaut.«

»Wissen Sie denn, ob er ein Problem hat?«

»Das muss ich nicht wissen. Er war schon als kleiner Junge so. Kaum läuft etwas schief, zieht er den Schwanz ein. Was hat Maike mit Ihnen zu schaffen?«

Magnus dachte, dass er bei so einem Vater auch möglichst früh das Weite gesucht hätte. »Maike ist mit meiner Frau seit der Schulzeit befreundet. Sie hat gehört, dass ich bei der Detektei ›Grass &Partner‹ arbeite, und mich um Hilfe gebeten.«

Es war still in der Leitung, als Reifferscheidt den Namen von Bennos Detektei hörte. Magnus wusste, dass er ihm damit den Wind aus den Segeln nahm.

»Die kenne ich. Fähige Truppe«, knurrte er. »Und was soll der Unsinn mit der Vermisstenanzeige? Mein Sohn ist 37 Jahre alt. Er wird schon wissen, warum er sich nicht blicken lässt.«

Magnus war in der Klemme. Wenn er Reifferscheidt senior von Miriams Bitte erzählte, würde sie ihn umbringen. Tat er es nicht, konnte er diesem harten Knochen nicht verständlich machen, warum er, Magnus, überhaupt am Ball war. Sein Drang, diesem selbstgerechten Hornochsen einen Schlag gegen den Schädel zu verpassen, gewann die Überhand.

»Das habe ich Ihrer Tochter nicht gesagt, weil ich sie nicht unnötig beunruhigen wollte. Es gibt einen Toten, der noch nicht identifiziert werden konnte. Die Polizei fand Verbindungen zu dem Start-up, für das Ihr Sohn arbeitet.«

»Oh.« Er atmete hörbar ein paar Mal durch. »Gut, das

darf Maike nicht wissen. Halten Sie mich – bitte – darüber auf dem Laufenden.« Magnus registrierte das mühsam hervorgepresste »Bitte«.

»Arbeitet Ben immer noch für diese weltfremden Träumer? Ein promovierter Wissenschaftler, der für ein Start-up arbeitet, das ist doch lächerlich«, fand Reifferscheidt mühelos zu seiner alten Form zurück. »Die glauben allen Ernstes, der Strom kommt aus der Steckdose.«

»Den Eindruck hatte ich nicht«, widersprach Magnus. »Ich denke, sie suchen ernsthaft nach Alternativen, um den CO_2-Ausstoß zu verringern. Keine schlechte Idee, meine ich.«

»Wollen Sie mit einem Profi wie mir über Stromerzeugung diskutieren?«

»Ich habe gestern Ihr Interview im Radio gehört. Sie arbeiten für den Klimarat der Stadt Köln. Die Ziele sind doch die gleichen, oder?«

»Nutzloses Gremium. Aber wenn die Oberbürgermeisterin ruft, was hätte ich tun sollen? Im Gegensatz zu meinem Sohn weiß ich, wie ich meine Position sichern kann.«

»Bei seinen Kollegen und in der Forschung hat Ben ein gutes Renommee, soweit mir bekannt ist.« Magnus wusste, dass es sinnlos war, aber er musste diesem Mann dauernd widersprechen.

»Mein Sohn lässt sich immer die Butter vom Brot nehmen. Ganz anders als sein alter Freund Gregor, der weiß sich zu behaupten. Davon könnte Ben sich eine Scheibe abschneiden, anstatt sich durch die Weltgeschichte zu träumen. Der ist erfolgreich, verdient gutes Geld … ein Pfundskerl.«

»Gregor Henke? Der gerade in Trennung lebt?«

»Trennung? Davon weiß ich nichts. Der Familienklatsch interessiert mich nicht. Wie auch immer, kann ich mich darauf verlassen, dass Sie meine Frau nicht mehr belästigen? Rufen Sie mich an, wenn Sie etwas über den Toten erfahren.«

»Ihre Tochter ist meine Klientin. Wenn es Neuigkeiten gibt, erfährt Maike es zuerst, egal was.«

»Arsch…«

Er hatte aufgelegt. Magnus starrte verblüfft sein Display an. Hatte der ihn gerade Arschloch genannt? Er grinste. Es gehörte zu seinen Lieblingsbeschäftigungen, dominante Choleriker aus der Fassung zu bringen. Er nahm die Beschimpfung als Kompliment. Genüsslich drehte er sich eine Zigarette und steckte sie unter den neugierigen Blicken eines Gänsepaars an, das interessiert näher gekommen war. Als sie merkten, dass es nichts bei ihm zu holen gab, watschelten sie weiter und schnatterten, wie aus Protest gegen die schlechte Behandlung.

»Schön hier«, sagte Maike lächelnd und ließ sich mit einem Kaffeebecher von der Bäckerei am anderen Ende der Bank nieder. Sie sah besser aus als vorgestern Abend. Ihre Wangen hatten Farbe und das Sonnenlicht brachte ihr Haar zum Leuchten. Sie trug zu ihrem hellen Trenchcoat lässig eine teure Ledertasche über der Schulter, womit sie zur bestangezogenen Frau im Park avancierte. Sie stellte die Tasche neben sich, entfernte vorsichtig den Plastikdeckel des Bechers und hob ihn in Magnus' Richtung an, wie für ein Prost in der Luft.

»Ich habe gerade deinen Vater kennengelernt. Am Telefon«, sagte er.

»Das war bestimmt kein angenehmes Gespräch.« Maike pustete auf den dampfenden Kaffee.

»Er hört sich an, als ob er seinen eigenen Sohn nicht mögen würde.«

»Gestern hat er mit mir geschimpft wie mit einem Kleinkind. Und ganz unrecht hat er nicht, ich habe mich viel zu sehr eingemischt. Was habe ich mir bloß dabei gedacht.«

»Du hast auf dein Bauchgefühl gehört. Da ist nichts falsch dran. Und gemeldet hat er sich schließlich immer noch nicht«, sagte Magnus.

»Das wird er auch nicht«, sagte sie. »Ich habe eben mit Nora gesprochen.«

»Ist das die Nora, die du im Kopf hattest?«, fragte Magnus neugierig.

»Ich wäre nie darauf gekommen, dass sie ein Paar sein könnten! Sie hieß mit Mädchennamen Fick.« Sie kicherte. »In diesem Fall würde ich auch den Namen meines Mannes behalten nach der Trennung. Verschiedener können zwei Menschen nicht sein.« Sie schüttelte den Kopf, ohne sich zu erklären und versank in Gedanken.

»Meinst du Nora und Ben damit?«

Sie nickte. »Ich habe sie damals nicht mehr richtig kennengelernt, weil ich nach dem Abitur nicht mehr so oft in Deutschland gewesen bin. Sie waren in der Schulzeit befreundet, und Ben hat mir ab und zu geschrieben, aber erst, als sie in der Oberstufe waren. Ich glaube, er war damals verliebt in Nora, ich habe ihn damit aufgezogen. Irgendwann habe ich ihn vor ihr gewarnt.«

»Warum? War sie gefährlich?«, grinste Magnus.

»Für jemanden wie meinen Bruder – ja. Sie war früher eine richtige Partymaus, ist um die Häuser gezogen, hat alles an Drogen mitgenommen, was sie nicht umgebracht hat. Nicht dass ich groß anders war, von den Drogen mal abgesehen, versteh mich nicht falsch, aber Ben – er war so naiv. Unschuldig trifft es besser. Meine Mutter hat gestern etwas Interessantes gesagt: Sie sei ein Mädchen von zweifelhaftem Ruf aus einer zweifelhaften Familie gewesen. So altmodisch ist meine Mutter sonst nicht in ihren Formulierungen. Und mein Bruder ist Nora brav hinterhergedackelt. Die Faszination des bösen Mädchens, schätze ich mal.«

»Deine Mutter kannte sie auch?«

»Klar, die haben bei uns zu Hause für die Schule gelernt oder Musik gehört. Das war immer noch besser als bei Nora zu Hause. Der Vater war arbeitslos, die Mutter kannte ich, weil sie bei uns im Supermarkt aushalf. Ich glaube, sie war die Einzige von ihren Geschwistern, die halbwegs regelmäßig zur Schule ging. Sie hat später die Kurve bekommen, das hat sie mir eben erzählt. Kunstgeschichte studiert, gejobbt, gespart, die Chance gehabt, an dem Standort in der Innenstadt eine Galerie zu übernehmen. Sie ist erfolgreich in dem, was sie tut. Sagt sie zumindest.«

»Stimmt es, dass sie und Ben sich gestritten haben? Ich habe eine Nachricht auf ihrem Handy gesehen …«

»Sie sagt, Ben habe sich von ihr getrennt. Er sei eifersüchtig gewesen.«

»Das klingt nicht nach dem, was ich zufällig gelesen habe. Sinngemäß ›Bist du noch böse, das hat nichts zu sagen …‹ Es klang nicht nach Trennung.«

»Sie schien nicht beunruhigt zu sein, das kam häufiger vor.«

»Dass er eifersüchtig war?«

»Dass sie sich vorübergehend getrennt haben.«

»Aha. Komische Beziehung.«

»On-off, meint Nora.«

»Das, was du mir bisher von deinem Bruder erzählt hast, passt nicht dazu.«

Sie schwieg und nippte an ihrem Kaffee. »Mag sein«, sagte sie schließlich. »Aber es erklärt, warum er sich verkriecht, meinst du nicht?«

»Wenn man eurem Vater glaubt, ja. Er sagte eben, Ben würde bei Problemen immer abhauen.«

»Ben ist früher hauptsächlich vor meinem Vater abgehauen, nicht vor Problemen. Auf diesem Auge ist mein Vater blind. Er hat seinen ganzen Ehrgeiz auf meinen armen Bruder projiziert. Ich als Tochter bin davon verschont geblieben. Sind die immer so zutraulich?« Sie meinte zwei Kanadagänse, die sich der Bank näherten und zu schnattern begannen, als ob sie ein Gespräch beginnen wollten. Die eine legte den Kopf schief und blickte Maike an, als ob sie auf eine Antwort wartete. Maike musste lachen.

»Auf mich sind sie sauer«, grinste Magnus. »Ich habe ihnen nichts von meiner Apfeltasche abgegeben. Hey, ich verstehe das einfach nicht. Ben ist promoviert, erfolgreich – mein Vater hätte mir ein Podest gebaut, wenn ich das fertiggebracht hätte. Mit meiner Musikerkarriere konnte er nichts anfangen.«

»Im Universum meines Vaters zählt nur Leistung«, sagte Maike. »Eine Spitzenposition erreichen, sich durchsetzen, Ellbogen gebrauchen, kennst du solche Typen?« Magnus nickte. Mehr als ihm lieb war, über seinen Job bei Benno. »Typisch für die Nachkriegsgeneration«, fuhr sie fort. »Als mein Bruder das erste Studium abgebrochen hat – Biologie, du erinnerst dich? –, hat mein Vater so laut getobt, dass die Nachbarn die Polizei rufen wollten. Ben hat danach den Kontakt zu ihm abgebrochen. Zu meiner Mutter nie vollständig, aber du weißt ja, dass sie sich heimlich treffen. Wie albern. Meine Mutter würde es nie wagen, sich offen gegen meinen Vater zu stellen.«

»Dein Vater hat sinngemäß gesagt, Bens alter Freund Gregor sei aus ganz anderem Holz geschnitzt. Der würde sich nicht einfach die Butter vom Brot nehmen lassen. Stimmt das?«

Maike hob die Schultern. »Ich habe nie verstanden, was die Jungs aneinander gefunden haben. Ich hatte eher den Eindruck, dass Gregor Ben bewundert hat. Heute würde man sagen, Ben war der Coolere. Ihm war immer egal, was andere von ihm dachten, das umgab ihn mit so einer Art – Unverwundbarkeit. Okay, oberflächlich betrachtet war Gregor am Anfang erfolgreicher, Studium durchgezogen, Draufgänger, Familienvater …« Sie dachte nach. »Aber Ben steht immer für seine Überzeugungen ein, auch wenn es bedeutet, dass er einen unüblichen Weg einschlägt.« Sie kicherte. »Als ich meinen Eltern vor zwei Jahren erzählt habe, dass Ben gekündigt hat und den Jakobsweg gehen will, ist mein Vater ausgerastet.«

»Ganz egal ist ihm sein Sohn nicht«, grinste Magnus. »Ich fasse mal die Ergebnisse für uns beide in Kurzform zusammen: Dein Bruder kommt nicht zu eurem Treffen. Egal wen ich frage, jeder – auch du – gibt an, er neige dazu, gelegentlich abzutauchen. Bei »SolarBoost« fühlt er sich wohl, aber die Stimmung ist gerade angespannt wegen eines Übernahmeangebots. Die Frauen mögen deinen Bruder, es stellt sich heraus, er hat eine Beziehung zu einer alten Flamme. Bei ihr meldet er sich, sie haben sich gestritten, eine Trennung steht im Raum. Nicht zu vergessen: Er hat seinen Rechner mitgenommen. Was soll ich deiner Meinung nach noch tun? Weitersuchen?«

Maike schüttelte den Kopf. »Nein. Aber ich danke dir, dass du mich ernst genommen hast. Ich habe meinen Bruder neu kennengelernt in diesen Tagen. Mir wäre lieber, er würde anrufen – aber er wird wissen, was er tut.« Sie lachte freudlos. »Wer weiß, vielleicht ist er auf dem Weg nach Südfrankreich und geht wandern.«

Magnus hatte in seiner Kurzfassung bewusst einiges ausgelassen. Der ungeklärte Todesfall verursachte ihm Bauchschmerzen, er betete, dass es nicht Ben war. Was Nadja über Bens Vergangenheit im alten Job ausgegraben hatte, reizte ihn, tiefer zu graben. Aber nicht jetzt und nicht ohne weiteren Anlass. Er vereinbarte mit Maike das Honorar für die letzten drei Tage. Auf Spesen und die Zeit für Internetrecherchen verzichtete er. Sie verabschiedeten sich herzlich. »Wir sehen uns sicher noch«, sagte sie. »Ich reise Anfang Oktober ab, etwas früher als geplant. Meine Familie fehlt mir so. Skype-Anrufe sind kein Ersatz.«

»Falls du am 2. Oktober noch im Lande bist und nichts vorhast«, sagte Magnus, »du bist herzlich zu unserer Hochzeit eingeladen! Ich könnte dich als Überraschungsgast einplanen.«

»Oh – danke! Eliza würde sich bestimmt freuen.«

Er sah Maike nachdenklich hinterher, als sie mit wehendem Mantel und federnden Schritten davonging.

Magnus traf eine Entscheidung. Wenn er eines nicht ausstehen konnte, dann waren es ungelöste Rätsel. Er kannte die leise Stimme in seinem Hinterkopf, die ihm lästige Fragen stellte. Jedenfalls gut genug, um ihr Beachtung zu schenken. Zum Beispiel: Wer hatte ihm eins über den Schädel gegeben und warum? Warum hatte Ben sich von Nora getrennt? Was ging im Start-up vor sich, wer war für, wer gegen den Verkauf? Warum reagierte Shirin so abweisend auf seine Nachfragen? Für ihn stand fest: Er wollte wissen, wo Ben sich aufhielt, egal ob Maike ihm dafür etwas zahlte oder nicht. Auf Elizas Verständnis konnte er zählen. Sie mochte selbst keine angefangenen und unerledigten Aufgaben. Er musste nur darauf achten, unterhalb der, wie er es nannte, »Ärger-Grenze« zu bleiben, damit niemand seine Legitimation in Zweifel zog. So radelte er gedankenversunken am Stadtkanal entlang zum Aachener Weiher, wo sich Studenten und Innenstadtbewohner im Biergarten niedergelassen hatten, um das Wetter bei Pommes frites und Kölsch zu genießen. Die Tische waren wegen des notwendigen Sicherheitsabstands sparsamer besetzt als sonst. Magnus fuhr quer durch die Innenstadt über den belebten Neumarkt, vorbei an Passanten mit Einkaufstaschen, die Logos der großen Modeketten trugen. Auf der Deutzer Brücke fiel ihm ein, dass er ein neues Jackett für den Job brauchte. Am besten, bevor die Geschäfte wieder schließen mussten. Zum Glück hatte er seinen Hochzeitsanzug schon vor Monaten gekauft. Als er um zwei Uhr vor dem Haupteingang des Polizeipräsidiums in Kalk sein Fahrrad abschloss, meldeten sich zeitgleich seine Kopf- und Schulterschmerzen zurück. Miriam holte ihn am Empfang ab, leger mit

Jeans, Sneakers und einer hellen Bluse gekleidet. Sie vibrierte förmlich vor Energie, die Arbeit tat ihr sichtlich gut.

»Du siehst blass aus«, begrüßte sie ihn. »Bist du sicher, dass du schon fit bist?«

»Alles super«, brummte Magnus, während er ihrem schnellen Tempo durch die Gänge folgte, vorbei an Plakaten, die für eine Karriere bei der Polizei in NRW Werbung machten. Miriam schleuste sie mit ihrem Zugangscode durch mehrere Glastüren über das Treppenhaus in den zweiten Stock, bis sie vor einem Großraumbüro stoppte. Magnus wusste von früheren Besuchen, dass hier bei Vollbesetzung mindestens 20 Kollegen arbeiteten. Eine Knoblauchwolke schlug ihnen entgegen, als sie an einer Dreiergruppe Polizisten vorbeigingen, die gerade mit Gyros und Krautsalat Mittagspause am Schreibtisch machten. Sie nickten Miriam respektvoll zu und unterzogen Magnus einer kritischen Musterung. Er hoffte, dass er nicht wie eines der verdächtigen Subjekte wirkte, deren Fahndungsplakate die Wände zierten, und betastete verstohlen seine Beule am Hinterkopf. Die Kriminalinspektion 1, so viel wusste Magnus, war unter anderem für Gewaltkriminalität und Tötungsdelikte zuständig. Nicht einmal ein Drittel der Plätze war besetzt.

»Wo ist der Rest? Im Homeoffice?« Das war als Scherz gemeint, aber Miriam nickte. »Zum Teil im Wochenende. Aber wir testen Homeoffice gerade aus! Natürlich nicht im Streifendienst«, grinste sie ihn über die Schulter an. »Es ist wie überall: Du brauchst die nötige Technik zu Hause und die Unterstützung deines Arbeitgebers. Unsere Gewerkschaft sagt, 20 Prozent der Arbeit könnten ohne Probleme von zu Hause aus erledigt werden. Wir haben genug Verwaltungskram, der keine Präsenz hier vor Ort erfordert, das kannst du mir glauben. Leider können wir nicht auf jedes Datensystem zugreifen, Sicherheit geht vor.« Sie senkte die Stimme und flüsterte: »Sag das mit dem Homeoffice bloß nicht Benno! Ich habe nicht die geringste Lust, von zu Hause aus zu arbeiten. Ich bin froh, dass ich hier sein darf!« Magnus grinste und gelobte Stillschweigen. Miriam führte ihn zu ihrem Schreibtisch am Fenster mit dem unspektakulären Ausblick auf das Parkhaus des Einkaufszentrums nebenan und zog ihm einen zweiten Stuhl heran. Auf ihrem Tisch stand ein schlicht gerahmtes Foto, das Benno und Miriam als gut gelaunte Eltern zeigte, eine strahlende Tilda zwischen sich. Die Kleine trug eine rosa Kappe schräg über den feinen hellblonden Löckchen und sah aus, als ob sie bereits den nächsten Unsinn im Visier hätte, der ihre Eltern auf die Palme bringen würde.

»Das musst du dir anschauen«, holte Miriam ihn zurück in die Wirklichkeit und entsperrte ihren Bildschirm. »Die Bilder habe ich heute früh aus der Pathologie bekommen. Dir ist doch nicht schlecht, oder? Du kannst die Maske hier übrigens ausziehen.«

Magnus starrte gebannt auf den Bildschirm. Ein seltsam aufgequollenes Gesicht, aus mehreren Blickwinkeln abgebildet, wurde sichtbar. Die Haare waren straff aus dem Gesicht gekämmt. Die Aufnahme stammte vom Pathologietisch, wie Magnus an der Metallauflage, auf der der Tote lag, erkennen konnte. »Wer ist das?«

»Das gehört zu den Fragen, die ich dir noch nicht beantworten kann«, sagte Miriam. »Könnte es Benjamin Reifferscheidt sein? So wie die Leiche aussieht, kann ich ohne weitere Hinweise keine Angehörigen befragen, ehrlich gesagt. Warum tragen die Leute nicht einfach ihre Papiere bei sich?«

Magnus schwieg auf die rhetorische Frage und kniff die Augen zusammen, um sich auf den Bildausschnitt zu konzentrieren. »Ich weiß es nicht«, sagte er schließlich. »Warum ist das Gesicht so aufgedunsen?

»Er hat mit einer Gesichtshälfte mindestens 24 Stunden lang im Bach gelegen.«

»Ist er ertrunken?«

Miriam schüttelte den Kopf. »Schädel-Hirn-Trauma. Er ist gestürzt und auf einem Stein gelandet.«

»Und woran ist er verstorben?«

»Die Todesursache ist Herz-Kreislauf-Stillstand, sagt unser Pathologe. Er war schon tot, als er im Wasser gelandet ist. Die Spuren sind nicht eindeutig. Zertretenes Brombeergesträuch, vielleicht hat er sich darin verfangen.«

»Kampfspuren?«

Miriam zuckte mit den Achseln. »Unklar. Es gab abgeknickte Zweige. Fußspuren konnten wir kaum sichern, am Fundort lag trockenes Laub. Allerdings ist die Bachböschung, an der er gefunden wurde, etwas schlammig. Es gibt eine deutliche Rutschspur, die zu dem Lehm an seinen Schuhen passt.«

Magnus betrachtete aufmerksam die Aufnahmen, bis ihm flau wurde. Er hasste diese nüchterne Art der Zurschaustellung von Toten, was ihn für den Polizeidienst denkbar ungeeignet machte. Miriam betrachtete ihn von der Seite. »Alles okay? Ich hätte dir das gerne erspart, aber ich dachte, besser du wirfst einen Blick darauf als einer von den Angehörigen.«

»Tut mir leid, dass ich dir keine Hilfe bin, aber ich kann nicht mit Sicherheit sagen, ob es Ben Reifferscheidt ist. Ich habe ihn nicht persönlich kennengelernt, wie du weißt. Wo genau habt ihr ihn gefunden?« Magnus deutete mit dem Kopf auf den Rechner, den Blick auf die Fotos vermeidend.

»Im Königsforst. Nicht an den Hauptwegen, sondern an einem kleinen Trampelpfad, in der Nähe eines Bachs. Ganz früh am Montagmorgen hat ein Hund ihn aufgestöbert und angeschlagen. Fünf Fußminuten von einer Schutzhütte mit Picknickplatz. Er hätte eigentlich schon am Sonntag entdeckt werden müssen, im Königsforst war viel los an dem Tag. Daher vermuten wir, es war früher Abend, als er zu Tode kam. Das stimmt mit den Erkenntnissen des Pathologen überein. Außerdem lag er etwas vom Gesträuch verdeckt. Wenn jemand den Weg entlanggegangen ist und nicht starr auf die Bachböschung geschaut hat, hätte man ihn vielleicht übersehen können. Schwer zu sagen.«

»Ihr dachtet zuerst, es sei ein Wanderunfall«, sagte Magnus. »Warum?«

»Sportliche Kleidung, Wanderschuhe, erster Augenschein. Meistens ist das Offensichtliche richtig. Hier, schau.« Sie klickte weitere Bilder an. »Es gibt einige kleinere Einblutungen und Schürfwunden am Rücken und am Ellenbogen, die auch dafür sprechen. Wegen dieser Verletzungen an der Rückseite haben wir zunächst an einen Unfall gedacht. Übrigens«, fuhr sie fort, »danke, dass du Maike zu einer Vermisstenanzeige überreden konntest. Leider sind die Fotos, die sie eingereicht hat, für die Identifizierung dieses Kandidaten hier praktisch unbrauchbar. Nach Haarfarbe, Haarlänge, Größe und Gewicht könnte es stimmen. Oder auch nicht.« Sie seufzte. »Du könntest es genauso gut sein.«

»Ich?« Magnus war unangenehm berührt von der Vorstellung, auf den Fotos abgebildet zu sein.

»Warte, ich zeige dir eine Aufnahme des Gesamtkörpers. Die Maße stehen daneben.«

Magnus überwand sich und schaute genauer hin. Er verstand, was Miriam meinte. Der Tote war, wie er selbst, mit 1,87 Meter überdurchschnittlich groß, hatte braunes Haar, etwas länger als üblich, breite Schultern und war relativ schlank und muskulös. Der Kontrast zu dem leblosen aufgedunsenen Gesicht erschütterte Magnus. Außerdem irritierte ihn eine Kleinigkeit, eine weitere Verfärbung oder Asymmetrie. Er wandte den Blick ab.

»Sei nicht so ein Mädchen«, lästerte Miriam. »Du bist es nicht.«

Magnus konnte sich sein Erschrecken selbst nicht erklären. Vielleicht war es der Überfall in der Wohnung, der ihn an seine Sterblichkeit erinnert hatte. Miriam nahm an, er wäre nur wegen eines Schleudertraumas im Krankenhaus gewesen. »Mit dem Gesicht stimmt noch etwas anderes nicht, oder?«

»Gut aufgepasst!«, lobte Miriam ihn. »Am linken Jochbein gibt es ein Hämatom, kaum zu sehen unter der Schwellung. Unser Opfer hat einen Schlag abbekommen und ist danach gestürzt.«

»Du meinst, es gab eine tätliche Auseinandersetzung?«

Miriam hob die Schultern. »Sehr wahrscheinlich.«

»Das war noch nicht alles, oder? Du hast mich geködert mit einer Verbindung zu ›SolarBoost‹.«

Miriam zog eine kleine durchsichtige Plastiktüte und Einmalhandschuhe aus der Schreibtischschublade. Sie zog die Handschuhe über und entnahm der Tüte vorsichtig einen Flyer. In Großbuchstaben auf blau-grünem Untergrund las Magnus »SolarBoost GmbH – Ihre Investition in eine grüne Zukunft«. Den darunter stehenden Text konnte er auf die Entfernung nicht lesen, aber das Foto im oberen Drittel erkannte er wieder. Das Bild mit dem Lavendel, das er im Empfang des Start-ups gemeinsam mit Shirin bewundert hatte.

»Der Inhalt ist nicht so spannend«, sagte Miriam. »Ein paar warme Worte zu erneuerbaren Energien, Produktbeschreibungen, Teamvorstellung, das steht alles auch im Netz. Anscheinend sucht die Firma Investoren oder vielleicht einfach nur Neukunden.« Sie drehte den Flyer um. »Mich haben die handschriftlich notierten Telefonnummern auf der Rückseite mehr interessiert. Eine kann ich problemlos der Geschäftsführerin, Gemma Jones zuordnen. Die hätte jeder aus dem Internet abschreiben können. Die andere ist eine private Nummer. Ich habe auf der Mailbox eben eine Rückrufbitte hinterlassen, aber es hat sich bisher niemand gemeldet. Ich werde den Anschluss natürlich prüfen lassen. Kennst du die Handschrift auf dem Flyer?«

Magnus kniff die Augen zusammen und beugte sich ein Stück näher herüber, so dass er zum ersten Mal den leichten Zitrusduft von Miriams Parfüm wahrnahm. Er schüttelte den Kopf. »Nein. Falls es die Schrift von Ben Reifferscheidt ist, könnte ich dir über Maike eine Schriftprobe besorgen.«

»Sehr gerne. Du musst ihr ja nicht sagen, wofür.«

Das hatte Magnus ohnehin nicht vorgehabt. Ihm schwebte eher ein halb legaler Aufenthalt in Bens Wohnung vor. »Machst du mir eine Kopie?«

Miriam sah ihn prüfend an und zog die hübsche Nase kraus. »Na gut, aber keine illegalen Touren, Magnus.« Sie druckte ihm eine Kopie aus und reichte sie ihm. »Hast du heute noch etwas Neues erfahren?«

»Maike hat gestern mit Bens Freundin, Nora Schwarz, gesprochen. Ich hatte zu der Frau keinen richtigen Zugang. Sie behauptet, Ben habe sich von ihr getrennt. Wobei das angeblich an der Tagesordnung war zwischen den beiden.«

Miriam zog überrascht die Augenbrauen hoch. »Jetzt steht deine Vermisstensache wirklich auf dünnem Eis. Fälle, in denen der Ex beleidigt abzieht und untertaucht, gibt es wie Sand am Meer.«

Magnus hätte ihr gerne erklärt, warum er bei Ben nicht daran glaubte, aber für eine Frau mit Miriams Job zählte seine Küchenpsychologie nicht. Dass er mit Maike schon das Mandat abgerechnet hatte, verschwieg er lieber. Er erhob sich, etwas wackelig auf den Beinen. »Ich muss nach Hause.«

»Mach langsam. Willst du eine Schmerztablette?«, fragte Miriam besorgt. Magnus winkte ab. Miriam goss ihm hastig ein Glas Wasser ein und reichte es ihm. »Trink zumindest etwas. Eine Sache noch, Magnus. Spaziergänger haben heute früh nicht allzu weit von der Fundstelle entfernt ein Handy aus einem Papierkorb aufgesammelt und abgegeben, das ist noch in der Auswertung bei der KTU, der Kollege feiert heute Kindergeburtstag und kommt erst heute Nachmittag rein. Falls das Handy unserem Mann hier gehören sollte, sind wir ein Stück weiter. Sag deiner Maike bitte nichts von dem Toten.«

Magnus schüttelte den Kopf und trank das Glas leer. »Natürlich nicht. Bringst du mich raus?«

Auf dem Heimweg fuhr Magnus so langsam, wie es ging, ohne vom Fahrrad zu fallen. Seine rechte Schulter schmerzte, es flimmerte vor seinen Augen und ihm war leicht übel, wobei er Letzteres auf die Fotos schob. Er bereute, dass er leichtfertig die Schmerztablette abgelehnt hatte. Vor Bens Wohnung angekommen, fischte er den Schlüssel aus der Packtasche, den er streng genommen Maike hätte zurückgeben müssen, vergewisserte sich, dass keine neugierige Nachbarin ihn beobachtete, und schloss die Haustür auf. Er lauschte vor der Wohnungstür nach drinnen, diesmal mehr auf der Hut. Es war nichts zu hören. Magnus drehte leise den Schlüssel im Schloss, horchte erneut, schlich sich in die Küche. Die Wohnung war leer. Vor der Pinnwand blieb er stehen, holte die Kopie des Flyers aus der Hosentasche und verglich die handschriftlich notierten Zahlen mit den Telefonnummern auf den Zetteln, die an der Pinnwand hingen. Die notierten Zahlen auf Bens Zetteln sahen anders aus als die Nummern auf dem Flyer, die flüchtiger wirkten und schlechter lesbar waren als Bens ordentliche Schrift. Auch ohne grafologisches Gutachten war klar: Derjenige, der die Telefonnummern auf dem Flyer notiert hatte, war nicht Ben. Draußen vor der Tür rief er sofort Miriam an und schilderte seinen Eindruck. Sie bedankte sich und hakte zum Glück nicht nach, wie er so schnell an eine Schriftprobe gekommen war.

Und jetzt? Nach Hause wollte er nicht, obwohl eine Runde auf dem Sofa in der Horizontalen verlockend war. Er wollte Eliza nicht in die Quere kommen, bei aller Dankbarkeit, die er dafür empfand, dass sie sich um die Hochzeitseinladungen kümmerte. Zum Glück war es warm und sonnig, er würde sich draußen ausruhen. Als ihn aus einem offenen Fenster ein Geruch nach Gebratenem anwehte, merkte er, wie hungrig er war. Es war drei Uhr, noch drei Stunden bis zum Bier mit seinen Jungs von der Band, noch fünf Stunden, bis das Essen beim Thailänder vor ihm stehen würde. Das war zu lang. Kurz entschlossen lenkte Magnus sein Fahrrad zum Dönergrill an der Luxemburger Straße und orderte ein Lahmacun mit Schafskäse, das er auf dem Weg zum Beethovenpark hinunterschlang, das Rad neben sich herschiebend. Im Park streckte er sich zufrieden auf einer Bank mit Blick über die große Wiese aus, lauschte den Geräuschen einer Familie mit Kindern, die unter viel Gelächter und Geschrei ein Picknick am Rand der Wiese aufbauten, und schloss die Augen. Bevor er wegdämmern konnte, holte ihn sein Handy in die Gegenwart zurück. Zu benommen, um den Anrufer zuzuordnen, nahm er das Gespräch an.

»Meine Oma sagt, ich soll dich fragen, ob du Ben gefunden hast.« Tiefe Stimme, keine Namensmeldung – das konnte nur der ITler von »SolarBoost« sein.

»Hallo, Jonas. Du kannst deiner Oma ausrichten: nein, noch nicht.«

»Sie will mit dir sprechen, kann aber gerade nicht drangehen. Sie kocht Marmelade ein.« Im Hintergrund hörte Magnus Gelächter, das Scheppern von Geschirr und einen Zwischenruf. »Kuchen«, verstand Magnus.

»Du sollst vorbeikommen«, wiederholte Jonas. »Der Kuchen ist gleich fertig.«

Magnus lächelte und rieb sich die Augen. »Das sind gute Aussichten. Wohin denn?«

Jonas gab ihm eine Adresse in der Nähe des Hermeskeiler Platzes, mit dem Rad in weniger als zehn Minuten zu erreichen, schätzte Magnus. Also Kuchen. Er rief zu Hause an, um Bescheid zu sagen, aber Eliza ging weder ans Festnetztelefon noch an ihr Handy.

Magnus stand überrascht vor der Hausnummer, die Jonas ihm genannt hatte. Er hatte Philomena gedanklich in eine Altbauwohnung gesteckt, mit vielen Pflanzen, einer alten Küche, einem hübschen Balkon. Stattdessen fand er sich vor einem buttergelb gestrichenen Haus aus den Vorkriegsjahren wieder, geplant für eine wohlhabende, kinderreiche Familie. Eine Seltenheit in Köln. In der Nähe des Beethovenparks und der Endhaltestelle der Linie neun, die über die Innenstadt zum Königsforst auf der anderen Rheinseite fuhr, musste es unbezahlbar sein. Wesentlich kleinere Häuser in solchen Lagen verkauften sich aktuell für 700.000 Euro, wie er wusste. Rechts neben dem Haus senkte sich ein schmaler Fußweg zu einem Park ab, der Magnus noch nie aufgefallen war. Das Grundstück war für Kölner Verhältnisse riesig, der weitläufige hintere Teil des Gartens lag bestimmt zwei Meter tiefer als die Straßenebene, weshalb Magnus, der neugierig ein paar Schritte den Weg hinunterlief, über die niedrige bepflanzte Mauer hinweg, Margeriten und Rosensträucher, sogar ein Kräuterbeet erkennen konnte. Eine Ligusterhecke, vor der ein kleiner Holzschuppen stand, bildete die Grenze zum Park. Er hörte Philomena singen, aus der Küche vielleicht, das Radio lief, und sie trällerte zu Magnus' Erheiterung laut und schief eine alte Nummer von den Kinks mit. Jonas saß mit einem Laptop auf den Knien im Halbschatten eines alten Obstbaumes und bemerkte Magnus nicht. Er ging um das Haus herum und klingelte. Es dauerte eine Weile, bis Philomena ihm öffnete, diesmal mit einer gelben Pluderhose und einer orangefarbenen Bluse bekleidet, einen Kochlöffel in der Hand, die wirren Haare mit einem Tuch aus dem Gesicht gebunden. Um ihr Ensemble zu schützen, trug sie eine geblümte Schürze, die mit tiefroten Flecken besprenkelt war. Magnus umfing ein süßer und fruchtiger Duft, der eine Spur Vergärung in sich trug. Äpfel, Beeren und Hefe, sortierte seine Nase.

»Komm rein, ich habe den Kuchen gerade herausgeholt«, begrüßte sie ihn wie einen alten Freund, drehte sich um und lief so schnell voraus, dass Magnus kaum Zeit hatte, sich umzusehen. Ein heller Flur, dunkle Holzdielen, an der Längsseite eine selbst gebaute Garderobe, an der sich Jacken, Tücher, Schals, Hüte, Mützen, Einkaufstaschen und ein Motorradhelm gegenseitig den Platz streitig machten. Minimum 20 Paar Schuhe reihten sich an der Wand entlang. Zwei hell lackierte alte Holztüren versperrten ihm die Sicht auf die dahinterliegenden Zimmer, links gab es eine winzige Gästetoilette. Neben gerahmten Plakaten von Kunstausstellungen aus den 80er- und 90er-Jahren hing eines von Bens Fotos, deren Stil Magnus mittlerweile erkannte, aber er kam nicht dazu, es sich genauer anzuschauen. »Komm, wir essen draußen, es ist traumhaft heute.«

»Was für ein schönes Haus!« Magnus' Begeisterung war echt.

»Nicht mein Verdienst«, sagte Philomena fröhlich über die Schulter hinweg. »Meine Schwiegermutter hat es von ihren Eltern geerbt. Mein Mann und ich haben uns hier vor über 20 Jahren, nach ihrem Tod, einquartiert. Ich musste ihn regelrecht überreden, wieder in sein Elternhaus einzuziehen. Er wollte immer eine alte Mühle in Südfrankreich kaufen und umbauen. Ohne handwerklich geschickt zu sein, wohlgemerkt. Er war ein Traumtänzer. Zum Glück mit reichen Eltern«, lachte sie, aber es klang ein bisschen traurig.

Sie stiegen ein paar Stufen herab ins Souterrain. »Hier sind wir bei schönem Wetter fast immer.«

Magnus stand zu seiner Überraschung in einer geräumigen, schwarz-weiß gefliesten Küche, deren Ausstattung einen Profi-Koch hätte neidisch machen können. Allerdings keine chromblitzende, moderne Variante, sondern ein Sammelsurium aus verschiedenen Jahrzehnten, sogar Jahrhunderten, wie er dachte, als sein Blick an einem weiß lackierten Küchenbuffet, alten Kupfersieben und blau-weißen Gefäßen für Mehl, Zucker und Grieß neben dem Herd hängen blieb. Tisch und Stühle stammten, ebenso wie einige gut erhaltene, zartblaue Hängeschränke, aus den 50er-Jahren. Nur den Gasherd, auf dem ein großer schwarzer Topf mit Apfelmus köchelte, sowie einen gut sortierten Messerblock ordnete Magnus der Gegenwart zu. Das Schönste an der Küche war der Blick durch bodentiefe Fenster in den Garten, von dem Magnus eben nur einen Bruchteil hatte sehen können. Rund um die Rasenfläche und in deren Mitte blühten

Astern, Sonnenhut, Ringelblumen und einiges an Wildblumen und Kräutern, deren Namen er nicht kannte. Auf der Terrasse, direkt vor seiner Nase, stand ein massiver selbst gezimmerter Holztisch mit Gartenstühlen, deren verblichene geblümte Polster einladend aussahen.

»Wahnsinn«, entfuhr es ihm. »Meine Frau würde sofort hier einziehen.«

Philomena schnitt unterdessen ein Blech mit Apfelstreusel mit geübten Schnitten in gleich große Stücke und legte sie auf Dessertteller. »Nimm für Jonas und dich ein Stück mit nach draußen. Nachnehmen ist ausdrücklich erwünscht. Du bist verheiratet?«

»Bald«, sagte Magnus und balancierte die Teller nach draußen. Auf dem Tisch stand eine silberne Thermoskanne, deren Volumen einem Schulfest zur Ehre gereicht hätte. »Wir heiraten in vier Wochen. Meine Frau verschickt gerade die Einladungen.«

»Wie schön! Es ist immer gut, wenn nette Menschen sich zusammentun«, meinte Philomena aus der Küche. »Schade, dass man im Moment nicht unbefangen feiern kann.«

»Hi.« Jonas war, mit dem Laptop unter dem Arm, dazugekommen und holte Kaffeebecher aus der Küche. »Milch?«

Magnus nickte, Jonas verschwand wieder in dic Küche und sagte seiner Oma leise etwas ins Ohr. Die hob die Schultern und runzelte die Stirn. »Nein, bleib hier«, verstand Magnus. Jonas zog ein langes Gesicht, holte Besteck aus dem Küchenbuffet und kam wieder heraus.

»Setz dich doch«, sagte er und legte Kuchengabeln auf den Tisch. »Oma sagt, du hast nichts von Ben gehört?«

Magnus überlegte, wie viel er erzählen durfte, und entschied dann, dass es letztlich egal war. Als alle am Tisch saßen und den Apfelkuchen würdigten, berichtete er in knappen Worten, aber ohne Namen zu nennen, von seinen Ergebnissen.

»Anscheinend gab es einen Streit zwischen ihm und seiner Freundin«, fasste er zusammen, warum er die Angelegenheit nicht weiterverfolgte. Den Todesfall im Königsforst erwähnte er nicht.

»Ich wusste gar nicht, dass er eine Freundin hat«, sagte Jonas.

»Sie hat sich bei uns nicht blicken lassen«, sinnierte Philomena. »Geahnt habe ich das schon. Ich glaube, die hat ihm nicht gutgetan.«

»Woran machst du das fest?«, fragte Magnus interessiert.

»Als ich Ben bei der Ausstellung kennengelernt habe, war er ausgeglichen und freundlich. Im letzten Jahr war seine Stimmung ein einziges Auf und Ab.«

»Das stimmt«, bestätigte Jonas. »Bei der letzten Sitzung ist er ausgerastet. Aber ich dachte, das läge an dem Übernahmeangebot. Er ist einfach rausgerannt. Vielleicht hatte er da schon Krach mit ihr?«

Magnus' Hirn nahm die Arbeit wieder auf. »Moment mal, Ausstellung? Meinst du die Fotoausstellung in der Galerie ›Schwarzlicht‹? Ich habe ein Bild von Ben bei euch im Flur gesehen.«

»Er war am Tag der Vernissage da, stand still in einer Ecke und hat sich sichtlich unwohl gefühlt. Ich habe ihn auf seine tollen Bilder angesprochen, sogar eins gekauft. Wir haben uns den ganzen Abend unterhalten. Über den

Jakobsweg, über seinen bisherigen Job … Danach dachte ich, der wäre der Richtige für unser geplantes Start-up. Dann habe ich ihn Gemma vorgestellt. Kurz darauf, Anfang 2019, haben wir ›SolarBoost‹ gegründet.«

»Gemma hat gesagt, sie hätte ihn ins Team geholt.«

»Ja, nachdem ich sie miteinander bekannt gemacht habe. Ich glaube, die hatten auch mal was laufen.« Philomena grinste und zeigte mit dem Tortenheber auf Magnus. »Sag bloß, du hörst nach einem Stück schon auf.«

Er protestierte nicht überzeugend genug und ließ sich ein weiteres Stück auf den Teller laden. »Und Shirin? Die scheint ihn auch zu mögen.«

Jonas und Philomena prusteten los. »Das hast du schön formuliert«, sagte Philomena und wischte sich eine Lachträne aus dem Augenwinkel. »Die läuft ihm hinterher, das ist schon peinlich.«

»Ben hier, Ben da, ihr dürft Ben jetzt nicht stören, nein, tut mir leid, er arbeitet gerade, habt ihr Ben gesehen, wo ist Ben denn heute?«, äffte Jonas Shirins helle Stimme nach. »Du hast Pech, dass sie letzte Woche im Urlaub war. Die hätte bestimmt in jeder Sekunde gewusst, wo er ist.«

Magnus machte sich im Stillen eine Notiz. Er hatte der Frau am Empfang bisher zu wenig Aufmerksamkeit geschenkt. »Sie hat verlegen reagiert, als ich gefragt habe, wann sie Ben zuletzt gesehen hat«, sagte er. »Angeblich bei eurer vorletzten Teamsitzung. Die am 21. August, meine ich.«

Philomena dachte nach. »Möglich ist es, aber unwahrscheinlich. Wenn jemand einen inoffiziellen Terminplan über Ben führt, dann Shirin. Ich wette, dass sie wusste, dass er eine Freundin hat.«

»Sie hat ihn krass gestalkt«, brummte Jonas.

Magnus beschäftigte noch etwas anderes. »Weißt du noch, wann genau Ben eure Sitzung am Freitag verlassen hat? An welchem Punkt genau?«

Jonas dachte nach. »Gemma hat uns eine Präsentation gezeigt. Von der Firma, die uns ein Übernahmeangebot gemacht hat. Da ist er ausgeflippt.«

»Welche Firma ist das?«

Jonas sah ihn misstrauisch an. »Warum willst du das so genau wissen?«

»Das ist doch klar, oder?«, herrschte Philomena ihren Enkel an. »Ben hat vielleicht etwas gegen die Firma und war deshalb dagegen.«

»Blödsinn, Oma. Er war generell gegen einen Verkauf, genau wie Gemma. Das hat er mir letzten Samstag noch gesagt.«

»Als er wegen eurer Website hier war?«

Jonas und Philomena tauschten einen Blick, den Magnus nicht deuten konnte. »Sag es ihm«, meinte Philomena. »Ich sehe mal nach der Marmelade.« Sie stand auf, nahm ein paar Teller mit und verschwand in der Küche.

»Er war nicht wegen der Website hier«, sagte Jonas schließlich. »Er war hier, um abzuklopfen, ob ich für oder gegen einen Verkauf bin.«

»Du?«

Jonas zog einen Mundwinkel nach oben. »Ich wirke jünger, ich weiß. Aber ich bin 21 Jahre alt, offiziell Gesellschafter der ›SolarBoost GmbH‹ und stehe im Gesellschaftsvertrag, zusammen mit Gemma, Marko und Ben. Es ist Omas Geld, das in unserer Firma steckt, aber trotzdem.«

»Würdest du denn verkaufen wollen?« Magnus war überrascht. »Ich dachte, ihr seid Überzeugungstäter.« Marko Boden allerdings nicht, fiel Magnus ein.

Jonas hob die Schultern. »Oma ist dagegen. Sie hat dieses Haus hier als Sicherheit mit in die GmbH eingebracht. Sie ist stille Teilhaberin. Ich bin mir nicht schlüssig. Es geht um viel Geld.«

»Der Junge denkt, wenn ich sterbe, steht er auf der Straße«, sagte Philomena, die mit einem Päckchen Tabak zurückgekehrt war. Sie setzte sich, schenkte ihnen Kaffee nach und bot Magnus eine ihrer selbst gedrehten Zigaretten an. Er nahm an.

Jonas' Gesicht verfärbte sich vom Hals aufwärts rosa. »Wenn wir annehmen würden, hätten wir keine Sorgen mehr.«

»Ich will aber morgen noch in den Spiegel gucken können«, meinte Philomena, genüsslich an ihrer Zigarette saugend. »Die Chinesen kaufen alles auf, was sie brauchen können. Da bin ich raus.«

»Wenn wir es nicht tun, verdient jemand anders daran.«

»Mit dem Argument kannst du alles begründen.«

Magnus kam sich vor wie bei einem Tennismatch. Die Spielgegner tauschten eingeübte, gut platzierte Bälle aus. »Was hast du Ben am Samstag gesagt?«, wollte er von Jonas wissen.

»Dass wir es uns überlegen. Er hat sich total aufgeregt. Ich wusste echt nicht, dass sein Herz so krass an ›SolarBoost‹ hängt. Ich dachte, er spielt nur ein bisschen rum bei uns.«

»Immerhin ist er Mitgesellschafter«, meinte Magnus nachdenklich. »Was sagen die anderen Gesellschafter?«

»Marko ist es egal, wenn die Kohle stimmt. Und die stimmt, das kannst du mir glauben. Gemma ist dagegen. Gleicher Text wie Oma.«

»Im Gesellschaftsvertrag ist festgehalten, dass nur bei Einstimmigkeit ein Verkauf stattfinden kann«, sagte Philomena. »Solange Ben dagegen ist, könnten wir ohnehin nicht verkaufen.«

»Eben«, meinte Jonas. »Warum regt er sich so auf?«

»Du kennst ihn nicht«, erwiderte sie. »Wenn er das Gefühl hätte, wir wären alle dafür, würde er zustimmen.«

»Wer will euch übernehmen?« Einen Versuch war es wert, dachte Magnus.

Jonas grinste ihn an. »Du weißt, dass ich darüber nichts sagen darf, es gibt bisher nicht einmal Vorvertragsverhandlungen. Ich habe dich gegoogelt, du arbeitest für eine Wirtschaftsdetektei. Falls du es rausfindest, kannst du mich anrufen und ich sage ja oder nein.«

Der Junge war clever. Magnus grinste zurück. »Einverstanden.«

Es war halb sechs, als Magnus, bis zum Anschlag mit Kuchen und Kaffee vollgestopft, zum Volksgarten radelte. Seltsamerweise ging es ihm besser. Philomena hatte ihm zum Abschied eine selbst gemachte Salbe aus Arnika und Ringelblumen für seine schmerzende Schulter aufgedrängt, die zu wirken schien. Er schloss das Rad vor dem Biergarten an, holte sein Notizbuch und einen Mund-Nasen-Schutz aus der Packtasche. Der Kellner, ein junger, dürrer Typ in ausgelatschten Sneakers und dem Aufdruck des Biergartens auf seinem schwarzen Poloshirt, wies ihm einen Tisch in der hinteren linken Ecke zu und drückte ihm ein Formular in die Hand, auf dem er seine Adresse und Telefonnummer hinterließ. Die Tische standen weiter auseinander als früher. Magnus bestellte eine Schorle und nutzte die Zeit, bis die Jungs kamen, um seine chaotischen Gedanken schriftlich zu ordnen. Das Gespräch mit Philomena und Jonas hallte in ihm nach. Als er sich ertappte, wie er mit dem Bleistift den dritten Kringel um Shirins Namen zog, rief er sie an, auf Widerstand gefasst. Sie würde kaum zugeben, dass sie Ben »krass gestalkt« hatte.

»Das ist ein ganz schlechter Zeitpunkt«, sagte sie prompt. »Meine Familie kommt gleich zu Besuch, ich koche gerade. Du hast ihn nicht gefunden, oder?«

»Nein.«

»Ich war nicht ganz ehrlich mit dir«, bestätigte sie Magnus' Vermutung. »Aber ich mache mir Sorgen. Wir können morgen reden, okay?«

»Du hast ihn letzte Woche noch gesehen, richtig?«

»Morgen früh melde ich mich.« Das Gespräch war beendet.

Magnus lächelte grimmig. Na also. Besser spät als nie. Er zog aus seinen Notizen die Kopie des Flyers, die Miriam ihm gegeben hatte, und rief die Handynummer an, dic nicht Gemmas war. Er hoffte, Miriam würde ihn nicht dafür steinigen. Ein genervter Marko Boden meldete sich. »Woher hast du die Nummer?«, knurrte er, als Magnus seinen Namen nannte. »Die Polizei hat mich eben angerufen. Irgendein Depp geht mit meiner privaten Handynummer hausieren.«

»Der Depp ist tot. Oder hat man dir das nicht gesagt?«

Schweigen am anderen Ende. »Scheiße, nein! Was läuft hier?«

»Die Polizei versucht jemanden zu identifizieren. Derjenige hatte einen Flyer von ›SolarBoost‹ in der Tasche. Mit deiner Nummer drauf.« Miriam würde ihn auf jeden Fall steinigen, das war sicher. »Hör zu, ich habe eben mit Jonas gesprochen. Es geht um eure letzte Sitzung am Freitag. Ben hat die Sitzung vorzeitig verlassen. Zu welchem Zeitpunkt genau war das?«

»Verdammt, drehen jetzt alle durch? Das sind Interna. Das geht niemanden etwas an.«

»Das sehe ich anders. Jemand wird vermisst, ist vielleicht sogar tot.«

»Du arbeitest mit der Polizei zusammen?« Marko klang jetzt vorsichtiger. »Das ist aber nicht Ben, der Tote, meine ich?«

»Unklar. Also, hilfst du mir jetzt?«

»Ben ist rausgegangen, als ich die Firma vorgestellt habe, die sich für eine Übernahme interessiert. Zuerst dachte ich, er muss nur mal wohin, du verstehst, aber dann kam er nicht mehr wieder.«

»Hat er etwas gesagt?«

»Nein! Wir waren alle überrascht, als er nicht zurückkam.«

»Jonas meinte, er sei ausgeflippt.«

»Er hat zuvor seine Position deutlich gemacht, würde ich sagen. Er will nicht verkaufen. Das war alles. Ein Gespräch unter Erwachsenen.«

»Wer hat euch das Angebot gemacht?«

Marko lachte. »Das geht zu weit.«

»Ich bekomme es sowieso raus.«

»Dann viel Spaß dabei. Ich bin dir nicht zur Auskunft verpflichtet.« Die Leitung war still, keine weiteren Nachfragen möglich. Zum Beispiel, wer ein Interesse daran hatte, Marko privat zu erreichen. Oder an wen er die Nummer überhaupt herausgegeben hatte. Miriam würde sauer sein, wenn er parallel ermittelte. Wie zur Bestätigung begann das Handy, das er noch in der Hand hatte, zu vibrieren. Miriam. Er drückte sie weg, er war nicht in Stimmung für einen Anschiss. Jemand schlug ihm herzhaft auf die linke Schulter. Ihm entfuhr ein Schmerzensschrei. »Meister! Was machst du für ein Gesicht? Und warum trinkst du Rhabarberschorle? Alles klar bei dir?« Sven beugte sich besorgt zu ihm hinunter. »Habe ich dir wehgetan?«

Magnus rieb sich die Stelle zwischen Schulter und Hals und rang nach Luft. »Schleudertrauma. Eliza musste gestern eine Vollbremsung machen und ich war nicht angeschnallt. Nur kurz«, fügte er hastig hinzu. Ihr Keyboarder war Arzt, aber Magnus war gerade nicht nach einem Gespräch über medizinische Probleme.

»Du lebst gefährlich«, sagte Sven, ließ sich auf einen der Holzstühle fallen und begann seine Adresse und Telefonnummer auf dem bereitliegenden Klemmbrett zu notieren. »Das ist aber keine Entschuldigung für die Schorle. Das komische Gesicht hast du vorher schon gezogen. Was ist los?«

»Die Vermisstensache beschäftigt mich noch.«

»Hoffentlich wirst du gut bezahlt, wenn du dir den Samstag damit verdirbst.«

»Geht so. Lass uns über was anderes reden.«

Sven orderte Bier für sie beide, und tatsächlich gelang es Magnus über das Gespräch mit seinem alten Kumpel ein wenig abzuschalten, während sie auf die anderen warteten. Zwei Bier und eine halbe Stunde später kamen sie zur Sache.

»Was machen wir mit Nick?«, stellte Jasper, ihr Bassist, die Frage in den Raum. »Er braucht Unterstützung. Der ist nicht mehr genießbar.«

»Schulden«, sagte Hotte.

Das Wort schwebte zwischen ihnen und brachte sie zum Schweigen.

»Er ist viel zu stolz, um Geld von uns anzunehmen«, meinte Magnus schließlich. »Wir müssen das anders regeln.«

»Können wir sein Geschäft nicht unterstützen?«, fragte Sven. »Die Fahrradwerkstatt läuft nicht schlecht, aber mehr ist immer gut. Wir könnten für ihn Werbung machen.« Er schnippte Bierdeckel über den Tisch. »Ich kenne jemanden, der sich mit Social-Media-Marketing auskennt.«

»Gute Idee!«, meinte Jasper. »Frag ihn. Wir müssen das Nick nur geschickt verkaufen. Vielleicht als kostenloses Werbeangebot?«

Sie sammelten und verwarfen weiter Ideen, bis Hotte zu Magnus sagte: »Die Gibson.«

Magnus wusste sofort Bescheid. »Er gibt sie nicht ab.« Die Rede war von einer der Kult-Gitarren für E-Gitarristen schlechthin: einer Gibson ES-335 von 1965, die Nick vor Jahren bei einem seiner Urlaubsstreifzüge einem spanischen Musiker für kleines Geld abgekauft hatte. Heute war sie eine der Kult-Vintage-Gitarren schlechthin und erzielte bei Auktionen bis zu 25.000 Euro, teilweise mehr. Davon konnte man mit seiner Familie in schlechten Zeiten eine Weile über die Runden kommen. Um diese Gitarre beneideten Nick sämtliche befreundeten Gitarristen, Magnus eingeschlossen. »Jede Wette, dass er nicht mal an einen Verkauf gedacht hat.«

»Frag ihn«, sagte Hotte zu Magnus.

»Ernsthaft? Soll ich hingehen und sagen: Ich weiß, du kommst gerade nicht klar, hast du schon mal über einen Verkauf deiner Gibson nachgedacht?«

Alle schüttelten gleichzeitig den Kopf.

»Wir könnten sie kaufen«, meinte Sven plötzlich und richtete sich kerzengerade auf. »Wir sammeln das Geld, schicken dich vor« – er deutete auf Magnus – »und du machst ihm ein faires Angebot. Er weiß natürlich nicht, dass wir gemeinsam dahinterstecken. Sobald er wieder flüssig ist, kann er sie von dir zurückkaufen. Er müsste sie nicht auf dem freien Markt anbieten.«

Sie dachten eine Weile über Svens Vorschlag nach, während der Kellner die nächste Runde Bier brachte.

»Eine Art Pfandleihe«, meinte Magnus. »Nicht übel. Wie viel Geld könnt ihr denn entbehren? Wir wissen nicht, wann er zurückzahlen kann.«

»Und ob er sie zurückhaben will, wissen wir auch nicht«, sagte Jasper. Aber dieser Gedanke wurde mit allgemeinem Gelächter quittiert und als unwahrscheinlich abgetan. Zwischen Nick und seine Gibson passte kein Blatt.

Sie einigten sich nach einigem Tauziehen auf 20.000 Euro und darauf, dass Magnus Nick bei nächster Gelegenheit die Idee vortragen sollte. In der Viertelstunde, die Magnus noch blieb, bis er zum Essen verabredet war, weihte er seine Freunde in den italienischen Teil seiner

Hochzeitspläne ein. Bestens gelaunt und eine Spur angesäuselt radelte er um kurz vor halb acht quer durch den Volksgarten zum Thailänder auf der Elsaßstraße.

Hinter der Schwingtür umfingen ihn Wärme und säuselnde asiatische Musik mit piepsigem Gesang. Das erinnerte ihn sofort an ein Spa in der Eifel, in das ihn Eliza im letzten Jahr geschleppt hatte. Zum Glück roch es hier besser: nicht nach ätherischen Ölen, sondern nach gebratenem Fleisch, unbekannten Gewürzen und, ganz schwach, nach Blumen. Am Eingang stand ein Spender mit Desinfektionsmittel, den Magnus folgsam bediente. Er sah sich suchend um. Die Tische waren vollbesetzt, aber es gab deutlich weniger Plätze als bei seinen früheren Besuchen mit Bennos Klienten, bei dem man seinen Tischnachbarn fast auf dem Schoß gesessen hatte. Für die Deko vergab er 100 Punkte: kunstvoll gefaltete Servietten, blitzende Gläser, schlichte Kerzen und weiße Orchideen als Tischblumen. Das Restaurant wurde am Freitagabend hauptsächlich von Pärchen jeden Alters frequentiert. An einem Vierertisch in der Nähe des Fensters saßen zwei äußerst attraktive dunkelhaarige Frauen mit hochgesteckten Haaren und schicken Kleidern in Schwarz und Rot. Sie prosteten sich mit Sektgläsern zu und kicherten über etwas, was sie draußen vor dem Fenster sahen. Die dazugehörigen Männer in Anzügen und mit dicken Portemonnaies kamen bestimmt noch. Zu seiner Überraschung drehte sich eine der Frauen zu ihm um und winkte ihm lachend zu. Es war Nadja, tief dekolletiert und sprühend vor guter Laune. »Magnus! Komm rüber! Du bist heute unser Big Spender!«

Die Blicke der anderen Gäste folgten ihm durch den Raum. Er verspürte einen Moment lang irrationalen Stolz, weil er sich zu diesen schönen Frauen an den Tisch setzen durfte. Herrje, er war schon beschwipster, als er gedacht hatte.

»Wow, ihr seht toll aus. Ich werde von allen im Raum beneidet, weil ich zu euch gehöre.« Er nahm neben Eliza Platz und flüsterte ihr ins Ohr: »Du siehst aber noch toller aus als Nadja.«

Sie grinste. »Du riechst nach Knoblauch. Sag nicht, du hast schon gegessen. Wo hast du die ganze Zeit gesteckt? Du siehst ein bisschen zerrupft aus.« Sie begann Fussel und Grashalme von seinem Kapuzenshirt zu zupfen.

»Nur ein Lahmacun, aber schon vor Stunden. Außerdem jede Menge Apfelkuchen bei einer reichen Öko-Oma. Ich wurde genötigt.«

»Und das sollen wir glauben?« Nadja kicherte. »Bestell dir auch einen Sekt, es gibt was zu feiern. Das ist das Einzige, was ich heute bezahle.«

Eine zierliche Asiatin in schwarzer Jeans und weißer Bluse kam zu ihnen an den Tisch und verteilte Speisekarten. Magnus wusste bei der Hälfte des Angebots nicht, um welche Gerichte es sich überhaupt handelte, und ließ sich von Nadja zu einer Fischsuppe als Vorspeise überreden. Außerdem zu ein paar Hähnchenspießen – das müsste zu schaffen sein, wirklich hungrig war er nicht. Sein Wunsch nach »extra scharf« wurde allgemein mit Erheiterung aufgenommen, aber er bestand darauf und ignorierte den skeptischen Blick der Bedienung.

»Jetzt raus damit«, meinte Magnus, als sein Sekt vor

ihm stand. Er hob sein Glas. »Was feiern wir?« Sie stießen an.

»Ich bin seit gestern verlobt!«, strahlte Nadja. Sie wedelte mit der Hand vor ihm herum. Magnus bewunderte den zierlichen, antik wirkenden Ring, der mit einem großen blauen Stein in der Mitte und kleineren blitzenden Diamanten besetzt war.

»Sehr schön! Ich wusste gar nicht, dass du liiert bist. Wer ist der Glückliche?«

»Murat hat mir gestern am Rhein einen Antrag gemacht, mit Kniefall, roten Rosen, Champagner – es war einfach fantastisch, ich hatte keine Ahnung. Der Ring ist von seiner Großtante. Ein Saphir. Toll, oder?«

»Moment mal. Murat? Ich kenne nur einen Murat. Unser Kollege?« Murat arbeitete seit Jahren bei Benno. Magnus mochte ihn, er kannte ihn aus der gemeinsamen Zusammenarbeit bei einigen Fällen. Als Partner für die hübsche, anspruchsvolle Nadja war er ihm nie in den Sinn gekommen.

Nadja nickte, ein wenig verlegen. »Wir haben es geheim gehalten. Wir wollten keine Unruhe im Team.«

»Weiß Benno, dass ihr ein Paar seid?«

»Wir haben es ihm vor zwei Wochen gesagt.«

»Jetzt verstehe ich.« In diesem Licht sah Bennos Wunsch, Magnus als Partner zu verpflichten, anders aus. Er wollte verhindern, dass die Detektei den Bach runterging, falls einer seiner wichtigsten Mitarbeiter wegen einer Ehekrise ausschied. Nadja schien seine Gedanken zu lesen. »Benno sorgt sich umsonst. Wir sind total harmonisch miteinander.« Sie wurde rot.

»Das glaube ich dir«, meinte Eliza lächelnd. »Aber das

konnte ja noch keiner beobachten, wenn ihr es geheim gehalten habt. Egal, Hauptsache, zwischen euch stimmt alles!«

»Kommt Murat noch?« Magnus deutete auf den freien Platz gegenüber. Die Frauen tauschten einen Blick, den Magnus nicht deuten konnte.

»Äh nein – Murat kann heute nicht«, sagte Nadja. Weitere Nachfragen unterblieben, weil die Vorspeise mit viel Ah und Oh serviert wurde. Magnus verbrannte sich fast die Zunge an einer Suppe mit Crevetten, die köstlich nach Fisch und Kräutern duftete, ohne dass er hätte sagen können, nach welchen.

»Jetzt bist du dran«, sagte Eliza, während sie ihren Esslöffel in eine Kokossuppe tauchte. »Wir platzen vor Neugier! Wer ist die Öko-Oma? Die von dem Start-up?« Magnus erzählte in knapper Form von seinen heutigen Erkenntnissen, erwähnte nach kurzem Zögern auch seinen Besuch bei Miriam auf dem Polizeipräsidium. »Ich hätte vermutet, dass es leichter ist, jemanden zu identifizieren«, schloss er seinen Bericht.

»Hoffentlich ist es nicht Ben«, sagte Nadja. »Die arme Schwester. Du hast ihr aber nichts davon gesagt?«

»Um Himmels willen, nein! Ich mag nicht glauben, dass er es ist.«

Die Frauen aßen schweigend weiter, jede hing ihren Gedanken nach. Magnus wandte sich an Nadja. »Meinst du, du bekommst heraus, wer ›SolarBoost‹ kaufen will?«

»Das steht nirgendwo im Netz«, sagte sie. »Ich kann mich mal umhören, aber das wird nicht einfach herauszufinden zu sein. Was versprichst du dir davon? Glaubst du, dass Ben deswegen abgehauen ist?«

Er schüttelte den Kopf. »Nein. Aber er hat heftig reagiert. Irgendetwas daran hat ihn aus der Fassung gebracht.«

Eliza fing Magnus' Blick auf. Ihre Augen verengten sich, das bedeutete nichts Gutes. »Ich dachte, du ruhst dich im Park aus, weil du nicht fit bist, und führst ein paar Telefonate, um deinen Fall abzuschließen«, raunte sie ihm ins Ohr. »Jetzt erfahre ich, dass du den ganzen Tag lang durch die Weltgeschichte fährst und recherchierst, ohne dafür bezahlt zu werden?«

Nadja schaute betreten weg, sie hatte etwas aufgeschnappt. Eliza holte tief Luft, wie um zu einer längeren Rede anzusetzen, schaute auf Nadja, sah wieder Magnus an und atmete aus. »Wir reden später«, sagte sie halb laut, schob ihren Teller von sich, stand auf und verschwand hinter einem Paravent, der diskret die Tür zu den Toiletten verbarg.

»Tut mir leid«, sagte Nadja. »Ich helfe dir trotzdem. Aber sie hat nicht unrecht, du hängst dich zu sehr rein. Wenn ich dich richtig verstehe, hat sich der Typ doch nur mit seiner Freundin gestritten und ist beleidigt.«

»Nein, mir tut es leid. Ich habe immer ein Problem damit, wenn sich die losen Enden nicht zusammenfügen lassen. Eliza ist sauer, weil ich sie mit den Hochzeitseinladungen habe sitzen lassen«, sagte Magnus. »Ich hoffe, du und Murat, ihr macht das besser.«

»Wir haben es nicht eilig damit«, wehrte Nadja lachend ab. »Wir heiraten erst nach der Pandemie.« Magnus erzählte ihr von den geheimen Plänen für eine zweite Feier in Italien, von der Eliza nichts wusste.

»Kündige ihr eine Überraschung an«, riet ihm Nadja. »Dann sieht sie, dass du dich bemühst.«

»Meinst du?«

Eliza kam zurück, warf Magnus einen letzten drohenden Blick zu, bemühte sich aber Nadja gegenüber, an die heitere Stimmung von vorhin anzuknüpfen. Als der Hauptgang serviert wurde, plätscherte das Gespräch im harmlosen Fahrwasser über Brautsträuße, Gästelisten, gute Schneiderinnen bis hin zu türkischen Hochzeitsbräuchen. Magnus begann gerade, sich zu entspannen, als ihm jemand auf die Schulter tippte. Er wandte sich lächelnd um, blickte in Miriams Gesicht und hörte noch: »Wir müssen reden.« Im Nachhinein konnte er nicht mehr sagen, ob er den Hustenanfall wegen der in Chilisoße getauchten Hähnchenspieße bekommen hatte oder wegen Miriams grimmigem Gesichtsausdruck. Er fand sich röchelnd und mit tränenden Augen am Waschbecken der Herrentoilette wieder, umsäuselt von thailändischer Musik. Ein junger Kerl mit Lederjacke, akkuratem Haarschnitt und einem Akzent, den er nicht einordnen konnte, schlug ihm mitfühlend auf den Rücken und sagte: »Respekt, Mann. Aber drei Frauen sind zu viel. Du musst dich entscheiden.« Wieder allein mit seinem Spiegelbild brach Magnus in hilfloses Gelächter aus und fragte sich, ob er dabei war durchzudrehen. Er schnäuzte sich, wusch sich die Hände, trank einen Liter Wasser aus der hohlen Hand und widerstand dem Impuls, einfach durch die Tür nach draußen zu verschwinden. Als er zurück an den Tisch kam, fühlte er sich erfrischt und gewappnet, bereit, alle Vorwürfe der Welt auf seine schmerzenden Schultern zu laden. Zu seiner Erleichterung waren die Hähnchenspieße abgeräumt. Die drei Frauen führten ein angeregtes Gespräch. »Ich muss Magnus kurz entführen«, sagte Miriam, stand auf und zog ihn nach draußen, vor die Tür.

»Eliza hat mir gesagt, wo ich dich heute Abend finde«, kam sie seiner Frage zuvor. »Ich war nur kurz zu Hause, um mich umzuziehen. Prinzessin Tilda war nicht begeistert, sie hat ein Mordstheater veranstaltet. Zum Glück konnte Benno sie ablenken.«

Jetzt fiel Magnus auf, dass Miriam ein Kleid trug, das er noch nie gesehen hatte, dunkelblau und glänzend. »Das Kleid steht dir ausgezeichnet«, sagte er, unpassend, aber ehrlich. Sie winkte ab, aber ein Lächeln zuckte in ihrem Mundwinkel.

»Du musst mir etwas erklären. Ich habe dir doch von dem Handy erzählt, das wir im Königsforst an dem Picknickplatz gefunden haben.« Magnus sah sie fragend an. »Neben einem Papierkorb, nicht weit vom Fundort der Leiche. Mein Kollege hat soeben die Daten entschlüsselt. Wir konnten einen Namen zuordnen, haben ihn an seiner Meldeadresse aber nicht angetroffen. Dort ist niemand.«

»Dann ist das der Tote?«

»Wir sind nicht ganz sicher. Das Handy könnte theoretisch auch jemand völlig anders gehören. Wir haben die letzten Verbindungen von der Telefongesellschaft überprüfen lassen. Der letzte Anruf ging am Donnerstag, den 3. September ein, um die Mittagszeit.«

»Und deswegen zerrst du mich aus dem Restaurant?«

»Magnus, der Anrufer bist du! Deine Handynummer ist die letzte gespeicherte Nummer.«

»Wie bitte?« Magnus bekam weiche Knie.

»Was hast du mit Gregor Henke zu schaffen?«

Sie setzten sich auf eine Bank, die vor dem Eingang eines kleinen Hotels nebenan stand, um Lauschern zu entgehen. Niemand nahm von ihnen Notiz. Magnus hatte sich aus der Packtasche seines Fahrrads seinen Tabak und seine Aufzeichnungen geholt. Zum Glück war es hell genug, dass er seine Schrift entziffern konnte. Er zündete sich eine Zigarette an.

»Was hast du Eliza und Nadja erzählt?«, wollte Miriam wissen. »Dir ist klar, dass ich in einer laufenden Ermittlung nichts nach außen tragen darf?«

Magnus beteuerte, dass sie über den Toten nur wüssten, dass er existiere und nicht identifiziert sei. »Über die Vermisstensache mit Benjamin Reifferscheidt sind sie natürlich informiert. Nadja hat mir bei der Recherche geholfen, Eliza ist mit der Schwester befreundet.«

»Vermische meine Arbeit nicht mit deiner, Magnus«, ermahnte sie ihn. »Wir haben mittlerweile mit Marko Boden gesprochen, da hast du uns dazwischengefunkt. Er kann sich angeblich nicht erklären, wie seine private Handynummer auf einen Flyer von ›SolarBoost‹ gekommen ist, aber er hatte auch Zeit genug, sich auf das Gespräch mit uns vorzubereiten. Das ist nicht dein Job, das zu klären.« Magnus betrachtete ausgiebig seine Fußspitzen und sog an seiner Zigarette. »Zum Glück verdächtigen wir ihn nicht, eine Straftat begangen zu haben«, seufzte sie, »aber lass das bitte zukünftig. Keine Extratouren mehr.«

»Versprochen«, sagte Magnus kleinlaut.

»Jetzt will ich hören, woher du Gregor Henke kennst.«

»Ich kenne ihn nicht und habe mich auch noch nicht mit ihm beschäftigt.« Magnus erläuterte Miriam, dass er auf Gregor Henke bei der Überprüfung von Bens Kontakten gestoßen sei, ihn aber nicht angetroffen habe. Er sei ein alter Schulfreund von Ben, mittlerweile hätten die beiden aber nach Aussagen von – Magnus blätterte in seinem Notizbuch – Bens Mutter und Gregor Henkes Exfrau den Draht zueinander verloren. »Ich habe dem, ehrlich gesagt, keine Bedeutung beigemessen«, meinte er. »Wenn Ben Reifferscheidt insgesamt gesellschaftlich aktiver wäre, hätte ich diesen Kontakt nicht einmal in Erwägung gezogen. Aber er scheint so wenig Sozialleben außerhalb seiner Arbeit zu haben, dass ich nach jedem Strohhalm gegriffen habe. Danach sind andere Spuren in den Vordergrund gerückt.«

»Die Freundin, nicht wahr? Du hast bei unserem Abendessen am Donnerstag davon erzählt, dass du sie suchen willst«, sagte Miriam und wedelte Magnus' Rauch mit einer unwirschen Handbewegung weg. »Aber wo steckt dieser Henke? Er ist laut unserer Meldeauskunft verheiratet. Die Adresse, die die Kollegen überprüft haben, ist aber ein Apartment in Deutz. Sie sagen, das sähe von außen nicht wie eine Wohnung für eine Familie aus.«

»Das Ehepaar lebt in Trennung, noch ziemlich frisch, denke ich. Ich habe mit der Frau gesprochen.«

»Sabrina Henke. Die habe ich morgen auf meiner Liste.«

»Morgen ist Sonntag, Miriam.«

Sie seufzte. »Benno bringt mich um, du hast recht. Ich schicke einen Kollegen vorbei. Ich will diesen Kerl endlich identifiziert haben. Hoffentlich ist es nicht Gregor Henke. Sie haben zwei Kinder.«

»Ich weiß.« Magnus dachte kurz an Nele und den kleinen Jungen, den er nicht kennengelernt hatte.

»Welchen Eindruck hattest du von der Frau?«

»Sehr sympathisch«, sagte Magnus ohne Zögern. »Der zupackende Typ. Nicht gut auf ihren Ex zu sprechen – wenn ich das richtig erinnere, stand eine Affäre im Raum.« Er blätterte in seinen Unterlagen vom Donnerstag. »Genau. Offenbar nicht zum ersten Mal.«

»Okay, ich gebe das weiter. Gibt es noch mehr, was ich wissen sollte?«

»Spricht aus deiner Sicht etwas dagegen, wegen Ben die Kolleginnen vom Start-up zu befragen? Diese Shirin scheint ihn sehr zu mögen, wenn ich den anderen glauben darf. Ich will morgen mit ihr reden.«

Miriam schüttelte den Kopf. Magnus zögerte kurz, dann beichtete er, dass ihn jemand am Freitag in Bens Wohnung von hinten niedergeschlagen hatte.

Miriam zog die Augenbrauen hoch. »Du hast natürlich keine Anzeige erstattet, weil du ohne Auftrag deiner Klientin in der Wohnung warst. Mit Schlüssel?«

Magnus nickte. »Seltsam ist auch, dass jemand den Notruf gewählt hat.«

Miriam zuckte die Achseln. »Vielleicht die Nachbarin?«

»Unwahrscheinlich«, sagte Magnus. »Ich hatte sie gebeten, das nicht zu tun. Und woher hätte jemand wissen sollen, dass ich verletzt war? Es ging so schnell, dass es keinen Lärm gab, der nach außen drang.«

Miriam gähnte. »Keine Ahnung. Ich kann nicht mehr denken. Lass uns wieder reingehen, mir wird kalt und ich muss dringend etwas essen. Du bist sicher schon satt, oder?« Sie grinste ihn von der Seite an. »Hast du ernsthaft ›extra scharf‹ bestellt?«

SONNTAG, 6. SEPTEMBER

Ben Reifferscheidt schritt durch einen lichten Wald, bepackt mit Rucksack und Kamerastativ, in der Hand trug er ein Sträußchen Lavendel. Der Weg führte an einem Bach vorbei, die Vögel zwitscherten laut, die Sonne sprenkelte den Weg mit hellen Flecken. Magnus beobachtete ihn von einem Hochstand aus. Plötzlich tauchten aus einem Gebüsch fünf Frauen auf, die den Wanderer einkreisten. Magnus erkannte Shirin, Gemma, Nora, Sabrina Henke und eine zierliche Asiatin, die der Bedienung im Thai-Restaurant sehr ähnlich sah. Magnus konnte nicht verstehen, was die Frauen von Ben wollten, aber sie zeigten mit dem Finger auf ihn und zogen den Kreis enger um ihn. Er verfing sich in einem Brombeergebüsch, stolperte, riss sich los und stürzte auf die Schulter. Magnus konnte seinen Schmerz regelrecht spüren, dann rollte Ben auf das Bachufer zu und blieb auf dem Bauch liegen, das Gesicht halb im Wasser. Sein Handy lag, schwarz und in der Sonne glänzend, am Ufer. Die Frauen waren verschwunden. Die Vögel begannen zu zwitschern, unnatürlich laut, ihr Geträller strapazierte Magnus' Ohren. Er blinzelte und wachte auf. Sein Handy auf dem Nachttisch vibrierte und gab seltsame Töne von sich. Ein Weckton, den er nicht kannte. Er erinnerte sich vage, gestern einen Alarm gestellt zu haben, bevor er ins Bett gefallen war, total übermüdet und mit dröhnendem Kopf. Lange bevor Eliza nach Hause gekommen war, die er mit Miriam und Nadja in bester Laune zurückgelassen hatte. Und mit seinem Portemonnaie.

»Machasaus«, murmelte Eliza neben ihm, vollkommen zugedeckt bis auf eine lange dunkle Haarsträhne, die sich frech über das Kopfkissen kringelte.

Magnus gehorchte dem verwaschenen Befehl, rappelte sich auf und checkte die Uhrzeit – kurz vor neun. Er tapste in die Dusche, stellte den Wasserstrahl mit der richtigen Temperatur ein und genoss zwei Minuten lang die Wärme, bis ihm einfiel, dass er um zehn mit Benno zum Training verabredet war. Egal, dann würde er zweimal duschen. Seine Gedanken kehrten zurück zu dem verrückten Traum, den er vor dem Aufwachen gehabt hatte. Ben Reifferscheidt und die Frauen. Irgendetwas übersah er schon die ganze Zeit. Er brauchte dringend eine ungestörte Stunde mit seinen Notizen, um sich wieder zu ordnen. Während er kaffeetrinkend seine Unterlagen las, schrieb er nebenher Namen und Stichpunkte auf ein DIN-A3-Blatt. Mit schwarzen und roten Filzstiften kringelte er Namen ein und zeichnete Pfeile. Ratlos starrte er auf sein Ergebnis. Das Puzzle wollte sich nicht zusammenfügen. Er ließ alles auf der Küchenanrichte liegen, als er zum Park radelte, um Benno zu treffen.

Der tänzelte schon bestens gelaunt auf der Stelle und boxte in der Luft herum, während Magnus sein Fahrrad abschloss. »Meister, wie siehst du denn aus? Du solltest mal Anti-Aging-Creme benutzen. Ich fühle mich super heute!«

»Heute laufen wir nur das Minimalprogramm«, nahm Magnus ihm den sportlichen Wind aus den Segeln. »Ich habe noch etwas vor.«

»Schade! Ich hoffe, du bist nicht sauer, weil ich dir nichts von Nadja und Murat erzählt habe«, meinte er, als sie sich in Trab setzten.

»Hast du mir deswegen die Partnerschaft angeboten?«

»Zugegeben«, sagte Benno, »ich traue dem Braten nicht. Aber sie scheinen es ernst zu meinen.« Sie liefen nebeneinander durch den Beethovenpark auf die Fußgängerbrücke am Militärring zu. Obwohl es noch recht früh war, füllten sich die Wege bereits mit Hundebesitzern, Sportlern und Spaziergängern. »Was hast du noch vor heute?«

Magnus berichtete in Kurzform von seinen letzten beiden Tagen und dem ausstehenden Gespräch mit Shirin Nabavi. »Sie will sich bei mir melden. Ich bin gespannt. Hat Miriam dir von der Identifizierung des Toten im Königsforst erzählt?«

Benno verneinte. »Wir haben uns gestern kaum gesehen, und als sie nach Hause kam, habe ich schon geschlafen. Warum?«

»Frag sie lieber selbst. Sie hat mich gestern einen Kopf kürzer gemacht, weil ich zu viel rede.« Sie umliefen vorsichtig ein älteres Paar, das drei Hunde gleichzeitig ausführte. Keiner der Hunde gehorchte den Kommandos der beiden.

»Übrigens: Erinnerst du dich an die Patentsache, wegen der dein Vermisster uns vor zwei Jahren aufgesucht hat? Nadja hat mir gestern davon erzählt, das hat mir einfach keine Ruhe gelassen. Unser mieser Mitarbeiter hat eine Schublade voll Papier hinterlassen, alles Fälle, bei denen er nicht wusste, was er damit anfangen sollte. Unsere damalige studentische Aushilfe hat sie einfach unsortiert im Papierarchiv 2018 abgelegt, das konnte Nadja nicht wissen, weil nichts davon eingescannt war. Wir sind bisher nicht dazu gekommen, den Mist aufzuräumen. Ich habe den Kram mit nach Hause genommen und mich gestern für dich durch einen Stapel Papier gewühlt.« Bennos Atem ging jetzt stoßweise.

»Ohne Bezahlung?«, frotzelte Magnus. »Und?«

»Im handschriftlichen Protokoll der Erstberatung steht, dass jemand aus Benjamin Reifferscheidts altem Karlsruher Forschungsteam versucht hat, die Ergebnisse des Teams für sich zu verwerten und darauf ein Patent anzumelden. Sag mal, laufen wir noch weit? Du hast Minimalprogramm gesagt!«

Magnus blieb abrupt stehen. »Stand da ein Name?«

Benno war vorausgelaufen, drehte sich um, kam ein Stück zurück und brachte damit einen Radfahrer aus der Spur, der laut schimpfend weiterradelte. »Nein. Falls das relevant ist – frag doch bei seinem alten Team nach! Meiner persönlichen Meinung nach verrennst du dich gerade. Überprüf lieber das Offensichtliche.«

»Und was ist das?«

»Die Frauen, wie immer, Meister. Die Frauen. Fühl dieser Galerie-Lady auf den Zahn. Ich wette, die hat ihn zuletzt gesehen. Deren Story stimmt doch hinten und vorne nicht, wenn du mich fragst.«

Zu Hause fand Magnus Eliza mit einem Kaffee am Tisch vor, eine Lesebrille auf der Nase, hochkonzentriert mit gerunzelter Stirn über dem Zettel mit den Pfeilen und Namen brütend, den er auf der Anrichte hatte liegen lassen. Ihre Haare bildeten ein Nest auf dem Kopf. Selbst verkatert sah sie hinreißend aus. »Du siehst sehr niedlich aus.«

»Ha, ha«, sagte sie zerstreut. »Wer ist Gregor Henke?«

»Hey, der Zettel ist nicht für dich. Miriam bringt mich um.«

»Dann lass ihn nicht herumliegen.«

»Henke ist ein alter Schulfreund von Ben Reifferscheidt.«

»Und er ist tot? Du hast ein schwarzes Kreuz hinter den Namen gemalt.«

»Mit einem Fragezeichen!«

»Also das ist der geheimnisvolle Tote.«

»Das wissen wir nicht. Gib jetzt den Zettel zurück.« – »Nein.« – »Sofort.« – »Hol ihn dir doch!« Das ließ Magnus sich nicht zweimal sagen und stürzte sich auf sie, bis sie sich lachend und prustend um den Esstisch jagten. Magnus gewann, aber der Zettel war in drei Teile zerrissen. »Mist.«

Eliza begann, immer noch kichernd, das Frühstück vorzubereiten. »Du packst das falsch an«, sagte sie.

»Wie bitte?«

»Ich habe mir deine Aufzeichnungen gerade eine halbe Stunde angeschaut.«

Magnus starrte verblüfft auf die zerfetzten Zettel. »Ja, und?«

»Mindestens drei Leute haben dich angelogen und drei verschweigen dir etwas.«

»Wer lügt und wer verschweigt deiner Meinung nach?«

»Diese Shirin, die du gleich treffen willst. Gemma Jones. Nora Schwarz. Keine ist ganz ehrlich. Was verbergen die? Es ist auffällig, dass so viele Frauen um einen Mann kreisen, dessen Beziehung noch nicht mal öffentlich war. Sonst hätte Maike davon gewusst.«

»So ähnlich hat sich Benno eben geäußert.«

»Siehst du. Als Nächstes die Familie von Ben. Die reagieren merkwürdig, wenn du mich fragst, außer Maike. Was war da los, dass Ben keinen Kontakt mehr zu seinem Vater hat? Sprich mit der Mutter. Die mag dich doch.«

»Aha. Weitere Tipps?« Aber Eliza überhörte seinen Sarkasmus.

»Klar«, fuhr sie fort, während sie einen Käseteller mit Radieschen dekorierte. »Das Start-up. Dieser Marko erzählt nur die Hälfte. Warum hat Ben die Teamsitzung verlassen, wie du notiert hast? Die Leute widersprechen sich. Von ›er ist ausgeflippt‹, wie Jonas sagt, bis ›ist einfach rausgegangen‹. Das musst du unbedingt herausbekommen.«

»Das ist mir schon aufgefallen«, spottete Magnus.

Eliza war nicht mehr zu bremsen. »Drei deiner Pfeile verweisen auf Bens ehemaliges Team. Von diesen Kollegen hast du noch niemanden befragt.« Damit hatte seine Frau leider recht.

»Ich kann mich nicht vierteilen«, verteidigte er sich lahm. »Das alles hat nicht unbedingt etwas mit seinem Verschwinden zu tun. Und was du vergisst: Ich habe keinen Auftrag.«

»Doch. Maike will, dass du weitermachst. Ich habe sie eben angerufen. Sie zahlt dir 500 Euro, wenn du den Montag dranhängst. Das ist alles, was sie noch beisteuern kann.«

»Schön, dass du ohne mich meine Honorare aushandelst«, sagte Magnus. »Darf ich wissen, warum du mich jetzt wieder unterstützt? Gestern Abend klang das anders.«

»Weil ich in Ruhe unsere Hochzeit vorbereiten möchte. Mit dir gemeinsam. Und das geht anscheinend erst, wenn du den Fall abschließen kannst. Ich hätte es wissen müssen.« Sie trat vor ihn, stellte sich auf die Zehen und küsste seine Nase. »Es tut mir leid wegen gestern.«

»Na gut, dann will ich mal großzügig sein«, grinste Magnus und kniff ihr in den Po.

»Hey!« Sie schlug spielerisch seine Hand weg. »Eine Bedingung habe ich.«

»Ich wusste, dass es einen Haken gibt«, stöhnte Magnus.

»Den Toten überlässt du Miriam, wer auch immer es ist.«

»Deal.« Sie gaben sich die Hand.

Als Magnus nach dem Frühstück in seinem Arbeitszimmer saß, fühlte er sich erleichtert. Es war immer besser, Eliza an seiner Seite zu haben. Bei verworrenen Sachlagen halfen ihm ihr klarer Verstand und ihre unbefangene Außensicht häufig weiter. Außerdem war es hilfreich, wenn sie nicht permanent sauer war, weil er seinen Hochzeitsverpflichtungen nicht nachkam. Er rief Antonia, Elizas Schwester, an, nachdem er sich vergewissert hatte, dass Eliza ihn nicht hören konnte. Sie spielte eine wichtige Rolle bei der Planung des italienischen Teils der Feier: Sie hielt Kontakt zu Elizas in Italien lebendem Teil der Familie, der mittlerweile in die Überraschung eingeweiht war, und reservierte die Flugtickets nach Verona für die Familie. Antonia würde Eliza für das geplante Wochenende Mitte Oktober zu einem vorgetäuschten Wellnessaufenthalt einladen, damit sie sich das Wochenende freihielt. Außerdem borgte sie Eliza ein festliches Kleid für die Feier, damit ihre ältere Schwester nicht in Jeans feiern musste. »Es wird ein kleines Fest«, sagte sie. »Die Italiener haben die Corona-Welle aus dem Frühjahr noch in den Knochen. Meine Tante sagt, alle sind sehr diszipliniert, tragen Masken und halten sich an die Abstandsregeln. Wir sind willkommen, sollten aber nicht zu viele sein. Ich glaube, die Sache mit der Band ist keine gute Idee.«

»Oh, okay. Das war vielleicht ein bisschen blauäugig von mir. Schade, die Jungs haben sich gefreut.«

»Da müsst ihr durch«, lachte Antonia. »Freuen wir uns lieber, dass es überhaupt stattfinden kann. Selbst meine superfromme Großtante versteht, dass ihr momentan keine große kirchliche Trauung feiern wollt.« Sie kicherte.

Nachdem Magnus sicher war, dass alles lief wie geplant, machte er sich mit neuem Elan daran, seine Notizen noch mal durchzugehen. Er entdeckte zu seiner Bestürzung, dass er Nora vorgestern nicht gefragt hatte, wann sie Ben zum letzten Mal gesehen hatte. Er schob es auf seine Gehirnerschütterung, er war bei der Befragung nicht ganz bei sich gewesen, sonst wäre ihm ein solcher Schnitzer nicht unterlaufen. Am Samstag hatte Ben mit Jonas bei ihm zu Hause wegen der Firmenübernahme gesprochen. Mittags, so stand es in Magnus' Aufzeichnungen. Was hatte er danach gemacht? Der Samstag bestand aus weißen Flecken. Am Freitagnachmittag hatte Ben die berühmte Teamsitzung verlassen. Am Donnerstag hatte die Putzfrau Anya bei Ben saubergemacht und Nora angetroffen, sowie einen Mann durch das Fenster gesehen, den sie nicht richtig beschreiben konnte, was aber auch an der fehlenden Sprachkenntnis liegen konnte. Donnerstag war Ben nicht an der Technischen Hochschule bei Professor Sandmann aufgetaucht, was hundert Gründe haben könnte; nach Magnus' Erfahrungen mit verschwundenen Personen waren es aber gerade die Abweichungen von der Alltagsroutine, bei denen sich ein genaues Hinsehen lohnte. Zufrieden warf er einen Blick auf den Zettel, dann auf sein Handy. Zwölf Uhr. Ihm blieben noch fast zwei Tage, die weißen Flecken auszumalen. In diesem Moment begann das Handy in seiner Hand zu vibrieren. Shirin Nabavi war endlich bereit für ein Gespräch mit ihm.

Sie wählten als Treffpunkt den Treppenaufgang zur Südbrücke an den Poller Wiesen. Magnus, der als Erster vor Ort war, schloss sein Rad ab und betrachtete etwas fassungslos den sonntäglichen Menschenstrom. Familien mit Kindern, Hundebesitzer, Inline-Skater, Spaziergänger, sportliche und weniger sportliche Läufer bewegten sich von Süd nach Nord und entgegengesetzt auf dem weitläufigen Wiesengelände. Zwei bis drei Hauptwege und ein schmaler Trampelpfad direkt am Rheinstrand verliefen vom südlichsten Zipfel des Deutzer Hafens bis hinter die Rodenkirchener Brücke. Auf den Freiflächen dazwischen spielten Jugendliche Frisbee, sogar einige Fußball- und Baseballteams waren am Start. Zwei Väter testeten mit ihren Kindern direkt vor seiner Nase Drachen aus und brüllten Anweisungen in den Wind, wie die Schnur zu halten sei. So voll war es hier nach Magnus' Erinnerung noch nie gewesen. Ein leichter, aber stetiger

Wind vom Fluss her bewegte die Blätter der Pappelkronen und führte den Geruch des Stromes mit sich. Magnus nahm einen Hauch von Fäulnis wahr, vielleicht von verwesenden Wasserpflanzen oder Muscheln. Zum ersten Mal wurde Magnus bewusst, dass diese Ermittlung, wie keine zweite zuvor, im Freien stattfand. Im Park, in Gärten, auf Terrassen oder in Hinterhöfen, vor dem Restaurant, vor dem Fenster von Nora Schwarz – gewiss zu einem Teil durchs freundliche Wetter bedingt, aber vielleicht auch, weil die Menschen sich daran gewöhnt hatten, wegen Corona geschlossene Räume zu meiden. Er schätzte, dass das noch eine Weile so bleiben würde. Jemand tippte ihm leicht auf die Schulter. Shirin trug Laufkleidung: ein neongelbes Shirt und farblich passende Schuhe der teuersten Kategorie. Sie gehörte zu den wenigen Menschen, die Neongelb tragen konnten, ohne darin todkrank oder lächerlich auszusehen. Sie hatte die Haare zusammengebunden und wirkte angespannt unter dem oberflächlichen Lächeln. »Ich muss mal den Kopf freibekommen und laufen gehen.« Sie deutete mit der Hand auf ihr Outfit. »Danke für den Vorwand.« Sie kletterten eine kleine Böschung hinunter und entschieden sich für den weniger begangenen Trampelpfad direkt am Rhein, Richtung Süden. »Meine Familie ist großartig, aber anstrengend«, sagte Shirin. »Zum Glück fahren sie heute zurück nach München.«

»Wie lange waren sie bei dir?«

»Zwei Wochen! In der ersten Woche hatte ich frei, aber die letzte Woche war hart.«

»An deiner Stelle würde ich durchdrehen«, sagte Magnus wahrheitsgemäß.

»Ich bin fix und fertig. Aber darüber wolltest du nicht mit mir reden.«

»Ben Reifferscheidt hat sich seit letztem Sonntag bei niemandem gemeldet«, nahm Magnus den Faden auf. »Ich denke, du gehörst zu den Letzten, die ihn gesehen haben«, schoss er ins Blaue. »Was weißt du, was ich noch nicht weiß?«

»Das ist mir alles sehr peinlich. Ich weiß nicht, was die anderen dir erzählt haben, aber ich mag Ben wirklich gern.« Sie blinzelte in die Sonne. »Ich habe eine Weile gebraucht, bis ich verstanden habe, dass er mit seiner Freundlichkeit nicht mich persönlich meint. Er ist einfach zu jedem nett.«

»Du wusstest, dass er eine Freundin hat«, stellte Magnus fest.

»Freundin? Sie ist nicht die Richtige für ihn«, brach es aus ihr heraus. »Sie benutzt ihn doch nur für ihre Spielchen.«

»Kennst du sie?« Magnus warf ihr einen Seitenblick zu. Shirins Hals zeigte unschöne rote Flecken.

»Ich kenne den Typ. Sie lässt sich auf nichts ein. Sonst wäre ich nie – sonst hätte ich nicht – ach, verdammt.« Sie beschleunigte ihren Schritt und lief voraus.

»Und woher weißt du das alles?«, fragte Magnus ihren Rücken.

Sie blieb stehen und wandte sich um, Magnus lief fast in sie hinein. »Ich bin ihm gefolgt, okay? Da habe ich sie zusammen gesehen, vor seiner Wohnung. Und vor ihrer Wohnung. Ich bin nicht stolz darauf. Auf der Arbeit ist aufgefallen, dass ich Ben mag. Gemma hat mir eine Abmahnung deswegen erteilt, das musst du dir vorstellen. Eine Abmahnung! Das ist doch meine Privatsache, in wen ich mich verliebe. Meinen Job habe ich immer einwandfrei erledigt.«

»Du hast ihn gestalkt«, stellte Magnus fest. »Das ist eine Straftat, keine Kleinigkeit.«

»Liebe ist keine Kleinigkeit. Liebe ist einzigartig. Vielleicht habe ich ein bisschen übertrieben, aber diese Nora, das ist eine – nein, das sage ich jetzt nicht.« Sie verließ den Pfad, stapfte über den Rheinstrand und begann, kleine Kieselsteine aufzusammeln und in den Rhein zu schleudern, zielgerichtet, immer an dieselbe Stelle. Es sah aus, als ob sie jemanden steinigen wollte. Sie warf nicht schlecht. Magnus folgte ihr in einigem Abstand und wartete, bis sie sich beruhigt hatte. Nach ein paar Minuten wandte sie sich ihm zu und kam näher. Sie hob die Hand vor das Gesicht, um ihre Augen vor der Sonne zu schützen. »Sie hat noch andere sogenannte Freunde. Ich glaube nicht, dass Ben etwas davon weiß. Er ist viel zu gutmütig. Ich wollte mit ihm darüber reden, aber – er hört mir nicht mehr zu.« Magnus schloss daraus, dass sie nicht zum ersten Mal versucht hatte, mit Ben zu ›reden‹.

»Wann war das?«

»Letzte Woche Freitag. Du weißt, dass ich Urlaub hatte. Ich wollte ihn nach der Teamsitzung abpassen. Ich habe draußen an seinem Fahrrad auf ihn gewartet, von den anderen hat mich keiner gesehen, glaube ich. Er war völlig aufgebracht, als er aus der Sitzung kam. So habe ich ihn noch nie erlebt.«

»Hat er etwas zu dir gesagt?«

»Nein. Er hat mich nur angeschaut und hat den Kopf geschüttelt. Dann ist er auf sein Rad gestiegen und weggefahren. Weggerast trifft es besser. Ich konnte ihn kaum einholen.« Sie wurde rot und marschierte zurück auf dem Weg, auf dem sie gekommen waren. Magnus holte sie ein. »Du bist ihm nachgefahren?«

Sie nickte. »Mit dem Auto. Ich weiß, das hätte ich nicht tun sollen.«

»Wo ist er hingefahren?«

»Ich habe ihn verloren. Er ist über Buchheim durch die Merheimer Heide gefahren, dann nach Brück, und erst am Brücker Mauspfad habe ich ihn wiedergefunden.«

»Das verstehe ich nicht. Er war mit dem Rad unterwegs, du mit dem Auto. Über die Merheimer Heide konntest du ihm mit dem Auto nicht folgen. Woher wusstest du, wo du hinfahren musst?«

Sie lief stur weiter auf die Südbrücke zu und antwortete nicht. Magnus setzte ihr nach. »Du hast gerade gesagt, du hättest ihn verloren. Also war er nicht da, wo du ihn vermutet hast?«

Sie stoppte und sah ihn an, ihr Gesicht eine Mischung aus Trotz, Scham und Verzweiflung. »Ich dachte, er sei zu seiner Mutter gefahren, okay? Die Strecke kenne ich.«

Magnus blieb der Mund offen stehen. »Du weißt, wo seine Eltern wohnen?«

Shirin überhörte seinen Einwurf. »Da war er nicht. Er muss vorher abgebogen sein. Ich habe mit dem Auto vor der Tür gestanden und auf ihn gewartet. Das, was ich ihm zu sagen hatte, schien mir wichtig. Aber wahrscheinlich hätte er mir ohnehin nicht geglaubt. Mir glaubt niemand mehr.« Sie drehte sich um und lief los, Richtung Süden.

»Was wolltest du ihm denn sagen?«, rief er in den Wind, aber Shirin drehte sich nicht um. Magnus sah ihrer zierlichen Gestalt nach, verwarf den Gedanken, ihr nachzusetzen. Er konnte nicht fassen, was er eben gehört hatte. Diese hübsche Frau war völlig durchgeknallt. Sie tat ihm leid, aber der größere Teil seines Mitgefühls ging an Benjamin Reifferscheidt.

Magnus dachte auf der Rückfahrt über Shirins Aussage nach, während ihm der Wind auf der Severinsbrücke um die Ohren blies. Sie war das, was man eine unzuverlässige Zeugin nannte. Obwohl eine intelligente und vernünftige Frau, setzte ihr Verstand an einer Stelle aus: Wenn es um Ben ging, grenzte ihr Verhalten an Besessenheit. Er musste sich auf das beschränken, was er an Fakten herausholen konnte. Sie war verknallt in ihn, immer noch. Sie war ihm nachgefahren, mehrfach, auch am Tag der Sitzung. Was ihre Aussagen zu Nora Schwarz und ihr Verhältnis zu Ben während der Arbeit anging, musste er ihre Angaben verifizieren. Andererseits: Wenn jemand über Ben Reifferscheidts Schritte Bescheid wusste, dann Shirin Nabavi.

Magnus überquerte die Severinsbrücke, schlug sich zum Rheinau Hafen durch, kaufte sich eine Schorle an einem kleinen Getränkepavillon und suchte zwischen den Flaneuren nach einem Platz, an dem er in Ruhe telefonieren konnte, was nicht einfach war. Es war ähnlich überfüllt wie an den Poller Wiesen, nur dass es auf dem Hafengelände keine Wiesen gab, sondern die Rheinpromenade und gepflasterte Wege zwischen der modernen Bebauung. Er ließ sich auf einer Bank am Rhein nieder, nicht weit von den Kranhäusern, die er eben von der anderen

Rheinseite aus betrachtet hatte. Er rief Gemma Jones über die Firmennummer von »SolarBoost« an. Zu seiner Überraschung nahm sie sofort das Gespräch an.

»Gibt es Neues von Ben?«

»Leider nicht. Ich habe soeben deine Kollegin Shirin befragt. Sie sagte, sie sei Ben nach der Teamsitzung letzten Freitag gefolgt.«

»Oh Gott, schon wieder? Sie hatte doch Urlaub!«

»Was meinst du mit ›schon wieder‹?«

»Ich weiß nicht, was Shirin dir erzählt hat, aber glaub nicht die Hälfte davon. Sie stalkt Ben. Ich habe ihr mit Kündigung gedroht, wenn sie das nicht unterlässt.«

»Sie hat mir von der Abmahnung berichtet.«

»Es sind schon zwei Abmahnungen. Das Arbeitsverhältnis hängt am seidenen Faden. Die Geschichte ist ein einziger Alptraum. Am Anfang haben wir das belächelt! Es ging mit Kleinigkeiten los. Kuchen mitbringen, die Kundenanrufe nicht durchstellen, wenn Ben beschäftigt war. Wir haben sie sogar mit ihrer Schwärmerei aufgezogen. Weiter ging es mit netten E-Mails an Ben, kleinen Geschenken, dann hat sie ihm Blumen nach Hause geschickt. Sie hat begonnen, ihn nach der Arbeit abzupassen und ist ihm hinterhergefahren, sie hat sich sogar ein neues Fahrrad gekauft, damit sie ihm besser folgen kann! Das ging schon ein halbes Jahr so, bis Ben mir anvertraut hat, dass ihre Zuneigung weit über das normale Maß hinausgeht. Natürlich bedroht Shirin ihn nicht, aber die Belästigung hat ein solches Ausmaß angenommen, dass ich mir nur noch mit Abmahnungen zu helfen wusste. Hat sie dir gesagt, dass sie deswegen in Therapie ist?«

»Nein. Für mich klingt sie sehr uneinsichtig. Therapie, gut und schön, aber das dauert doch ewig! Sie glaubt, ihre Verliebtheit sei ihre Privatsache.«

Gemma seufzte. »Ich habe schon öfter von Fällen gehört, in denen Frauen belästigt und bedroht wurden, andersherum ist das seltener. Ich hätte mir nicht träumen lassen, aus so einem Grund jemanden abmahnen zu müssen.«

»Ich hatte schon Klienten, denen das passiert ist. Das ist nicht witzig. Das ist ein Fall für die Polizei. Kontaktverbot, einstweilige Anordnung. Du musst sie kündigen, wenn sie es nicht schafft, sich von ihm fernzuhalten.«

Am anderen Ende war es eine Weile still. »Genau darüber habe ich mit Marko schon beraten«, meinte Gemma schließlich. »Aber Ben will keine Anzeige gegen Shirin erstatten.«

»Das ist egal, weil du darüber Bescheid weißt. Du bist als Arbeitgeber verpflichtet, ihn zu schützen!«

»Ben will unseren Schutz nicht. Und Shirin macht ihren Job ausgezeichnet.«

Magnus dachte nach. Wenn er sich vorstellte, dass jemand Clara oder Eliza stalkte – er würde alles daransetzen, sie aus der Situation zu befreien. Er behielt seine Meinung für sich, weil ein weiterer Gedanke aus den Tiefen seines Gehirns an die Oberfläche trieb. »Du hast bei unserem ersten Gespräch gesagt, Ben war gerade frei, als du ihn für euer Start-up gewonnen hast. Hat er jemals darüber gesprochen, warum er sein altes Team verlassen hat?«

Gemma ließ sich Zeit mit der Antwort. »Nicht direkt«, sagte sie. »Wir hatten eine kurze Affäre Ende 2018, wie du weißt. Ich habe ihn damals geneckt und gesagt, dass ich ihn nicht für den Affären-Typ gehalten hätte.«

»Und, wie hat er reagiert?«

»Sinngemäß sagte er: ›Bin ich auch nicht. Ich habe die Nase voll von romantischen Versprechungen, die nicht eingehalten werden.‹ Daraus habe ich geschlossen, dass er eine unglückliche Liebesgeschichte hinter sich hat und ihm unser kurzes Arrangement lieb war. Weil er zuvor zwei Monate lang auf dem Pilgerweg nach Santiago war, habe ich automatisch vermutet, dass seine Verflossene eine Kollegin oder Freundin aus Karlsruhe war.«

Magnus bedankte sich für das Gespräch. Gemmas Vermutungen deckten sich mit dem, was Nadja herausgefunden hatte. Trotzdem, was hatte eine alte Liebesgeschichte mit seinem jetzigen Verschwinden zu tun? War die Frau wiederaufgetaucht? Aber dann hätte er sie doch einfach in die Wüste schicken können. Eliza hatte recht. Immer wieder gab es Hinweise auf das alte Team. Er würde selbst mit jemandem sprechen müssen. Hoffentlich stellte er sich nur halb so geschickt an wie Nadja bei ihrer Recherche. Magnus verscheuchte genervt einen kleinen Hund, der versuchte sein Bein an der Bank zu heben, und erntete böse Blicke von Besitzerin und Hund, der den Kopf umwandte und Magnus ansah, als ob er sich sein Gesicht für später merken wollte. Er blätterte ratlos in seinen Unterlagen. Was war mit Ben passiert? Es war offensichtlich, dass die Teamsitzung der Auslöser war, oder? Oder doch der Streit mit Nora? Die Situation mit Shirin hatte ihn mit Sicherheit belastet, aber deswegen verkroch man sich doch nicht? Magnus verlor sich in Grübeleien, bemerkte, dass seine Konzentration den Bach runterging, und erhob sich etwas schwerfällig von der Bank, als eine eingehende Nachricht auf seinem Handy seine Aufmerksamkeit gefangen nahm. Jonas hatte ihm ein Video geschickt mit den Worten: »Vielleicht hilft dir das weiter.« Magnus drückte sofort auf Play: Es funktionierte nicht. Er hatte kein Netz. Verwünschungen murmelnd bestieg er sein Rad und radelte nach Hause.

Auf dem Küchentisch lag ein Zettel: »Bin bei Maike, gegen drei Uhr zurück. Ruf mal an!« Auf gar keinen Fall. Nicht mit diesem Chaos im Kopf. Magnus war hungrig. Er mopste Parmaschinken aus dem Kühlschrank und belegte sich zwei Schnitten Graubrot damit. Eine Paprika, zwei Joghurts und ein Stück Schafskäse weiter fiel sein Blick auf den Zettel mit den Pfeilen und Namen, über den sie heute Morgen diskutiert hatten. Aus dem einen Zettel waren durch ihre Balgerei drei geworden, lädiert und schwer leserlich. Er schob die Fetzen beiseite und schrieb ihn neu, ergänzt um die Informationen von Shirin und Gemma. Als er gerade sein Smartphone im Arbeitszimmer mit dem Rechner verkabelte, um sich das Video von Jonas auf dem Monitor anzusehen, klingelte das Festnetztelefon. Er hörte Miriam, die mit strenger Stimme Anweisungen an Benno und Tilda gab, bevor sie sprechen konnte. »Die beiden nerven mich«, sagte sie. »Magnus, hast du einen Moment Zeit? Eliza hat mir gesagt, du seist in Sachen Reifferscheidt sehr beschäftigt.«

»Für dich immer. Bist du wieder nüchtern?«, frotzelte er. Im Hintergrund hörte Magnus Tilda krähen.

Miriam stieg nicht auf seine Witzelei ein. »Er ist es.«

»Was? Wer?«

»Der Tote aus dem Königsforst. Es ist Gregor Henke. Der alte Schulfreund deines Vermissten. Wir haben den Teilabdruck eines Daumens auf dem Handy gefunden. Treffer in der Datenbank.«

»Gregor Henke war vorbestraft?«

»Nein. Der Bursche, der das Handy am Fundort der Leiche hat mitgehen lassen. Einer unserer jugendlichen Intensivtäter aus Neubrück. Nennen wir ihn Kevin.«

»Kevin? Ernsthaft jetzt?«

»Wir registrieren gehäuft Diebstähle bei Spaziergängern, seit die Innenstädte wegen Corona nicht mehr voll genug für die Beutezüge sind. Die Kollegen haben ›Kevin‹ heute Morgen zu Hause einen Besuch abgestattet. Er war für seine Verhältnisse erschüttert, als sie ihm erklärt haben, er sei mordverdächtig.«

»Warum hat er das Handy wieder weggeworfen? Das ist doch dämlich.«

Miriam kicherte. »Angeblich hat er kalte Füße bekommen. Von Lebenden raubt es sich scheinbar leichter als von Toten. Die Story stimmt vorne und hinten nicht, wenn du mich fragst. Aber es war sehr nett von ihm, dass er den nächsten Mülleimer genommen hat, um das Handy zu entsorgen. Sonst hätten wir wesentlich länger gebraucht, das Opfer zu identifizieren.« Sie wurde wieder ernst. »Jedenfalls hilft uns das, den Todeszeitpunkt besser einzugrenzen. Sicher ist, dass Henke am Sonntagabend um sieben schon tot war, da hat unser Bürschchen ihm das Handy abgenommen. Henkes Frau hat ihn übrigens identifiziert, das konnten wir ihr nicht ersparen.«

»Die Arme«, entfuhr es Magnus.

»Ihre Schwester ist jetzt bei ihr und kümmert sich um sie und die Kinder. Ich habe eine Psychologin aus dem Wochenende geholt und vorbeigeschickt.«

»Verdächtigt ihr sie?«

»Sie ist noch nicht vernehmungsfähig, sagen die Kollegen. Bisher bist du der einzige Semiprofessionelle, der nach Henkes Tod mit ihr gesprochen hat. Grund, den Kerl zu erschlagen, hatte sie jedenfalls, nach dem, was du mir erzählt hast. Kannst du mir morgen früh direkt deine Aufzeichnungen von dem Gespräch schicken? – Tilda, Schatz, Mama kommt gleich.«

Magnus versprach es. »Und danke für das ›Semi‹.«

Sie lachte. »Viel mehr darf ich dir nicht verraten, du weißt ja. Nur so viel: Morgen werden wir uns Marko Boden von ›SolarBoost‹ noch einmal vorknöpfen. Vielleicht fällt ihm mehr ein, wenn er einen Namen zu demjenigen hat, der mit seiner privaten Nummer spazieren geht. Wie läuft es mit deiner Suche?«

Magnus berichtete ihr von seinen Unterhaltungen mit Shirin und Gemma.

»Das ist eine verdammt üble Kiste«, entfuhr es Miriam. »Vor meiner Elternzeit hatte ich einige Fälle mit Stalkern in Bearbeitung, einer davon ist tödlich für das Opfer ausgegangen. Der Klassiker: der zurückgewiesene Exmann.«

»Meinst du, für Ben ist die Situation gefährlich?«

»Dafür kenne ich die Beteiligten nicht gut genug. Es ist eher ein Zermürbungskrieg. Du kannst davon ausgehen, dass dir diese Frau nicht einen Bruchteil von dem gesagt hat, was sie tatsächlich alles unternommen hat, um in seiner Nähe zu sein. Die Täter fühlen das Unrecht nicht, die Wahrnehmung der Wirklichkeit ist komplett verschoben, verstehst du?«

»Das habe ich gemerkt. Immerhin schämt sie sich – na ja, manchmal. Sie ist mittlerweile in Therapie.« Warum verteidigte er sie? Weil er ihre Seite kennengelernt hatte – Bens aber noch nicht?

»Das ist ein sehr langer Weg, den sie vor sich hat, Magnus. Ein Stalker kann sein Verhalten nicht innerhalb von ein paar Tagen verändern, selbst wenn er einsichtig ist –«

»Meister, ich will meine Frau zurück! Es ist Sonntag!« Benno beschwerte sich lautstark am anderen Ende der Leitung. Tilda weinte.

»Alles klar, Miriam, danke.«

»Magnus? Bleib an der Stalkerin dran. Das ist ein Glücksfall für eine Vermisstensache. Hundertprozentig weiß die viel mehr, als sie dir gesagt hat.«

Gregor Henke. Die Frau musste gerade die Hölle durchmachen. Oder? Ihn überlief es kalt, als er sich an ihre Klage erinnerte, dass er sich nicht melden würde. Auch er selbst hatte ihn versucht zu erreichen, als er schon tot war. Was das wohl für ein Typ war? Eigentlich wusste er nichts über ihn. Wenn seine Frau die Wahrheit sagte, war er untreu und zahlte keinen Unterhalt. Das klang nicht sehr sympathisch. Aber wie zuverlässig war die Aussage einer gekränkten Ehefrau? Er war ein alter Schulfreund von Benjamin Reifferscheidt. Laut der Mutter waren die Jungs früher unzertrennlich gewesen. Vielleicht war er doch kein so übler Kerl. Wäre der friedliebende Reifferscheidt mit einem Idioten befreundet? Aber sie waren nicht mehr befreundet, fiel ihm ein. Auseinandergelebt, hatte Sabrina

Henke gesagt. Es juckte ihn in den Fingern, im Internet seinen Namen zu recherchieren, dann erinnerte er sich wieder an seinen Deal mit Miriam. Um die Toten kümmerte sie sich, er, Magnus, kümmerte sich um den Vermissten. Er fuhr den Rechner hoch und klickte Jonas' Video an. Es war ein gut gefilmter Mitschnitt einer kleinen Besprechungsrunde. Nach wenigen Augenblicken begriff Magnus, dass in einem der Büros des Start-ups gefilmt worden war, im Hintergrund erkannte er eines der hohen Bogenfenster. Die Qualität des Films war ausgezeichnet. Gemma Jones stand frontal zum Betrachter, leger gekleidet in Jeans und bunter Bluse, hinter ihr an der Wand leuchtete eine Präsentationsfolie in Grün und Gelb, die Farben von »SolarBoost«. Die Schrift konnte Magnus nicht entziffern. Rechts vor Gemma saß Marko Boden in einem weißen Polo-Shirt, vor sich ein aufgeklapptes Laptop. Er war nur im Halbprofil zu erkennen und sagte etwas zu Gemma, was Magnus nicht verstehen konnte. Links vor ihr, den Kopf konzentriert über Unterlagen gebeugt, saß unverkennbar Benjamin Reifferscheidt, der sich etwas aufschrieb. Magnus hielt den Atem an. Es war etwas anderes, jemanden auf einem Foto zu sehen, als ihn bewegt und in Farbe vor sich zu haben. Da war sein Vermisster, mit einem Lächeln hob er den Kopf und winkte dem Filmenden zu, das dürfte Jonas sein. Magnus erhielt sofort eine Bestätigung, denn Jonas schob sein Gesicht grinsend in die Kameralinse und winkte einem imaginären Betrachter zu. Shirin war nicht anwesend, Philomena auch nicht. Magnus erinnerte sich, dass sie sich als Öko-Oma vom Dienst bezeichnet hatte, die nur ein bisschen mitarbeitete. Das war gewesen, bevor er wusste, dass sie zu den Geldgebern des Start-ups gehörte. Plötzlich rastete es in Magnus' Gehirn ein. Natürlich war Shirin nicht dabei. Er hatte die Sitzung vom 28. August vor sich und Shirin hatte Urlaub. Wenn ihre Angaben stimmten, stand sie im Moment der Aufnahme neben Bens Fahrrad und wartete auf ihn. Die Kamera zoomte näher auf Bens Gesicht, bis Magnus eine graue Strähne in seinen zusammengebundenen Haaren erkennen konnte. Der Gefilmte spürte etwas, blickte direkt in die Kamera, lächelte und zeigte Jonas eine lange Nase.

»Jonas, das Videoprotokoll ist eigentlich eine Superidee von dir, aber –«, sagte Gemma. Sofort schwenkte die Kamera auf sie und Gemmas Gesicht kam übergroß ins Bild, bis Magnus die Sommersprossen auf ihrer Nase hätte zählen können. »Ich weiß nicht, was du da machst, aber lass das«, sagte sie belustigt. »Wir kommen zum letzten Agenda-Punkt für heute.« Sie machte eine Sprechpause. »Ich habe ihn bewusst ans Ende der Sitzung gelegt, damit wir das Thema in Ruhe am Wochenende überdenken können.« Sie wandte sich an Marko. »Klickst du bitte weiter?«

Die Präsentationsfarben änderten sich, der Hintergrund wurde blau. Magnus konnte trotz Vollbildmodus und großem Monitor nur verschwommen eine Art Logo erkennen. Die Buchstaben auf der Folie waren unlesbar. »Ich habe euch schon per Mail mitgeteilt, dass wir ein Übernahmeangebot bekommen haben«, fuhr Gemma fort. »Jonas«, sie richtete den Blick direkt in die Kamera, »das ist ein guter Moment, die Kamera auszumachen, denke ich. Die Aufnahme ist zwar nur für den internen Gebrauch, aber trotzdem.« Jonas murmelte irgendetwas,

was Magnus nicht verstehen konnte, dann wurde das Bild schwarz. Verdammt. Das Video zeigte noch drei Minuten Laufzeit an. Was sollte das? An der interessantesten Stelle war die Aufnahme unterbrochen. Enttäuscht schlug Magnus mit der Hand auf die Tischplatte. Plötzlich erschien der Besprechungsraum wieder auf dem Bild.

»Share Deal oder Asset Deal?«, fragte Marko. Die Atmosphäre im Raum hatte sich verändert. Marko und Benjamin saßen kerzengerade auf ihren Plätzen. Gemma hatte die Hände auf der Tischplatte vor ihr aufgestützt und sah den beiden abwechselnd in die Augen.

»Share Deal«, antwortete Gemma. »Jetzt, da ihr wisst, um wie viel Geld es geht, bitte ich euch, das Angebot in Ruhe, völlig emotionslos, zu überdenken. Meine Meinung dazu kennt ihr.«

Jonas' Stimme erklang aus dem Off. »Sollten wir das nicht mit allen besprechen? Shirin ist im Urlaub und Oma wird das auch interessieren.«

Marko wandte sich an Jonas, einen Mundwinkel hochgezogen. »Du bist rechtlich noch unerfahren, aber dir ist schon klar, dass dieses Thema nur die Gesellschafter entscheiden können?«

»Aber es betrifft alle«, wandte Jonas ein. »Omas Geld …«

»Was machst du da?« Magnus fuhr zusammen. Eliza stand plötzlich hinter ihm, er hatte sie nicht kommen hören. Sie legte die Hand auf seine Schulter. »Ich wollte dich nicht erschrecken. Was ist das?« Sie deutete auf den Monitor. »Die letzte Teamsitzung von ›SolarBoost‹, am Freitag, bevor Ben verschwunden ist.«

»Lass sehen.« Sie zog sich Magnus' Gitarrenhocker heran und beugte sich nach vorne. Magnus startete das

Video neu, beobachtete noch aufmerksamer als vorhin die Teilnehmer der Sitzung. Neben ihm atmete Eliza scharf ein, als Ben Reifferscheidt ins Bild kam. Der Bildschirm wurde wieder schwarz. »Jetzt, wo es spannend wird!«, schimpfte sie.

»Warte, es geht gleich weiter.«

»Da fehlt ein Stück«, flüsterte Eliza, als Gemma virtuell erneut darum bat, das Angebot zu überdenken. Magnus nickte. Jonas' Stimme sagte: »Aber es betrifft alle. Omas Geld steckt in der Firma. Wir könnten alle reich werden!«

»Ist das der Junge?«, fragte Eliza. Magnus legte ihr die Hand auf den Unterarm, damit sie still blieb. Von links vorne ertönte ein Klirren. Ein Wasserglas auf Bens Tisch fiel um, rollte in Zeitlupe auf die Tischkante zu und zersplitterte auf dem Boden. Magnus bewunderte Jonas' Chuzpe, er musste unauffällig die Kamera in Bens Richtung gedreht haben. Ben stand kerzengerade mit mahlendem Unterkiefer und verschränkten Armen vor seinem Tisch. Er fixierte abwechselnd Marko, Gemma und Jonas. »Darum geht es euch?«, brüllte er los. »Ohne mich. Niemals. Das sind Kapitalisten der übelsten Sorte. So naiv könnt ihr nicht sein! Die machen den ganzen Markt platt. Dann könnt ihr genauso gut alles, was ihr braucht, bei Amazon bestellen und – er richtete den Blick auf Marko – das dickste Auto fahren, das produziert wird.«

»Ben, bitte, beruhige dich doch!« Gemma versuchte einzugreifen.

»Du, ausgerechnet, du! Das ist die größte Enttäuschung.« Ben wies mit ausgestrecktem Zeigefinger auf sie. »Dem Jungen mache ich keinen Vorwurf. Aber dir. Du wagst es, diesen Mist auf die Agenda zu setzen.«

»Herrgott, Ben, entspann dich, sie ist doch dagegen.« Das war Markos Stimme aus dem Off, er war nicht im Bild.

»Mir reicht es.« Ben klappte seinen Rechner zu, schob ein paar Papiere zusammen und verließ mit schnellen Schritten den Raum. Eine Glastür fiel mit einem lauten Scheppern ins Schloss. Im Raum war es total still, Magnus glaubte sogar, eine Uhr ticken zu hören.

»Ich wusste nicht, dass er so brüllen kann«, sagte Marko schließlich und lachte. Niemand lachte mit. »Weiß jemand, warum er sich so aufregt? Das ist doch nicht unser erstes Übernahmeangebot.« An dieser Stelle brach die Aufnahme ab.

»Wow«, sagte Eliza nach einer Weile. »Weiß Maike, dass du diese Aufnahme hast?«

Magnus schüttelte den Kopf. »Ich habe sie vor einer Stunde erst bekommen.«

»So hatte ich mir Ben nach Maikes Erzählungen nicht vorgestellt«, meinte Eliza. »Er sah aus wie ein Shaolin-Krieger, der jede Sekunde zum Angriff übergeht. Hast du die Körperhaltung gesehen?«

Magnus nickte. »Ich muss wissen, wer das Angebot gemacht hat. Jonas hat genau die Stelle geschnitten, in der es um die Höhe der Summe ging, bestimmt mit Absicht. Und einen Firmennamen kann ich nicht erkennen.«

»Ich kann dir das drüben bei mir vergrößern«, bot Eliza an. »Am Anfang war ein Logo eingeblendet, hast du gesehen?«

»Nicht richtig. Kriegst du das hin?«

»Schick mir die Aufnahme auf mein Handy. Ach ja,

und ruf bitte Maike an.« Sie gab ihm einen Klaps auf die Schulter und schloss die Tür ihres Arbeitszimmers hinter sich.

Magnus streckte sich einen Moment lang auf seinem Sofa aus und schloss die Augen. Was für ein Wirrwarr. Das wirkte nicht wie ein kleiner Streit unter Freunden, sondern wie ein offener Bruch. Warum war Bens Reaktion so heftig ausgefallen? Er kam einfach nicht weiter. Als er merkte, dass er schläfrig wurde, rappelte er sich wieder auf. Keine Zeit zum Schlafen heute. Er rief Nadja an, vielleicht hatte sie in der Zwischenzeit etwas über die Firma herausgefunden, aber er erreichte nur die Mailbox. Ihm blieb nichts anderes übrig, als auf Elizas Vergrößerung zu hoffen. Was drängte sich noch auf? Shirin. Miriam hatte gesagt, er solle dranbleiben. Shirin hatte Ben am Freitagabend nicht folgen können. Aber vielleicht wusste sie noch mehr. Er musste sich sorgfältig überlegen, welche Fragen er stellen würde, damit ihre Scham nicht die Oberhand gewann. Zum Glück fand er ihre private Festnetznummer im örtlichen Telefonbuch im Netz. Er wählte und hoffte, dass ihre Familie mittlerweile auf dem Heimweg war.

»Wer ist hier der Stalker? Du oder ich?«, sagte sie, nachdem er seinen Namen genannt hatte.

»Ich weiß, dass das Thema für dich schwierig ist«, sagte Magnus. »Aber du willst doch selbst wissen, wo er ist.«

Sie schwieg. Er hörte ein Klirren, das Geräusch einer Porzellantasse, die unsanft auf einem Unterteller landete. Dann das Klappern einer Tastatur. »Okay, ich helfe dir«, meldete sie sich zurück.

»Wo war er am Samstag? An dem Tag, bevor er verschwunden ist?«

»Ich hatte nur nachmittags ein bisschen Zeit, wegen meines Besuchs. Er war zu Hause, sein Fahrrad stand vor der Tür. Gegen halb vier hat er das Haus verlassen und ist zum Volksgarten geradelt. Ich bin mit dem Fahrrad hinterhergefahren. Er hat sich dort mit jemandem getroffen, das Wetter war schön. Sie sind spazieren gegangen und haben geredet. Ich glaube, sie haben sich gestritten, jedenfalls hat sich Ben plötzlich umgedreht und hat den Typ stehen lassen. Ich konnte nicht hören, worum es ging, er durfte mich nicht sehen, ich bin schnell auf einen Seitenweg abgebogen, als er zurückkam.«

»Kanntest du denjenigen, mit dem er gesprochen hat?«

»Nein, ich habe ihn noch nie gesehen.«

Magnus kam ein Gedanke. »Wie sah er aus?«

»Oberflächlich recht gut aussehend. Groß, längere braune Haare, sportlich.« Sie zögerte. »Er sah dir zumindest von hinten ein bisschen ähnlich, Statur und Haare«, sagte sie. »Das Gesicht konnte ich nicht richtig erkennen.«

»Und was hast du dann gemacht?«

»Ich bin nach Hause gefahren.«

»Wirklich? Wolltest du nicht wissen, wo Ben danach hinwollte?«

»Ich hatte keine Zeit. Außerdem weiß ich, was er jeden Samstag macht.« Magnus hörte sie schlucken. »Er ist bei ihr.«

»Bei Nora Schwarz?«

»Frag sie selbst, wenn du mehr über sein Liebesleben wissen willst.«

»Das mache ich, danke. Eine Frage noch. Du kennst Ben sehr gut, kennst seinen Tagesablauf. Wohin glaubst du, würde er sich zurückziehen, wenn er nicht gefunden werden will?«

»Du fragst die Falsche.« Sie lachte, aber es klang bitter. »Wenn ich das wüsste, wäre ich schon dort.«

Magnus war müde, das Gespräch hatte ihn erschöpft. Er kam sich schäbig vor, jemanden auszunutzen, der offensichtlich Hilfe brauchte. Von einer Sache war er überzeugt: Der Mann, den Ben im Volksgarten getroffen hatte, war Gregor Henke. Er erinnerte sich, dass Miriam im Polizeipräsidium auf die äußerliche Ähnlichkeit zwischen ihm, Magnus, und dem Toten hingewiesen hatte. So viele Zufälle konnte es nicht geben. Er musste Miriam unbedingt von dem Treffen der beiden berichten, scheute aber davor zurück, sie schon wieder in ihrer freien Zeit mit der Familie zu stören. Er schickte eine kurze Zusammenfassung an ihre E-Mail-Adresse im Präsidium und scannte seine Aufzeichnungen von dem Gespräch mit Sabrina Henke ein. Dann wäre sie morgen früh auf dem neuesten Stand. Er tapste die Treppe hinunter in die Küche, bereitete sich einen Cappuccino zu, um wieder wach zu werden, und starrte zum x-ten Mal auf seinen zerrissenen Notizzettel, der neben der sauberen Abschrift immer noch auf dem Esstisch lag. Fünf Pfeile wiesen auf das Karlsruher Team, in dem Ben früher gearbeitet hatte. Eine alte Liebesgeschichte. Ein Streit um ein Patent. Ein überraschender Jobwechsel. Er las Nadjas Bericht über das Karlsruher Team. Was übersah er die ganze Zeit? Es half alles nichts: Er musste von vorne beginnen. Lustlos nahm Magnus seine Unterlagen erneut zur Hand und blätterte durch seine allerersten Aufzeichnungen. Maikes Charakterisierung ihres Bruders hatte sich als zutreffend erwiesen. Nur über seine Frauengeschichten hatte sie nicht Bescheid gewusst, in diesem Punkt war Ben seiner Schwester gegenüber verschlossen. Er scrollte auf seinem Handy durch die Aufnahmen, die er in Bens Wohnung gemacht hatte, und blieb bei der abfotografierten Küchenpinnwand hängen. Zwei Telefonnummern und ein Foto, das Ben lächelnd an einem unbekannten Arbeitsplatz zeigte. Magnus nahm sich die Telefonnummern vor. Die erste konnte er ohne Probleme der Putzfrau zuordnen. Die zweite rief er an. Eine Margit Baumberg bat per Mailbox darum, Rufnummer und Anliegen zu hinterlassen, sie würde sich schnellstmöglich zurückmelden. Magnus sprach auf die Mailbox, sagte, er sei auf der Suche nach Herrn Reifferscheidt, und bat um Rückruf. Dann wählte er Maikes Nummer.

»Gut, dass du anrufst«, sagte sie. »Ich dachte schon, du hättest mich vergessen. Hast du Neuigkeiten für mich?«

»Vielleicht.« Magnus brachte sie kurz auf den neuesten Stand, berichtete von Shirins Nachstellungen, von der Videoaufzeichnung der letzten Teamsitzung, und von seiner Vermutung, dass Ben Gregor Henke am letzten Samstag getroffen hatte.

»Der Arme. Eine Stalkerin sagst du? Das ist furchtbar. Aber dass er wieder Kontakt zu Gregor hat, wundert mich. Soweit ich weiß, hatten sie in den letzten Jahren nicht viel miteinander zu tun, das habe ich dir schon erzählt, oder? Ich war nie ein großer Fan von Gregor, aber letztlich kannte ich ihn nur als Jungen. Ich fand immer, er hat Ben ausgenutzt, bei ihm abgeschrieben und so was, du weißt schon.« Sie lachte. »Kinder eben. Als er dann noch das Gleiche studiert hat, habe ich Ben damit aufgezogen, dass Gregor dann wieder bei ihm abschreiben könnte.«

»Gregor Henke ist Physiker? Wie Ben?«

»Sie haben zusammen einen Bachelor in Biologie gemacht, danach haben beide die Fachrichtung gewechselt. Masterstudium und Promotion bei Ben waren jedenfalls in Physik. Gregor sei eher der Praktiker, hat Ben damals gesagt. Ingenieur für Umwelttechnik, etwas in der Art.«

»Er ist tot. Gregor Henke, meine ich«, platzte Magnus heraus.

»Bitte was?«

»Hör zu, das hat mir Miriam gesagt, die Kommissarin, bitte behalte das noch für dich. Er wurde vor ein paar Tagen tot ohne Papiere aufgefunden, sie haben ihn heute erst identifizieren können.«

Magnus hörte sie tief ein- und ausatmen. »Oh Gott, die arme Sabrina. Und die Kinder, sie haben doch Kinder! Woran ist er gestorben?«

»Ich weiß es nicht.«

»Uff. Das muss ich erst einmal verdauen.« Sie schwieg einen Moment.

»Maike? Kennst du eine Margit Baumberg?«

»Den Namen habe ich noch nie gehört.« Ihre Stimme klang brüchig. »Wer soll das sein?«

»Ihre Telefonnummer hing bei Ben an der Pinnwand.«

Eliza kam die Treppe herunter und wedelte mit triumphierendem Gesichtsausdruck mit einem Stück Papier vor seiner Nase. Magnus nickte ihr zu und deutete auf sein Handy. »Ich möchte noch einmal in Bens Wohnung«, sagte er ins Telefon. »Maike? Ist alles in Ordnung?« Am anderen Ende der Leitung hörte er sie leise weinen. Eliza blieb fragend vor ihm stehen. Er reichte ihr das Handy, flüsterte »Maike« und nahm ihr das Blatt Papier ab. Während Eliza beruhigend auf ihre Freundin einsprach, untersuchte Magnus den Farbausdruck in seiner Hand. Verschwommen, aber erkennbar war ein Logo mit einer stilisierten blauen Sonne abgebildet. Darunter stand gut lesbar in fetten blauen Lettern: »Solaris AG«.

Zehn Minuten später umfing ihn die Stille der verlassenen Wohnung in der Petersbergstraße. Zum Glück war Frau Merzenich nicht aufgetaucht, um neugierige Fragen zu stellen, dafür war Magnus gerade nicht in Stimmung. Er ging schnurstracks zur Pinnwand in der Küche, zog eine Leselupe aus Elizas Beständen aus der Tasche und nahm das Foto von Ben in Augenschein. Es war ein A4-Ausdruck im Querformat, schwarz-weiß, schon ein wenig lädiert an den Rändern. Ben sah gut aus auf dem Bild. Gelöst, konzentriert, überrascht von der Situation. Sein Lächeln galt mit Sicherheit einer Person, die er mochte. Magnus nahm das Foto von der Pinnwand ab und konzentrierte sich auf den Hintergrund. Er musste nicht lange suchen. Genau wie in tausend anderen Büros in Deutschland hing an einer Seite ein Wandkalender mit dem Werbeaufdruck des jeweiligen Arbeitgebers. Magnus entzifferte »KIT – Karlsruher Institut für Technologie«. Er drehte das Bild um. Auf der Rückseite hatte jemand mit Kugelschreiber ein Smiley gemalt und mit einem handschriftlichen Datum versehen: 12. April 2018. Bens Zahlenschrift sah anders aus, mehr nach rechts geneigt, wie Magnus anhand der Telefonnummern an der Pinnwand überprüfen konnte. Jetzt dämmerte es ihm, warum ihn das Bild von Anfang an irritiert hatte. Welcher Mann pinnte in seiner eigenen Wohnung freiwillig ein Bild von sich selbst an die Wand? Kein Mann, den er kannte, tat das. Ausnahmen: Er war eitel oder ein Bühnenkünstler, das Foto war brandaktuell und die Partnerin wollte es gerne aufgehängt wissen oder es handelte sich um den Schnappschuss eines Kollegen, aber solche Bilder hingen am Arbeitsplatz, wie dieses ursprünglich. Magnus fand zur Bestätigung am oberen und unteren Bildrand je zwei kleine Einstichlöcher, von Nadeln oder Reißzwecken. Ben hatte das Foto aus Karlsruhe mitgenommen, das einzige sichtbare Erinnerungsstück an diese Zeit. Dafür, fand Magnus, gab es nur eine sinnvolle Erklärung: Das Foto hatte jemand gemacht, der Ben viel bedeutete. Magnus fuhr zusammen, als überlaut ein Handy mit einer orchestralen Melodie erklang, bis ihm einfiel, dass er eben Elizas Handy eingesteckt hatte, weil ihr Telefonat mit Maike auf seinem Handy noch nicht beendet gewesen war, als er das Haus verließ. Es war Nadja. »Eliza meinte, dass du mit dem falschen Handy herumläufst«, scherzte sie. »Hör zu, ich habe mich umgehört. Drei Firmen kommen nach meinen Quellen für eine mögliche Übernahme infrage: die Solaris AG …«

»Die ist es«, unterbrach Magnus sie. »Wir konnten ein Logo auf einer Präsentationsfolie entziffern.«

»Danke, dass du mir Bescheid sagst«, meinte Nadja verschnupft. »Seit eineinhalb Stunden telefoniere ich dieser Info hinterher. Meinst du, ich habe sonntags nichts Besseres zu tun?«

»Hey, ich weiß es selbst erst seit einer halben Stunde. Es tut mir leid. Ich lade dich gerne noch einmal zum Thailänder ein!«

»Ich nehme dich beim Wort! Warum ist es mit dieser Firma so dringend?«

Magnus erläuterte ihr, dass sein Vermisster als Gesellschafter von »SolarBoost« gegen die Übernahme sei und das eventuell der Auslöser für sein Verschwinden gewesen sei. »Er hat auf den Vorschlag sehr emotional reagiert«, schloss Magnus.

»Das kann ich nachvollziehen«, meinte Nadja. »Eine chinesische Firma hält die Aktienmehrheit. Hauptsächlich bauen sie Produktionsstrecken für Solarzellen in China, haben aber ein europäisches Standbein in Frankfurt und wollen auf dem hiesigen Markt expandieren. ›SolarBoost‹ hat vielleicht ein paar interessante Nebenprodukte, die sie nicht der Konkurrenz überlassen wollen, vermute ich. Es lebe die Globalisierung! Ich habe ein bisschen Material zusammengestellt und dir per Mail geschickt.«

Magnus bedankte sich, auch wenn ihm bei dem bloßen Gedanken an weitere Recherchen am Rechner die Augen zufielen. »Eine Bitte noch: Gibst du mir die Telefonnummer von dem Kollegen aus Karlsruhe, bei dem du dich als Headhunterin ausgegeben hast? Ich hätte da ein paar Fragen.«

»Nein.«

»Nein?«

»Er kennt nur mich«, sagte Nadja entschieden. »Wie sieht das aus, wenn ein Wildfremder bei ihm anruft und sich nach einer verflossenen Liebschaft erkundigt?

Darum geht es doch, oder? Du kannst diese Info nur von mir bekommen haben. Der Kerl würde nie wieder jemandem trauen. Es muss einen anderen Weg geben.«

»Mir fällt keiner ein.«

»Benutz dein Gehirn, wenn du wieder wach bist. Du kannst doch immer gut mit Frauen. Ruf morgen die Verwaltungsassistentin an, die ist gesprächig. Oder beschaff dir die Mitarbeiterlisten des Instituts aus dem Jahr 2018. Basisarbeit, Magnus, Basisarbeit.«

»Du klingst wie Benno«, sagte Magnus, halb verärgert, halb amüsiert. »Ich lade dich nur in die Dönerbude ein. Für den Thailänder bist du nicht kooperativ genug.«

Sie verabschiedeten sich. Nach dem lebhaften Geplänkel mit Nadja wirkte die Ruhe in der Wohnung regelrecht bedrückend. Magnus nutzte die Gelegenheit trotzdem und untersuchte sorgfältig Schubladen und Regale, die er bei seiner ersten Begehung mit Maike aus Taktgefühl ausgespart hatte. Vielleicht fand er auf die Schnelle etwas über Bens verflossene Liebschaft. In einem Stehsammler auf dem Wohnzimmerregal stieß er in Form eines schlecht kopierten Pachtvertrages für einen Schrebergarten auf etwas Überraschendes: Ben Reifferscheidt war seit 2019 Mitglied bei »Kletterrose e.V.«, einem Kleingartenverein, der an den Beethovenpark angrenzte. Leider stand im Vertrag nichts über die präzise Lage der Parzelle. Er benutzte Elizas Handy, um den Verein im Netz zu suchen. Unter den elf Vorstandsmitgliedern blieben seine Augen am Namen einer Beisitzerin hängen: Margit Schönberg. Konnte es so einfach sein? Magnus schloss leise die Wohnungstür hinter sich, schwang sich auf sein Rad und fuhr los, Richtung Beethovenpark. Als er die

Luxemburger Straße an der Straßenbahn-Ampel, die Rot anzeigte, überqueren wollte, fasste ihn jemand am Arm. »Doch nicht bei Rot! Schön warten. Ich komme gerade von meiner Nachmittagsrunde zurück.« Frau Merzenich und Hasi blieben ihm also doch nicht erspart. Er mochte die alte Dame gern, aber nicht, wenn er es eilig hatte. Die Linie 18 querte einmal von rechts, zwei Minuten später von links. Das genügte Bens Nachbarin, um Magnus ausführlich ihren Sonntag zu schildern, den sie kaffeetrinkend bei der Schwägerin verbracht hatte, und es genügte dem Hund, zweimal am Drängelgitter vor den Schienen das Bein zu heben. Endlich auf der anderen Straßenseite angelangt, winkte Magnus ihr freundlich zum Abschied zu, trat in die Pedale und hatte den Park fast erreicht, als Elizas Handy in seiner Hosentasche zu klingeln begann. Er fluchte und stieg ab. Dauernde Erreichbarkeit war kein erstrebenswerter Zustand. Er entspannte sich, als er Claras Nummer im Display erkannte.

»Papa, was treibst du? Machst du gerade Sport?«

»Ich verfolge eine heiße Spur!«, witzelte Magnus.

»Ich bin so stolz auf dich«, spottete sie. »Immer noch der Solarforscher?«

»Sag mal, Clara, würdest du dir einen Schrebergarten pachten?«

»Für den Anfang würde mir eine Wohnung genügen.«

»Mist.« Magnus fiel siedend heiß ein, dass er ihr versprochen hatte, sich umzuhören.

»Du hast es vergessen, oder?«

»Tut mir leid. Ich rufe ihn heute Abend an, okay?«

»Na gut. Schrebergärten finde ich übrigens mega, wenn man keinen eigenen Garten hat. Mama hat mal versucht, bei der ›Kletterrose‹ einen zu bekommen, keine Chance. Die nehmen einen noch nicht mal in die Warteliste auf.«

»Ich dachte, eure Generation fände das spießig.«

»Nö, warum? Das ist doch super. Du kannst dir eigenes Gemüse ziehen, Freunde zum Grillen einladen, Apfelmus vom eigenen Apfelbaum einkochen … Mareikes Großeltern haben einen. Da war ich schon ein paarmal mit. Mir würde das gefallen. Warum interessierst du dich für Schrebergärten?«

»Mein Solarforscher hat einen.«

Clara kicherte. »Vielleicht versteckt er sich im Geräteschuppen.«

»Das hoffe ich. Schatz, ich muss weiter. Ich melde mich morgen.«

»Warte! Ich soll dir von Eliza bestellen, du sollst nach Hause kommen. Die habe ich gerade auf deinem Handy erreicht. Sie braucht ihr Handy wegen einer Kundennummer. Sie klang not amused.«

»Verdammt.«

»Papa? Deine Spur ist wichtiger. Ich finde, Eliza sollte mal chillen.«

Magnus lachte. »Danke für deine Unterstützung. Ich werde es ihr ausrichten.«

»Bloß nicht! Dann komme ich auf die schwarze Liste.«

Was jetzt? Krach mit seiner Liebsten riskieren? Äußerst ungern, aber es musste sein. Zumindest eine Runde mit dem Rad um die Schrebergärten drehen, vielleicht hatte er einfach Glück. Magnus radelte durch den gut besuchten Beethovenpark, vorbei an picknickenden Familien, Spaziergängern und Freizeitsportlern, bis er an einem der Hauptwege durch das Schrebergartengelände stand. Die großen Wege waren für die Allgemeinheit zugänglich, die Querverbindungen, an denen die Gärten lagen, nicht. Die Seitenwege trugen blumige Namen: Vom Anemonen- über Veilchen- bis zum Rosenweg war alles dabei. Am Narzissenweg fand Magnus ein unverschlossenes Tor, stellte sein Fahrrad ab und ging zu Fuß durch die Anlage. Der Duft von gegrillten Würstchen ließ seinen Magen Purzelbäume schlagen. Auf der Parzelle mit dem Grill regierte der 1. FC Köln, wie die Vereinsflagge verkündete, auf dem Nachbargrundstück Fortuna Köln. Magnus grinste. Beim abendlichen Bier dürfte die Rivalität keine Rolle spielen. Auf der Parzelle daneben verwilderten die Beete, ein ungewöhnlicher Anblick in der Reihe von Gärten, in denen jeder Quadratzentimeter bepflanzt und gepflegt, die kleinen Zugangswege zu den Holz- oder Steinhäuschen sorgfältig vom Unkraut befreit wurden. Eliza hätte ihren Spaß an den blühenden Stauden, dachte Magnus. Jetzt, im September, flammte es in allen Rot- und Lilatönen, die meisten Blumen kannte er nicht namentlich. Er schritt den Weg ab und suchte nach Bens Fahrrad, aber vergeblich. Die Anlage war zu groß. Er fragte auf gut Glück ein jüngeres Paar, die ein Gemüsebeet beharkten, ob sie Benjamin Reifferscheidt kennen würden, aber sie verneinten. Dann war der Weg zu Ende und Magnus stand an der anderen Seite vor einem verschlossenen Tor. Er kehrte um, aufmerksam nach rechts und links Ausschau haltend.

»Hey, das Gelände darf nur von Vereinsmitgliedern betreten werden! Bist du Mitglied?« Ein braun gebrannter Glatzkopf mit imposantem grauem Schnäuzer und abstehenden Ohren rief ihn von der Seite an. Er stand breitschultrig auf einem Mini-Acker mit ein paar Kohlköpfen und war mit einem Spaten bewaffnet, den er auf Magnus richtete.

»Nein, aber ich möchte eine Parzelle pachten. Auf dem dritten Grundstück hinten ist doch etwas frei?«

Der Mann lachte und ließ den Spaten sinken, als sein Lachen in Husten überging. »Wovon träumst du nachts? Die Warteliste ist seit zwei Jahren geschlossen. Die Parzelle ist schon längst vergeben. Nächsten Monat ist Besitzerwechsel.«

»Sehr schade. Ich suche schon lange. Meine Frau möchte gerne einen Schrebergarten, wissen Sie.«

»Die Weiber möchten immer viel. Meine will in der Karibik Urlaub machen.« In den Blick des Mannes schlich sich Mitleid. »Vielleicht hast du Glück und ein paar Leute können wegen Corona die Pacht nicht zahlen. Aber du musst dich hinten anstellen. Am Vereinshaus findest du die Telefonnummer und die E-Mail-Adresse vom Vorstand. Aber mach dir keine Hoffnung.« Er wandte sich wieder dem Kohl zu. Magnus befolgte seinen Rat und ging zurück zum Hauptweg, an dem das Vereinsheim lag. Jemand von seinen alten Musikerfreunden hatte dort schon eine Party gefeiert. Der kleine Biergarten war sogar für die Öffentlichkeit geöffnet, so auch jetzt, und außerdem gut besucht, Corona hin oder her. Magnus blendete den Geruch nach Pommes aus und fand tatsächlich das Schwarze Brett mit dem lapidaren Hinweis, dass derzeit die Warteliste geschlossen sei und Anrufen keinen Zweck hätte, gezeichnet »Der Vorstand«. Aber ihn interessierte ohnehin eher der Lageplan. Das Gelände erstreckte sich vom Beethovenpark bis zur Gleueler Straße, sogar noch darüber hinaus. Wo sollte er anfangen? Er dachte nach, ob es in der Kopie des Pachtvertrages einen Hinweis auf eine bestimmte Parzelle gegeben hatte, aber sein Gedächtnis ließ ihn im Stich. Er fotografierte den Lageplan mit der Handykamera ab. Dann fuhr er mit dem Rad die Hauptwege ab, wich Spaziergängern aus und hielt vergeblich nach Bens schwarzem Fahrrad Ausschau. Nach einer halben Stunde gab er auf. So funktionierte es nicht. Die Idee war hirnrissig. Er drehte um und radelte nach Hause, müde, hungrig und auf Krach mit seiner Frau gefasst.

»Ich habe Lust auf Pizza! Holst du uns eine?« Elizas Begrüßung fiel freundlicher aus als erwartet. Er leistete für die Entführung ihres Handys Abbitte, indem er sich sofort wieder auf sein Rad setzte und zum Pizzabäcker am Gottesweg fuhr. Als er seine Bestellung aufgegeben hatte, zwei Pizza Diavola mit extra Knoblauch und extra Peperoni, lachte ihn ein kaltes Bier aus dem Kühlschrank der Pizzeria an. Er legte das Geld auf den Tresen, gab den Bäckern ein Zeichen, dass er draußen warten würde, und stellte sich mit der Flasche Kölsch an einen der drei Stehtische. Mittlerweile war es halb sechs. Flüchtig las er den in Folie laminierten Hinweis, zu anderen Gästen 1,50 Meter Abstand zu halten, wie üblich. Das war nicht schwer, wenn man der Einzige war. In seiner Packtasche befand sich ein Tabakrest und Magnus drehte sich die zweite Zigarette des Tages. Er war stolz darauf, seinen Konsum auf unter fünf Zigaretten täglich gedrückt zu haben, und ertrug dafür das Gespött seiner Lieblingsfrauen mit Fassung, die der Meinung waren, dann könnte er gleich ganz aufhören. Bier und Kippen schmeckten ausgezeichnet zusammen. Es war sein erster entspannter Moment seit dem Apfelkuchen, den er gestern bei Philomena und Jonas gegessen hatte. Zu sehr nahm ihn die Suche nach Ben gefangen und blockierte seine Gedanken. Er beobachtete das Treiben in der Pizzeria: Er hatte Glück gehabt. In der Zwischenzeit hatte sich eine Schlange gebildet. Die Pizza war tadellos und das wussten die Sülzer und Klettenberger, die am Sonntagabend keine Lust auf Kochen hatten. Vor der Pizzeria hielt ein nagelneuer knallblauer Toyota in der zweiten Reihe, die Scheibe heruntergekurbelt, die Musik laut. Der Fahrer winkte ihm wie wild zu. »Meister! Ich dachte, du bist im Stress!« Es war Sven, ihr Keyboarder, der ihn breit angrinste.

»Seit wann fährst du Hybrid?«, brüllte Magnus zurück und schlenderte, die Bierflasche in der Hand, zum Wagen. »Holst du gerade Pizza ab?«

Sven nickte. »Auftrag von der Regierung. Dreimal Pizza Capricciosa, und die Große isst nur noch vegetarische Pizza.«

»Es gibt Schlimmeres. Ich habe leider nicht so gute Neuigkeiten für die Band.«

»Hast du mit Nick gesprochen?« Sven drehte die Musik ab.

Magnus verneinte. »Auch wenn es gerade nicht so aussieht – ich hatte noch keine Zeit. Ich kümmere mich morgen darum, versprochen. Ich meinte unsere Pläne für Italien. Daraus wird nichts. Die Familie will das Fest klein halten, wegen Corona. Kein Bandausflug.«

»Wie schade. Das wäre zu schön gewesen.« Sven stieg aus und verriegelte den Wagen. Missmutig beäugte er die

Wartenden. »Das ist ja so voll wie Karneval! Da habe ich das letzte Mal in der Schlange angestanden.«

»Ich leiste dir Gesellschaft, bis die Diavolo fertig ist.«

»Das ändert alles!«, witzelte Sven. »Also alles Essig mit Verona. Weißt du was? Ich glaube, Nick wäre sowieso nicht mitgekommen. Hast du sein Gesicht gesehen, als du den Vorschlag gemacht hast?«

»Obwohl mein Schwiegervater uns die Tickets bezahlt hätte.«

»Ich habe eine Idee! Was hältst du von einem Online-Konzert?«

»Ein Live-Stream? Wie soll das funktionieren? Ich kann schlecht bei euch mitspielen, wenn ich in Italien bin!«

»Wir könnten ein Set mit Nick und mir am Gesang einspielen. Und du gibst live vor den Gästen deinen neuen Romantiksong zum Besten. Eliza würde sich unglaublich freuen.«

Dem konnte Magnus nicht widersprechen. Er schlug Sven auf die Schulter. »Gute Idee, Mann, ich denke drüber nach.«

In merklich besserer Laune schaffte er die Pizza nach Hause, während er über Svens Vorschlag nachdachte.

»Warum grinst du so?« Eliza brachte scharfe Messer zum Terrassentisch. Sie säbelten die Pizzastücke draußen direkt aus dem Karton heraus. »Hast du eine neue Idee, wo Ben stecken könnte?«

»Du musst nicht alles wissen«, gab Magnus sich geheimnisvoll und lächelte sie an. »Ich heirate in Kürze, musst du wissen. Meine Frau soll ein schönes Fest haben.«

»Oh – du planst eine Überraschung?« Eliza strahlte über das ganze Gesicht. »Gibst du mir einen kleinen Tipp?«

»Niemals.«

»Bitte!«

»Meine Lippen sind versiegelt.«

»Schade.« Aber sie sah nicht traurig aus. Magnus dankte Nadja innerlich für den guten Tipp, Eliza wissen zu lassen, dass er überhaupt etwas plante.

»Ich muss gleich noch mal weg«, sagte er.

Eliza nickte resigniert. »Maike ist total fertig. Dieser alte Schulfreund von Ben – ist es deswegen?«

»Nein, darin habe ich keine Aktien. Das ist eine Mordermittlung.«

»Aber sie haben sich getroffen, sagt Maike. Weiß Miriam das schon?«

»Ich habe es ihr geschrieben.« Zumindest hoffte Magnus, dass Miriam ihre Mails las. »Die Galeristin«, fuhr er fort. »Die müsste ihn am Samstag, bevor er verschwunden ist, noch gesehen haben. Das hat sie mir verschwiegen. Ich will wissen, warum. Es dauert nicht lange.« Noch kauend stand er auf und räumte sein Besteck in die Spülmaschine. Auf dem Esstisch lagen immer noch Fetzen des zerrissenen Zettels, auf dem er vor zwei Tagen versucht hatte, seine Informationen in eine übersichtliche Form zu bringen. Sein Blick fiel auf das schwarze Kreuz neben Gregor Henke, am Ende einer Risskante. Magnus verschob, einer Eingebung folgend, die Papierfetzen einmal im Uhrzeigersinn. Eine neue Konstellation an Personen und Ereignissen entstand. Seine Augen weiteten sich. Er holte tief Luft, schnappte sich Schlüssel und Handy und rannte aus dem Haus.

»Pass auf dich auf!«, rief ihm Eliza hinterher. »Die Geschichte gefällt mir nicht.«

Sieben Fahrradminuten später stand er außer Atem vor dem Haus von Nora Schwarz in Zollstock. Das Klingeln erübrigte sich, sie saß in einer Art schwarzem Hausanzug auf der Bank in ihrem Vorgarten und las ein Buch, ein Bein auf einem Klappstuhl, das andere graziös an den Körper gezogen. Magnus sammelte sich, während er sie betrachtete. Sie hatte schmale Schultern und wirkte auf eine anmutige Art sportlich. Die dunklen Haare trug sie offen, das Gesicht war fein geschnitten und etwas sommersprossig, die Haut hell. Sie war definitiv sein Typ. Bei ihrem ersten Treffen, auf Entfernung und nur mit eingeschränktem Sichtfeld war ihm das nicht richtig aufgefallen. Auf dem kleinen Tisch neben ihr stand ein Glas Wein. In der Straße war es so still, dass Magnus zum ersten Mal heute die Vögel zwitschern hörte. Erst als er seinen Fahrradständer ausklappte, bemerkte sie ihn. Sie runzelte die Stirn, legte ihr Buch zur Seite, erhob sich geschmeidig und trat mit verschränkten Armen näher. »Du schon wieder? Wir haben nichts mehr zu besprechen.«

»Die Quarantäne ist zu Ende«, stellte Magnus fest, die unfreundliche Begrüßung überhörte er bewusst. Er blieb abwartend auf der anderen Seite der niedrigen Gartenmauer stehen. »Bist du wieder fit?«

»Ich wüsste zwar nicht, was dich das angeht, aber ja, der Test war negativ. Was willst du hier?«

»Endlich den Bereich der wilden Vermutungen verlassen. Ich wüsste gerne von dir, ob Ben am Samstag bei dir war und worüber ihr genau gesprochen habt.«

»Das habe ich am Freitag alles schon Maike erzählt.«

»Du hast weder gesagt, wann du ihn gesehen hast, noch worum es bei der Trennung von Ben ging. Ich brauche präzisere Angaben. Oder hat er dich in der Zwischenzeit angerufen?« Magnus wich zwei Jungs in Kapuzenjacken aus, die im Vorbeigehen Nora und ihn neugierig musterten. Während sie sich entfernten, steckten sie die Köpfe zusammen, lachten und gaben sich ein High Five. Nora drehte ihm den Rücken zu und nahm wieder auf ihrer Bank Platz. »Komm schon rüber, ich will nicht, dass die halbe Nachbarschaft zuhört«, sagte sie unwillig. »Halt Abstand, du stinkst nach Knoblauch.« Ihr Verhalten war Lichtjahre von der freundlichen Gastgeberin Nora Schwarz entfernt, die Magnus am Freitag kennengelernt hatte.

Er folgte ihr durch ein niedriges Gartentor und blieb vor ihr stehen. »Und du nach Lüge. Was ist am Samstag passiert?«

»Ich dachte, Maike will nicht, dass du weiter herumschnüffelst. Ich bin dir keine Auskunft schuldig.«

»Irrtum, sie ist wieder meine Klientin. Ich glaube, dass dein Freund – Exfreund? – in Schwierigkeiten steckt. Und du bist ein Teil davon.«

»Blödsinn. Du stocherst im Nebel.«

»Das ist unter anderem dein Verdienst. Was ist am Samstag passiert? Shirin hat mir gesteckt, dass Ben bei dir war«, versuchte Magnus es mit einer Halbwahrheit.

»Shirin! Diese blöde Bitch. Die ist so vertrauenswürdig wie Facebook-Meinungen zu Corona. Der glaubst du? Okay. Ja, er war hier. Ja, er hat sich von mir getrennt. Wie schon Hunderte Male zuvor. Nichts Besonderes.«

»Du lügst.«

Sie sprang auf. »Ich muss mich von dir nicht beleidigen lassen. Raus hier oder ich rufe die Polizei.« Sie wies mit ausgestrecktem Arm und Zeigefinger in Richtung Straße.

»Das ist nicht nötig, die kommen ohnehin bald zu dir.«

»Was?« Sie starrte ihn an.

»Widersprich mir, wenn du kannst. Letzten Samstag war Ben hier bei dir. Du hast ihm gebeichtet, dass du mit jemand anderem geschlafen hast, stimmt's?«

»Ist das eine Straftat?« Sie trat mit wutverzerrtem Gesicht einen Schritt auf ihn zu, die Hände zu Fäusten geballt.

»Das war Gregor Henke. Hast du ihm das auch gesagt?« Ihre rechte Faust schnellte vor, Magnus packte blitzschnell zu und hielt sie fest. »Tu das nicht.«

»Lass mich los!« Er gehorchte. Der Angriff war so schnell vorbei, wie er begonnen hatte. Jegliche Körperspannung entwich aus ihr. Mit einem Schlag sah sie müde aus. In ihren Augen glitzerten Tränen. Im ersten Stock des Nachbarhauses öffnete sich ein Fenster. »Brauchst du Hilfe, Nora?« Eine dicke ältere Frau beugte sich mit dem Oberkörper nach draußen. Nora hob das Gesicht nach oben und blinzelte. »Danke, Maria. Alles in Ordnung hier.« Die Frau wartete einen Moment, unterzog Magnus einer kritischen Musterung und warf ihm einen drohenden Blick zu. Dann schloss sie das Fenster wieder. Nora ließ sich auf die Bank fallen.

»Setz dich«, sagte sie. »Wir müssen leise sein.« Sie wischte sich eine Träne aus dem Augenwinkel. »Ich habe ihm nicht gesagt, dass es Gregor ist. Woher weißt du das?«

»Ich wusste es nicht.« Magnus hockte sich auf die

Kante des Klappstuhls und ließ Nora nicht aus den Augen. Sie schwieg. Ihr Gesicht verriet Verwirrung.

»Was hat die Polizei mit meinem Privatleben zu tun?«

Magnus hatte sich die Antwort in der Zwischenzeit überlegt. Er durfte nicht viel verraten, das war ihm klar, also blieb er vage. »Wegen Gregor Henke wird ermittelt. Sie werden über kurz oder lang bei dir nachfragen.«

»Wenn du mich verpfeifst.«

»Das muss ich. Ich arbeite mit der Polizei zusammen.«

»Scheiße. Ich blöde Kuh. Ausgerechnet wegen Gregor. Hätte ich doch …« Sie nahm ihr Weinglas und trank den Rest in einem Zug aus. Abrupt stand sie auf und verschwand im Haus. Eine Minute später war sie zurück, eine volle Weinflasche und ein zweites Glas in der Hand. »Willst du?«

Magnus winkte ab. »Ben hat sich von dir getrennt. Diesmal meinte er es ernst, nicht wahr? Kann es sein, dass er von Gregor wusste?«

Sie schüttelte den Kopf. »Das hätte ich gemerkt. Als wir am Samstag gesprochen haben, war er ahnungslos.« Sie lachte bitter. »Es sei denn, es sei denn – na klar!«

»Jemand hat es ihm hinterher verraten?«

»Diese dämliche Bitch!«

»Shirin?«

»Wer sonst? Die ist irre. Ich hätte sie schon längst angezeigt, aber Ben wollte nicht, dass sie ihren Job verliert. Die gehört in die Psychiatrie.«

»Sie hatte keine Gelegenheit mehr, mit ihm zu sprechen«, behauptete Magnus. Sicher war er sich nicht.

»Das erzählt sie dir. Sei nicht so naiv. Sie findet immer einen Weg.«

»Ich denke, sie wüsste selbst gerne, wo er ist. Apropos: Weißt du, dass Ben einen Schrebergarten hat?«

»Was für ein Quatsch. Ben ist netter, als ihm guttut, aber bestimmt kein Spießer.«

Magnus verzichtete auf ein Gespräch über die Psychologie des Gärtnerns. Ben schien es gelungen zu sein, diesen Ort sogar vor seiner Freundin zu verbergen.

»Was hat Gregor verbrochen, dass die Polizei mit mir reden will? Oder ist das wieder einer deiner Tricks?«

»Ich darf dir dazu nichts sagen, glaub mir einfach. Woher kennt ihr euch eigentlich?«

Sie verdrehte die Augen. »Gregor und ich waren in der Oberstufe ein Paar. Ben, er und ich, wir waren eine Art Kleeblatt. ›Die Schöne und die Freaks‹ war unser Spitzname.« Sie lachte bei der Erinnerung. »Wir haben nah beieinander gewohnt und gingen zusammen auf das gleiche Gymnasium. Als meine ›Roaring Twenties‹ kamen, haben wir uns aus den Augen verloren.« Das passte zu dem, was Maike ihm berichtet hatte. »Gregor ist damals eher der Karrieretyp gewesen, immer mit dem Kopf durch die Wand. Das war damals nicht meine Welt. Ich habe nicht mal mitbekommen, dass er später eine Familie gegründet hat und zurück nach Rath-Heumar gezogen ist, fast dahin, wo wir aufgewachsen sind. Ich dachte, er arbeitet im Süddeutschen und häuft Reichtümer an oder so.« Sie schenkte sich großzügig Wein nach. »Und dann habe ich ihn vor zwei Monaten an einem Samstag auf dem Wochenmarkt in Klettenberg getroffen. Ich war einkaufen. Er hatte in der Gegend zu tun und wollte seiner Frau auf dem Weg Blumen mitbringen. Der Strauß war riesig, ganz bunt und hat sein Gesicht verdeckt. Ich weiß noch, dass ich gedacht habe, ich beneide die Frau, die von diesem gut aussehenden Mann Blumen geschenkt bekommt. Erst auf den zweiten Blick habe ich Gregor erkannt. Er hat sich gefreut mich wiederzusehen und erzählt, er hätte bei seiner Frau etwas gutzumachen. Wir haben Nummern ausgetauscht und uns für das nächste Wochenende zu einem Kaffee in der Nähe meiner Galerie verabredet. So hat es angefangen.«

Sie hielt inne und sah ihm direkt in die Augen. »Es war toll, Gregor wiederzusehen, weißt du. Zwischen Ben und mir war schon länger die Luft raus. Wir passen nicht wirklich zusammen. Ich war fast erleichtert, dass er eine Pause wollte. Ich dachte, es ist vielleicht besser so.«

»Warum hast du dann per WhatsApp gefragt, ob er noch böse ist?«

Ihr Gesicht verhärtete sich von einer Sekunde auf die andere. »Das hast du gelesen? Dir darf man nicht den kleinen Finger reichen. Weißt du, im Gegensatz zu dir ist Ben ein netter Kerl. Man tritt keinen Welpen mit den Füßen. Ich wollte nicht, dass wir im Unfrieden auseinandergehen.«

»Mir wäre eure Beziehungskiste piepegal, wenn die Umstände nicht so seltsam wären«, meinte Magnus. »Weißt du, warum die beiden keinen Kontakt mehr hatten? Gregor und Ben meine ich?«

»Keine Ahnung. Freundschaften verlaufen sich manchmal einfach. Und dann war Gregor nicht in Köln …«

Ben auch nicht, dachte Magnus. Ein Gedanke erhellte sein Gehirn. Gleißend hell. Weißes Licht. »Ich muss sofort weg«, sagte er und stand auf.

»Schade«, sagte Nora und zog einen Mundwinkel nach oben. »Gerade jetzt, wo wir so nett plaudern.«

Magnus ließ das Telefon lange klingeln. »Shirin?«

»Das ist jetzt nicht wahr, oder? Ich wollte mich gerade mit einem Buch ins Bett verziehen.«

»Hast du Ben gesagt, mit wem du Nora gesehen hast?«

»Nein. Ich wusste nicht, wer das ist. Und Ben spricht nicht mit mir, wie du weißt.«

»Auch nicht angedeutet, beschrieben …«

»Das wollte ich ja am Freitag nach der Sitzung. Er war zu schnell weg.«

»Danke.« Magnus ließ sein Fahrrad unabgeschlossen vor der Haustür stehen, stürmte die Treppe hinauf in sein Arbeitszimmer und fuhr den Rechner hoch. Eliza rief etwas in den Flur, er hörte nicht hin. Er klickte die Datei an, die Nadja ihm zur »Solaris GmbH« geschickt hatte. Direkt auf der ersten Seite, einem Ausschnitt aus dem Handelsregisterauszug, sprang ihm die Information, die er suchte, entgegen. Die GmbH mit Sitz in Frankfurt vertrieb Solarmodule und Photovoltaikanlagen für die Industrie, in Kooperation mit einem großen chinesischen Hersteller. Sie hatte drei Geschäftsführer. Einer von ihnen war Gregor Henke. Dann tat er das, was er schon lange hätte tun sollen: Er gab Henkes Namen ins Internet ein und vertiefte sich in die Infos aus dem Netz. Als er Eliza die Treppe heraufkommen hörte, fuhr er den Rechner schon wieder herunter. Sein Handy vibrierte. Das Display zeigte die Anruferin, auf die er gehofft hatte. »Entschuldigen Sie die späte Störung am Sonntag«, sagte Margit Baumberg. »Aber wir fahren morgen an die Ostsee, da dachte ich, ich erledige die Telefonate noch heute. Sie wollen eine Parzelle bei uns pachten?« Magnus bestätigte das.

»Ich weiß nicht, ob Sie auf unserer Homepage waren. Die Warteliste ist schon lange geschlossen.«

»Davon habe ich gehört. Mich interessiert hauptsächlich die aufgegebene Parzelle neben Benjamin Reifferscheidt. Ich war heute vor Ort und habe mit anderen Pächtern gesprochen, sie ist seit Monaten verwaist«, log Magnus das Blaue vom Himmel herunter.

»Neben Reifferscheidt? Einen Moment bitte. Das kann ich mir nicht vorstellen, ich schaue gerade in die Liste.« Magnus hörte das Klackern einer Tastatur und wartete. »Hören Sie, für den Nachtigallenweg bin ich nicht zuständig, das ist ein anderer Ansprechpartner. Aber ich kann die Verpachtungen sehen. Auf diesem Weg gibt es keinen abgelaufenen oder aufgelösten Pachtvertrag. Alle Parzellen sind belegt, es ist auch keine gekündigt. Vielleicht sah es einfach etwas ungepflegt aus? Sie können gerne morgen mit dem dritten Beisitzer sprechen, das ist Herr Johann, er ist der Ansprechpartner für den Nachtigallenweg. Die Nummer finden Sie unter den Vorstandsmitgliedern auf unserer Homepage.«

Magnus bedankte sich höflich für die Hilfe. Er hatte erfahren, was er erfahren wollte. Konzentriert vergrößerte er auf seinem Handy den Lageplan und fand den Nachtigallenweg sofort. Er verlief parallel zur Gleueler Straße, nicht weit vom Militärring entfernt. Er zuckte zusammen, als er Eliza am Türrahmen lehnen sah, mit offenen Haaren und einem kurzen bunten Kleidchen angetan, das viel Bein frei ließ. Sie lächelte. »Habe ich dich erschreckt?«

»Ist das Kleid neu?« Wie auch immer, es gefiel ihm. Es war höchste Zeit, den Fall abzuschließen und sich seiner Braut zu widmen.

»Du sollst Miriam anrufen. Es ist dringend. Sie hat deine Mail gelesen. Willst du nicht allmählich für heute Schluss machen? Morgen ist auch noch ein Tag. Ich hätte noch eine schöne Idee für den restlichen Abend.« Sie trat hinter ihn und massierte sanft seinen Nacken. »Körpernahe Dienstleistungen sind zurzeit gestattet«, flüsterte sie ihm ins Ohr.

Augenblicklich schoss ihm Hitze in die Lenden. »Verdammt, Weib«, er drehte sich mit seinem Stuhl herum, packte sie an den Hüften und schob sie ein Stück von sich. »Kannst du bitte, bitte, bitte noch eine Stunde warten? Dann bin ich ganz für dich da.«

»Ausnahmsweise«, hauchte sie und strich sanft über seine empfindlichste Stelle. Magnus atmete tief aus und ein und versuchte an etwas Unerotisches zu denken. Damit war er immer noch vergeblich beschäftigt, als Eliza sich fröhlich summend Badewasser einließ.

Magnus spürte, dass seine Beine langsam ermüdeten, als er den Radweg neben dem Militärring zur »Kletterrose e.V.« mit dem Fahrrad entlangstrampelte. So viel wie heute war er seit Jahren nicht mehr geradelt. Zum Glück war es nicht weit. Die Sonne war weg und die Kühle der Abenddämmerung kroch ihm unter seine dünne Windjacke auf die Haut. Mit etwas Glück, so hoffte er, wäre sein Auftrag in zehn Minuten beendet. Ab morgen könnte er sich wieder den wichtigen Dingen in seinem Leben widmen – der Musik, seiner Frau, seiner Tochter und seinen Freunden.

Eliza wäre über die Reihenfolge nicht glücklich, dachte er und grinste immer noch, als er am anderen Eingang des Schrebergartengeländes vor einer Schranke landete. Sie sicherte das Gelände gegen das Befahren durch Autos, Fußgänger und Radfahrer konnten passieren. Die Schrebergartensiedlung hatte sich geleert bis auf ein paar vereinzelte Hundebesitzer, die mit ihren Vierbeinern eine späte Runde drehten. Ein älteres Paar brachte Gartengeräte zu seinem vor der Schranke geparkten Auto und schloss das eiserne Tor zum Nachtigallenweg hinter sich ab. Kein ernsthaftes Hindernis, befand Magnus, es war höchstens 1,50 Meter hoch. Die Zacken an der Spitze konnten maximal seiner Jeans schaden, aber nicht seiner Gesundheit. Als das Paar wegfuhr, spähte Magnus auf den lang gestreckten Schotterweg, der aussah wie alle anderen Querwege hier: sauber geharkt, keine herumliegenden Gegenstände, keine Fahrräder, nicht einmal ein Fitzelchen Papier oder ein Kronkorken. Der Geruch von Holzkohle stieg ihm in die Nase. Er schob sein Rad zurück und schloss es in der Nähe der Schranke an einen Laternenpfahl an. Er kletterte vorsichtig über das Tor, nachdem er sich vergewissert hatte, dass ihn niemand beobachtete, und schritt aufmerksam an den ordentlich mit Holz oder Bambus eingezäunten Parzellen entlang. Wie auf dem Narzissenweg tobte sich jeder Besitzer auf seine Weise aus: Gartenhäuschen aus Holz mit Tischen, Plastikstühlen und verblichenen Sonnenschirmen, Gemüsebeete, Spalierobst, Blühstreifen aus Astern, Dahlien, Ringelblumen und anderen Herbstblumen, Regentonnen und Gartengerätschaften bildeten zusammen mit Deutschlandfahnen, rot-weißen Vereinsflaggen des 1. FC Köln, verwitterten Vogelhäuschen und bepflanzten Holzstämmen eine Art geordneten Flickenteppich der deutschen Freizeitgesinnung. In einem Garten weiter hinten auf der rechten Seite grillten ein paar junge Kerle mit Bärten und karierten Fleecejacken. Aus der dazugehörigen Hütte wummerte Hip-Hop in Ghetto-Deutsch, von dem Magnus fast nichts verstand, auch nicht, als der Trupp laut mitgrölte. Das konnte ihm nur recht sein: Die Gruppe war abgelenkt und würde ihn nicht bemerken, während er hier herumschlich. Magnus blieb vor jeder einzelnen Parzelle stehen und spähte über den Zaun. Es war niemand zu sehen. Falls Ben überhaupt hier war und sein Fahrrad dabeihatte, war es hinter einem der Häuschen abgestellt. Wie sollte er ihn finden? Er dachte nach. Wie würde jemand wie Ben einen Schrebergarten gestalten? So wenig wie möglich, entschied er. Keine Vereinsflagge, kein großer Grillplatz. Eher verwildert. Blieben immer noch 20 Parzellen übrig, auf die diese Kriterien zutrafen. Magnus überwand diverse Holztore, scheuchte eine schlummernde Katze auf, vertrieb bei seiner Suche ein Rotkehlchen und schimpfende Meisen von ihren Schlafplätzen, stolperte fast in einen winzigen Teich und stieß sich den Kopf an einer Überdachung, die einen Holzstapel notdürftig vor Regen schützen sollte. Danach war er vorsichtiger und leiser. Ein alter Herr mit blauer Seemannsmütze schlief mit herabhängender Unterlippe, den Kopf zur Seite geneigt, in einem abgewetzten Polstersessel, als Magnus durch eines der Fenster in einem winzigen Steinhaus spähte. Vielleicht wohnte er im Sommer dort? Schnell trat er den Rückzug an, ehe der alte Knabe aufwachte und ihn bemerkte. Kurz bevor es ganz dunkel war, hatte Magnus schließlich Glück: Drei Parzellen hinter der Hip-Hop-Party, auf der gegenüberliegenden Seite, nickte eine Reihe Sonnenblumen über den altersschwachen Holzzaun, der nur von Efeu zusammengehalten wurde. Es war die letzte Parzelle, die das Gelände von einem Grünstreifen trennte, der an den Militärring grenzte. Magnus hörte leise den Verkehr rauschen. Ein löcheriger Maschendrahtzaun, so eben durch dichtes Gesträuch erkennbar, markierte die Grundstücksgrenze. Zwischen einer rostigen Regentonne und einem dunkelgebeizten Holzhäuschen entdeckte Magnus ein schwarzes, solide gebautes Herrenrad mit zwei leuchtend grünen Packtaschen an der Seite. Die Marke konnte er von seinem Standpunkt vor der Gartenpforte aus nicht erkennen, aber sein Gefühl sagte ihm, dass er am Ziel war. Eine Taschenlampe mitzunehmen, wäre eine blendende Idee gewesen, dann fiel ihm ein, dass sein Handy diese Funktion besaß. Durch das Fenster des Häuschens schien Licht. Magnus rief laut ein »Hallo« über das Tor und wartete. Keine Reaktion. Er öffnete die Pforte und betrat einen schmalen Kiesweg, verfing sich in einer Kletterrose und fluchte leise. Falls der Bewohner ihn jetzt nicht gehört hatte, war er taub. Magnus tastete sich mit Hilfe des Lichtscheins vorwärts, betrat eine Mini-Terrasse, umkurvte einen klapprigen Schaukelstuhl und klopfte an die schmale Tür des Holzhäuschens. Keine Reaktion. Er linste durchs Fenster, sah einen kleinen Gasofen, einen winzigen Hängeschrank über einer Metallspüle und die Ecke eines Holztisches. Er konnte nicht den ganzen Raum einsehen, sosehr er sich den Hals verrenkte. Als er um das Haus herumgehen wollte, um sich das Fahrrad näher anzusehen, knackte es hinter ihm. »Was machen Sie hier? Runter von meinem Grundstück.«

Magnus drehte sich vorsichtig um. »Falls Sie Benjamin Reifferscheidt sind – Ihre Schwester sucht Sie.«

Sie standen sich auf der Terrasse gegenüber und musterten sich gegenseitig. Er war es, wenn er keinen Doppelgänger hatte, der auch eine Parzelle am Nachtigallenweg gepachtet hatte. Ein blasser Lichtschein aus dem Fenster des Hauses beleuchtete schwach sein Gesicht. Benjamin Reifferscheidt wirkte müde, aber wachsam. Er trug einen alten Seemannspullover, eine abgetragene Jeans, Wanderschuhe und roch ein wenig nach Schweiß. »Wer sind Sie? Sie erinnern mich an jemanden, den ich vergessen möchte«, sagte er.

»Magnus Meister, Privatdetektiv. Maike kennt meine Frau, Eliza da Spina, seit der Schule und hat mich beauftragt, Sie zu suchen.«

»Eliza«, sagte Benjamin Reifferscheidt. Sein Gesichtsausdruck zeigte äußerste Konzentration. Dann erhellte er sich. »Ich erinnere mich. Die beiden waren gut befreundet in der Oberstufe. Hübsches Mädchen, damals.«

Magnus nickte unverbindlich. »Als Sie sich letzten Sonntag nicht bei Maike gemeldet haben, ist sie in Panik geraten.«

»Wie bitte? Ich habe vergessen, ihr abzusagen. Das war dumm von mir, aber – ein Privatdetektiv?«

»Sie hat sie mit Sicherheit hundertmal angerufen, immerhin ist sie aus Australien angereist.«

»Jemand hat mir am Sonntag mein Handy gestohlen. Ich – ich hatte ihre Nummer nicht mehr im Gedächtnis, Maike und ich telefonieren nicht oft. Ihre Unterkunft hat keinen Festnetzanschluss. Außerdem hatte ich andere Sorgen.«

»Sie hat eine Vermisstenanzeige aufgegeben.«

»Herrgott noch mal, Maike! Das darf doch nicht wahr sein. So war sie immer schon. Überbesorgt um mich.«

»Mir erschien sie recht vernünftig. Vielleicht etwas vorschnell. Sie haben sich auch bei keinem Ihrer Kollegen gemeldet.«

»Ich habe keine Kollegen mehr.«

»Wegen des Übernahmeangebots? Das war doch noch nicht entschieden.«

Benjamin Reifferscheidt musterte Magnus gründlich. »Sie wissen gut Bescheid. Wie haben Sie mich gefunden? Niemand kennt diesen Ort hier.«

»Nicht einmal Shirin?«

»Ach, Shirin.« Seine Stimme klang weicher und er lächelte zum ersten Mal. »Die Ärmste. Es war nicht leicht, das hier« – er beschrieb mit dem Arm einen Halbkreis – »vor ihr zu verbergen. Ich habe höllisch aufgepasst, dass sie nicht mit dem Fahrrad oder Auto hinter mir herfuhr.« Er lachte, schüttelte den Kopf und zog die Schultern hoch. »Wenn Sie wollen, können wir uns drinnen weiter unterhalten. Es wird kalt.«

Magnus stimmte zu und folgte ihm in das Innere des Hauses. »Wollen Sie einen Tee? Ich habe nur Schwarzen hier. Oder ein Bier.«

Magnus war mit dem Tee zufrieden, er war durchgefroren. Während Benjamin mit dem Rücken zu ihm an einem kleinen Gasherd mit einem altmodischen Teekessel hantierte, quetschte Magnus sich in eine Eckbank an einen Tisch, der winzigen Küchenzeile gegenüber. Er sah sich um. Das Mobiliar wirkte abgenutzt und zusammengewürfelt im Vergleich zu Benjamins Wohnung, aber pieksauber. Als Zuflucht mochte es ausreichen. Magnus stieß mit seinen Füßen unter der Eckbank auf Widerstand und neigte sich zur Seite, um nach dem Grund zu sehen. Ein großer blauer, vollgestopfter Rucksack lag quer unter der Bank. Magnus Handy vibrierte. Miriam hatte ihm eine Nachricht geschrieben. »Wo bist du? Melde dich, wenn du kannst. Ich habe die arme Eliza aus der Wanne geholt. Ich habe Neuigkeiten zu Gregor Henke.«

Ich auch, dachte Magnus und tippte eine kurze Antwort. »Ich habe Benjamin Reifferscheidt gefunden.« – »Super! Halt ihn fest, wir haben Fragen an ihn. Kannst du telefonieren?« – »In fünf Minuten!«, schrieb Magnus.

»Bitte sehr.« Magnus schrak auf, als Benjamin eine Teetasse vor ihm abstellte. »Wem müssen Sie jetzt so dringend schreiben?«

»Meiner Frau«, schwindelte Magnus. »Ich habe ihr nicht gesagt, wo ich hingefahren bin.«

»Ich will, dass dieser Ort geheim bleibt«, sagte Ben und deutete auf den billig möblierten Raum hinter sich. Er setzte sich Magnus gegenüber auf einen Klappstuhl und umschloss mit den Händen seine Teetasse. »Ich brauche meinen Rückzugsort. Ich mag das hier, die Leute lassen einen in Ruhe. Früher hatte ich mal eine Angelhütte im Bergischen Land, aber das ist mit dem Fahrrad schlecht zu erreichen. Wie haben Sie mich gefunden?«

»Das war nicht leicht. Ich war mit Maike in Ihrer Wohnung, ich bitte, das Eindringen in die Privatsphäre zu entschuldigen. In der Küche fand ich eine Telefonnummer von diesem Verein hier.« Das war eine extrem verkürzte und unvollständige Version der Geschehnisse der letzten Tage.

Jetzt lachte Benjamin. »Ich weiß nicht, was Maike Ihnen zahlt, aber Sie sind Ihr Geld wert. Was haben Sie noch über mich herausgefunden?«

Magnus lachte nicht mit. »Sie werden als freundlich und introvertiert, teilweise als genial beschrieben. Die meisten Leute berichten nur Positives über Sie. Sie mögen Ihre Arbeit, ich habe aber noch nicht ganz begriffen, warum Sie mit Ihrem Lebenslauf als erfolgreicher Wissenschaftler eines renommierten Forscherteams für ein Start-up arbeiten. Sie haben eine künstlerische Ader und fotografieren ausgezeichnet. Sie sind gerne in der Natur. Sie scheinen nicht materialistisch zu sein. Sie sind mit Ihrem Vater und Ihrem alten Schulfreund und Exkollegen Gregor Henke zerstritten. Sie haben eine Freundin – oder hatten? Nora Schwarz zu finden, hat sich als schwierig erwiesen. Es ist mir anhand Ihrer Ausstellungsfotos gelungen, aber bei dem Versuch haben Sie mich in Ihrer Wohnung niedergeschlagen. Ich habe Sie nicht kommen hören. Vermutlich haben Sie keine Schuhe getragen.«

»Sie waren das! Jetzt erkenne ich Sie wieder. Ich hielt Sie für … einen Einbrecher. Das tut mir leid.«

»Berufsrisiko.« Magnus hob die Schultern. »Ich habe alleine unbefugt mit Ihrem Schlüssel die Wohnung aufgesucht, Maike wusste davon nichts. Ihre Nachbarin hat mich gefunden. Sie dachten, ich sei Gregor Henke, oder? Wir haben eine flüchtige Ähnlichkeit. Statur, Haarfarbe.«

»Sie kennen Gregor?« Benjamins Gesicht wurde ausdruckslos.

»Nicht persönlich«, wich Magnus aus. »Womit haben Sie eigentlich zugeschlagen?«, lenkte Magnus ihn ab. »Ich hatte eine leichte Gehirnerschütterung danach.«

»Das ist für gewöhnlich nicht mein Stil.« Jetzt wirkte Benjamin beschämt. »Mit der flachen Seite meines Fahrradschlosses. Es tut mir sehr, sehr leid«, wiederholte er. Sein Gesicht verdüsterte sich. »Gregor ist mir regelrecht hinterhergelaufen. Er hat mehrfach angerufen, wollte sich plötzlich mit mir treffen. Das grenzte schon an Belästigung. Er wollte ernsthaft an die alte Freundschaft anknüpfen! Die gibt es schon lange nicht mehr.«

»Ihre Putzfrau hat ihn auch gesehen. Vor Ihrer Wohnung. Worüber ist Ihre Freundschaft zerbrochen?«

»Mit Anya haben Sie auch gesprochen? Unglaublich. Und ich dachte, ich führe ein zurückgezogenes Leben.« Benjamin schwieg. Sein Unterkiefer mahlte.

»Jeder hinterlässt Spuren«, sagte Magnus. Benjamin starte auf die abgenutzte Tischplatte vor sich und zeichnete mit dem Zeigefinger die Holzmaserung nach. »Irgendwann habe ich begriffen, dass Gregor langfristig den Boden vorbereiten wollte, damit ich einer Übernahme durch die ›Solaris GmbH‹ zustimme. Gregor tut nichts ohne Grund. Aber das wird nicht passieren.«

Magnus registrierte, dass Benjamin die Frage nach dem Bruch der Freundschaft nicht beantwortet hatte. »Ist Ihnen das auf der Teamsitzung klar geworden?«

Benjamin sah ihn erstaunt an. »Das sind Interna. Woher wissen Sie das? Von Shirin? Nein. Sie war nicht auf der Sitzung. Sie ist mir später mit dem Auto hinterhergefahren, du meine Güte. Verrückt.«

»Sie sind nach der Sitzung zu Henke gefahren«, stellte

Magnus fest. »Shirin dachte, Sie wollten zu Ihren Eltern, und hat dort vor der Tür gewartet, eine Straße weiter.«

»Mir ist auf der Sitzung erst klar geworden, dass er hinter dem Angebot stecken muss. Ich habe seinen Namen in der Präsentation gelesen und habe Rot gesehen.«

»Was ist dann passiert?«

»Ich wollte ihn zu Rede stellen. Das Angebot ist ein persönlicher Affront gegen mich. Gregor weiß, dass ich Gesellschafter bin. Wir stehen im Handelsregister.«

»Aber Sie haben ihn nicht angetroffen?«

»Es war niemand zu Hause. Vor der Tür stand Gerümpel und der Garten sah ungepflegt aus. Ich habe geklingelt und gewartet. Ein Nachbar, den ich von früher kannte, kam zufällig vorbei. Von ihm habe ich erfahren, dass Gregor nicht mehr mit seiner Frau zusammenlebt. Das tat mir leid. Ich konnte Sabrina immer gut leiden. Danach bin ich nach Hause gefahren. Das war alles.«

»Nicht ganz. Sie haben ihn Samstag im Volksgarten getroffen. Sie haben sich gestritten.«

Benjamin stand der Mund offen. »Woher wissen Sie – bestimmt Shirin, stimmt's? Das spielt auch keine Rolle mehr, meinetwegen kann sie ihren Job behalten. Ich kehre nicht mehr zu ›SolarBoost‹ zurück. Ja, wir haben uns gestritten. Ich habe ihm gesagt, dass er die Übernahme vergessen kann.«

»Woher wussten Sie, dass Henke in Köln wohnt? Ich dachte, er arbeitet bei der ›Solaris GmbH‹ in Frankfurt.«

»Meine Mutter hat mir bei unserer letzten Verabredung erzählt, dass Gregor zurückgezogen ist. Das Haus ist sein Elternhaus. Sie dachte, das interessiert mich.« Er lachte, aber es klang bitter. »Sabrina hat sich in Frankfurt nicht wohlgefühlt. Er pendelt jeden Tag mit dem ICE.«

»Das klingt plausibel«, sagte Magnus nachdenklich.

»Danke«, sagte Benjamin sarkastisch. »Und was erzählt Nora so über mich?«

»Widersprüchliches.« Magnus trank seinen Tee aus. Sein Handy vibrierte. »Ich würde gerne zuerst meine Frau anrufen. Können wir unser Gespräch gleich weiterführen?«

»Ich bin schon sehr gespannt.«

Magnus trat aus dem Haus auf die Terrasse und rief Miriam an.

»Kannst du sprechen?«, fragte sie sofort.

»Nein, Schatz.«

»Verstehe, ich bin Eliza«, kicherte sie. »Kannst du mir sagen, wo du bist?«

»Lieber nicht.«

»Wirkt Reifferscheidt auf dich gefährlich?«

Magnus wandte sich vorsichtig um. Durch das erleuchtete Fenster sah er Benjamin auf und ab gehen und hörte ihn mit Geschirr hantieren.

»Nein. Ich bin gleich zu Hause, Schatz.«

»Hör zu, zwischen Henke und Reifferscheidt gab es dicke Luft. Du erinnerst dich an den Flyer mit der Telefonnummer? Marko Boden, der Vertriebler von ›SolarBoost‹, hat gesagt, dass Henke derjenige ist, der das Übernahmeangebot ausgearbeitet und unterbreitet hat.«

»Ich weiß.«

»Aha? Na gut, Magnus. Meine Kollegen haben übrigens auf deinen Tipp hin Shirin Nabavi vernommen. Sie war nicht erfreut darüber, am Sonntagabend von der Polizei belästigt zu werden, aber sie hat uns das Streitgespräch zwischen den beiden im Volksgarten bestätigt. Wir wollen Reifferscheidt unbedingt als Zeugen einvernehmen. Sorg dafür, dass er nicht wieder ausbüxt, okay?«

»Ja, ich bringe noch eine Flasche Wein mit.«

Miriam lachte. »Hast du noch so einen guten Tipp für mich?«

»Nora Schwarz«, sprach Magnus, so leise er konnte, in den Hörer.

»Wir sollen sie befragen? Mit welcher Begründung?«

Hinter ihm öffnete sich die Tür. Reifferscheidt blieb im Türrahmen stehen. Über die Schulter trug er den gepackten Rucksack. »Das ist nicht Ihre Frau«, sagte er leise. Mit der Beleuchtung in seinem Rücken wirkten seine Augen wie schwarze Löcher. »Ich dachte, Sie seien anständig. Beenden Sie sofort das Gespräch.« Magnus ließ sein Handy fallen. Reifferscheidt bückte sich blitzschnell, hob es auf, drückte den roten Button für »beenden« und steckte es ein. »Was hat Nora über mich gesagt?«

»Dass Sie sich von ihr getrennt hätten.«

»Irrtum. Es war genau umgekehrt. Sie hat sich von mir getrennt. Und hinterher wollte sie zurückrudern.«

»Wussten Sie, dass sie mit Ihrem alten Kumpel Gregor Henke geschlafen hat?«

Benjamin starrte ihn an. »Das hat sie Ihnen freiwillig erzählt?«

»Ich habe es mir zusammengereimt und sie hat es nicht abgestritten.«

Ein Schatten, den Magnus nicht deuten konnte, überflog das Gesicht seines Gegenübers. »Dann waren Sie schlauer als ich. Das hätte ich Nora nicht zugetraut.«

War die Information neu für ihn? Nein, entschied Magnus, Reifferscheidt wirkte nicht überrascht. Es war Trauer, die sich in seinem Gesicht spiegelte.

»Sie sind in Schwierigkeiten. Reden Sie mit der Polizei«, insistierte er.

»Wie bitte? Unsinn. Sorry hierfür, aber ich habe noch etwas vor.« Blitzschnell schoss seine Hand vor. Ein lähmender Schmerz durchzuckte Magnus auf Höhe der Rippen, er klappte zusammen, stürzte zu Boden und rang nach Luft. Scheiße. Er hatte mit vielem gerechnet, aber nicht damit. Mit einem Elektroschocker außer Gefecht gesetzt zu werden, war dämlich. Einen Moment lang war er bewegungsunfähig, wie betäubt. Das genügte Reifferscheidt, um sein Fahrrad auf den Kiesweg zu zerren und das Gartentor zu öffnen.

»Er ist tot!«, rief Magnus in seinen Rücken und versuchte sich aufzurappeln, aber seine Beine gaben unter ihm nach. Er blieb sitzen und rang nach Luft. Reifferscheidt drehte sich um, die Gartenpforte in der Hand. »Was?«

»Er ist tot«, wiederholte Magnus leise.

Selbst im schwachen Restlicht der hereinbrechenden Nacht sah Benjamin Reifferscheidt kreidebleich aus. Er stellte das Rad ab und kam zurück.

»Tot? Als ich ihn zuletzt gesehen habe, war er quicklebendig«, sagte er. »Er hat mir wüste Beschimpfungen hinterhergerufen.«

»Wann war das?«

»Am Sonntag. Ich bin einfach gegangen, das wollte ich mir nicht länger anhören.«

»Im Königsforst?«

Reifferscheidt nickte. Dann besann er sich anders. »Sie wollen mich nur in ein Gespräch verwickeln. Ich bin niemandem Rechenschaft schuldig.«

»Bleiben Sie hier, das bringt doch nichts.«

»Mir sagt niemand, was ich zu tun oder zu lassen habe. Ihr Handy lege ich an die Schranke.« Mit wenigen Schritten war er am Tor und schwang sich mit einer geschmeidigen Bewegung aufs Fahrrad. Die Dunkelheit verschluckte ihn sofort. Wenige Sekunden später hörte Magnus das leise Klirren von Metall auf Metall, Reifferscheidt schloss das Tor zum Hauptweg auf. Und wieder hinter sich zu.

Magnus schaffte es, sich auf eine Holzbank im Garten zu hieven. Unterhalb der linken Rippen, wo ihn der Elektroschocker getroffen hatte, fühlte sich seine Muskulatur taub an. Seine rechte Schulter, die er heute noch gar nicht gespürt hatte, meldete sich mit einem reißenden Ziehen zurück. Sein Kopf wummerte. Miriam würde ihn umbringen, so viel stand fest. Er hatte nicht die geringste Chance, Benjamin Reifferscheidt in diesem Zustand einzuholen. In welche Richtung hätte er, Magnus, auch fahren sollen? Wenige Minuten Vorsprung waren für einen geübten Radfahrer genug, jeden Verfolger abzuhängen. Nicht einmal mit dem Auto würde das gelingen, ohne zu wissen, wohin der Flüchtende wollte. War das überhaupt eine Flucht? Gesetzt den Fall, er hatte die Wahrheit gesagt und nicht gewusst, dass Henke tot war? Nur weil er, Magnus, ihn darum bat, mit der Polizei zu sprechen, musste Reifferscheidt dem keine Folge leisten. Schließlich war er nicht die Staatsgewalt. Magnus stand mühsam auf und wankte ins Haus, sein Exvermisster hatte sich nicht die Mühe gemacht abzuschließen. Auf der Türschwelle stolperte er über einen schwarzen, zylindrischen Stab. Den Elektroschocker hatte Reifferscheidt nicht mitgenommen. Magnus hob ihn auf und sah sich um. Was wäre der nächste logische Schritt für einen entnervten Mann, der die Brücken hinter sich abbrechen wollte? Oder war dieser Eindruck falsch? Er versuchte sich in seine Situation hineinzuversetzen. Die Partnerin trennte sich von ihm. Von den Kollegen fühlte er sich im Stich gelassen. Ein alter Freund entpuppte sich als Verräter. Okay, das war viel auf einmal für ein Wochenende, aber – Flucht? Vielleicht hatte Reifferscheidt senior doch recht und Benjamin war einfach ein Feigling? Der Gedanke fühlte sich falsch an. Unter anderen Umständen, das spürte Magnus, hätte er ihn sogar sympathisch gefunden. Es musste noch etwas geben, irgendetwas war ihm entgangen. Er durchmaß den Raum, den er bisher nur flüchtig wahrgenommen hatte, mit kleinen Schritten, wobei er sich an der Wand abstützen musste. Sein Blick fiel auf ein ausgeschnittenes Foto, das an der Tür festgepinnt war. Lavendel und blühender Mohn in Großaufnahme, keines von Benjamins Bildern, es sah eher wie ein Kalenderblatt aus oder die Werbung eines Gartenfachmarktes für den schönen mediterranen Garten. In Magnus' müdem Gehirn formte sich ein Gedanke. Ohne einen Blick zurück schloss er die Tür und schleppte sich aus dem Haus über den Weg zurück zum Haupttor. Mit dem letzten Rest Energie kletterte er vorsichtig darüber und zerriss sich seine Jeans an den Spitzen des Eisengitters, weil er sein Bein nicht hoch genug darüberschwingen konnte. An der Schranke lag sein Handy, wie angekündigt. Magnus wurde schwindelig, als er es aufhob. Er versuchte die wenigen Schritte zu seinem Fahrrad am Laternenmast zu gelangen, als lauter werdendes Sirenengeheul in sein Bewusstsein drang. Dann veränderte sich vor seinen Augen das Farbspektrum zu einem flackernden Blau. Magnus hielt sich an der Laterne fest und versuchte, regelmäßig zu atmen. Vor der Schranke hielten zwei Einsatzfahrzeuge der Polizei und dahinter – mit etwas Abstand – sein eigener Volvo.

Miriam nahm Magnus das Versprechen ab, sich nicht von der Stelle zu bewegen. Nachdem er sie kurz über die Lage der Parzelle ins Bild gesetzt hatte, verschwand sie mit zwei Kollegen auf den Nachtigallenweg.

»Meinen Sonntagabend habe ich mir anders vorgestellt!«, rief sie ihm noch über die Schulter zu, bevor sie über das Haupttor kletterten, aber es klang nicht so unfreundlich, wie er befürchtet hatte. Einer der Streifenkollegen blieb bei ihm und bot ihm an, auf der Rückbank des Wagens Platz zu nehmen, doch Magnus lehnte ab. Sehnsüchtig blickte er Richtung Volvo, von dem aus Eliza ihm zuwinkte. Wie sie es geschafft hatte, Miriam zu überreden, dass sie mitkommen durfte, war ihm ein Rätsel.

»Die Kollegin meint das nicht so«, sagte der Polizist zu Magnus. »Im Grunde ist sie heilfroh, wieder richtig im Dienst zu sein. Und Sie sind Detektiv?« Er musterte Magnus' zerrissene Kleidung und sein erschöpftes Gesicht skeptisch.

»Ich sehe nicht immer so aus«, meinte Magnus. Sein Grinsen geriet etwas schief. »Wie spät ist es?«, fragte er den Polizisten.

»Genau zehn Uhr. Sie sehen blass um die Nase aus. Wollen Sie nicht doch kurz in den Wagen, Herr Meister? Das kann noch dauern.« Er deutete mit der Hand in Richtung der Schrebergärten.

»Wie haben Sie mich so schnell gefunden? Niemand wusste, wo ich war.«

»Ihre Frau sieht nicht nur verdammt gut aus, sie ist auch auf Zack«, grinste der Polizist. »Die kann bei uns anfangen. Sie hatten vom Handy Ihrer Frau aus den Verein ›Kletterrose‹ in die Suchmaschine eingegeben. Außerdem hat Ihre Frau Ihr Gespräch mit Margit Baumberg zum Teil mit angehört, es war nicht schwer, ihre Nummer herauszufinden. Wir haben sie beim Kofferpacken gestört. Sie hat sich gleich an Sie erinnert, weil Sie sich nach Herrn Reifferscheidt und einer angeblich verwilderten Parzelle erkundigt haben. Sie haben sie in ihrer Vereinsehre gekränkt. Daraufhin haben wir zwei und zwei zusammengezählt – und schon sind wir hier.«

Miriam kam mit einem der Kollegen zurück und schwenkte den Elektroschocker in der Hand. »Ein uraltes Ding. Prüfzeichen Fehlanzeige. Der Typ ist wohl doch nicht so friedlich«, meinte sie mit einem Seitenblick auf Magnus.

»Wo hast du Möller gelassen?«, fragte der Polizist.

»Er befragt die Teilnehmer der Grillparty. Aber die sind wahrscheinlich schon zu dicht, um was Auffälliges bemerkt zu haben.«

»Himmel, setz dich endlich, du kippst gleich um«, schimpfte Miriam Magnus wie ein Kind aus und bugsierte ihn sanft, aber bestimmt auf den Rücksitz des Streifenwagens.

»Wir schreiben Reifferscheidt zur Fahndung aus«, sagte sie über die Schulter zu ihren Kollegen. »Oder hast du eine Idee, wo er sein könnte, Magnus?«

Der schüttelte den Kopf. »Da, wo die Blumen blühen.«

»Magnus, alles in Ordnung mit dir?«

»Ich bin dann mal weg«, murmelte Magnus.

»Mist, er hatte vor zwei Tagen eine Gehirnerschütterung«, drang Miriams Stimme in sein Bewusstsein, bevor er wegnickte. »Wir fahren ihn nach Hause.«

Von der Fahrt bekam Magnus nicht viel mit. Miriam und der Kollege, der eben bei ihm geblieben war, verfrachteten ihn auf das Sofa im Wohnzimmer. Sie setzten sich an den Esstisch, Eliza zauberte den Polizisten trotz der späten Stunde Kaffee, Wasser und Käsegebäck auf den Tisch. Zwischendurch strich sie Magnus sanft über die Haare und hauchte ihm einen Kuss auf die Stirn. Im halb wachen Zustand drangen hin und wieder Fetzen des leisen Gesprächs am Esstisch zu ihm durch. »Krankenwagen will er nicht.« – »Ich gehe nach oben.« – »Ehefrau – Widersprüche verwickelt.« – »Shirin Nabavi Vernehmung« – »morgen früh auf dem Präsidium.« – »Hoffentlich hat Magnus eine Idee, wohin.« – »Nora Schwarz kein hinreichender Anfangsverdacht.« – »Die armen Kinder.« – »Handy nicht geortet.« – »Vielleicht weiß Herr Meister das.« – »Ist eine Kollegin meines Mannes« – »Recherche zu ›Solaris GmbH‹« – »Kein schlüssiges Szenario.« – »Reifferscheidt agiert aggressiv. Flüchtig.« – »Nicht wecken, Gehirnerschütterung, Schleudertrauma, Elektroschock.«

Magnus konnte nicht sagen, wie lange er im Dämmerschlaf gelegen hatte. Miriam und ihr Kollege saßen am

Esstisch und wandten ihm die Köpfe zu, als er versuchte, sich aufzusetzen. »Ich brauche einen Kaffee«, gähnte er.

Miriam lachte. »Gott sei Dank. Dein erster vernünftiger Satz seit einer Stunde. Eliza ist oben, ich mache dir das.« Sie ging zur Kaffeemaschine und beäugte sie misstrauisch. »Wenn das Ungetüm hier mich lässt.«

Magnus winkte ab und stand auf. »Das schaffe ich schon.« Auf Miriams besorgte Miene hin ergänzte er: »Ich mache ganz, ganz langsam.«

Der Cappuccino duftete verheißungsvoll. Magnus nahm mit seiner Tasse Miriam gegenüber am Tisch Platz, der mit leeren Gläsern und Tassen vollgestellt und mit Gebäckkrümeln übersät war. Er fühlte sich deutlich besser. »Was willst du wissen? Frag mich.«

»Die Fahndung ist raus, Magnus, die Handyortung läuft. Warum ist Reifferscheidt abgehauen? Das macht ihn zu meinem Verdächtigen Nummer eins.«

»Ich habe keine Ahnung.«

»Du hast ihm gesagt, dass Gregor Henke tot ist.«

»Er behauptet, er wusste es nicht, Miriam.«

»Haben Sie ihm geglaubt?«, schaltete sich ihr Kollege ein.

»Ja. Er wurde kreidebleich und wirkte aufrichtig überrascht.«

»Wann hat er Henke zuletzt gesehen, Magnus? Das konnten wir nicht abschließend klären.«

»Eine Uhrzeit habe ich nicht für dich, aber er war am Sonntag mit ihm im Königsforst. Das hat er zugegeben. Henke hätte ihn ›wüst beschimpft‹ und sei ›quicklebendig‹ gewesen, sagte er.«

»Das sieht nicht gut für Reifferscheidt aus, Magnus.

Er hat ihn – soweit uns bekannt ist – als Letzter lebend gesehen. Wir wissen sicher, dass Henke am Sonntag gegen 19.00 Uhr tot war. Sie haben sich gestritten, mehrfach. Er hat dich zweimal körperlich angegriffen. Er hat ein Motiv, auch wenn Nora Schwarz behauptet, er habe sich von ihr getrennt. Und er ist flüchtig.«

»Trotzdem, Miriam – da stimmt etwas nicht. Versetz dich mal in seine Lage. Er kam mir vor wie ein in die Enge getriebenes Tier. Er wird gestalkt. Sein ehemaliger bester Freund nervt ihn mit der Firmenübernahme von ›Solar-Boost‹, wo er den Job macht, den er mag. Er fühlt sich von seinen Kollegen verraten. Seine Freundin nimmt die Beziehung etwas lockerer als er und lügt ihn an. Sie hat auch Maike angelogen. Er behauptet, sie habe sich von ihm getrennt, nicht er von ihr.«

»Das macht die Motivlage eher schlimmer für ihn, meinst du nicht?«

»Ich kann nur meinen Eindruck schildern. Auf mich wirkt er einfach nicht wie jemand, der andere totschlägt. Und sorry – selbst wenn mein bester Freund mit Eliza schlafen würde – ich würde ihn doch nicht umbringen.«

Miriam war rot geworden und grinste schief. »Das würde ich dir auch nicht raten.«

»Das Problem haben wir häufig, dass Schein und Sein abweichen«, sagte Miriams Kollege, dem die Feinheiten der Frotzelei zwischen den Freunden entgangen waren.

»Ihn zur Rede stellen – okay. Den Rest kläre ich mit meiner untreuen Frau«, erklärte Magnus entschieden.

»Wer ist hier untreu? Ich?« Eliza stand im Türrahmen. »Es ist nach zwölf, wir wollen ins Bett, Miriam. Magnus ist fix und fertig.«

Magnus dachte nach, er schien Eliza nicht wahrzunehmen. »Das Handy, Miriam. Reifferscheidt hat gesagt, dass sein Handy am Sonntag gestohlen wurde, er hat Nora Schwarz von einer anderen Nummer aus benachrichtigt, dass er ›mal weg‹ sei.«

»Stell dir vor, das ist mir schon aufgefallen«, sagte Miriam düster. »Wir können beide Nummern nicht orten.« Ihr Gesicht hellte sich auf. »Aber ich habe eine Idee, wer das wissen könnte. Hat er wirklich ›gestohlen‹ gesagt?«

Sie begann zu telefonieren, ohne seine Antwort abzuwarten. Eliza war hinter Magnus getreten und massierte ihm den Nacken. Er registrierte die angenehme Berührung nur am Rande, weil er sich das Hirn zermarterte. Wohin könnte Reifferscheidt sich abgesetzt haben? Blühender Lavendel. Er schlug sich mit der Hand vor die Stirn. Natürlich. Er sprang auf. Eliza wich erschrocken zurück. »Habt ihr den Hauptbahnhof gecheckt? Er muss sein Fahrrad dort gelassen haben. Überprüft die Zugverbindungen nach St.-Jean-Pied-de-Port. Einen Versuch ist es wert.«

Miriams Kollege sah in mit großen Augen an, griff aber zum Telefon. »Frankreich? Was will er da?«

»Wandern«, grinste Magnus. »Das Fahrrad kann ich Ihnen gerne beschreiben.«

Miriam überzeugte Magnus mit Mühe und Not davon, dass es für ihn jetzt nichts mehr zu tun gab. Die Fahndung nach Benjamin Reifferscheidt bekam eine Richtung. Eliza komplimentierte die Polizisten hinaus, räumte die Küche auf und schickte den protestierenden Magnus wie ein Kleinkind ins Bett. Er nahm Miriam vorher das Versprechen ab, ihn morgen früh sofort zu informieren. Sobald er sein Kissen unter dem Kopf spürte, schlief er ein.

MONTAG, 7. SEPTEMBER

Magnus wachte vom scheppernden Geräusch der Teller auf, die Eliza aus der Spülmaschine in die Schränke räumte. Stimmen klangen aus dem Erdgeschoss bis nach oben. Ein Kind krähte gut gelaunt durch die Küche, er hörte Lachen von Eliza und Benno. Benno? Waren sie zum Training verabredet gewesen? Aber warum hatte er Tilda mitgebracht? Zu viele Fragen nach dem Wachwerden. Er blickte auf den Funkwecker neben dem Bett: zehn Uhr. Okay, das war nicht mehr früh. Magnus fühlte sich zerschlagen, als hätte jemand mit dem Hammer alle Knochen bearbeitet. Zumindest waren die Kopfschmerzen weg. Dem fröhlichen Szenario im Erdgeschoss fühlte er sich noch nicht gewachsen und so blendete er den Besuch aus, gönnte sich eine ausgiebige Dusche, eine Rasur, saubere Jeans und zog eines seiner Lieblingsband-T-Shirts von den Rolling Stones über: das Tour-Shirt des Hyde-Park-Konzerts von 2013. Schon nach einer Woche Ermittlungen fehlte ihm die Musik. Er nahm sich vor, diese Woche nur mit der Gitarre zu verbringen und seine Lieblingssongs neu einzuspielen. Gut gelaunt und hungrig nahm er die Treppe ins Erdgeschoss.

»Manus, Manus!« Tilda stürmte auf ihn zu und umklammerte seine Beine. »Wir konnten sie gerade noch davon abhalten, mit dir zu duschen«, grinste Benno. »Wollt ihr sie kaufen? Ich mache euch einen guten Preis.« Er saß mit Eliza am Esstisch, der genauso wild aussah wie am Vorabend, nur dass diesmal Brötchenkrümel, Marmeladenreste und Tildas aktuelles Lieblingsspielzeug, ein pinkfarbenes Arztköfferchen mit Holzspritzen, Gummihämmerchen und einem Plastik-Stethoskop die Tischfläche belegten.

Magnus hob Tilda hoch in seinen Arm und pustete ihr ins Ohr. Sie kicherte und begann an seinen Haaren zu ziehen. »Minztee«, sagte sie.

Eliza lachte. »Hast du aus Versehen mein neues Shampoo benutzt, Schatz? Das riecht nach Pfefferminze.«

»Tilda wird dich gleich verbinden, mach dich auf was gefasst. Sie ist in einer Mission unterwegs.« Benno hob warnend den Zeigefinger. »Miriam hat ihr heute Morgen erklärt, dass du dich gestern verletzt hast.«

Magnus setzte Tilda wieder ab, die energisch protestierte. »Du darfst gleich meinen Arm verbinden. Aber jetzt brauche ich einen Kaffee und ein Brötchen.«

»Ich auch ein Brötchen!«

»Maus, du hast gerade erst gefrühstückt«, wies Benno sie sanft zurecht. »Lass Magnus mal einen Moment in Ruhe.« Tilda verzog sofort das Gesicht und begann Magnus' Beine zu umklammern. »Manus, Manus!«

Er nahm sie an der Hand. »Komm, du bekommst einen Kakao und ich einen Kaffee. Einverstanden?«

Der Sturm flaute ab, Tilda lächelte, entzog ihm die Hand und stapfte ihm hinterher zur Kaffeemaschine. »Ich mache selber Kakao.«

Benno hob anerkennend den Daumen. »Wieso funktioniert das bei dir? Ich habe eine Liste mit 20 Beruhigungssätzen, Kakao ist dabei ganz weit oben, direkt hinter ›Sollen wir rutschen?‹ und ›Willst du dein Laufrad mitnehmen?‹.«

»Onkel Magnus ist eben interessanter als Papa«, frotzelte Eliza, die behutsam Tilda mit dem Kakao assistierte, sorgfältig darauf bedacht, der Kleinen nicht zu viel zu helfen.

»Interessanter«, echote Tilda.

»Wieso bist du eigentlich hier, musst du nicht arbeiten?« Magnus balancierte einen Teller mit zwei gebutterten Brötchenhälften und einen Cappuccino durch den Raum.

»Nicht nur meine Tochter ist in einer Mission unterwegs! Ich habe meine Termine für heute verschoben, wir haben niemanden, der auf Tilda aufpassen kann. Also: Von meiner Frau soll ich dir ausrichten, dass sie den Kerl geschnappt haben. Die Vernehmung läuft gerade. Sie haben sein Fahrrad am Breslauer Platz in der Nähe des Busbahnhofs gefunden. Es gab tatsächlich eine Verbindung am Abend zu dem Kaff in Frankreich, das du genannt hast. 22 Stunden Fahrt, wer macht so was? Hinter Brüssel hat ihn die belgische Polizei aus dem Bus geholt und zurückverfrachtet. Das ist mein letzter Stand. Mir gefällt es, wenn du mitermittelst. So erfahre ich mal, was meine Frau den ganzen Tag treibt. Sonst erzählt sie mir nie etwas. Meister, Meister, worauf hast du dich da wieder eingelassen. Aber du hast ihn gefunden, Respekt.«

»Ich glaube nicht, dass er jemanden getötet hat«, sagte Magnus.

»Lass das mal Miriam herausfinden«, meinte Benno. Der Stolz in seiner Stimme war nicht zu überhören. »Die hat das gelernt.«

Eliza stimmte Magnus zu. »Das passt nicht zu dem, was Maike und alle anderen über Ben erzählt haben. Friedfertig und freundlich. Allerdings hat er dich angegriffen, Schatz.«

»Beim ersten Mal hat er mich verwechselt«, meinte Magnus.

»Das macht es nicht besser, Meister«, sagte Benno. »Hey, du hattest eine Gehirnerschütterung!«

»Ich bin in seine Wohnung eingedrungen, nicht vergessen. Das könnte unter Notwehr laufen.«

Tilda hatte unterdessen den Kakao ausgetrunken und begann, den Inhalt ihres Arztköfferchens zu begutachten. Magnus musste sich auf eine gründliche Untersuchung gefasst machen. »Kein Verband«, sagte sie. Eliza holte ihr aus der Küchenschublade einen Rest Mullbinde, die schon lange nicht mehr hygienischen Anforderungen der Ersten Hilfe entsprach.

»Wie bist du auf den Ort gekommen?«, wollte Eliza von Magnus wissen. »Lag in seiner Wohnung ein Zettel ›ich bin dann mal in St-Jean-Dingsda‹ herum?«

»St.-Jean-Pied-de-Port«, korrigierte Magnus. »Südfrankreich, am Fuß der Pyrenäen. Das ist für viele Pilger der Einstiegspunkt in die Wanderung nach Santiago. Ben trug Wanderschuhe und hatte einen Rucksack gepackt. Er wirkte sehr entschlossen. Ich denke, er wollte Job, Frau und Vergangenheit hinter sich lassen und den Jakobsweg gehen, er ist ihn vor zwei Jahren schon einmal bis zu Ende gegangen. Ich war aus seiner Sicht nur zur falschen Zeit am falschen Ort.«

»Seine Lavendelbilder!«, rief Eliza. »Die sind bestimmt aus Südfrankreich.«

Magnus nickte. »Selbst in der Schrebergartenhütte hing ein Kalenderblatt mit Lavendel, das hat mich daran erinnert.«

»Was meinst du mit ›Vergangenheit‹?«, fragte Benno. »Kriminelle Vergangenheit?«

»Mir fehlt noch ein Puzzlestück. Geduld.«

Tilda baute sich vor Magnus auf. »Kopf verbinden!«, lautete der Befehl. Magnus musste sich auf den Boden setzen. Zur allgemeinen Erheiterung begann sie – für eine Dreijährige sehr geschickt –, eine Mumie aus Magnus zu machen, der sich das klaglos gefallen ließ. Als es an der Tür klingelte, ging er spaßeshalber öffnen und erschreckte Clara, die auf einen spontanen Besuch hereinschauen wollte.

»Mir geht es gut, das war Tilda«, begrüßte Magnus sie und gab ihr einen Kuss durch einen Streifen Mull. Sie roch nach Jasmin. »Neues Parfum?«

»Das fühlt sich eklig an, lass das«, schimpfte sie. »Eliza hat mir gesagt, dass Benno da ist.« Sie senkte die Stimme. »Hast du schon mit ihm wegen der Wohnung gesprochen?«

Magnus schüttelte den Kopf, wobei ihm der Mull über die Augen rutschte. »Weißt du was? Frag ihn doch einfach selbst.«

Clara schwang die Haare zurück und verdrehte die Augen. »Na toll, vielen Dank, Papa.« Sie marschierte in die Küche, wurde von Tilda begeistert mit »Clara, Clara, Clara!« in Dauerschleife begrüßt und sofort für eine ausführliche Untersuchung auf dem Esstisch mit dem Stethoskop und Gummihammer in Beschlag genommen. Magnus zog Benno auf den Flur, schloss die Tür hinter sich und erläuterte ihm in knappen Worten das Wohnungsproblem. Benno dachte kurz nach, dann erhellte sich sein Gesicht. »Ich habe eine Idee! Wäre die Südstadt in Ordnung für Clara und ihre Freundin?«

»Bezahlbar und Platz für zwei wäre in Ordnung«, knurrte Magnus.

»Die Wohnung unter unserer Detektei steht zum Verkauf. Ich bin schon in Verhandlungen mit dem Eigentümer, damit wir irgendwann erweitern können. Das ist aber nicht dringend. Clara müsste nur in Kauf nehmen, dass sie mir ab und an über den Weg läuft.«

»Ich denke, damit käme sie zurecht«, freute sich Magnus.

»Meister? Eine Bedingung.« Benno drückte ihm den Zeigefinger auf die Brust.

»Was?«

»Ich will eine Elternbürgschaft.« Benno sah ihn todernst an und brach dann in schallendes Gelächter aus.

»Du kannst auch eine Verdienstbescheinigung haben«, japste Magnus, als der Gag bei ihm durchgesickert war. Beim Lachen merkte er, wie die Anspannung der letzten Tage von ihm abfiel wie Tildas Mumienverband, der sich mittlerweile um seinen Hals gewickelt hatte. Das Festnetztelefon klingelte. Eliza nahm das Gespräch in der Küche an. Sie kam mit dem Telefon in der Hand auf den Flur, legte einen Finger an die Lippen und flüsterte »Maike«, als sie Magnus den Hörer reichte.

»Benjamin hat mich eben angerufen«, fauchte Maike in den Hörer. »Das heißt, er durfte mich anrufen. Was soll das, Magnus? Er sagt, du hättest der Polizei verraten, wo er sich aufhält. Woher wusstest du, dass er nach Südfrankreich wollte? Er hat niemandem davon erzählt, sagt er. Warum wird er von der Polizei festgehalten? Was hat er mit Gregors Tod zu tun? Ich dachte gerade, ich höre nicht richtig.«

»Diese Fragen kann dir dein Bruder am besten selbst beantworten. Du erinnerst dich daran, dass ich ihn suchen sollte?«

»Ich bin nicht in der Stimmung für Ironie.«

»Sorry, Maike. Ich hatte ihn in einer Schrebergartensiedlung aufgespürt. Fünf Minuten später hat er sich wieder vom Acker gemacht, nachdem er mir einen Elektroschock verpasst hat. Südfrankreich habe ich erraten. Was hätte ich denn deiner Meinung nach tun sollen, wenn die Polizei ihn sucht?«

»Das glaube ich nicht.«

»Was bitte?«

»Dass er dich angegriffen hat.«

»Glaub, was du willst, Maike.«

»Ben hat mich gestern am späten Abend angerufen und mich gebeten, sein Fahrrad heute vom Bahnhof abzuholen. Er war nicht auf der Flucht, Magnus. Er wollte einfach seine Ruhe haben.«

»Er hätte sich einfach mal melden sollen, meinst du nicht?« Magnus stellte fest, dass sie die Rollen getauscht hatte.

»Meine Eltern sind in heller Aufregung. Mein Vater wird dich anrufen.«

»Um Dampf abzulassen?«

»Mit Gregors Tod hat Ben nichts zu tun, das weiß ich einfach.«

»Mag sein. Ich bin kein Anwalt, Maike.«

»Aber auch kein Freund.«

Uff. Das saß. »Maike …« Zu spät. Sie hatte aufgelegt. War sie so naiv zu glauben, dass man sich einer polizeilichen Befragung durch einen Trip nach Südfrankreich entziehen konnte? Magnus war fassungslos und verletzt. Da lief er sich die Hacken quer durch Köln wund, um dieser Frau zu helfen, und zur Belohnung hielt sie ihn für einen schäbigen Denunzianten. Das Leben war nicht fair, aber er hatte keine Zeit, sich zu bemitleiden. Mit schlechtem Gewissen überließ er es Eliza, Benno, Tilda und Clara zu unterhalten, ging hinauf in sein Arbeitszimmer und fuhr den Rechner hoch. Erst gestern Abend, vor etwas mehr als zwölf Stunden, hatte er begriffen, dass Gregor Henke und Benjamin Reifferscheidt mehr verbunden hatte als eine alte, abgekühlte Schulfreundschaft. Er klickte auf das Foto des Karlsruher Teams bei der Preisverleihung für den GreenTec Award, das Nadja ihm am Samstag geschickt hatte. Auf den ersten Blick hatte er nur wahrgenommen, wer nicht auf dem Foto zu sehen war: Benjamin Reifferscheidt. Jetzt sah er das ganze Bild. Die lächelnden, festlich gekleideten, zumeist jungen Forscher und Forscherinnen und am rechten Bildrand – unverkennbar Gregor Henke. Links neben ihm stand eine hübsche Asiatin in einem schwarzen kurzen Kleid, sie lächelte als Einzige auf dem Bild nicht. Henkes linke Hand war nicht zu erkennen, die linke Schulter ein wenig zurückgenommen. Magnus zoomte das Bild heran. Von vorne sah es so aus, als ob Henke seinen Arm in den Rücken seiner Nachbarin gelegt hatte. Zufall oder eine besitzanzeigende Geste? Magnus glaubte ebenso wenig wie

Miriam an Zufälle. Er nahm die Bildunterschriften zur Hilfe: Die Frau hieß Akira Watanabe. Auf dem nächsten Bild saßen alle weiß bekittelt um einen Arbeitstisch und besprachen chemische Formeln an einer Flipchart. Henke war noch besser zu erkennen, die Frau saß weiter vorne und flüsterte einem lächelnden Reifferscheidt etwas ins Ohr. Wenn Magnus richtig kombinierte aus allem, was er wusste, lagen die Gründe für den Streit zwischen den Männern im Jahr 2018. Miriam war eine ausgezeichnete Vernehmungsbeamtin, wahrscheinlich hatte sie schon herausgefunden, dass Henke und Reifferscheidt alte Kollegen waren, trotzdem schickte er ihr die beiden Bilder mit einem kurzen Kommentar aufs Handy. Er suchte im Netz nach einer Telefonnummer von Akira Watanabe und fand sie als Mitarbeiterin im Forschungszentrum Jülich mit einer Telefonnummer. Er tippte die Nummer ein, besann sich dann anders und beendete die Verbindung wieder. Miriam würde ihm nicht verzeihen, wenn er in eine laufende Mordermittlung hineinpfuschte. Jetzt konnte er sich nicht mehr darauf berufen, Reifferscheidt zu suchen. Aber es gab noch andere auskunftsbereite Personen. Er suchte sich die Telefonnummer der freundlichen Verwaltungsassistentin des Karlsruher Instituts heraus, mit der Nadja schon gesprochen hatte, eine Regina Bender, rief an und gab sich als Privatdetektiv zu erkennen. Sie war nett und ehrlich entsetzt, als Magnus ihr sagte, dass der friedfertige Dr. Reifferscheidt in einen Mordfall verwickelt sei. »Ich bin ein Freund der Familie«, flunkerte Magnus, »wir versuchen ihn zu entlasten. Trifft es zu, dass er im Jahr 2018 ein Verhältnis mit Frau Akira Watanabe hatte?«

»Verhältnis? Sie waren ein Paar! Und ein glückliches dazu. Natürlich sind sie sehr zurückhaltende Typen, aber glauben Sie mir, die waren bis über beide Ohren verliebt. Man konnte es förmlich knistern hören, wenn sie in einem Raum waren.« Magnus spürte sie durch das Telefon lächeln.

»Aber das war nicht bis zum Ende so, richtig?«, tastete Magnus sich vor.

»Wissen Sie, ich glaube immer noch, dass das alles ein großes Missverständnis war. So eine hübsche Frau wird immer von mehreren Herren umgarnt, das bleibt nicht aus, wenn man so eng zusammenarbeitet. Wer weiß, was da vorgefallen ist. Ich glaube, Dr. Reifferscheidt hat das alles zu schwer genommen. Aber so ist er eben.«

»War der andere Herr vielleicht Gregor Henke?«

Sie räusperte sich. »Ich hatte gehofft, diesen Namen nie mehr hören zu müssen. Zuerst fanden ihn alle sympathisch, aber ich persönlich bin nie auf ihn hereingefallen, sehr charmant, gewiss, aber zu bemüht, verstehen Sie? Es war meiner Meinung nach ein großer Fehler von Dr. Reifferscheidt, ihn ins Team zu holen. Ein Unruhestifter und Schmarotzer, wenn Sie mich fragen. Und ja – er hat der armen Frau Watanabe sehr zugesetzt.«

Magnus ließ das Gehörte einen Moment sacken. »Sie haben Schmarotzer gesagt. Was meinen Sie damit? Beziehen Sie sich auf die Liebesgeschichte?«

Frau Bender klang jetzt verlegen. »Das war eine unbedachte Äußerung von mir.«

In Magnus' Gehirn verbanden sich ein paar Synapsen miteinander. »Ich würde mich gerne mit einem weiteren Kollegen des Teams unterhalten.« Er spürte ihr Zögern. »Manchmal ist eine männliche Sicht auf eine Beziehung sinnvoll«, improvisierte er hastig. »Der nüchterne Blick hilft, das gesamte Spektrum zu sehen.« Was für einen Unsinn er faselte. Trotzdem schien es zu wirken.

»Na gut«, sagte sie nach einer Weile. »Ich hoffe, ich werde hierfür nicht gekreuzigt. Rufen Sie Dr. Kumar an und bestellen Sie ihm schöne Grüße von mir. Der Vorname ist Ravi.« Magnus notierte hastig den Namen auf einer alten Musikzeitschrift. »Nur eins verstehe ich nicht, Herr Meister: Wie soll diese Geschichte Dr. Reifferscheidt entlasten?«

Magnus verabschiedete sich hastig mit Dank und höflichen Floskeln, bevor Frau Bender weitere Nachfragen stellen konnte. Sie hatte recht, die Motivlage schnürte dem Verdächtigen allmählich den Hals zu. Was auch immer damals vorgefallen war: Reifferscheidt und Henke waren Konkurrenten gewesen.

Miriams Kollegen vertrösteten Magnus auf ihrem dienstlichen Anschluss, sie sei »beschäftigt«. Am Handy versuchte er es gar nicht erst, vermutlich war die Vernehmung noch nicht beendet. Er ließ sich nach einigem Hin und Her mit dem netten Kollegen von gestern Abend verbinden.

»Geht es Ihnen besser?«, erkundigte er sich höflich.

»Und ob. Frau Grass ist bestimmt noch in der Vernehmung?«

»Der Zeuge ist allmählich genauso müde wie wir. Ich denke, wir brechen gleich ab.«

Also war Reifferscheidt noch nicht zum Beschuldigten avanciert, immerhin. Magnus teilte ihm mit, was er bei seinem Telefonat herausgefunden hatte.

»Sie sollten Pause machen, Herr Meister«, meinte er freundlich, aber bestimmt. »Das ist jetzt unser Job.« Magnus nahm ihn gerne beim Wort und holte sich einen Kaffee aus der verlassenen Küche. Sie sah aus, als ob ein Tornado darüber hinweggezogen wäre. Er fand einen Zettel von Eliza: »Spielplatz Beethovenpark, Kuss«. Eine Pause, wie verlockend. Zum ersten Mal nahm er bewusst wahr, dass draußen ein strahlend schöner Tag war. Zufrieden räumte er die Küche auf, schob einen der Hochzeitssampler für Eliza, den er ursprünglich für den späteren Abend zusammengestellt hatte, in den Rechner und setzte sich mit seinem Kaffee auf die Terrasse. Gerade verklangen die letzten Akkorde von »Song 2«, als sein Handy drinnen an der Ladestation zu klingeln begann. So viel zum Thema Pause. Der Name Reifferscheidt im Display roch nach Ärger.

»Sie halten sich wohl für besonders schlau!«, polterte Reifferscheidt senior ohne Vorwarnung los. »Niemals wäre mein Sohn in der Lage, gegen jemanden die Hand zu erheben! Was soll der Blödsinn, er habe Gregor etwas getan?«

»Dazu darf ich Ihnen nichts sagen und das wissen Sie, schätze ich. Dies ist eine Mordermittlung, ich bin raus.«

»Sie wollten mich auf dem Laufenden halten.«

»Ihre Tochter war meine Auftraggeberin.«

»Bei Maike stehen Ihre Aktien ganz tief im Keller, Herr Meister.«

»Sie könnten mir helfen, indem Sie mir eine Frage beantworten. Warum haben Sie Gregor Henke immer den Vorzug gegeben? Ich habe mittlerweile mit einigen Kollegen und Freunden Ihres Sohnes gesprochen. Alle schätzen ihn. Was ich von Henke umgekehrt nicht sagen kann, nach meinem bisherigen Kenntnisstand.«

Einige Sekunden blieb es still. »Ich – nun ja. Ich schätze es, wenn man etwas aus seinen Talenten macht. Mag sein, dass Ben der bessere Wissenschaftler ist. Immerhin hat er seinen Doktor gemacht. Aber wo steht er heute? Gregor ist immer jemand gewesen, der seine Chancen ergriffen hat. Das imponiert mir. Mit Beliebtheit bei den Kollegen kann man sich kein Haus bauen. Uns wurde damals auch nichts geschenkt.«

»Sprechen Sie von einer bestimmten Chance?«

»Wenn Sie so schlau sind, wissen Sie bestimmt, dass Gregor ein Patent auf seine Erfindung zum Wirkspektrum von Solarzellen angemeldet hat. Das hat er finanziell bei seiner neuen Firma gut verwerten können.«

»Reden wir gerade von der gemeinsamen Forschung am Karlsruher Institut?«

Reifferscheidt senior kicherte. »Da hat Ben sich ausbooten lassen. Selber schuld. Ich habe ihm geraten, zu einem Anwalt zu gehen, mehr konnte ich nicht für ihn tun.«

»Ich kann verstehen, dass Ihr Sohn nicht mehr mit Gregor Henke befreundet ist.« Und nicht mit dir, setzte er im Stillen hinzu.

»Entweder Sie sind ein Hai oder Sie sind eine Eule. Ben hat nichts, aber auch gar nichts von einem Hai. Sonst säße er jetzt nicht in der Klemme.«

Immerhin ist er nicht tot, dachte Magnus, aber er hielt den Mund. Von der Tier-Typologie für Führungskräfte hatte Benno ihm mal erzählt, aber er hielt nichts davon.

»Holen Sie ihn da raus, Herr Meister.«

»Ich bin kein Anwalt.«

»Sie sind clever, das reicht mir. Finden Sie etwas, was meinen Sohn entlastet.«

»Diesen Auftrag werde ich nicht annehmen.

»Arschloch.«

»Gestatten, Meister.« Sein Gesprächspartner hatte aufgelegt. Magnus erheiterte, dass dieses Telefonat genauso endete wie ihr erstes. Reifferscheidt senior und er waren nicht kompatibel. Positive Erkenntnis aus dem Gespräch: Seine Intuition ließ ihn nicht im Stich. Die verkorkste Liebesgeschichte war nicht das Einzige, was Gregor und Ben entzweit hatte. Magnus tat das nicht gerne, aber es war notwendig, sein Versprechen gegenüber Nadja zu brechen. Er hoffte, sie würde das verstehen. Er drehte sich eine Zigarette, sprach ein kurzes Stoßgebet an den Gott der Ermittlung und rief Dr. Ravi Kumar an. Siebenmal ertönte das Freizeichen, bevor der Ton seinen Klang veränderte. Eine Handyrufumleitung. Dr. Kumar war nicht am Arbeitsplatz. Magnus wartete mindestens eine Minute, bis ein unwilliges »Ja?« aus der Leitung kam.

Magnus stellte sich kurz vor und bat um Entschuldigung für die Störung, aber es sei dringend.

»Was will ein Detektiv Dringendes an meinem freien Tag von mir?«

»Es geht um Ihren ehemaligen Teamkollegen, Dr. Benjamin Reifferscheidt. Er steckt in Schwierigkeiten.«

»Das war neulich keine Headhunterin, die mich angerufen hat, richtig? Irgendetwas an dem Telefonat war seltsam, aber das ist mir erst im Nachhinein klargeworden. Was ist mit Ben los, dass alle für ihn anrufen?«

»Gregor Henke ist tot. Ben wird verdächtigt, damit etwas zu tun zu haben.«

»Oh.« Einen Moment lang war es still in der Leitung. »Für wen arbeiten Sie?«

»Für Bens Familie, seine Schwester genaugenommen. Er war abgetaucht, ich sollte ihn suchen und habe ihn gefunden.«

»Woher weiß ich, dass ich nicht wieder angelogen werde?«

»Ich kann Ihnen meine Lizenz scannen und schicken. Zur Stunde sitzt Ben im Polizeipräsidium und wird vernommen. Mit der vernehmenden Beamtin bin ich befreundet. Wenn wir ihn entlasten können, lasse ich es sie umgehend wissen.«

Dr. Kumar zögerte mit seiner Antwort. »Schön, wenn es hilft«, sagte er schließlich. »Sie hätten von Anfang an mit offenen Karten spielen sollen. Was wollen Sie wissen?«

»Wie war das Verhältnis zwischen Ben und Gregor Henke?«

»Anfangs sehr gut. Alte Freunde. Ben hat ihn gegen unseren Rat ins Team geholt. Henke war fachlich qualifiziert, aber, wie soll ich sagen, eher prädestiniert für die Industrie. Intelligent, zielstrebig, auf Status aus. Das ist natürlich kein Hindernis für die Forschung, aber es schien ihm weniger um die Sache an sich zu gehen. Verstehen Sie, was ich meine? Man wird nicht reich bei uns.«

»Henke wollte sich bereichern?«

»Er hat versucht ein Teamergebnis als sein eigenes zum Patent anzumelden. Wir waren sehr erfolgreich mit unserer Forschungsreihe über die Mikrostrukturen auf Dünnschichtfolien für Solarzellen. Das hat die Lichtabsorption um 100 Prozent erhöht.«

»Die Forschungen mit dem Schmetterlingsflügel?«

»Ich sehe, Sie kennen sich aus.«

Magnus lachte. »Ich habe es mir erklären lassen. Das ist die Arbeit, für die Ihr Team einen Preis geholt hat.«

»Richtig. Und Fördergelder des Bundesministeriums. Das Institut hat von Henkes Vorhaben Wind bekommen. Er hat sich bei einer Kollegin verplappert.«

»Ben hat sich Anfang September von meiner Detektei zu einer Patentsache beraten lassen«, meinte Magnus nachdenklich.

»Vielleicht wollte er verhindern, dass Henke die Ergebnisse bei einer anderen Firma verwertet, das würde Sinn machen, ist aber sehr schwer zu beweisen. Das Institut hätte nach der Veröffentlichung des Patents erfolgreich Einspruch beim Patentamt einlegen können. Anhand der Laborbücher wäre es ein Leichtes gewesen nachzuweisen, dass dem Patent eine Teamleistung zugrunde lag. Wenn überhaupt, hätte Ben ein Patent anmelden können. 80 Prozent der Ideen und der Arbeit, die darin steckte, waren sein Verdienst. Aber er ist nicht einmal auf die Idee gekommen, das für sich zu beanspruchen.«

»Und was ist dann passiert?«

»Das Institut hat Henke gedroht, ihn mit einer Vindikationsklage zu überziehen. Das heißt, er hätte das Patent an das Institut abtreten müssen. Henke hat eingelenkt und die Anmeldung zum Patent zurückgezogen. Natürlich war das Vertrauensverhältnis zwischen Henke und unserem Team wie auch zum Institut unrettbar zerstört.

Henke hat uns im September 2018 verlassen und ist in die Industrie gewechselt.«

»Aber warum hat Ben das Arbeitsverhältnis mit dem Institut beendet? Ihm konnte man doch keinen Vorwurf machen?«

»Da kam einiges zusammen, denke ich. Er hat sich gewiss dafür verantwortlich gefühlt, Henke ins Team geholt zu haben.«

»Und die Beziehung zwischen Gregor Henke und Frau Watanabe?«

»Den Namen haben Sie nicht von mir.«

»Ich habe mir Ihre Teambilder aus 2018 angeschaut.«

»Sind die so aufschlussreich? Nun ja, wenn es eine Beziehung gab, dann zwischen Frau Watanabe und Ben. Henke hat auf sehr plumpe Art versucht, sich dazwischenzudrängen. Er benahm sich wie ein neidisches Kind. Er wollte das haben, was die anderen auch haben. Ich hoffe, Sie nehmen es mir nicht übel, dass mich sein Tod nicht bestürzt. Ein unangenehmer Zeitgenosse.«

Magnus bedankte sich bei Dr. Kumar für die Auskünfte.

»Ich hoffe, Sie können Ben helfen«, sagte der. »Wir hätten ihn gerne bei uns behalten. Aber ich kann verstehen, dass er die Geschichte hinter sich lassen wollte. Manche Wunden sind einfach zu tief.«

Magnus blieb auf der Terrasse sitzen und ließ das Gespräch Revue passieren. Er selbst hätte den Kerl erwürgt. Spannte ihm die Frau aus, stahl ihm die Arbeitsergebnisse. Die Kollegin, bei der Henke sich über seine Patentanmeldung verplappert hatte, war bestimmt Akira Watanabe gewesen. Wenn überhaupt, hatte er ihr etwas erzählt. Unterstellt, sie hatte ihn wirklich gemocht, war das mit Sicherheit in dem Moment vorbei gewesen, wo er die Forschungsergebnisse für sich reklamieren wollte. Das ließ kein Kollege auf sich sitzen, der nur einen Funken Loyalität zum Team verspürte. Ben musste sich für seinen alten Freund zu Tode geschämt haben. Und er war verletzt, wenn er die Frau geliebt hatte. Verständlich, dass er 1.000 Kilometer Wanderwege zwischen sich und den doppelten Verrat bringen wollte. Leider trug das nicht zu seiner Entlastung bei, es verschlimmerte die Situation für ihn eher. Wenn Ben die Wahrheit gesagt hatte, hatte Gregor Henke ihm zugesetzt, um ihn für die Übernahme weichzuklopfen. Und er hatte mit der Frau geschlafen, mit der Ben zusammen war, wie locker die Bindung auch war. Er musste es geahnt oder gewusst haben. Aus Bens Sicht wiederholten sich die Ereignisse in unerträglicher Weise. Wer weiß, was am Sonntag im Königsforst vorgefallen war. Was der Mann am meisten brauchte, war ein handfestes Alibi für den Todeszeitpunkt. Oder einen Zeugen, der Henke noch putzmunter nach der Begegnung der beiden gesehen hatte.

Die Sonne brannte Magnus mittlerweile auf dem Kopf. Es war fast halb eins, wie ihm ein Blick nach drinnen auf die Küchenuhr verriet. Miriam ließ nichts von sich hören. Er wollte weder ihre Kollegen nerven, noch hatte er Lust, Benno, Tilda, Clara und Eliza auf den Spielplatz hinterherzufahren. Die kämen gut ohne ihn klar. Eine andere Sache musste noch geklärt werden. Er schrieb Eliza einen Zettel, nahm sein Handy mit und radelte in die Südstadt zu Nicks Fahrradwerkstatt, nur einen Katzensprung von ihrem Proberaum entfernt. Bevor er auf der Annostraße durch die Zufahrt den Hinterhof betrat, sah er kurz nach rechts und links und gab seinem Vorderrad mit einer leise gemurmelten Entschuldigung einen kräftigen Tritt. Sofort schleifte das Rad am Schutzblech.

Die Werkstatt war ein schmuckloser, hellgrau gestrichener Flachbau mit vergitterten Fenstern zum Hinterhof und einem Vordach aus Wellblech, unter dem sich etliche Fahrräder von ramponiert bis perfekt überholt aufreihten. Die verglaste Doppeltür stand offen, Nicks Radio plärrte Werbung für einen Discounter bis auf den Hof. Magnus lehnte sein Rad an die Hauswand und klopfte, ohne auf Antwort zu warten, an die Tür, um seine Ankunft anzumelden. An einer gut ausgestatteten Werkbank entlang ging er dem Radiosound hinterher, bis sich der Geruch nach Ketten-Öl und Metall verdichtete. Nick hockte vor einem Montageständer und bearbeitete die Hinterradfelge eines gut erhaltenen Rennrads aus den 80er-Jahren mit Schleifpapier. Er trug eine Kappe mit Motörhead-Emblem auf seinem Pferdeschwanz und ein Sweatshirt mit Ölflecken, dessen Farbe nicht mehr bestimmbar war.

»Hey, Nick! So eines hatte mein Bruder früher«, begrüßte Magnus ihn. »Das wollte ich ihm immer abkaufen, aber er hat es nicht rausgerückt.«

»Meister!« Nick strahlte ihn an, deutlich besserer Laune als bei ihrem letzten Zusammentreffen. »Mit dir habe ich nicht gerechnet. Hast du deinen bösen Buben gefunden?«

»Ja, leider, erzähl ich dir später mal. Ich brauche deine Hilfe. Mein Vorderrad hat eine Acht in der Felge.« Nicht mehr Lügen als nötig.

»Warte, ich komme raus. Ich muss mal saubere Luft atmen«. Er grinste, fischte sich eine Packung Zigaretten von einem mit Kleinteilen übersäten Holzregal an der Wand und folgte Magnus nach draußen. »Zeig mal her.« Er steckte sich eine Zigarette an und betrachtete kopfschüttelnd den Vorderreifen. »Wie hast du das geschafft?«

»Das war ich nicht. Sieht aus, als ob es einen Tritt bekommen hätte.«

»Gibt immer mehr Idioten«, brummte Nick. »Das Rad kannst du vergessen. Ich habe ein 28er hier, mache ich dir gleich drauf. Für dich 20 Euro, zum Einkaufspreis. Du kannst mir das Geld zur Probe morgen mitbringen, falls du nichts dabeihast.«

»Danke.« Sie setzten sich auf eine grob gezimmerte Holzbank aus einem alten Brett und ein paar Hohlblocksteinen. Die Sonne schob sich um die Ecke der gegenüberliegenden Hauswand und tauchte den schattigen Hinterhof mit einem Mal in blendendes Licht. »Wie läuft's?«, fragte Magnus. »Du warst mies drauf bei der Probe.«

Nick blinzelte gegen die Sonne und sog an seiner Zigarette. »Ging schon besser. Aber was soll es, der Kleine ist gesund und Steffi hat einen neuen Job in Aussicht. Wird schon wieder.«

»Echt? Wo denn?«

»Bei der ›Kölner Versicherung‹, auf zwei Jahre befristet. Nichts Tolles, aber wegen der Kurzarbeit vorher waren wir knapp mit dem Geld.«

Magnus dachte sich den Rest der Probleme dazu. »Ich will dir etwas vorschlagen. Ich würde dir gerne die Gibson abkaufen.« Magnus musste nicht erklären, welche er meinte. Die ES-335, 1965er Baujahr, wurde schon von allem gespielt, was im Rock'n'Roll und Blues Rang und Namen hatte. Chuck Berry, B.B. King, Eric Clapton und – für Magnus entscheidend – Keith Richards. Die meisten Gitarristen träumten davon, solch einen Gitarrenschatz in einem verstaubten Musikgeschäft günstig auszugraben, sie einfach nur zu besitzen und zu warten, bis der Wert stieg. Das, was Nick gelungen war.

»Du weißt, was ich dazu sage, oder?«

»Sie ist unverkäuflich«, sagte Magnus.

»Yep. Außerdem kannst du dir sie nicht leisten.«

»Ich habe gespart.«

»Keine 25.000 Euro.«

»Das ist zu hoch gegriffen! Auf den letzten Auktionen hat sie zweimal für 20.000 Euro den Besitzer gewechselt. Ich habe bei eBay geguckt.«

»Du bist nicht auf dem aktuellen Stand, Meister. Auf der Frankfurter Musikmesse im letzten Jahr ist sie für 25.000 Euro verkauft worden. Du weißt so gut wie ich, dass kaum noch Vintage-Gitarren auf den Markt kommen. Der Zustand ist exzellent.«

Magnus schluckte. »Das ist eine Menge Holz.«

»Sie ist sowieso unverkäuflich.« Nick drückte seine Zigarette auf dem Boden aus, wie um die Tatsache zu unterstreichen.

Magnus gab vor nachzudenken. »Warum eigentlich?«

»Wat fott es, es fott.« Nick meinte: Einmal weg ist weg, ein Teil des »Kölschen Grundgesetzes«. »So eine bekomme ich nie wieder.«

Magnus tat, als ob er eine neue Idee hätte. »Was hältst du davon: Ich kaufe sie dir ab und du kannst sie jederzeit zurückkaufen, wenn du willst.«

»Du bist doch keine Pfandleihe. Woher weiß ich, dass du es ernst meinst?«

»Willst du mich verarschen? Soll ich dir das schriftlich geben?«

»Warum willst du sie dann überhaupt kaufen, wenn ich sie wieder zurückkaufen kann?«

»Ich hoffe, du tust es nicht. Ende«, mimte Magnus den zu allem entschlossenen Käufer.

Nick betrachtete ihn skeptisch von der Seite. »Wenn überhaupt, würde ich sie nur an jemanden verkaufen, den ich kenne.«

»Sag ich doch«, grinste Magnus, der spürte, wie Nicks Widerstand bröckelte.

»Ich könnte sie dir leihen, wenn du sie mal spielen willst«, sagte Nick.

»Das ist nicht dasselbe«, seufzte Magnus.

»Ist es nicht«, stimmte Nick ihm zu und stand auf. Er wechselte mit wenigen Handgriffen Magnus' demoliertes Vorderrad aus und gab ein bisschen Öl auf die Kette. Er fuhr eine kurze Proberunde auf dem Hof, wendete scharf, hielt volles Tempo auf Magnus zu und machte eine Vollbremsung vor ihm. »Gutes Rad. Müsste mal geputzt werden. Und du hast wirklich 25.000 Euro übrig?«

»Das wird knapp«, gab Magnus zu.

»Hey, Meister.« Nick beugte sich über den Lenker und fixierte Magnus' Blick. Ein Lächeln zuckte in seinen Mundwinkeln. »Schau mir in die Augen, Kleiner.«

»Du hast wunderschöne grüne Augen. Spar dir deinen Charme für die Frauen auf. Was willst du?«

»Ich weiß, was du vorhast«, sagte Nick. »Das ist zuckersüß von dir.«

»Ich verstehe nicht, was du meinst«, gab Magnus sich unschuldig.

»Doch, verstehst du.« – »Nein.« – »Doch.« – »Na gut«, schloss Magnus. »Ich dachte, das wäre eine gute Idee.«

»Ist es auch. Aber ich durchschaue dich, das sollst du nur wissen.«

»Und jetzt?«

»Jetzt gehst du mir aus den Augen, ich habe zu tun. Ich schlafe mal drüber, okay?«

Magnus pfiff auf dem Heimweg fröhlich vor sich hin. Er war zwar aufgeflogen, hatte aber mehr erreicht als erhofft. Immerhin wollte Nick darüber nachdenken. Falls er einem Verkauf zustimmen würde, müsste Magnus nur mal eben 25.000 Euro auftreiben. Selbst wenn alle Bandmitglieder sich beteiligten: Die Gitarre wäre dann Gemeinschaftseigentum aller Spender, oder wie? Blödsinnige Idee, im Nachhinein betrachtet. Er würde die Gibson nicht hergeben wollen, genauso wenig wie Nick. Ihm gefiel der Gedanke, der Gibson in seinem Musikzimmer einen Ehrenplatz einzuräumen. Auch wenn es nur auf Zeit war. Er müsste eine Möglichkeit finden, auf einen Schlag viel Geld zu verdienen. Bitcoins kaufen. Im Lotto gewinnen. Erben. Von allem war er so weit entfernt wie Köln von Düsseldorf. Sein Handy vibrierte in der Hosentasche. Er war fast auf Höhe der Orangerie des Volksgartens. Hinter ihm lärmte die Vorgebirgsstraße. Magnus stieg ab, als er Bennos Nummer auf dem Display erkannte.

»Meister, bist du dran?«

»Sekunde, ich rufe gleich zurück.« Magnus schob sein Rad an die Hecke, die den Volksgarten umsäumte, und ging ein paar Steinstufen bis zum Eingang der Orangerie hoch. An der Glastür hinter ihm kündigten Plakate ein Lyrik-Festival in zwei Wochen an. Er hoffte für die Veranstalter, dass es noch stattfinden konnte. Hier war es still bis auf entferntes Kindergeschrei vom großen Spielplatz hinter der Orangerie. »Bist du auf dem Spielplatz?«, fragte Benno, als Magnus gewählt hatte. »Du hättest mir sagen können, dass du nicht nur für Clara Alimente zahlst!«

»Das ist die leiseste Stelle, die ich im Volksgarten finden konnte. Du hast doch immer gute Ideen. Wo bekomme ich 25.000 Euro her?«

»Geht es immer noch um die Gitarre? Ich dachte, ihr schmeißt zusammen.«

»Ich glaube, ich will sie für mich selbst.«

»Übersteigertes Konsumdenken. Du bist ein Kapitalismus-Opfer. Da hilft nur eins: Du übernimmst meine Stellvertretung und ich gebe dir Vorschuss.«

»Wir drehen uns im Kreis. Weswegen rufst du an?«

»Schöne Grüße von Miriam, sie sind noch nicht fertig. ›Danke für die Fotos‹ soll ich dir ausrichten.«

»Warum ruft sie nicht selbst an?«

»Wenn ich raten soll: Du stellst zu viele Fragen. Dann kommt sie nicht mehr pünktlich in den Vernehmungsraum zurück. Eins darf ich dir verraten: Er hat zugegeben, diesem Typen eine verpasst zu haben.«

Magnus erinnerte sich an das Hämatom auf dem Jochbein des Toten. »Verdammt. Das sieht schlecht aus. Dann behalten sie ihn da. Außerdem hat er mich angegriffen und ist abgehauen, also Fluchtgefahr.«

»Diskutier das mit meiner Frau. Sie hat hoch und heilig versprochen, dich anzurufen, sobald sie kann. Ich belästige dich noch aus einem anderen Grund. Hast du heute Abend schon etwas vor?«

»Ausruhen und Gitarre spielen.«

»Also nein. Darf Tilda heute bei euch übernachten? Oma und Opa können nicht, Miriam muss dringend schlafen, wenn sie nach Hause kommt, und ich habe einen Mandanten auf der Durchreise, der nur heute Abend in Köln ist. Essen im Marriott, mit Domblick. Auf Patenonkel ›Manus‹ ist Tilda von selbst gekommen, ich habe sie nicht manipuliert, ich schwöre.«

»Was sagt Eliza?«

»Ich soll dich fragen.«

»Okay. Für 25.000 Euro mache ich es.«

Benno lachte. »Ich bringe dir die Prinzessin um sechs vorbei, okay? Eliza hat ihr Ravioli mit Tomatensoße versprochen.«

»Ein abgekartetes Spiel, ich wusste es.«

»Du hast was gut bei mir.«

Magnus saß noch eine Weile auf den Stufen der Orangerie. Wäre es wirklich so schrecklich, wenn er Benno ein Jahr lang vertreten würde? Vielleicht hatte er zu schnell abgelehnt. Wenn Elizas Verdienst weiterhin ausfiel, würde es knapp für sie beide werden. Er war von Haus aus Optimist, aber diese Pandemie war nicht berechenbar. Er schätzte, dass Eliza sich noch bis zum Jahresende über Wasser halten konnte, dann musste sie an ihre Reserven gehen. Und er an seine. Benno und Miriam schafften es momentan nicht, Tilda zu versorgen. Möglich, dass Onkel »Manus« Teil der Lösung, und nicht des Problems war. Er müsste Nadja und Murat einbinden. Vielleicht eine Art Jobsharing? Mit diesem Für und

Wider im Kopf fuhr er nach Hause. Es war nach drei Uhr, Benjamin Reifferscheidt saß seit mehr als vier Stunden in der Zeugenbefragung. Oder war er bereits Beschuldigter und hatte einen Anwalt hinzugezogen?

Magnus hörte schon von draußen das Festnetztelefon klingeln. Eliza nahm nicht ab, also beeilte er sich aufzuschließen, hechtete durch den Flur und meldete sich in dem Moment, als am anderen Ende aufgelegt wurde. Das Display zeigte eine unbekannte Nummer an. Er rief sofort zurück. Es war Miriam, deren helle Stimme zwei Lagen tiefer klang als am Tag zuvor.

»Magnus, ich bin noch im Präsidium. Meine Kollegen drohen mir damit, mich in die Elternzeit zurückzuschicken, wenn ich jetzt nicht nach Hause fahre. Können wir uns irgendwo draußen treffen? Ich brauche dringend Sauerstoff, Bewegung und danach ein Bett.« Sie verabredeten sich für 20 Minuten später auf dem Parkplatz am Geißbockheim. Magnus traf vor Miriam ein und stellte fest, dass es am Montagnachmittag genauso überlaufen war wie samstags. Ob sich das nach Corona – irgendwann musste es doch vorbei sein – wieder ändern würde? Ein Streifenwagen fuhr vor. Die erschöpft aussehende Miriam stieg aus. Ihr Kollege winkte Magnus vom Fahrersitz aus freundlich zu, wendete und ordnete sich rechts ein, um über den Militärring zurückzufahren. Miriams blonde, feine Haare waren zerzaust, die Bluse zerknittert, die Ringe unter ihren Augen fast so blau wie die Jeans, die sie trug.

»Guck nicht so kritisch«, sagte sie mit einem müden Lächeln. »Meinen Wiedereinstieg in den Job habe ich mir leichter vorgestellt.« Sie schloss die Augen und atmete tief ein und aus. »Hier riecht es toll. Ich sollte öfter in den Wald gehen.«

»Du hast gerade die perfekte Stimmlage, um einen Blues einzusingen«, witzelte Magnus.

Das brachte sie zum Lachen. »Dein Dr. Reifferscheidt ist nicht gerade ein Plappermaul. Ich rede mir seit Stunden den Mund fusselig, um ihn zu einem Geständnis zu bringen.«

»Ich platze vor Neugier. Was ist letzten Sonntag zwischen ihm und Henke passiert?« Sie schlugen den Hauptweg zum Decksteiner Weiher ein, bogen aber sofort in einen weniger überlaufenen Waldweg nach rechts ab.

»Okay, das meiste weißt du ohnehin schon.« Sie blickte über die Schulter zurück, um zu prüfen, ob ihnen jemand zuhören konnte, aber der nächste Jogger war noch einen Kilometer entfernt. »Reifferscheidt wollte am Sonntag zu seinen Eltern nach Rath-Heumar, um sich zu verabschieden. Zu der Wanderung auf dem Jakobsweg habe er sich kurzfristig entschlossen. Nach seiner Aussage kam vieles zusammen, aber die Trennung von Nora Schwarz hat das Fass zum Überlaufen gebracht. Sie hat ihm am Samstagabend gesagt, dass sie jemanden kennengelernt habe, aber nicht genau wüsste, ob es etwas Ernstes sei. Von Henke war angeblich nicht die Rede. Der Gedanke sei ihm gar nicht gekommen, sagt Reifferscheidt. Sonntag packt er also ein paar Sachen zusammen und bringt sie in den Schrebergarten, um in der Woche vor der Abreise seine Ruhe zu haben, so drückt er es aus. Das stimmt mit den Beobachtungen der Nachbarin – Frau Merzenich? – überein, von denen du mir erzählt hast. Auf mehrfaches

Nachfragen räumt er ein, dass er dabei hauptsächlich den Nachstellungen von Shirin Nabavi entgehen wollte. Auf die Frage, warum er nicht Anzeige gegen sie erstattet habe, gibt er an, dass er sie mögen würde. Muss ich ja nicht verstehen.« Miriam blieb stehen und wartete, bis der Jogger hinter ihnen sie überholte und außer Hörweite lief. »Meine Kollegen haben Nabavi vernommen und den E-Mail-Verkehr zwischen den beiden überprüft«, fuhr sie fort. »Sie hat ihn täglich, wirklich Magnus, täglich angeschrieben. Er hat nie geantwortet. Er hat sich vor einem halben Jahr eine Geheimnummer geben lassen, damit sie ihn wenigstens am Festnetz nicht belästigt. Die Frau gehört in die Psychiatrie, wenn du mich fragst. Jedenfalls – vom Schrebergarten aus radelt Reifferscheidt zu seinen Eltern. Aber die sind nicht da, die waren bei Bekannten zum Kaffeetrinken, das hat die Mutter zu Protokoll gegeben. Warum er sie nicht vorher angerufen hat, haben wir gefragt, das wollte er angeblich nicht, weil meistens sein Vater ans Telefon geht. Der Überraschungsbesuch misslingt. Reifferscheidt beschließt, es später erneut zu versuchen, und bricht stattdessen zu einer längeren Wanderung in den Königsforst auf, Probewanderung für den Pilgerweg, sagt er. Sein Fahrrad stellt er am Waldrand ab, das ist fünf Fußminuten von seinem Elternhaus entfernt, du kennst das ja. Wir haben seine Route anhand seiner Wegbeschreibung nachvollziehen können, er war fast drei Stunden unterwegs, zuerst über das Waldcafé am Steinhaus, dort hat er sich etwas zu trinken geholt, vorbei an einem bekannten Gedenkstein, dann über den alten Forsbacher Bahnhof und zurück. Er kennt sich ausgezeichnet dort aus. Bis hierhin könnte die Story stimmen.«

»Und wann kommt Henke ins Spiel?«

»Ab da wird es kryptisch. Reifferscheidt behauptet, Henke sei hinter ihm in der Nähe der Schutzhütte aufgetaucht und habe ihm ein Gespräch aufdrängen wollen. Wie Henke ihn im Wald gefunden haben will, erschließt sich uns nicht.«

»Er kennt Reifferscheidts Fahrrad. Und die Männer haben als Kinder immer zusammen dort gespielt. Die kennen jeden Baum beim Vornamen. Ist die Schutzhütte weit von Reifferscheidts Startpunkt entfernt?«

»Höchstens 20 Minuten Fußweg. Wir haben Sabrina Henke einvernommen, sie gibt an, dass ihr Mann am Sonntagnachmittag tatsächlich bei ihr war und Möbel abgeholt hat. Du kennst ja das Drama.«

Magnus nickte. »Ein simpler Zufall? Henke ist vor Ort, der Familienwohnsitz liegt um die Ecke von Reifferscheidts Elternhaus. Vielleicht hat er Reifferscheidt einfach vorbeiradeln sehen. Oder war selbst spazieren und hat das Fahrrad entdeckt.«

»Reifferscheidt gibt an, dass Henke ihn noch mehrfach angerufen hat, nach dem Streitgespräch am Samstag im Volksgarten. Aber er, Reifferscheidt, habe nicht mit ihm reden wollen. Die Verbindungsnachweise haben wir überprüft, das entspricht der Wahrheit.« Ohne es zu bemerken, waren sie an der Gleueler Straße angelangt. Sie drehten um und liefen einen Parallelweg am Weiher zurück, als Miriam sagte, sie sei müde und wolle nicht mehr weit laufen.

»Was haben die beiden besprochen?«

»Reifferscheidt hat Henke vorgeworfen, ihm die Arbeit bei ›SolarBoost‹ zu verderben, indem er Zwietracht zwischen den Kollegen säe. Er, Reifferscheidt, sei glücklich gewesen, so wie es war.«

»Reifferscheidt erlebt zum zweiten Mal, dass Henke ihm ein Arbeitsverhältnis zerschießt.« Magnus erzählte Miriam von Henkes Versuch, das Patent an sich zu bringen. Miriam pfiff durch die Zähne. »Allmählich begreife ich, wieso er nicht mit ihm reden wollte. Und was war mit der Liebesgeschichte?«

Magnus berichtete ihr von dem Gespräch mit Dr. Kumar. »Das muss demütigend für Reifferscheidt gewesen sein«, schloss er.

»Ein Déjà-vu! Jetzt verstehe ich, warum er zugeschlagen hat«, rief Miriam. »Pass auf – das Gespräch ist gekippt. Henke hat Reifferscheidt als ehrgeizlosen Versager beschimpft, als er merkte, dass er nicht weiterkam. Reifferscheidt hat versucht ihn abzuschütteln. Henke war knapp hinter ihm. Dann ruft er ihm in den Rücken, dass er mit seiner Freundin geschlafen habe. Nora Schwarz sei jetzt mit ihm zusammen. Reifferscheidt dreht sich um und verpasst ihm eine gerade Rechte, unterhalb vom Auge. So weit passt die Story. Henke sei getaumelt, aber nicht hingefallen, sagt Reifferscheidt. Er selbst habe sich umgedreht und sei einfach gegangen. Henke sei hinter ihm hergerannt, weiter wüste Beschimpfungen brüllend.«

»Das muss doch jemand gehört haben!«, warf Magnus ein. »Die Schutzhütte war nicht mehr weit.«

»Es gibt vielleicht Zeugen.«

»Der Handydieb aus Neubrück?«

»Diebe. Reifferscheidt sagt aus, die Jungs waren zu zweit. Er habe wegen des Streits mit Henke nicht weiter darauf geachtet, aber sie seien auf dem Pfad von zwei grinsenden Typen überholt und angerempelt worden, die hätten sich sogar entschuldigt und seien dann weg gewesen. Er vermutet, dass bei der Gelegenheit sein Handy gestohlen wurde.«

»Und einer von ihnen ist zurückgekommen und hat dem toten Henke das Handy abgenommen?«

»Das hat jedenfalls unser ›Kevin‹ behauptet. Kannst du dir unglaubwürdigere Zeugen vorstellen? Meine Kollegen sind eben dabei, den zweiten Dieb zu suchen. Das wird nicht lange dauern, bis einer seiner Kumpels quatscht. Mit Todesfällen wollen die nichts zu tun haben.«

»Was ist mit den Spuren? Passen die zu dem, was Reifferscheidt aussagt?«

»Schon«, gab Miriam zu und kickte einen Stock zur Seite, der ihr im Weg lag. »Knickspuren in den Brombeeren, eine Rutschspur an der Böschung zum Bach hinunter. Aber sie passen auch zu jedem anderen Szenario. Es ist zum Verrücktwerden.«

»Wenn Henke nicht aufgrund des Schlags gestürzt ist, handelt es sich nur um Körperverletzung«, stellte Magnus fest.

»Nein, tatsächlich? Du solltest bei der Polizei anfangen«, brummte Miriam. Magnus grinste. Den Rest des Rückwegs legten sie schweigend zurück, jeder seinen Gedanken nachhängend.

»Geht Reifferscheidt in U-Haft?«, fragte Magnus, als sie wieder am Parkplatz angekommen waren.

»Selbstverständlich! Ich habe einen richterlichen Beschluss beantragt. Er hat nicht nur Henke, sondern auch dich niedergeschlagen – er sagt, es tue ihm leid, aber das macht es nicht besser. Er hat dir einen Elektroschock verpasst. Das Gerät war nach seinen Angaben schon in der Hütte, als er die Parzelle vor zwei Jahren gepachtet hat. Sein Vorgänger sei mal überfallen worden und habe es zurückgelassen, sagt er. Aber ich sehe nicht, wie ihn das entlasten könnte. Außerdem besteht Fluchtgefahr. Er ist uns fast entwischt! Wenn du nicht die Idee mit dem Pilgerweg gehabt hättest … Da kommt einiges zusammen. So, mein Lieber, ich muss jetzt ins Bett. Ich halte dich auf dem Laufenden.«

»Wie kommst du eigentlich nach Hause?«, fragte Magnus. »Holen dich die Kollegen wieder ab?«

»Ich gehe zu Fuß, das macht mir nichts aus«, sagte sie, aber ihre Miene drückte Zweifel aus.

»Unsinn.« Er deutete auf den Gepäckträger seines Fahrrads. »Du bist ein Leichtgewicht. Ich bringe dich nach Hause.«

»Schläft sie?«, flüsterte Eliza. Sie stand im Türrahmen von Magnus' Arbeitszimmer, das sein Farbspektrum um einige Rosa- und Regenbogentöne erweitert hatte. Die teuren Gitarren hatte er ins Schlafzimmer geräumt. In ihrem faltbaren Reisebett schlummerte Tilda unter einer alten rosa Patchwork-Decke mit ausgefransten Rändern, die Eliza aus alten Familienbeständen ausgegraben hatte. Tildas Schmusetier, das ehemals weiße, jetzt schmutzig graue Einhorn, hielt sie fest umklammert. Sie lag auf der Seite und atmete in die verfilzte Mähne des Plüschtieres, die sich mit ihren blonden Locken mischte. Eliza trat neben Magnus, nahm ihm das zerlesene Bilderbuch vom »Grüffelo« aus der Hand und hauchte: »Gott ist die süß.«

»Besonders, wenn sie schläft«, brummte Magnus, erhob sich vorsichtig, um seinen Erfolg nicht zu gefährden, und watete durch eine Schicht Spielzeug zur Tür.

»Meinst du, wir können sie hier oben alleine lassen?«, fragte Eliza besorgt auf dem Weg die Treppe hinunter.

»Benno sagt, sie schläft durch. Er hat mir das Babyphone mitgegeben. Mit Kamera! Wir verfolgen alles live vom Wohnzimmer aus.«

Durch die Küche waberte ein süßlich-verbrannter Milchgeruch, Magnus hatte Tildas Abendkakao anbrennen lassen. Er holte zwei Flaschen Bier aus dem Kühlschrank und ließ sich neben Eliza auf das Sofa fallen. Sie hatte sich einen schwarzen Hausanzug angezogen, der ihr ausgezeichnet stand, und hockte anmutig im Schneidersitz neben ihm. Das Babyphone rückte er auf dem Couchtisch so zurecht, dass sie das Bild des schlafenden Kindes sehen konnten. Tilda hatte ihre Position in den letzten zwei Minuten nicht verändert.

»Kannst du dir das Ganze noch mal vorstellen?«, fragte Eliza. Sie lehnte sich an seine Schulter und nuckelte an ihrer Bierflasche.

Magnus wusste, was sie meinte. Er hatte ein Kind, Eliza nicht. Er wusste nicht, warum das Thema jetzt aufkam: ob es an der Hochzeit lag, an Tilda, oder daran, dass Eliza seit dem Lockdown mehr Zeit zum Nachdenken hatte. »Nicht unbedingt«, sagte er ehrlich. »Ich bin nicht mehr der Jüngste. Aber wenn es so wäre, würde ich mich freuen.«

Auf Elizas Gesicht breitete sich ein Lächeln aus und blieb. Eine Weile saßen sie schweigend, ihren eigenen Gedanken nachhängend.

»Weißt du, dass Antonia mich für das zweite Oktoberwochenende in ein Wellnesshotel eingeladen hat?«, fragte sie.

»Nein, woher?«, schwindelte Magnus.

»Ist dir das recht? Ich meine, für Flitterwochen ist gerade ohnehin keine gute Zeit.«

»Was soll ich dagegen haben, Schatz? Die Flitterwochen holen wir nach.«

Er grinste in sich hinein, küsste sie auf den Scheitel und schnupperte an ihren Haaren. Das roch verdammt gut, nach blühendem Klee und Honig. Magnus stand auf und schob »Moondance« von Van Morrison in die Anlage und schaltete die helleren Lampen aus. Während sie dem Sänger lauschten, der mit Wehmut von einer irischen Kindheit auf dem Land erzählte, rückten sie näher zusammen. Irgendwann begann Eliza Magnus zu streicheln und flüsterte: »Wir haben noch etwas nachzuholen.« Magnus sah keinen Grund, ihr zu widersprechen. Als es eine gute Weile später heftig ans Fenster klopfte, erschraken beide, als ob man sie bei etwas Verbotenem erwischt hätte. Magnus fluchte, griff nach seinem Kapuzenpulli und der Unterhose, Eliza streifte hastig ihren Hausanzug über. Wer nervte um die Uhrzeit? Magnus hatte nicht mehr auf die Uhr gesehen, aber es war mindestens seit einer Stunde dunkel.

»Ich wollte nicht klingeln, falls Tilda schon schläft.« Benno stand breit lächelnd in einem Anzug von bester Qualität vor der Haustür. Kritisch beäugte er Magnus' unvollständigen Aufzug. »Kombiniere ich richtig, dass ich störe? Tut mir leid, Meister. Meine Frau schickt mich. Du weißt ja, wie das ist.«

»Komm rein!«, rief Eliza von drinnen. Als er mit Benno den Raum betrat, staunte Magnus nicht schlecht, in welcher Geschwindigkeit sie die Sofakissen aufgeschüttelt, sich die Haare gerichtet, ein Bier für Benno aus dem Kühlschrank gefischt und das Babyphone auf dem Esstisch platziert hatte. Magnus kämpfte sich unter Bennos amüsiertem Blick in die Jeans zurück.

»Wir dachten, du wärst im Hotel Marriott heute?«

»Nur kurz. Ich habe alleine gespeist, allerdings hervorragend. Filet Mignon.« Er ließ sich mit dem Bier am Esstisch nieder und versenkte sich in das Bild seiner schlafenden Tochter. »Warum ist sie bloß nicht immer so? Also: Mein Mandant hat kurzfristig abgesagt, weil einer seiner Geschäftspartner, mit dem er gestern in einer Besprechung war, positiv getestet wurde.« Er verdrehte die Augen. »Hoffentlich weicht diese Satansseuche bald von uns. Es beginnt, mir auf die Nerven zu gehen.«

»Jetzt erst«, spottete Magnus. Er setzte sich zu Benno an den Esstisch. »Du kommst gerade von zu Hause?«

»Ich habe meiner Frau eine halbe Stunde beim Schlafen zugeschaut. Mit schlechtestem Gewissen, weil ich euch die Prinzessin aufgedrängt habe. Dann riefen Miriams Kollegen an. Ich hatte ausdrückliche Order, sie in diesem Fall zu wecken. Ausnahmsweise, und nur ganz ausnahmsweise, darf ich dir aus der laufenden Ermittlung etwas ausrichten. Sie hätte auch selbst angerufen, aber sie ist schon wieder auf dem Weg ins Präsidium. Sie sagt, du verstehst die Message.«

»Lass hören!«

Benno kramte umständlich in seiner Hosentasche und zog einen zerknitterten Zettel heraus. Er las den Text ab.

»*›Kevin‹ hat gelogen, er war nicht der Handydieb, sondern sein Kumpel ›Jason‹. H. hinter R. fluchend hergelaufen. Lebendig.* – Wie denn sonst, Frau? Als Zombie?« Benno schüttelte den Kopf und blickte zu Magnus. »Checkst du das?«

Magnus nickte langsam. »Die Diebe waren zu zweit, genau wie Reifferscheidt ausgesagt hat. Dieser ›Jason‹ hat gesehen, dass Henke hinter Reifferscheidt hergelaufen ist. Das bedeutet, Henke hat nach dem Faustschlag noch gelebt.«

»Es geht noch weiter, Sekunde.« Benno runzelte die Stirn. »Außer mir könnte niemand diese Schrift lesen.« Er räusperte sich. »*›Jason‹ wettet mit ›Kevin‹, dass er das andere Handy auch noch bekommt, und geht zurück. Rangelei zwischen ›Jason‹ und H., H. stürzt auf Stein. ›Jason‹ haut ab. Kevin hält dicht. R. morgen früh aus U-Haft entlassen.* Meine Frau hätte früher beim Postamt arbeiten können. Fehlt nur noch ein ›Stopp‹ zwischen den Sätzen.«

»Also war ›Kevins‹ Version, er habe einem Toten ein Handy abgenommen, frei erfunden«, sinnierte Magnus. »Warum nutzt er seine Fantasie nicht für etwas Sinnvolles?« Eliza grinste ihn an. Magnus grinste zurück. Er gab seiner Frau und dann Benno ein High Five. »Geschafft!«

»Keine Ahnung, was Miriams Geheimniskrämerei soll«, seufzte Benno und schob den Zettel in seine Hosentasche zurück. »Ich habe ohnehin kapiert, was läuft. Dein Vermisster war beschuldigt, seinen alten Kumpel über die Wupper geknockt zu haben. Grund dazu hätte er gehabt. Er war es aber nicht, irgendeine Knalltüte ohne vernünftige Ausbildung überfällt den armen Kerl wegen eines

Handys und schubst ihn auf einen Stein, wo er falsch landet. Und jetzt geht Reifferscheidt pilgern oder widmet sich wieder der Klimaforschung. Und ›Jason‹ bleibt in U-Haft.«

»Sensationell zusammengefasst.« Magnus schlug Benno herzhaft auf die Schulter. »Wir sollten unsere Zusammenarbeit vertiefen.«

»Unbedingt«, scherzte Benno.

»Ernsthaft jetzt. Ich will.« Magnus erhob sich feierlich.

»Sprechen wir von der gleichen Sache?« Benno sprang auf, der Stuhl fiel krachend um. Eliza schaute ratlos von einem zum anderen.

»Stellvertretung«, sagte Magnus. »Für ein Jahr, danach bin ich raus. Ich will einen freien Tag in der Woche. Du hast genug fähiges Personal. 20.000 Euro Vorschuss.«

»Was immer du willst!«

»Deal?« – »Deal.« Sie gaben sich die Hand.

Eliza strahlte. Sie erhob sich und ging mit schnellen Schritten zum Kühlschrank. »Champagner, die Herren? Unsere Hochzeitsgetränke müssen verkostet werden.«

Benno und Magnus sahen sich an. »Lieber ein Kölsch«, sagten sie einstimmig und begannen zu lachen.

»Auf die Partnerschaft!« – »Auf den Weltfrieden!« – »Aufs Klima!«

Als sie zusammen anstießen, begann Tilda im ersten Stock zu krähen.

ENDE

DANKSAGUNG

Für Motivation, Geduld, perfektes Einkaufsmanagement und das Durchackern von unfertigen Manuskripten: Danke an meinen Mann, Achim Gassen.

Für einen tollen Titel, Lesen und Ermutigung während des Schreibprozesses einen speziellen Dank an Silke Laws. Außerdem an Claudia Behr und meinen unermüdlichen Testleser Thomas Pape. Für die Erlaubnis, den Titel auch zu benutzen, Danke an Carsten Rüben von der Firma »Clima Colonia«, Heizungs- und Klimatechniker in Köln.

Spezialwissen zum Thema Vintage-Gitarren hat Jürgen Nell beigesteuert. Gute Tipps zum Patentrecht und zum Thema Solarenergie kamen von netten Kolleginnen und Kollegen, die nicht namentlich genannt werden möchten. Clara Nitzsche für anregende Gespräche zum Thema Klimawandel. Lieben Dank auch an die Musiker und Sprecher, die mir bei den Lesungen helfen: Herbert Bruns, Claudia und Silke zum Zweiten, Georg Nacken an der Gitarre.

Dankeschön an das Team vom Gmeiner-Verlag für Geduld in schwierigen Zeiten. Speziell an meine neue Lektorin Teresa Storkenmaier, die mir Präzision abverlangt und meine wackelige rheinische Grammatik und kreative Rechtschreibung auf sichere Füße stellt.

Die Fans von Magnus Meister werden sich freuen: Danke an all die Leserinnen und Leser, die immer wieder gefragt haben: Geht es weiter? Wann ist es so weit? Wie lange dauert es noch? Worum geht es diesmal? Das ist die beste Motivation, die ich mir vorstellen kann.

Susanne Grulich, Juli 2021

DIE NEUEN Lieblings-plätze

ISBN 978-3-8392-0154-1

ISBN 978-3-8392-2730-5

ISBN 978-3-8392-0155-8

ISBN 978-3-8392-0158-9

ISBN 978-3-8392-0160-2

ISBN 978-3-8392-0159-6

ISBN 978-3-8392-0161-9

ISBN 978-3-8392-0163-3

ISBN 978-3-8392-0164-0

ISBN 978-3-8392-2626-1

ISBN 978-3-8392-0156-5

ISBN 978-3-8392-0157-2

ISBN 978-3-8392-0166-4

ISBN 978-3-8392-0166-4

ISBN 978-3-8392-2838-8

ISBN 978-3-8392-0168-8

GMEINER KULTUR

WWW.GMEINER-VERLAG.DE

Mensch, Kultur, Region